KB048440

막 너머에

신이
있다면

막 너머에 신이 있다면

© 김준녕, 2022. Printed in Seoul, Korea

초판 1쇄 펴낸날	2022년 8월 31일
초판 2쇄 펴낸날	2022년 9월 20일
지은이	김준녕
펴낸이	한성봉
편집	김학제·신소윤·권지연·문정민
콘텐츠제작	안상준
디자인	정명희
마케팅	박신용·오주형·강은혜·박민지
경영지원	국지연·강지선
펴낸곳	허블
등록	2017년 4월 24일 제2017-000050호
주소	서울시 중구 퇴계로30길 15-8 [필동1가 26] 2층
페이스북	facebook.com/dongasiabooks
인스타그램	instargram.com/dongasiabook
트위터	twitter.com/in_hubble
블로그	blog.naver.com/dongasiabook
홈페이지	hubble.page
전자우편	dongasiabook@naver.com
전화	02) 757-9724, 5
팩스	02) 757-9726
ISBN	979-11-90090-69-8 03810

만든 사람들

책임편집	신소윤
크로스교열	안상준
디자인	정명희
본문조판	최세정
표지 일러스트	Thomas Easton

막 너머에 신이 있다면

김준녕 장편소설

허블

차례

분기점 0 ✦ 007

프롤로그 ✦ 021

막 (1) ✦ 027

막 (2) ✦ 073

막 (3) ✦ 127

분기점 1 ✦ 167

바버샵 (1) ✦ 173

바버샵 (2) ✦ 207

바버샵 (3) ✦ 251

바버샵 (4) ✦ 317

바버샵 (5) ✦ 337

바버샵 (6) ✦ 401

분기점 2 ✦ 411

그리고 우리는 ✦ 417

막 너머, 신에게 ✦ 431

작가노트 ✦ 437

심사평 ✦ 441

일러두기

2021 한국과학문학상 장편 대상 수상작 「우리 다른 점은, 하나」는
작가와 협의하여 단행본 제목을 「막 너머에 신이 있다면」으로 변경했습니다.

분기점 0

＋

지구 생명체들은 277년 전, 자신들만이 전 우주의 유일한 생명체라는 걸 알게 되었다.

즉, 외계 생명체는 없었다.

'위대한 아브만미르 박사'가 알아낸 사실이었다.

○

아브만미르가 인간이 아니었던 석사 시절, 그는 늘어만 가는 학자금 대출과 교수들의 갑질 속에서 중국산 컵 누들 한 개와 피클 한 종지로 연명하고 있었다.

하루는 컵 누들도 떨어져 잡초가 섞여 있는 싸구려 마리화나로 배고픔을 잊으려 했다. 그가 마리화나에 불을 붙이려던 그 순간, 사이비 교주의 신적 체험처럼 그의 머릿속에 박사 논문 주제가 떠올랐다.* 그것은 중력 가속도를 극한으로 끌어올릴 수 있는 신적인 수식이었다. 그 수식은 일명 '미하일 수식'** 으로 제29차 개정 교육과정을 거친 초등학교 과학 교과서에도 수록된 내용이니 굳이 여기서는 자세하게 언급하지 않겠다.

이는 인간이 불을 발견한 순간과 같았으며, 제임스 딘이 처음으로 청바지를 입고 등장했을 때와 비견할 만했다. 이 수식을 바탕으로 세계적인 공학자들이 광속(에 가까운 속도를 내는) 추진기를 개발했다. 사람들은 이를 '아브만미르 추진기'로 명명했다.

미국 정부는 아브만미르 석사에게 매일 마리화나 3그램과 엑스터시, 그리고 은밀하게 맥도날드 치즈버거와 치킨버거 세트를 지급하며 연구를 도왔다. 그들은 뒤이어 석사에게 미하일 수식에 필적할 만한 발견을 한다면, 대학 종신 교수로 임용하겠다고 약속했다. 아브만미르 석사는 그러한 미 정부의 도움에 충실히 응답했다. 그는 매일같이 두 눈에 핏발이 선 채로 연구에 매진했으며, 자위도 게을리하지 않았다. 그렇게 정크 푸드와 포르노, 약에 둘러싸여 살던 석사는 정확히 한 달 뒤에

---

* 훗날 뒤에서는 마리화나가 아니라 LSD일지도 모른다는 소문이 돌았지만 본인은 마리화나라 끝까지 주장했다.
** 그의 지도 교수 이름을 땄다.

기자회견을 열었다.

"아인슈타인이 틀렸습니다."

도발적인 첫 문장으로 시작된 기자회견은 아브만미르가 발작을 일으키며 끝이 났다. 기자들이 쓰러진 그를 찍기 위해 앞으로 몰려드는 바람에 초동 대처가 늦어졌고, 10분이 지나서야 병원으로 이송된 그는 끝내 사망했다. 사인은 운동 부족으로 인한 급성 심부전증이었고, 그의 마지막 유언은 '미치도록 외롭다'였다. 일부는 그 유언이 '외계 생명체는 없다'는 사실을 미리 안 아브만미르의 통찰이라 했지만, 대다수는 말 그대로 아브만미르가 미치도록 외로워서 그런 말을 했다고 생각했다. 사후에야 박사가 된 아브만미르는 단 한 번도 관계를 맺은 적이 없는 동정이었으니까.*

그의 죽음으로 인해 그의 발견은 7년이 지나서야 해석되었다. 예일 대학의 할리 킴** 박사에 의해서였다. 그의 하드에는 시뮬레이션 프로그램이 설치되어 있었는데, 미 정부는 그의 프로그램을 실행하기 위해 기존에 없는 슈퍼컴퓨터를 만들어 내야만 했다. 처리해야 할 정보량만 해도 지금까지 제작된 세계 모든 컴퓨터의 연산량을 합한 것보다 수천 배는 많았다. 슈퍼컴퓨터를 만들기 위해서 미 복지 예산에 버금갈 만한 예산이

* 그러지 않았더라면 수식도 발견하지 못했다는 평이 많았다.
** 할리 킴은 아브만미르 석사의 지도 교수의 딸이었다.

소요됐고, 전투기를 만들던 기술자들까지 동원되어 2년여에 걸쳐 컴퓨터를 제작했다. 이 때문에 미 국방 예산이 1퍼센트나 증가했고, 강력 범죄율은 3퍼센트나 상승했다. 이렇게 만들어진 슈퍼컴퓨터로 과학자들은 그의 시뮬레이션을 실행했다.

그러자 놀라운 일이 벌어졌다.

。

태초는 무無였다.

무는 '무엇도 언제나 없었다'는 상태를 지속하기 위해 자기모순적인 '시간'을 만들어 내야 했으며, 이로 인해 무는 사라졌다. 시간의 탄생점에 무수한 시간대가 엇갈리면서 서로 다른 시간대를 가진 '공간'이 나타났다. 그때 공간 사이에 무수히 분절된 선들이 만나 아주 작은 '점'이 생겼다.

아주 작은 점은 순간의 압력도 견디지 못하고 터졌다. 그렇게 그 아주 작은 점에서부터 우주가 탄생했다. 우주 전체로 빛이 퍼져 나갔으며, 순식간에 은하와 별이 만들어졌다. 연구진들이 시뮬레이션 속도를 빠르게 하자, 우리은하가 생겨나며 그 가장자리에 태양을 중심으로 한 행성 집단이 등장했다.

태양계였다.

태양에서 세 번째로 떨어진 뜨거운 구球가 점점 식어갔다. 이어서 대기가 만들어지더니, 비가 수백 년간 내린 끝에 바다가 만들어졌다. 그 속에서 무기물들이 물리학적 기본 원리에 따라 서로 옮아 붙기 시작했다. 무기물들은 마치 하나로 돌아가려는 것처럼 다른 무기물들을 끌어당기기 시작했다. 일명 비생명체들의 전쟁이 시작되었다. 그러던 중 우연히 하늘에서 친 번개가 바다에 떨어졌다. 번개는 그중 가장 큰 무기물 덩어리에 맞았고, 최초의 유기물이 탄생했다.

그로부터 얼마 지나지 않아 최초의 생물이 강한 산성 바위 위를 기어 다니기 시작했다. 과학자들은 호들갑을 떨며 시뮬레이션 속도를 조절해 갔다. 그들은 구글 어스를 사용하듯이 화면을 줄였다가 늘려가며 지구 곳곳을 살폈다. 단세포 생명체는 생존을 위해 한데 뭉쳐 다세포 생명체의 시초가 되었으며, 한데 모여 살게 된 그들은 단세포생물로서의 특권인 '영생'을 잃어버림과 동시에 개체의 죽음을 전제로 한 종족 번식을 받아들였다.

지나치게 전체주의적이었다.

다세포생물은 고등 생물로 진화하며 작게는 개체를 위해, 크게는 종을 위해 서로를 먹어치웠으며, 살아남지 못한 몇몇은 포식자들을 피해 물 밖으로 기어갔다. 치열한 공방이었다. 생명체들은 몸체의 크기를 키웠다가 줄였다가를 반복하며, 알을 낳다가도 새끼를 낳고, 단단한 껍질로 몸을 뒤덮었다가도 불과 1만 년 만에 연약한 살을 그대로 내보이기도 했다. 어떤 생물은 지구를 통째로 집어삼켰다가도 종간種間의 경쟁에 어이

없게 100년도 되지 않아 멸종했고, 또 다른 생물은 산소라는 부산물만 만들어 내어, 남만 이롭게 해주다가 사라졌다.

그 과정에서 알이 아닌 아이를 낳고 젖을 먹여 기르는 포유류가 등장했고, 그들은 털 달린 파충류들이 환경 변화로 인해 멸종할 때까지 작은 몸집을 한 채로 동굴이나 늪지대에 숨어 살았다. 마침내 멕시코만에 거대 운석이 충돌했고, 그에 따른 기후 변화로 파충류들이 멸종했다. 포유류의 세상이 도래한 것이다. 그러자 그들은 좋은 먹이, 좋은 교미 상대, 좋은 서식지를 위해 또다시 서로를 먹어치우며 공방을 이어나갔다.

아주 지루한 싸움이었다.

그러다 아프리카 지역에 다른 생명체보다 하등 나을 것이 없는 영장류 집단이 등장했다. 날카로운 발톱도, 두꺼운 피부도, 심지어는 햇빛으로부터 피부를 보호할 털도 다른 동물과 비교해 적었다. 그들은 다른 포유류들의 손쉬운 사냥감이 되었으나, 집단으로 모여 살며 서서히 잠재력을 내비쳤다. 이들은 날카로운 돌을 갈아 무기로 만들어 포식자와 사냥감들을 위협했으며, 단체로 거대한 사냥감에 달려들어 몇 개체에 피해가 있더라도 사냥감을 잡아냈다. 그렇게 인간이라는 종은 생존에 있어 승기를 잡았다.

여기서 중요한 점은, 개체는 종 차원에서 부속품에 불과했다는 것이다.

인간종이 승기를 잡은 그 순간, 역시 내분이 벌어졌다. 네안

데르탈인을 비롯한 여러 인간종과 호모 사피엔스 간의 전쟁이 발생했고, 마침내 승기를 잡은 호모 사피엔스가 그들을 죽이고, 강간하고, 먹어치웠다.

나일강변에 자리를 잡은 호모 사피엔스들은 농사를 짓기 시작했다. 자신을 비롯해 가족들이 먹고도 남을 정도로 음식이 남아돌자, 남은 음식을 차지하기 위해 또다시 그들만의 전쟁이 시작되었다. 세계 곳곳에서 인간들은 저들끼리 뭉쳤다가 흩어지기를 반복했고, 도시를 건설하면서 왕국과 국가가 탄생했다.

전쟁은 끝이지 않았고, 그렇게 죽은 사람들을 위해 종교가 만들어졌다. 여러 종교가 생명체처럼 등장과 사라짐을 반복했다. 그러다 기원전 800년경 인도 북부에서는 싯다르타가 태어나 모든 것이 공空이라는 설법을 했고, 알렉산드로스 3세의 원정과 함께 문화는 동서로 공유되었다.

○

연구를 통해 예수의 20대 시절 공백 기간이 밝혀질 수도 있었으나, 갑자기 물리학자들이 화면을 우주로 돌려버리는 바람에 그것은 영영 의문으로 남게 되었다. 물리학자들은 시뮬레이션의 주도권을 차지하기 위해 조교들을 이용해 역사학자들을 내쫓았다. 인문대, 자연대 소속 대학원생 둘 모두 배가 고팠으나, 가여운 사학과 조교들은 고전역학을 알지 못해 카운터 펀치가 들어오는 각도를 미처 계산하지 못했다.

마우스를 잡은 물리학자들은 지구가 아닌 우주로 시선을 두어 관측을 이어가려 했다. 그들은 마우스를 이리저리 움직이며 우주 곳곳을 누볐다. 태양계에서 가장 가까운 곳에 존재하는 백조자리의 블랙홀도 보았고, 말머리성운에 새로 생긴 항성계를 몇 발견했다. 한 물리학자의 끈질긴 주장 끝에 블랙홀 내부의 데이터를 일부 얻을 수도 있었다.

3시간 후에 역사학자들이 부른 경찰이 도착했고, 물리학자 셋은 폭력 사태의 주범으로 몰려 연행되었다. 그러나 사학자들이 마우스를 우주에서 지구로 향했을 때는 지구는 이윽고 중세를 지나쳐 현대에 도착해 있었다.

한 사학자가 장난 삼아 뉴욕시로 줌인하자, 시뮬레이션을 돌리고 있는 연구자들이 보였다. 불과 13분 전의 현실이었다. 뉴욕주 외곽에 망해버린 호텔을 개조해서 만든 미식축구장 6개짜리 연구실에서 역사학자, 물리학자들이 구역을 나누어 비쩍 마른 가젤들처럼 몸을 마주 비비며 싸우고 있었다.

시뮬레이션은 이제 미래를 향해 가려 했다. 그러나 하필 뉴욕주의 노후화된 전기 시설로 인해 과부하가 걸리면서 메인보드에 불이 붙었고, 연구동 전체가 불타고 말았다. 사상자는 없었으나 결과적으로 시뮬레이션 프로그램이 모조리 날아가버렸다.

할리 킴이 2년 동안 밤을 새워 매달리면서 다시 시뮬레이션 프로그램을 복구하기는 했으나, 인류의 역사를 제대로 예측하지는 못했다. 한 시도에서는 중세에 몽골 군대가 유럽을 쓸면서 기독교 문명이 종말을 맞았고, 다른 시도에서는 나치가 연합군을 몰아내고 러시아와 신냉전을 벌이다가 1969년에 핵전쟁이 일어나 인류가 멸망했다. 수천만 번의 도전 중에서 온전한 현재까지 도달한 사례가 몇 있었으나, 이들도 미래를 예측할 수는 없었다. 되살아난 프로그램은 언제나 아브만미르 석사가 마리화나에 불을 붙이던 순간에 셧다운 됐다.

○

어쨌거나 거시적인 관점에서 달라지는 것은 없었다. 물리 법칙은 시뮬레이션 세계 어디에서든 일정했다. 원자들은 진공상태에서 고유한 파장을 유지했으며, 빛의 속도는 마찬가지로 진공상태에서 약 30만 킬로미터를 유지했다. 상대성 이론은 물론, 양자역학까지도 시뮬레이션상에서 현실과 같았다. 물리학자들은 시뮬레이션에 그들이 그토록 원하던 질문 하나를 넣었다.

'외계 생명체 탐색.'

갑작스레 폭탄 터지는 소리가 잇따라 들리더니 전선이 뒤틀리며 또다시 과부하가 걸려버렸다. 그 바람에 뉴욕시 전체에 정전이 일어났으나 다행히 전처럼 불이 나지는 않았다. 고질적인 뉴욕시의 전력 문제 때문에 물리학자들은 슈퍼컴퓨터를 시카고로 옮겼고, 그제야 다시 질문을 입력할 수 있었다. 정확히 42일 하고도 3시간 33분 22초 뒤에 컴퓨터는 결괏값을 도출했다.

'외계 생명체는 없음.'

과학자들은 슈퍼컴퓨터가 예산만 잡아먹은 고철 덩어리*라며 반발했으나, 이어진 아브만미르 추진기로 촉발된 외계 탐사는 슈퍼컴퓨터의 주장을 더욱 공고하게 할 뿐이었다. 일례로 목성의 위성에는 목성에서 뿜어져 나온 치명적 방사선으로 인해 생명체가 존재할 수 없었으며, 센타우로스 프록시마 별 주위를 도는 암석질 행성 프록시마b에서는 물과 유기물질 일부가 발견되기는 하였으나, 때마침 등장한 소형 블랙홀에 삼켜져, 프록시마b는 영원히 자취를 감추었다. 과학자들이 생명체가 있을 것이라 지목한 행성들은 하나같이 생명체는 없이 빈껍데기뿐이었다.

이어서 과학자들을 놀라게 할 발견이 또 한 번 이어졌다.

아브만미르 추진기를 최초로 부착한 '보이저 주니어'가 우주 외곽에서 일종의 '막'을 발견한 것이다. 그 막은 지구에서부터 약 5광년 떨어진 곳에서 생긴, 만두피 같은 얇은 막이었다.

---

* 정확하게는 '전기 먹는 하마'였다.

막은 끝없이 이어져 있었으며, 보이저 주니어가 추진기의 출력을 높여 아무리 뚫고 나가려 해도 막은 늘어만 날뿐 도저히 뚫고 나갈 수가 없었다. 막의 성분을 알아보고자 기계 팔을 꺼내고는 표면을 긁어댔으나, 막을 아무리 긁어내도 관련 성분이 검출되지 않았다.

배터리 수명이 다한 보이저 주니어가 연결이 끊어진 후, 뒤이어 출발한 보이저 주니어 2호부터 60호까지 모두 비슷한 거리에서 막에 의해 우주가 막혀 있다는 사실을 전해 오면서 과학자들은 우리 우주가 막에 의해 감싸진 채로 존재한다는 결론을 내렸다.

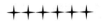

프롤로그

내가 학교에서 배운 2026년까지의 역사는 단 10페이지 내외였다.

나머지 490페이지는 2026년부터 현재까지의 역사였다. 주로 위대한 황제라 불리는 'G'에 관한 내용이었다.

2026년에 지구온난화가 갑작스레 극심해지면서 전 지구적인 가뭄과 해일, 산불, 태풍, 허리케인 등 자연재해가 몰아치듯 발생했고, 세계적으로 식량 생산량이 급감했다. 식량 자원을 독점한 국가들은 식량을 무기화했다. 막대한 군사력도, 첨단 기술도, 식량 자원 앞에서는 무용지물이었다.

당시 대한민국의 식량 자급률은 세계 하위권이었는데, 정부는 한국산 자동차를 많이 팔기 위해 미국산, 중국산 농작물을 값싼 가격으로 들여왔다. 끝내 관세가 완전히 철폐되었을 때, 농가들은 파산하거나 규모를 줄였고, 결국에는 식량 자급률이 바닥을 기게 되었다. 기후 위기는 식량 자급률이 0에 가까웠던 한반도를 말 그대로 쓸어버렸다.

이 위기를 사람들은 '병오 대기근'이라 불렀다.

한국 인구의 절반 이상이 굶주림 때문에 죽었고, 기업은 사람이 없어 도산했다. 내다 팔 수 있는 것은 모조리 내다 팔았고, 심지어는 부모가 자식을, 선생이 학생을 잡아먹었다. 도덕과 인륜, 미디어로 쌓아 올린 자랑스러운 인간의 모습은 한순간에 사라졌다.

한반도에 식량이 사라진 지 2주일.

인간이 인간이 아니게 될 때까지 걸린 시간이었다.

그때 G가 구세주처럼 한국에 등장했다. 그는 재미교포로, 다국적 식량 기업인 M사의 최초 동양인 임원이었다. 그는 미국에서 벌크선을 수백 대 구매해 모든 선실을 곡물로 가득 채우고서 부산항으로 입국했다. 오직 애국심 하나만으로 그랬다고 한다. 그는 한국에서 단숨에 인기를 얻었고, 그해 있는 대통령 선거에 입후보해 대통령이 되었다. 그는 가장 먼저 식량 자원을 욕심 가득한 자본가들로부터 뺏기 위해 한국 내의 식량 자원을 독점했고, 이에 반대하는 반동 집단을 무자비하게 참수했다.

그리고 그해 겨울, G는 '신인류 프로젝트'를 실시했다. 최소한의 영양 섭취로 최대의 효율을 내는 인간을 만들어 내는 프로젝트였다. 국가 주도로 운영된 이 프로젝트로 인해 대한민국에서 태어날 모든 아이의 유전자는 편집되었고, 가장 진보된 인류가 한국에서 태어났다.

그 아이 중 하나가 바로 나였다. 나는 우리 조상으로부터 받은 유전자 상당수가 편집된 상태로 태어났다. 나는 아버지처럼 한량 같지도 않았고, 어머니처럼 미신을 믿지도 않았으며, 형처럼 주어진 운명에 순응적이지도 않았다.

나는 그들과는 모든 면에서 달랐다.

살아남기 위해 나는 무엇도 할 수 있었다.

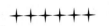

막 (1)

＊

"여러분들은 인류 진보의 새로운 이정표입니다."

G는 목을 가다듬고서 힘겹게 말을 이었다. 금방이라도 가래를 토해낼 것 같은 목소리였다.

"무궁화호는 우리 세계의 끝, 그리고 다음 세계의 시작을 향해 갈 것입니다."

G 뒤로는 거대한 우주 전함이 까만 배경 위에 떠 있었다. 크로마키 위에 CG로 처리한 것이었다. 실제로 무궁화호는 부품을 따로 쏘아 올려 우주에서 조립해야 했으니, 지상에서는 볼수가 없었다. 무궁화호의 모습이 현실감 없어 보이기도 했다. 그도 그럴 것이 우주선의 크기가 작은 군郡 정도라고 했다. 쉽게 상상할 만한 크기는 아니었다.

G는 이 프로젝트가 오직 한국에서만 가능하다고 말했다. 그도 그럴 것이 G의 '신인류 프로젝트'로 태어난 신인류는 우주 방사능에 상당 부분 면역력을 가지고 있었고, 효율적인 음식 섭취 및 소화로 음식을 비롯한 많은 자원을 최대한 경제적으로 사용할 수 있었다.

더불어 한국이 아니라면 이런 일을 국가 주도로 할 수 있는 국가는 지구에 없었다. 북한은 식량난으로 이미 자멸한 지 오래였고, 미국은 지구 밖의 일을 신경 쓰기에는 지구 내의 온갖 이해관계에 너무나도 얽혀 있었으며, 인권을 외치던 유럽 연합은 자국 청소년들을 우주로 보내지는 않으려 했기 때문이다. 물론 그들은 겉으로만 야만적이라며 규탄했을 뿐, 뒤로는 G에게 특사를 보내 프로젝트를 지원하고 있었다.

나는 TV에서 처음 G의 모습을 보았다. 책에서 본 늙은 사자 같았다. 눈가에는 주름이 막 갈아엎은 밭처럼 자글자글했고, 흰 수염이 가득 자라 있었다. 얼마 안 가 젊은 사자들이 나타나 G의 목을 물어뜯고, 그의 자식들을 처형할 것만 같았다. G는 건강 때문인지 기침을 연이어서 하더니, 비서들의 인도를 받고 자리에서 물러났다.

선생님은 TV를 끄더니 아이들에게 말했다. 말투는 군인처럼 딱딱했다.

"교육청에서 공문이 내려왔다. 10세에서 16세에 해당하는 청소년 4,660명을 선발한다는 내용이다. 선발된 아이들은 대

막 (1)

전에서 훈련을 거친 뒤에 무궁화호에 탑승하게 된다."

말을 마치고 나서 선생님은 아이들에게 종이를 나누어 주었다.

'국가를 위해.'

종이 앞면에는 커다랗게 캐치프레이즈가 적혀 있었고, 뒷면에는 무궁화호의 단면과 함께 '막'의 탐사를 위해 우주 비행사를 모집한다고 쓰여 있었다. 아래에는 지원자의 인적 사항을 적는 항목과 함께 부모님의 서명란이 보였다. 상단에는 부모의 면담이나 질문은 받지 않는다고 명시해 놓았다.

공무원들도 알고 있었을 것이다. 어느 부모가 사춘기도 지나지 않은 아이를 홀로 우주에 보낼까? 그것도 달이나 화성이 아니라 5광년 거리에 달하는 우주의 끝으로 말이다. 한번 나서면 절대 돌아올 수 없는 곳으로 자식을 보낸다니. 아이를 미워하거나, 굶주림에 지쳐 입 하나라도 줄이려는 부모가 아니고서는 국가를 위한다는 대의에 아이를 보내지는 않을 것이다.

정부에서 아이들을 우주에 보내려는 이유도 명확했다. 아무리 아브만미르 추진기를 단 우주선이라 하더라도 무한정으로 속도를 낼 수는 없었다. 인간을 태우고서 일명 '한계 속도' 이상으로 속도를 낸다면, 뇌의 전기 신호가 우주선 속도를 따라오지 못하면서 의식의 공백이 발생한다. 그러면 몸의 분자 구조는 똑같지만, 의식 구조가 달라지며 전혀 다른 사람이 태어나는 것이다. 즉, 기억도, 의식도 완전히 뒤바뀐 정신 이상자가 우주선에 떡하니 등장하게 되는데, 어느 누가 그 우주선에 올라타려 할까? 신인류가 버틸 수 있는 한계 속도로 5광년을 간다면, 단순 계산으로 약 70년 정도가 걸렸다.

"그러니까 우리가 가는 거겠지."

기현은 선생님께 받은 공문을 구기더니 쓰레기통에 던져버렸다. 내 앞자리에 앉아 있던 황보승이 뒤로 돌아 내 옆자리에 앉아 있던 기현에게 물었다.

"70년 걸리는 거랑 우리가 가는 거랑 무슨 상관이야?"

기현은 황보승이 이해가 가지 않는다는 듯 고개를 저었다.

"바보야. 지금 어른들이 가면 가다가 늙어 죽겠지. 특히나 방사능에 면역도 없는 구세대 인류들인데."

"그럼 우리가 커서 가면 되잖아?"

"아무리 신인류라고 해도 최대 수명이 150세야. 편도로 70년이면 왕복으로 140년. 적어도 지금 우리 나이일 때 출발해야 살아서 돌아올 수 있어."

"살아서 돌아오는 게 의미가 있나? 그냥 정보만 보내면 안돼?"

"대부분 기계가 막 근처에 다가가기만 해도 망가져서 복귀를 못 했대. 막이 있다는 사실도, 탐사선 수십 대나 보내고 나서야 알게 됐고."

기현은 콧바람을 크게 내쉬었다.

"결국, 우리가 직접 보고 올 수밖에 없어."

150살이라니. 상상이 가지 않는 나이였다. 허리도 굽고, 머리도 빠지고, 얼굴에는 주름이 가득 잡힌 채로 우주에서 돌아오면 지구에 뭐라도 남아 있긴 할까? 그때의 지구는 내가 알던 지구가 맞을까? 가족들은 남아 있지 않을 것이다. 그들은 이미 죽어 땅 아래 묻혀 있고, 이 학교는 형체도 없이 사라졌을 것이다. 모든 게 사라진 순간에 하늘에서 내려오는 상상을 하니 무슨 신이라도 된 것만 같았다. 부모님은 인간을 보는 개의 시점으로 나를 보고 있지는 않을까? 우주에서 지구로 내려올 때 그 압력을 150살의 내가 버틸 수는 있을까?

기현이 우리에게 물었다.

"막 너머에는 뭐가 있을까?"

우리는 우주의 끝, 우리 세계를 뒤덮고 있는 막 너머에 있을 만한 것들을 나열했다. 황보승은 도라에몽이 우주에 던져버린 크림빵이 무한 증식하고 있을지도 모른다면서 자기 같은 생각을 말했다. 그러고는 어쩌면 〈에반게리온〉에 나오는 에바가 존재하면 어떻게 하냐면서 호들갑을 떨었다.

그와는 달리 기현은 평소 성격대로, 시간이나 공간을 마음대로 조종할 수 있는 고차원의 존재라든가, 슈퍼컴퓨터가 발견하지 못한 외계 생명체를 발견할 것이라 했다. 그들은 모두 우리보다 몸집이 엄청 거대하거나, 무척이나 작을 것이라고 했고, 이어서는 크기는 아무런 상관 없다면서 고개를 내젓다가도 머리가 아픈지 얼굴을 찡그렸다.

황보승이 기현에게 물었다.

"위험한 존재가 아닐까?"

"아닐 거야."

"왜?"

"우리한테 위험한 존재였으면 막 안으로 들어와서 벌써 우리를 먹어치웠겠지. 우리보다 고차원 존재인데."

"하나님처럼?"

"바보야. 하나님은 착하신 분이지."

황보승은 뭔가를 더 생각하려다가 마는 듯했다. 자기 머리로는 이해할 수 없는 말들이었을 것이다. 기현은 황보승의 말을 자르고는 내게 물었다.

"너는 어떻게 생각해?"

나는 반 아이들에게 온통 정신이 팔려 있었다. 교실은 온통 무궁화호에 관한 이야기로 가득했다. 아이들이 재잘거리는 소리가 너무나도 커서 수업 시간을 알리는 종소리도 묻힐 정도였다.

아이들은 자기들끼리 쓰레기통 주변이나, 사물함 위에 모여 앉아 우주로 나갈지 말지를 정하면서 나름 진지한 토론을 이어나갔다. 우주 괴물의 습격같이 아이다운 우스갯소리가 대부분이었으나, 일부는 막을 향해 가다가 굶어 죽지는 않을지, 중간에 소행성에 충돌하지는 않을지, 혹은 소형 블랙홀에 빨려 들어가지는 않을지 같은 깊은 걱정을 하기도 했다.

그리고 우리처럼,

우리가 왜 우주로 나가야 하는지에 대해 생각했다.

"야. 어떻게 생각하냐고."

기현이 보채듯이 내게 물었다.

"몰라."

나는 고개를 돌려버렸다. 어떤 존재가 있든 없든, 그 존재가 위협적이든 친근하게 다가오든, 상관없었다.

내게는 우주가 유일한 탈출구처럼 보였다. 우리 가족으로부터 벗어날 유일한 탈출구. 이대로 성인이 된다면, 고등학교를 마치기도 전에 형처럼 입에 풀칠이라도 하기 위해 쉬는 날도 없이 비료를 밭에 날라야 할 게 뻔했다. 나을 리 없는 아버지의 병을 치료하기 위해, 그저 목숨만을 부지하기 위해 수십 시간 동안 매일 일하면서 G의 초상화 앞에 물을 떠놓고 살려달라 비는 어머니의 기도를 들어야 한다니. 생각만 해도 지옥과 진배없었다. 유일한 탈출구는 하나였다.

지구를 떠나는 것.

오직 그것뿐이었다.

○

일부러 길을 돌아서 집으로 갔다. 최단 거리로 10분인 거리를, 일부러 다리를 건너지 않고 산길로 걸었다. 손에는 선생님이 건네준 공문이 들려 있었다. 혹여나 땀에 젖을까 봐 모서리 쪽을 집게손가락으로 집었다. 갱지라 그런지 햇빛에 비추어 보니 그대로 햇빛이 종이를 통과해 얼굴에 닿았다. 따스했다.

'이런 기회가 또 있을까?'

자유로워 보이는 까치나 까마귀 같은 새들도 본질적으로는 모두 땅에 매여 있는 존재들이었다. 중력에 사로잡힌 채 지구를 빠져나가지 못한 그들은 나무와 나무 사이를 오갔다. 지구에 있는 모든 존재가 마찬가지 아닐까 싶었다. 이 세상에 태어난 순간부터 조상들이 오랜 시간 만들어 놓은 약육강식이라는 규칙과 생존이라는 목표에 얽매인 채로 살아가니 말이다. 우주로 나간다면, 그것도 지구를 벗어나 5광년 거리에 있는 정체 모를 막을 뚫고 나간다면, 이 모든 것에서 벗어날 수 있을지도 몰랐다.

어쩐지 사춘기가 찾아온 것만 같았다.

가슴이 뛰었고, 속은 메스꺼웠다. 생각에 너무 열중한 탓인지 진흙탕에 신발을 버려버렸다. 신발 밑창이 반쯤은 떨어졌고, 끈은 사라진 지 오래였다. 그 사이로 끈적끈적하게 파고드는 진흙의 감촉이 그리 나쁘지는 않았다. 나는 진흙탕에 두 발을 전부 넣고서 비벼댔다. 지나가는 사람은 없었고, 사방으로 거무죽죽한 진흙이 튀었다.

하늘로 달음박질치고 싶었다. 산길을 넘어, 학교를 지나고, 들판을 달리고, 끝내는 우주를 향해서 말이다. 그러다가 대기에 타서 죽거나, 운석에 맞아 죽어도 전혀 억울하지 않을 것 같았다. 손에는 폭탄을 들고서 단신으로 적진을 향했다는 전쟁 영웅처럼 나는 눈을 감고서 우주로 떠나는 상상을 했다.

그러다 보니 어느덧 집이었다. 철문은 페인트가 벗겨져 거 뭇한 살을 드러내고 있었다. 우리 집은 단독주택이었다. 우리 가족은 기근 때 죽은 가족의 집에 들어가 살고 있었다. 이 집은 건축업자로 유명했던 사람의 작품이라고 한다. 미국에서 자연 주의 건축이라고 해서 상도 여럿 받았는지, 거실에 떡하니 영 어로 된 메달과 트로피가 전시되어 있었다. 마당과 옥상에는 상추나 고추를 키울 수 있는 작은 밭이 있었다. 다락방에, 화장 실도 2개였고, 지하실에는 당구대까지 있었다.

기근 당시 우리 가족은 가난했기 때문에 살아남았다. 이해 하기 어려울 수도 있지만, 우리는 가난했기 때문에 무언가 없 음에 빠르게 적응했고, 굶주림에도 노하우를 발휘했다. 이 집 주인 같은 가진 사람들이 공복에 물을 실컷 마시다가 염분 부 족으로 쇼크사했다면, 우리 가족은 침을 오랜 시간에 걸쳐 삼 켜냈고, 라면 하나를 잘게 나눠서 세 가족이 3일에 걸쳐서 먹 었다. (내가 아직 태어나기 전이었다.)

아이러니했다.

살아남은 이들이 가난한 이들이라니.

"왔나?"

어머니였다. 어머니는 내 뒤편에 서 있었다. 머리는 산발이었고, 눈썹과 머리에는 흰 털이 가득했다. 원래 본인 나이보다 적어도 스물은 늙어 보였다. 영양부족에 시달린 탓이었다. 어머니는 내 얼굴을 한 번 보고는 나를 지나쳐 안으로 들어갔다. 나는 잠시 머뭇거리다 어머니를 따라 안으로 들어갔다. 마당은 잔디를 관리하지 않아 군데군데 파여 있었다.

어머니의 손에는 호박 한 덩이가 들려 있었다. 출처는 묻지 않아도 뻔했다. 과거 아버지의 땅에서 가져온 것이었다. 어머니는 그 땅이 본래 집안 땅이라며 매일같이 얼마 나지도 않는 고구마나 호박을 서리해 오고 있었다. 대기근만 아니었더라도 땅을 절대 팔지 않았을 거라며 땅 주인을 나쁜 놈으로 몰고 갔다. 일부러 사람을 구석에 몰아넣고 뺏었다던가? 어머니는 조선 후기 때나 일제강점기 때 이야기를 하며 지금 지주가 그들과 다를 것이 없다고 말했다.

어머니는 밭에서 가져온 것들로 된장을 끓이고, 고구마를 삶았다. 물론 어머니가 그러지 않았더라면 우리 가족은 살아남지 못했을 것이다. 아버지는 거실에 대자로 뻗고서 누워 있었다. 이불이 겹겹이 몸 위로 쌓여 있었고, 머리맡에는 가래침을 뱉어놓은 작은 플라스틱 항아리가 놓여 있었다. 눈을 부라리며 나를 보는 아버지의 모습은 지옥에서 온 악마나, 혹은 얼마 전 학교 운동장에서 떠돌이 목사가 말한 세상에 심판을 내리러 온 '하나님의 대행자'처럼 보였다. 아버지가 고개를 들더니 내게 물었다.

"밥은?"

먹지 않았다고 하자, 아버지는 어머니를 향해 빨리 밥을 하라고 말했다. 그러고는 크게 가래침을 돋우어 항아리에 뱉었다. 부엌에서 어머니의 목소리가 들려왔다.

"쟤는 안 먹어도 돼. 우리보다 효율이 세 배는 좋다잖아. 우리 3일 안 먹은 게, 쟤 하루 안 먹은 거랑 같다는 말이지."

애초에 배급을 더 받기 위해 나를 낳았으니, 할 말이 없었다.

나는 고개를 돌리고는 공문을 바라보았다. 아버지는 내 손에 들려 있는 공문을 보고도 아무런 말도 하지 않았다. 교육비를 내라거나 학생들을 식량 생산에 이용한다는, 그런 시답지 않은 내용으로 생각했을 것이다. 얼마 지나지 않아 된장 냄새가 1층에 진동했고, 그 냄새를 맡자 아버지는 힘겹게 이불 산을 아래로 치우고서 자리에서 일어났다. 팔과 다리에 근육이 빠져 있었으나, 배에는 복수가 차서 마치 외계인과 같은 모습처럼 보였다. '막' 뒤에 아버지의 모습을 한 외계인이 있을까 싶었다. 그러면 누구보다도 내가 먼저 까무러칠 것만 같았다.

아버지는 내게 부축을 받으며 부엌으로 갔고, 어머니는 큰 솥에 호박만 들어간 멀건 된장 수제비를 내놓았다. 수저는 두 개뿐이었다. 잘 먹겠다는 말도 없이 어머니가 먼저 수저를 들었고, 아버지는 내 눈치를 슬쩍 보더니 천천히 국물부터 삼켰다.

부모님이 먹는 모습을 보았다. 굶주린 개들 같았다. 하나는 게걸스럽게 먹기에 바빴고, 다른 하나는 병이 들어 간신히 삼키는 모양새였다. 먹는 음식도 사료와 크게 다를 바가 없었다. 매일같이 수제비였다. 주민 센터에서 받아 온 밀가루로 국수나 떡을 만들어 먹을 수도 있었지만, 어머니는 오직 수제비만을 고집했다. 배급을 받고 나서 처음 먹은 음식이 수제비였다는데, 그 맛을 절대 잊을 수가 없다고 했다.

식사를 마칠 때까지 나는 부모님에게 우주로 가는 것에 대해 어떤 말도 전할 수 없었다. 대신 아버지에게 어렵게 물었다.

"여기에 제가 없어도 될까요?"

아버지는 숟가락을 놓고 잠시 생각하더니 말했다.

"너는, 네가 하고 싶은 대로 살아라."

"정말요?"

아버지는 고개를 돌려 방문을 바라보았다. 형이 쓰는 큰 방이었다. 아버지는 시선을 그대로 방문에 둔 채로 말을 이었다.

"우리한테는 네 형이 있단다."

대기근이 일어나기 전, 아버지는 당뇨로 쓰러졌다.

당시 스물에 가장이 된 형은 바로 집에서 그리 멀지 않은 비료 공장에 취직했고, 대기근이 찾아올 때까지 자그마치 8년 동안 일만 했다. 시급은 8년 동안 크게 달라지지 않았다. 8년 동안 논두렁 자리는 콘크리트로 덮였고, 반듯한 도로가 생기더니, 아파트가 100가구씩 들어왔다. 새로 생긴 신축 아파트 집값이 다섯 배 올랐을 때, 형의 임금은 고작 두 배가 올랐다.

기근이 들고 나서야 형은 처음으로 쉴 수 있었다. 굶어 죽

은 사람보다 실업자가 더욱 많았고, 형은 후자에 해당했다. G
가 오기 전까지 형은 방에만 틀어박혀 지냈다. 마치 자기가 일
한 8년을 보상받겠다는 듯이 말이다. 정말이지 배가 고플 때만
밖으로 나왔고, 그 외에는 끊임없이 방에서 잠을 자고 또 잤다.
이는 G의 등장 이후 형이 다시 비료 공장에 취직하고 나서도
이어졌다.

　내가 기억하는 형은 늘 잠에 취한 모습이었다. 형은 새벽 일
찍 출근했다가 잔업을 마친 후 방에 돌아와 밥도 제대로 먹지
않고 곧장 잠을 잤다. 부모님과 대화를 나누지도 않았다. 밥상
에서의 그 흔한 젓가락질 싸움도 일어나지도 않았다. 등에 난
태엽을 감기 위해 돌아온 기계처럼 형은 집에 들어와 씻고, 생
존에 필요한 만큼만 밥을 먹고, 잠을 잤다.

　나는 형이 어떤 음식이나 운동을 좋아하는지 알지 못한다.
심지어 어떤 음악을 좋아했는지도 말이다. 하루는 형이 노래
를 흥얼거리는 걸 들은 적이 있었다. 형에게 그 가수가 누구냐
고 물으니, 형은 입을 다물었다. 자꾸 알려달라 조르니, 형은
자기와는 먼 것이라 모른다고 했다.

　어떨 때는 형이 낯선 사람처럼 보이기도 했다. 새벽녘에 오
줌이 마려워 화장실로 갈 때마다 나는 형 방 문 앞에 멈춰 섰
다. 잠든 형은 마치 우리 가족을 해치러 온 강도처럼 보이기도
했다. 나는 조심스럽게 화장실로 향했다. 오줌을 눌 때도 소리
가 나지 않게 변기 바깥쪽에 물이 없는 방향으로 조준해야 했

다. 어쩌다 내 오줌 소리에 형이 잠에서 깼을 때, 형은 어떤 화나 짜증도 담겨 있지 않은, 아니 감정이라고는 조금도 실려 있지 않은 목소리로 내게 말했다.

"자자."

형은 그렇게 내게서 먼 존재였다.

아버지와 내 이야기를 듣던 어머니는 트림을 크게 하더니, 솥과 아버지의 숟가락을 한데 치우면서 말했다.

"안 돼."

따뜻한 말을 기대했던 내가 잘못이었다.

"네가 없으면 배급량이 줄잖니."

。

식사가 끝나고 나서, 나는 방으로 갔다. 3층 다락방이었다. 전에 살던 주인이 쓰던 컴퓨터나 플레이스테이션처럼 각종 전자 기기가 널브러져 있었으나, 전기가 들지 않아 그저 눈으로 감상해야만 했다. 벽장에 진열된 앨범들을 보며 그 작은 디스크에 어떤 노래가 담겨 있을지 상상했다. 학교에서는 G를 찬양하는 건전 가요만 나왔는데, 꼭 그것과는 달랐으면 했다. 또, 음울한 노래가 아니었으면 했다. 몸을 가볍게 흔들 수 있는 경쾌한 리듬이었으면 했다. 슬픔을 조금이라도 떨칠 수 있게 말이다. 계단을 타고서 어머니의 기도 소리가 들려왔다.

"살려주세요. 제발 살려주세요."

어머니는 G의 초상화 앞에 물을 떠놓고는 매일같이 빌었다. 짐승이라도 된 것처럼 손을 마주 비볐고, 될 수 있으면 발바닥도 마주 모으려 했다. 처음에는 그 모습이 퍽 웃겼으나, 시간이 갈수록 짜증이 치밀어 올랐다.

일종의 후유증이었다.

G는 정말 구세주처럼 어머니에게 다가왔다. 극심한 굶주림 끝에 아버지가 어머니를 죽여 형과 함께 나눠 먹으려 했다. 어머니가 잠든 사이 형은 솥에 물을 끓였고, 아버지는 손에 칼을 들었다. 목을 내리치려던 그 순간 어머니가 깼고, 어머니는 아버지의 눈을 보았다. 굶주린 자의 눈이었다. 어머니는 저항할 힘도 없이 눈을 뜨고만 있었다. 그때 마침 휴대용 라디오에서 G가 부산항에 도착했다는 소식이 들려왔다.

그렇게 어머니는 죽음을 피할 수 있었다. 어머니는 둘을 용서한다고 했지만, 마음속에는 아직도 앙금이 남아 있을 것이다. 어머니에게 G는 절대자이자 신이었다. 그가 아마 죽으라고 하면 죽은 척이라도 할 것이다. 물론 밥만 먹여준다면 말이다.

나는 그 기도가 듣기 싫어 귀를 막고서 이불을 머리끝까지 뒤집어썼다. 내가 G에 관해 조금이라도 싫은 소리를 하면, 어머니는 G가 아니었다면 너는 태어나지도 못했다면서 화를 냈다.

손에 들고 있던 공문이 이불에 걸려 찢어졌다. 모서리 쪽이라 다행이었다. 나는 공문을 정성스럽게 반으로 접었다. 이 기회를 잡지 못한다면 절대 가족에게서 벗어날 수 없을 것만 같았다. 주린 배를 움켜쥐고서 하루를 살아갈 수는 없었다. 나아질 희망은 배고픔과 함께 소화해 버린 지 오래였고, 불안한 나날들만 가득했다. 나는 공문을 펼쳐 들고는 부모님 서명란에 아무렇게나 서명했고, 가방에 넣어놓았다.

다음 날 학교에 갔을 때, 지원자는 우리 반에서 나 혼자였고, 학교 전체로는 셋이었다.

。

"잘 선택했다."

선생님은 내가 내민 공문을 받아 들더니 확인도 하지 않고 바로 접수해 버렸다. 그러고는 내 어깨를 두드렸다. 이제껏 보인 적 없던 모습이었다. 선생님은 나를 교무실로 데려가서는, 학생들은 앉을 수 없는 면 소파에 다리를 꼬고 앉아서 나에 대해 입이 마르도록 칭찬했다. 진정으로 나라를 위하는 인물이라면서 몸 성히 다녀오라 말했다. 학부모 참관 수업이 끝나고 반장이나 부반장의 머리를 쓰다듬었을 때의 표정이었다. 교장이 나를 찾는다는 소식에 나는 바로 교장실로 갔다.

교장실에 모인 아이는 나를 포함해 셋이었다. 하나는 먹지 못해 키가 아주 작은 남자아이였고, 다른 하나는 우리와는 다르게 키도 컸고, 얼굴도 흰 여자아이였다. 우리는 교장실 중앙에 열중쉬어 하고 섰다.

"그래. 다들 신청해 줘서 고맙구나."

그러고는 교장은 일장 연설을 늘어놓았다. 우리는 조국과 민족을 위해 대단한 결심을 했으며, 이는 고구려의 을지문덕 장군에서부터 시작되어 고려 시대 공민왕과 세종대왕의 애민 정신, 그리고 일제강점기 시절의 독립 운동가들로 연결되었다. 마침내 민족의식은 한국 독립과 함께 꽃을 피웠으며, 앞선 군사 독재 정권들에 관한 은근한 비호와 함께 G에 대한 찬양으로 이야기는 마무리되었다.

지루했다. 그런 틀에 박힌 이야기는 아침 훈화 때마다 듣고 있었다. 텅텅 빈 위장 대부분을 국가에 대한 충성, 그리고 민족이라는 눈에 보이지 않는 거대 집단과 관련된 자부심으로 가득 채우려는 것 같았다. 당장 배가 고픈 우리에게는 그다지 중요한 내용이 아니었다.

대신 나는 책상 위 바구니에 시선을 두고 있었다. 그 바구니에는 과자들이 가득했다. 교육청에서 손님이 올 때면, 그들에게 대접하기 위해 준비해 놓은 것들이었다. 그중에서도 비닐에 싸인 초콜릿 칩은 식량 위기 이전에 생산된 것인지 윤기가 흐르고 있었다. 보기만 해도 침이 곧 넘쳐날 만큼 혀 아래에 고였다. 교장이 내 모습을 보더니 은근하게 미소를 지으며 말했다.

"먹고 싶니?"

남자아이와 나는 동시에 고개를 끄덕였다. 교장은 초콜릿 칩 한 봉지를 꺼내 우리에게 건넸다. 남자아이가 제비처럼 날아올라 봉지를 낚아챘고, 게걸스럽게 이로 비닐을 뜯었다. 나는 아이에게 달려들었다. 둘이서 함께 교장실 바닥을 굴렀다. 설탕이라는 것이 멸종에 가까운 상태에 접어든 지도 오래였다. 대기근 이후 새로 만들어지는 과자들이 간혹 있기는 했지만, 그마저도 하나같이 흙이 섞인 맛이었다. 교장은 개처럼 먹을 것을 두고 치고받는 우리의 모습을 보면서 코웃음을 쳤다.

나는 아이에게 주먹을 한 대 맞고는 뒤로 밀려났다. 주먹이 매서웠다. 이어서 원투. 나는 코피가 난 것 같아 코를 감싸 쥐었으나 피가 흐르지는 않았다. 아이는 한입에 과자를 털어 넣었다. 하늘이 노랗게 변하며 고개가 젖혀졌다. 그러다 우리와 함께 교장실로 불려온 다른 아이가 눈에 밟혔다. 우리와는 다르게 정자세로 서 있었다. 조금의 흐트러짐도 없었다.

그 아이의 이름은 하나였다.

○

둘이 아니라 하나.

세상에 단 하나뿐인 하나.

하나는 자기 이름을 그렇게 소개했다. 어머니가 지어준 이름이라면서 남에게 소개할 때는 꼭 그렇게 말하라고 하나의 어머니가 유언으로 남겼다고 한다.

하나의 어머니는 대기근의 여파로 죽었다. 당시에 영양실조로 몸이 약해져 있는 상태에서 식량을 배급받기 위해 하나를 임신해야 했고, 중절 수술을 할 수 없어 어쩔 수 없이 하나를 낳다가 죽었다.

하나의 집은 불과 30년 전만 해도 강남에서 살던 부자 중의 부자였다. 한강이 내려다보이고, 대리석 바닥으로 된 집에서 살았다고 한다. 당시에는 굶을 걱정은커녕 삶을 살아가는 데 큰 걱정이 없었다고 한다. 한 끼 식비가 한 가정의 한 달 식비와 맞먹을 정도였으니 엄청난 부자였음에는 틀림이 없다.

그러나 식량 위기가 현실화되면서 하나의 집은 모래성처럼 무너져 내리고 말았다. 하나의 아버지는 사방팔방 뛰어다니며 먹을 것을 구하려 했으나 그 누구도 그에게 음식을 팔려 하지 않았다. 가족은 오랫동안 굶었고, 하나의 외할아버지, 할머니가 굶어 죽었다. G는 신인류 프로젝트를 실시함과 동시에 인구 증산 정책을 시민들에게 강요했고, 하나의 어머니는 배급받기 위해 하나를 임신해야만 했다.

식량 위기가 어느 정도 진정된 지금은 본래 가지고 있는 금괴를 바탕으로 부유하게 살고 있으나, 집안에는 돌이킬 수 없는 상처가 남았다고 한다. 가족들은 아비규환 그 자체였던 서울에서 내려와 상대적으로 인구가 적어 상황이 그나마 괜찮았던 대구에 정착했다. 하나의 이야기를 듣던 아이가 퉁명스럽게 말했다.

"어쨌든 지금은 잘살고 있는 거 아니야?"

교장실에서 내 얼굴에 주먹을 날렸던 아이였다. 아이의 이름은 형섭으로, 그다지 질이 좋지 못한 놈이었다. 집이 어떤지는 알지 못하지만, 그는 줄곧 아이들의 물건이나 돈을 뺏는 깡패로 악명이 높았다. 제 무리도 이끌고 있었는데, 대구에서 그 무리를 모르는 아이는 없었다. 몰려다니며 상점에서 물건을 훔치고, 심지어는 군인들의 보급품에 손을 대기도 했다. 어른들은 부모가 없어서 그렇다고 귀에 딱지가 앉을 정도로 말했다.

그런 형섭의 퉁명스러운 말에 하나는 입을 꾹 다물고서 아무런 대답도 하지 않았다. 사실 겉으로 말만 하지 않았을 뿐이지, 나도 형섭과 똑같은 생각을 했다. 하나의 슬픔은 우리에게는 배부른 소리였다. 세 배의 효율을 내니 하루에 한 끼를 먹으라는 구인류의 홀대 속에서 자란 우리에게, 삼시 세끼를 모두 챙겨 먹으며 키가 크고, 피부가 흰 하나의 모습은 우리에게 전혀 다른 종種처럼 느껴졌다. 원숭이와 인간의 유전적 차이 정도로 말이다. 아무리 발버둥 쳐도 배고픔은 사라지지 않았고, 오히려 질투라는 감정으로 바뀌었다.

특히나 여자아이에게 아래로 내려다보이니 그 부끄러움 정도가 심했다.

그래서 하나를 위로하거나 하지 않았다.

○

　다음 날 우리는 교장의 지시로 과학실에 모였다. 알고 보니 지원만 한다고 해서 모두가 우주에 나갈 수 있는 것은 아니었다. 시험과 신체검사 결과에 따라 지원자를 선발한다고 했다. 시험은 수학 능력 시험과 체력 시험 두 가지였다. 체력에는 자신이 있었으나, 문제는 수학 능력 시험이었다. 우주로 나가기 위해서는 오만 가지 학문을 익혀야 한다고 했다. 머리가 나쁜 나로서는 문제지에 머리를 박고 싶은 심정이었다. 어쨌든 시험은 한 달 후에 서울에서 있었고, 우리는 한 달 동안 시험을 준비해야 했다. 교장이 꾸짖듯이 말했다.

　"너희들이 합격해야 학교가 빛나는 거야."

　무궁화호에 탑승하고서야 알게 된 이야기가 하나 있다. 학교별로 승무원을 얼마나 보내냐에 따라 정부에서 학교로 보내는 보조금이 결정된다고 했다. 한 명을 보내면 1억 원, 두 명을 보내면 2억 원. 이런 식으로 말이다. 그러니까 선생들은 돈 때문에 그렇게 기를 쓰면서 우리를 무궁화호에 태우려고 한 것이었다.

　민족이니 국가를 위해서가 아니라 단지 보조금 때문이었다. 그들은 입에 거품을 물고서 그런 것들을 말해왔는데, 나는 그들에게 보조금을 단 한 번이라도 생각하지 않았느냐고 묻고 싶다. 지금 무궁화호에 있는 나를 그들이 마주한다면 내게 무슨 말을 할까? 동정할까? 미안하다고 말할까? 그것도 아니면 뻔뻔하게 국가를 위해서라면 상관없다고 말할까?

알 수 없다.

교장은 그날 집으로 돌아가 부모님에게 우주로 간다고 전하라고 했지만, 나는 말하지 않았다. 말해봤자, 달라질 것은 없었다. 그들이 아무리 반대한다고 해도 나는 이곳을 벗어날 것이다. 그들을 이 지구에 남겨두고서 말이다. 어떤 후회도 들지 않을 것 같았다. 심지어는 그리워하지도 않을 것 같았다. 그런 감정들은 과거 혹은 미래에 좋은 일들이 있을 거라 예상될 때만 드는 것이니까. 나는 평소처럼 집에서 부모님이 수제비를 먹는 것을 보았고, 형이 퇴근해 집에 돌아오기 전까지 거리를 돌아다녔다.

○

오후가 되자 거리는 황갈색 노을빛에 잠겨 있었다. 내가 아주 어렸을 때만 해도 죽은 사람이 길 곳곳에 널려 있었는데, 지금은 텅 비어 있었다. 누가 치웠을까. 뼈도 남아 있지 않았다. 생각이 이리저리 튀었다. 혹여나 누가 먹었을지도 모른다는 생각까지 이르자 어딘가 길이 음산해 보이기도 했다. 발걸음을 빠르게 했다.

기현의 집은 우리 집과 크게 다르지 않았다. 깨진 창문이 여

럿 보였고, 그중 몇 개는 테이프를 사용해 엉성하게 막아놓기
는 했으나 을씨년스러운 분위기가 샘솟는 것은 어쩔 수 없었
다. 기현은 베란다에 누워 책을 읽고 있었다. 아마 『로빈슨 크
루소』나 『15소년 표류기』일 것이다. 다른 책들은 땔감으로 대
부분 타버린 지 오래였고, 남은 두 책만 매일 돌려 보아야 했
다. 그 때문인지 기현은 가끔 내게 섬에 가서 우리끼리만 살자
는 말도 안 되는 소리를 해댔다.

"기현아!"

기현은 고개를 돌려 아래 있던 나를 보았다. 그러고는 책을
덮더니 자리에서 일어나 문 쪽으로 갔다. 밖으로 나오기까지
그리 오랜 시간이 걸리지는 않았다. 기현은 슬리퍼를 신고서
바닥을 질질 끌었다. 슬리퍼 끈이 너덜너덜한 채로 간신히 매
달려 있었다. 발을 구를 때마다 슬리퍼가 종잇장처럼 흔들거
렸다.

"오늘은 뭐 할까?"

"몰라."

늘 우린 서로에게 뭐 할지를 물었지만, 결국 무엇도 하지 않
았다. 그저 나무 그늘에 앉아 개미나 괴롭히면서, 해가 완전
히 지기를 기다리다가 하늘에 별이 뜨면 그 개수를 세는 게 다
였다. 발전기를 돌릴 사람이 없어 전기가 끊어진 지 오래였다.
TV나 컴퓨터는 네모나고, 까만 장식품일 뿐이었다. 전기 없는
시골에서 밤에 할 수 있는 일이라고는 얼마 없었다.

우리는 대기근 전에 발행된 배달 전단을 보면서 어떤 맛일까 하고 이야기를 나누었다. 치킨이 그렇게나 맛있었다는데. 언젠가 한 번은 꼭 먹어보고 싶었다. 아버지의 말씀으로는 금요일 밤마다 치킨을 시켜놓고, 맥주를 마셨다고 한다. 다리를 뜯는 그 시늉만 봐도 침이 입에서 쏟아질 것같이 솟구쳤다.

기현에게 우주로 가게 되었다고 말하고 싶었으나 쉽게 입이 떨어지지는 않았다. 친구라면 서로에게 숨기는 것이 없어야 할지도 모르지만, 나는 친구라서 서로에게 숨겨야 할 것도 있다고 믿었다. 그래야 관계가 끝까지 순탄하게 이어질 테니까. 후에 깨질 관계를 내가 굳이 나서서 일찍 깰 필요는 없었다. 다행히 기현은 내게 말을 걸지 않고서 따라왔다.

우리는 얼마 안 가 황보승의 집 앞에 도착했다. 다세대 주택으로 벽에는 빛바랜 배달 음식 스티커들이 가득했다. 담벼락이 무너져 있었고, 사람들은 무너진 담벼락을 문처럼 오갔다. 다세대 주택이라는 이름과는 다르게 그곳에는 황보승의 가족만이 살았다.

기근이 오기 전에는 가난한 사람들이 그곳에 살았다고 한다. 당연히 기근은 그들을 가장 먼저 덮쳤고, 그들은 샌드위치 패널로 잘게 나뉜 방에서 죽었다. 기현은 우스갯소리로 황보승의 집을 다세대 관이라고 했다. 기현이 외쳤다.

"승아!"

처음에는 인기척이 느껴지지 않았다가, 기현이 악을 쓰자 3

층 구석에서 문이 벌컥 열리더니 황보승이 기어 나왔다. 뭔가 우물거리고 있는 것으로 봐서는 학교에서 배급받은 쌀과자를 몰래 먹고 있는 것 같았다. 황보승은 아래로 뛰어서 내려왔다. 다리를 저는 게 꼭 손으로 한 대 맞은 개미 같았다. 기현이 비아냥거렸다.

"또, 네 아버지한테 안 주려고?"

황보승은 웃으면서 되받아쳤다.

"아니, 가져오기만 하면 홀랑 먹어버린다니까. 내가 받아 온 건데도."

"그래도 부모님이랑 나눠 먹어야지."

"그럼 아빠도 나한테 그러든가? 지는 지 것만 먹으면서 나한테는 왜 그래?"

황보승은 평소에는 온화한 성격이지만, 먹을 것 앞에서는 지나치게 날카로워졌다. 황보승은 우리에게 가족에 관한 이야기를 일절 하지 않았다. 특히 어머니에 관해 절대 이야기하지 않는 것으로 보아, 아버지와 할머니, 그리고 황보승, 이렇게 셋이서 사는 것 같았다. 대기근과 연관되어 있겠지 하고 넘겨짚을 따름이었다.

"그건 그렇고, 오늘은 뭐 해?"

황보승이 물었지만, 기현과 나는 대답하지 않았다. 우리가 대답하지 않자, 황보승은 말없이 우리 둘의 뒤를 따라 걸었다.

"오래 걸으면 배고파."

우리는 30분을 걸어 지하철역에 도착했다. 전기가 없어 운행하지 않고 있었다. 펜스가 쳐져 있었으나, 성인이 몸을 억지로 구부리면 들어갈 수 있을 정도로 틈이 벌어져 있었다. 사람들은 겨울이 찾아올 때면, 추위를 피해 지하철역을 따라 걸었다. 어둡기는 했으나 따뜻하기도 했고, 운이 좋으면 부서진 자판기나 역사 안에서 먹을 것을 발견하기도 했다.

"들어갈까?"

기현이 고개를 저었다.

"지난번에 들어갔다가 죽는 줄 알았어."

"왜? 사람이라도 있었어?"

기현은 그때의 기억을 떠올리기 싫은지 인상을 쓰다가 갑자기 황보승의 팔뚝을 주먹으로 때렸다. 황보승이 멀찍이 달아났다. 기현이 씩씩거리며 말했다.

"아니, 이 새끼가 저번에 역 구석에서 자판기를 봤다고 하더라고. 길도 잘 안다고 해서 따라갔다가 길을 잃었어. 빛이라고는 없어서 완전 어두컴컴하지, 황보승 이 새끼는 어딘지 모르겠다며 울먹거리고 있지. 숨이 막 차오르더라고. 나중에는 벽들이 내 목을 조르는 것 같은 기분이었어."

황보승은 억울한지 맞은 팔뚝을 감싸 쥐면서 말했다.

"그래도 나 때문에 밖으로 나왔잖아."

"그냥 앞으로 가기만 했잖아. 새끼야."

기현이 팔을 들어 올리자, 황보승은 몸을 빼며 더 멀찍이 달

아났다. 기현이 말했다.

"사방이 다 막혀 있으니까 답답해서 죽겠더라."

나는 이 지구도 그렇지 않느냐고 말하려고 하다가 말았다. 대기라는 천장과 중력이라는 족쇄에 갇혀 약육강식이라는 생존 방식의 질서에 따라 살고 있었으니 말이다. 그러나 굳이 말하지 않으려 했다. 나만 다른 세계에 사는 사람이 된 것만 같았으니까.

우리는 다시 주변을 떠돌았다. 그러다 과거에 대형 마트였던 곳의 주차장에 갔다. 엔진과 바퀴가 빠져 있는 차들이 대부분이었다. 오랜 시간 동안 사람이 오가지 않아 자동차에는 먼지가 가득했다. 바퀴 고무가 삭아버려 가끔 폭발음과 함께 터졌다.

우리는 돌을 던져 창문을 깨고는 안에 있는 물건을 뒤졌다. 간혹 가다 전원이 들어오는 전자 기기나 배터리가 있었고, 그것을 고물상에 내다 팔면 먹을 것을 받을 수 있었다. 우리는 작은 승용차 하나를 골랐다. 일전에 누가 내부에 들어가려 했는지, 창문에 금이 가 있었다. 우리는 손에 주워 온 돌을 들고서 일렬로 섰다. 먼저 황보승이 조수석 창문을 향해 돌을 던졌다. 돌은 파열음을 내며 창문에 맞고 튀어 나왔다. 내부가 보이지 않을 정도로 금이 크게 가 있었으나, 완전히 깨지지는 않았다. 이어서 기현이 돌을 던졌고, 돌은 창문에 자기 몸집만 한 구멍을 내고는 안으로 들어갔다. 나는 창문 가까이 다가가 남은 파편들을 돌로 깨어내고는 조심스럽게 손을 넣어 문을 열었다. 트렁크에는 별다를 게 없었다. 골프채와 골프공들이 몇 개 남아 있었다. 나는 골프공을 바닥에 내려놓고는 책에서 본 대로 채로 맞추려 했으나, 번번이 빗나갔다. 똥을 싸다 만 것 같은 내 몸짓에 나머지 둘이 웃어댔다.

밤이 되자 우리는 차 안으로 들어갔다. 황보승은 운전대를 잡고서 운전하는 시늉을 했다. 기현과 나는 뒷자리에서 차 내부를 둘러보았다. 가죽 시트 냄새가 났지만, 시트는 모두 벗겨져 있었다. 대기근 때 굶주린 차주가 삶아 먹었을지도 몰랐다. 무척 질겼을 텐데, 분명 소화하지 못하고 속이 막혀 죽었을 것이다. 운전석에 있던 황보승이 뒤를 돌아보며 말했다.

"어디로 가시겠습니까?"

"시내로 가지."

"이왕이면 맛있는 걸 먹으러 가자고. 김 기사 아는 맛집 있나?"

"치킨집을 압니다."

"그리로 가지."

황보승은 입으로 차가 움직이는 듯한 소리를 흉내 냈다. 그러자 마치 대기근 이전의 사람들이라도 된 것 같았다. 그들은 너무 많이 먹어 '다이어트'라는 것을 했다는데, 일부러 열량이 낮은 음식들을 찾아 먹으며, 밤새도록 운동장을 달린다고 했다. 우스꽝스러운 형광 옷을 입고서 높은 곳을 오르고 내리면서 어떻게든 열량을 소비하려 애를 썼다니. 마치 꿈처럼 아버

지는 그때를 떠올렸다. 그때 그 시절은 우리에게는 절대 갈 수 없는 천국과 같은 세상이었다.

"나, 우주로 가."

나도 모르게 내뱉고야 말았다. 차 내부에 정적이 찾아왔다. 배 속에서 울리는 꼬르륵 소리만이 들려왔다. 바로 그 순간 벌써 우주에 도착한 것이 아닐까 싶었다. 우주에는 공기가 없어 소리도 들리지 않는다는데. 딱 그런 상황이었다. 먼저 침묵을 깬 쪽은 나였다.

"너희들이 뭐라 그러든 난 갈 거야. 여기에 질렸어. 매일 먹을 것만 생각하는 이 삶도 지겹다고. 우리가 자란다고 해서 달라질까? 언제 지구가 정상적으로 돌아오겠냐는 말이야. 더 나빠졌으면 더 나빠졌겠지. 결국에는 모두 우리 형처럼 될 거야. 조금 먹고, 많이 일할 수 있으니 구인류들을 위해서 매일 일만 하게 되겠지."

눈에 눈물이 고이려 했으나 애써 참았다. 애들에게 약한 모습을 보이고 싶지 않았다. 다친 야생동물처럼 무리에서 내쳐질지도 몰랐다. 기현은 매섭게 나를 쏘아붙였다.

"나쁜 새끼. 결정하기 전에 적어도 우리한테 미리 말은 해주지. 지금 우리 저주하는 거 아니야? 네가 가버리면 우리는? 그렇게 기계처럼 살라고?"

"그 말이 아니잖아."

"뭐가 달라? 어쨌든 혼자만 살겠다는 거잖아."

기현의 말에 가슴이 찔려 대답하지 못했다. 문제를 해결하기보다는 회피하는 것이었으니. 남겨진 사람들에 대한 생각은 전혀 하지 않았다. 그 문제에 관해서 내가 할 말은 없었다. 황보승은 우리 둘의 눈치만 살피며 아무런 말도 하지 않았다. 기현이 목에 핏대를 세웠다.

"이용당하고 있는 거 몰라?"

"누구한테?"

"누구긴?"

기현은 주변을 둘러보더니 목소리를 낮춰 말했다.

"당연히 G지."

예상한 대로였다. 무엇이든 G가 대답이었고, 문제의 시발점이었다. 사람들은 길을 가다가 넘어지기만 해도 G를 욕했고, 굶주려 죽은 사람들을 가리키며 G를 탓했다. 공개적으로 드러내지만 않았을 뿐, 어른들이 말하는 대로라면 모든 문제의 해답은 G가 사라지는 것이었다.

'G만 사라지면.'

그러면 어른들은 단종되어 버린 맥주를 마실 수 있을 거라면서 마루 아래 꿍쳐놓은 소주를 마셔댔다. 그러다 취하면 언제든 청와대로 진격할 듯이 손을 들어 올렸고, 나머지 일행들이 옳다고 손을 따라 들면서 서로의 잔에 밀주를 나누었다. 금주법 위반으로 그들을 잡아갈 경찰들도 굶어 죽고 없었다. 나는 심드렁하게 대답했다.

"상관없어. 지구에서 빠져나가기만 하면 돼."

"안 돼."

"왜?"

기현은 황보승과 내 눈치를 보더니 황보승에게 문을 단단히 잠그라고 말했다. 황보승은 운전석의 잠금장치를 몇 번이나 눌러대다가 작동하지 않자, 손으로 강하게 내려치고는 뒤를 돌아보았다. 기현은 자기 입술에다 검지를 가져다 대며 지나치다 싶을 정도로 경고를 강하게 했다.

"잘 들어. 어디 가서 내가 이야기했다고 하면 안 돼."

기현은 한 번 더 주변을 살피고는 속삭이듯 말했다.

"혁명이 준비되고 있다고 들었어."

황보승이 물었다.

"무슨 혁명?"

기현은 황보승의 입을 틀어막았다. 황보승은 눈이 커진 상태로 입을 뻐끔거렸다. 빛을 보고 놀란 황소개구리 같았다. 기현이 황보승의 입에 검지를 가져다 대면서 주의를 주고는 입에서 천천히 손을 뗐다. 그리고 다시 말을 이었다.

"G는 얼마 안 가서 죽어. 그러면 G의 권력을 두고서 내분이 일어날 거야. 그때 청와대를 점령한대."

나는 퉁명스럽게 기현에게 물었다.

"누가 그래?"

도대체 누가? 하루 먹고 살아가기도 힘든 사람들을 데리고서 어떻게? 차도 없는 마당에 사람들을 서울로 집결시킬 수 있긴 한 걸까? 모인다고 하더라도 삼시 세끼를 모조리 챙겨 먹은 G의 군인들을 뚫고 갈 수 있을까? 불가능할 것 같았다. G가 노환으로 죽는다고 하더라도, 그 밑의 장군이나 비서실장이 다음 자리를 차지할 것이었다. 기현이 눈을 부릅떴다.

"A라는 단체야. 서울에서 결성된 비밀단체인데, 중국 쪽에서 도움을 받아서 혁명을 준비하고 있대. 얼마 전에 상인동 쪽 식량 창고가 털린 거 알지? 그게 A의 짓이래. 전국적으로 벌써 10만 명이나 회원들이 모였대."

음모론 같았다. G가 집권한 이래로 혁명과 관련한 소문은 크게 돌았지만, 한 건도 제대로 일어나지 않았다. 남한이 식량난으로 혼란스러운 와중에 북한에서 적화통일을 하기 위해 아래로 내려온다는 소문이 돌았지만, 모두 헛소문이었다. 사실 우리보다 먼저 북한이라는 국가 자체가 식량난으로 궤멸한 지 오래였고, 지배 계층 일부가 중국으로 이주해 살아가고 있었다. 이후에도 혁명과 운동이라는 이름으로 단체들이 결성됐지만, 행동력 없이 벽보만 뿌려대는 것에서 그쳤고, 끝내는 군인들에게 잡혀 숙청당했다. 정부는 그들이 불법적으로 회원들을 모집해 그들의 배급을 빼돌리다가 걸려 처벌했다고 발표했다. 그러나 기현의 눈은 반짝거리고 있었다.

"진짜라니까? 내가 언제 거짓말한 적 있어?"

"그걸 누구한테 들었는데?"

황보승의 날카로운 질문에 기현은 당황한 듯 말을 흐렸다.

"그건… 말해줄 수 없어."

"됐어."

"명색이 비밀단체인데, 내가 말하면 어떻게 해?"

나는 기현을 몰아붙였다.

"거짓말 마."

그러자 기현은 강하게 날 밀치더니 문을 열고 밖으로 나갔다. 내가 따라서 내리지 않자, 기현은 나를 향해 욕설을 퍼부으며 차 문을 발로 찼다.

"겁쟁이 새끼. 우주에서 똑똑히 봐. 지구가, 아니, 한국이 얼마나 달라져 있을지 말이야."

이야기를 마칠 때가 되었다. 원래 아무에게도 이야기하지 않으려 했지만, 분위기에 휩쓸려 말하고야 말았고, 이런 결과로 이어졌다. 아무리 생각해도 기현의 이야기는 영양가가 없었다. 기현의 말대로, 혁명이 성공한다고 해도 달라질 것은 크게 없어 보였다. 그들이 시간을 뒤로 움직일 수도 없을 것이고, 지구의 멸망을 늦출 수도 없을 것이다. 지구 온도는 계속해서 올라갈 테고, 금성처럼 가스로 가득 차게 되겠지. 아니면, 화성처럼 대기 자체가 사라질지도 몰랐다. 결국, 어디를 택하든 나아질 길은 보이지 않았다. 나처럼 생각하는 사람들이 많았으니, 앞선 혁명 단체들도 모조리 사장된 것이겠지.

차 문을 열고 밖으로 나섰다. 황보승이 내 이름을 부르며 따

라 나왔지만, 나는 빠른 걸음으로 황보승을 따돌리고는 대로
변으로 나갔다. 그곳에는 누구도 없었다. 바람만 제자리를 돌
뿐이었다. 이제는 혼자인 것에 적응해야 할 때가 된 것만 같았
다. 우주로 떠나는 순간부터 기현과 황보승을 볼 수도 없을 것
이다. 가족이 아니고서는 메시지를 받을 수도 없었으니, 이들
과의 인연은 여기서 끝이었다.

공터에서 떠돌다가 새벽이 되어서야 집으로 돌아갔다.

。

그날 이후로 둘은 나를 보고도 아는 척도 하지 않았다. 달려
와서 헤드록을 걸거나, 머리에 돌가루를 던지지도 않았다. 철
저하게 무관심으로 나를 대했다. 나도 오전까지는 다른 아이
들과 함께 교실에서 수업을 들었다가, 점심을 먹고 난 이후부
터 밤까지는 지하 1층 실험실에서 하나와 형섭과 함께 따로 수
업을 들었다. 반 아이들도 적잖이 눈치를 챈 모양인지, 내게 우
주에 가서 잘 살라고 말하거나, 아끼던 물건을 주었다. 그들은
나를 꼭 죽으러 가는 사람같이 대했다. 나는 아무렇지 않게 그
들에게 웃어 보였는데, 뒤에서 기현의 목소리가 들렸다.

"좆같은 가식은. 미친 새끼가."

황보승이 기현을 말렸으나, 기현은 멈추지 않았다.

"저 새끼, 우리 버리고 지 혼자 우주로 튀는 거야. 우리는 좆

같은 지구에 남겨두고 자기 혼자 가는 거라고."

"야, 박기현. 그만해."

황보승이 기현을 껴안았으나, 기현은 거칠게 황보승을 밀어
냈다. 그러고는 책상을 발로 걷어차고는 밖으로 걸어 나갔다.
아이들의 생각도 크게 다르지는 않았을 것이다. 일부는 우주
로 가는 내게 연민의 시선을 보냈지만, 대부분은 기현과 마찬
가지로 지구에서 도망간다고 생각했다. 하나같이 삼시 세끼를
먹으며 사는 아이들은 없었으니 말이다.

형섭과 하나도 나와 비슷한 상황을 겪고 있는 것 같았다. 하
루는 하나가 실험실에 오지 않았다. 수학 선생님은 반을 돌며
하나를 찾아다녔지만, 끝내 찾을 수는 없었다. 아이들은 아침
에 하나가 울면서 교실을 뛰쳐나갔다고 했다.

교장의 명령으로 선생들은 학교 주변을 샅샅이 뒤졌다. 수
색은 저녁까지 이어졌고, 선생을 비롯해 아이들까지 주린 배
를 부여잡고서 골목골목을 돌아다녀야 했다. 금방이라도 포기
하고 싶어질 무렵 하나는 학교로 돌아왔다. 교장이 하나의 어
깨를 붙잡고서 무얼 했냐고 묻자 하나는 울먹거리며 지하철역
을 걸었다고 했다. 수학 선생이 불같이 화를 냈고, 집에 사실을
말하지 않는 대신에 다음 날 온종일 깜지를 쓰기로 했다. 그날
함께 집으로 돌아가는 길에 하나가 내게 말했다.

"애들이 나보고 외계인이라고 하더라."

"외계인?"

"이제 지구인이 아니니까, 외계인이라면서 자기들 곁에 오지도 말래."

그 말을 들은 형섭이 갑자기 길거리에 널려 있는 쓰레기를 걷어찼다. 쓰레기봉투가 찢어지면서 내용물이 쏟아져 나왔다. 깨진 플라스틱 조각들이었다. 발로 바닥을 쓸며 무엇이 있는지 확인해 보다가 특별한 게 없었는지 형섭은 침을 바닥에 뱉어댔다.

나는 하나를 보며 다른 말을 할 수가 없었다. 어떤 면에서는 아이들의 말이 맞다고 생각했다. 우리는 이제 그들과 전혀 다른 곳에서 살아가게 될 것이다. 사람을 위로하는 법을 전혀 알지 못했던 나는 그저 저녁 어스름이 내린 골목을 하나와 한 걸음 떨어진 상태로 걸어갔다. 형섭이 말했다.

"겁쟁이들."

우리는 동시에 형섭을 보았다. 형섭은 입술을 씹어대며 말을 이었다.

"자기들도 갈 수 있으면서 안 가는 거잖아. 그러면서 우리한테 변절자, 외계인이라고? 가만히 앉아서 뒈지기만을 바라는 놈들이 뭔 말이 많아."

형섭은 그리 말하고는 옆길로 사라졌다. 하나와 나는 형섭의 뒷모습을 바라보았다. 걷는 모습이 어딘가 이상했다. 왼쪽 다리와 오른쪽 다리의 대칭이 맞지 않았다. 맞아서 다리를 저는 것처럼 보였다.

○

시험일이 다가올수록 우리에게 행운을 비는 아이들보다 거리를 두는 아이들이 많아졌다. 부탁이 아니면 굳이 말을 걸려고 하지도 않았다. 선생들은 우리에게 따로 청소나 숙제를 시키지 않았다. 한번은 1학년 선생이 청소 시간에 가만히 창가에 서 있던 나를 교무실에 불러 혼을 내려 했다. 그러자 다른 선생이 우리에게 다가와 나를 가리키며 '우주에 나갈 애'라며 귀띔을 해주었다. 그걸 들은 선생은 갑자기 곤란한 표정을 짓더니 내 어깨를 두들기고는 반으로 돌려보냈다. 선생들의 배려 아닌 배려가 깊어지면 깊어질수록 아이들과는 더욱 멀어졌다.

또 한번은 기현이 며칠 동안 학교에 나오지 않은 적이 있었다. 동시에 형섭도 이틀 동안 학교에 나오지 않았는데, 이틀 후에 나온 형섭은 기현을 때려눕혔다며 하나와 내게 자랑 아닌 자랑을 했다. 형섭은 그간 하나와 내가 모르게 아이들과 많이들 싸워온 것 같았다. 훈장처럼 내게 보인 다리에는 멍이 가득했다. 평소 나였더라면 형섭에게 화를 내었겠지만, 이미 마음은 나와 같은 길을 선택한 형섭 쪽으로 크게 기울어 있었다.

이후로 황보승은 나를 보기만 해도 얼굴이 벌게져서는 교실 밖으로 나가버렸다. 담임 선생님은 면담을 통해 황보승을 다른 반으로 보냈지만, 기현은 그대로 반에 남았다. 대신 기현은 나를 투명 인간 취급했다. 내가 뻔히 눈앞에 있는데도 나와 하나에 대해 욕을 해댔고, 어김없이 형섭에게 맞기를 반복했다.

　우리 셋은 과학실에 모여 온종일 모의고사를 풀어야 했다. 선생들이 퇴근하고 나면 나는 하나에게 틀린 문제를 물었다. 하나는 정성을 들여가며 천천히 내가 이해할 수 있도록 설명해 주었다. 예쁜 글씨가 내 시험지 위에 남겨질 때면 괜스레 손에 땀이 나기도 했다. 그러나 형섭은 열심히 하려 하지 않았다. 학교가 어렵게 구한 모의고사 용지 위에 그림을 그리거나, 엎드려 자는 시간이 많았다. 선생들이 화를 내도 형섭은 그 순간에만 집중할 뿐 열심히 하지 않았다. 그 모습을 보다 참지 못한 내가 시험에서 떨어지면 어떻게 할 거냐고 형섭에게 물으니 그는 귀찮다면서 손을 내저었다.

　"있어봐. 조금 있으면 우리 보고 제발 와주십쇼, 그럴걸?"

　정말 신기하게 형섭의 말대로 지원 기간이 끝나고 공지가 올라왔다. 지원자들에게 시험이 면제되었다는 공지였다. 겉으로는 지원자 모두가 학업 능력이 우수해서 시험을 면제한다고 했지만, 실제로는 예상보다 지원자가 많이 나오지 않아서 그런 것 같았다.

○

　내일이었다.

　가족에게서 벗어나게 되는 날이.

시험 면제 공지가 올라오자마자 정부에서 지원자들에게 소집령을 내렸다. 교장은 우리에게 공문을 주면서 웃음을 지었다. 먹고 남은 쓰레기를 쓰레기통에 버리는 듯한 느낌이었다. 어디로 가는지는 국가 기밀이라며 알려주지 않았다. 막연하게 대전이라고만 알았다. 교장은 가족과 마지막 인사를 나누고 오라고 했다.

평소보다도 일찍 집에 귀가했다. 아이들은 모두 수업을 듣고 있었고, 거리에는 기근 때 모두 잡아먹혔는지 개미 한 마리조차 보이지 않았다. 여름임에도 생명체들이 햇볕에 모두 죽어버린 것만 같았다. 아스팔트는 지글거리며 끓어올랐다. 입안의 침도 말라 혓바닥과 이가 들러붙었다. 우리 셋은 말없이 길을 걸었다. 입에서 단내가 날 것같이 입술을 꾹 다물었다. 누가 봤으면 셋이 크게 싸웠다고 생각할 것 같았다.

셋 중 누군가가 이야기하지 말자고 제안한 것은 아니었다. 셋은 교장실에서 나오자마자 고개를 숙이거나, 반대로 치켜들거나, 껄렁하게 좌우로 꺾으면서 걸었다. 막상 집을 떠난다고 생각하니 속에 구멍이라도 뚫린 것처럼 배가 고프지 않았다. 오랫동안 먹지 않아 위산이 위벽을 완전히 녹여버렸을지도 몰랐다. 하나는 울 듯 말 듯한 오묘한 표정으로 긴 다리를 총총거리며 나아갔다. 나는 그 뒤를 말없이 따랐다.

적어도 140년 동안은 함께 있어야 할 사이였다. 140년 동안 할 말, 하지 않을 말 전부 하게 될 텐데, 본능적으로 이날 하루

만큼은 말을 삼킨 게 아닐까 싶다. 말을 섞으면 섞을수록 가까워진다는 말은 거짓이었다. 때로는 침묵이 필요했다. 우주로 나간 우리는 자그마치 40년 동안 지지고 볶으면서 살았지만, 가까워지지는 못했다.

무궁화호 내부에서 일어난 수많은 반란을 무자비하게 진압하던 형섭이 한때는 너무나도 미웠다. 가끔 그가 거주하는 M612호가 갑작스러운 소행성 충돌로 떨어져 나가기만을 바라기도 했다. 반란이 일어났다는 소식을 들으면, 걱정이 들다가도 마음 한구석에서는 형섭이 받아야 할 응당한 벌이라고 생각하기도 했다.

어쨌든 그날 우리는 말없이 뿔뿔이 모두 흩어졌고, 나는 집에 도착했다. 어머니와 아버지는 어김없이 수제비를 끓여 먹었고, 나는 그 옆에 앉아 그들이 먹는 것을 지켜보다가 내 방으로 돌아가 LP판과 CD 더미를 뒤적거렸다. 퀸과 본 조비, 비틀스가 손끝에 스쳤고, 끝내는 라디오헤드의 2집 〈OK COMPUTER〉 CD를 들고서 생각에 잠겼다. CD를 집어 들기만 했는데도, 노래가 머릿속에서 재생되는 것만 같았다. 한 번도 들어본 적 없었는데 말이다. 앨범 커버를 보며 노래를 떠올렸다.

내가 갈 우주가 그 노래들만큼 평온하기만을 바랐다.

새벽이 되어 형이 집에 도착했다. 형은 여느 때처럼 밥을 챙겨 먹고는 바로 잠들려 했다. 나는 소리가 나지 않게 계단을 타고 아래로 내려갔다. 어머니의 코 고는 소리가 들려왔다. 형의 방문 앞에 서서 갈등했다. 형에게는 무슨 말을 건네야 할지, 아니 말을 하기는 해야 할지 알 수 없었다.

나는 문을 열고 들어갔다. 그래도 형에게는 말하고 싶었다. 형이라면, 고된 노동으로 가족을 먹여 살리고 있는 형이라면, 내 결정을 이해해줄지도 몰랐다. 예상과는 다르게 형은 깨어 있었다. 내가 평소 생각하던 형의 모습과는 달랐다.

"왜?"

나는 그 옆에 앉아서 잠시 머뭇거리다가 형의 등에다가 대고 말했다. 아주 커다란 등이었다. 먹은 것이 적어 뼈가 드러나 있었다.

"나, 우주에 가."

그러자 예상과는 전혀 다른 반응이 튀어나왔다. 형은 내가 우주로 간다는 말에 정말이지 불같이 화를 냈다. 바로 이불을 걷고 일어나 나를 금방이라도 죽이려 들 것처럼 내 얼굴에 삿대질을 해댔다. 내가 더 말을 했더라면, 멱살을 잡혔거나 주먹으로 얼굴을 한 대 맞았을 것이다.

"부모님은? 나보고 전부 떠맡으라고?"

나는 지금까지 형의 불만을 들어본 적이 없었다. 내게 있어서 부모님과 함께하는 형의 모습은 당연했다. 월급도, 수당도, 배급도 나오지 않는 내 우주행에 형은 먹지도 못할 도리를 들며 따지고 들었다.

"앞으로 내 삶은? 내 인생은?"

나는 바로 자리에서 일어나 집 밖으로 달아났다. 무엇 하나 챙기지 않았다. 챙길 틈도 없었다. 뒤로는 형의 욕설이 들려오고 있었다. 절대 뒤를 돌아보지 않았다. 잠깐이라도 돌아보면 형이 날 잡아먹을 것만 같았다. 아주 어두운 밤이었음에도 발에는 무엇 하나 걸리지 않았다. 외롭게 보이드를 지나치는 별똥별 같았다.

○

다음 날, 나는 혹시나 형이 학교로 찾아왔을까 마음을 졸였지만 가족 중 누구 하나 보이지 않았다. 교장실에서 나를 찾았고, 교장은 우리를 보자마자 또다시 훈화를 시작했다. 입맛을 다시면서 천천히 끊어 말하는 교장의 모습은 꼭 말라버린 저수지에서 입을 뻐끔거리는 금붕어 같았다.

훈화를 마칠 때쯤에는 몸이 배배 꼬여서 혼이 났다. 전날 학교 뒷산에서 몸을 덜덜 떨며 해가 뜨기를 기다려서 그런 것 같았다. 교장실에 내리쬐는 햇볕 아래 서 있으니 피곤이 몰려왔다. 마침 국어 선생이 교장실 문을 열고 들어와 교장에게 교육청에서 온 공문을 전했다. 우리를 보는 시선이 어딘가 슬퍼 보였다. 국어 선생이 바깥으로 나가자 교장이 말했다.

"밖에 차가 왔단다."

"어디로 가는 차인데요?"

형섭이 그렇게 묻자 교장이 인상을 썼다. 손찌검이라도 할 줄 알았으나, 교장은 귀찮다는 듯이 바깥으로 나가라는 손짓만 했다. 우리는 줄지어 밖으로 나섰다. 운동장에는 봉고차가 우리를 기다리고 있었다. 아이들은 오랜만에 움직이는 차를 보고는 창문에서 자라처럼 고개를 빼고 있었다. 국어 선생이 앞장서 걸었고, 우리가 뒤따랐다. 아이들 속에는 기현과 황보승도 있었다. 창틀에 턱을 괸 채 둘은 일부러 무심한 척 내가 아니라 하나와 형섭을 보고 있었다. 나는 몇 번이고 뒤돌아보려 하다가 말았다. 차에 올라타고 나서야 창문 아래로 손을 흔들었다.

안녕, 나의 친구들.

막 (2)

＋

"내가 말했지. 지켜보라고."

기현의 앳된 모습은 남아 있지 않았다. 모니터 속 남자는 수염도 가득한 데다가 피로에 크게 지친 모습이었다. 그는 모니터를 붙잡고서 화를 쏟아내기 시작했다. 감정을 감당하기가 힘든지 금세 눈시울이 붉어졌다.

"한국이, 아니 지구가 어떻게 되는지 지켜봐. 거기서. 겁쟁이야."

그렇게 모니터는 꺼졌다. 망연자실한 나는 반복해서 동영상을 돌려보았다.

A는 쿠데타에 성공해 청와대 점령에 성공했으나, 식량난을 해결할 수는 없었다. 독재 타도라는 이상으로는 지구의 온도

를 낮추거나, 무너진 환경을 과거로 돌리지 못했다. 기현은 A의 쿠데타에서 주역으로 활약했고, 청와대에 있는 통신 시설로 내게 영상 편지를 보냈다.

기현은 내게 돌아오라고 말하지 않았다. 그는 저주에 가깝게 거기서 지켜보라고 말했다. 다크서클이 짙은 눈은 벌겋게 달아올라 있었고, 손은 미세하게 떨렸다. 어떤 일로 기현이 저렇게 되었을까 생각해 보려 했지만, 이미 우리의 거리는 0.1 광년이나 벌어져 있었다.

영상을 받은 시점에서 내가 할 수 있는 일이란 없었다. 영상이 이곳에 오는 시간 동안 이미 지구에 인류는 거의 사라진 뒤였다. 교본 속 지구를 보았다. 아주 먼 과거의 지구였다. 바다는 푸르고, 대륙은 초록빛으로 가득했다. 보기만 해도 몸이 간지러울 정도로 생명체들이 바글거릴 것만 같았다. 나는 교본을 치우고는 망원경으로 지구를 보며 숨죽여 울었다.

o

차는 북대구를 돌며 아이들을 태웠다. 인원은 20명에 불과했으나, 그 20명을 봉고차 하나에 모조리 때려 넣다 보니 숨이 쉬어지지 않았다. 습기가 차오르며 창이 뿌옇게 변했다. 그래도 몸집이 모두 작아서 다행이었다. 과거에는 남자 평균 신장이 173센티미터에 여자는 160센티미터였다고 했는데, 만약 지금 그랬더라면 이곳에 시체 쌓듯이 사람들을 포개지 않는 이상 다 탈 수가 없었을 것이다. 우리가 탈 우주선인 무궁화호도 마찬가지로, 우리의 몸집이 작았기 때문에 최대한 효율적으로 만들 수 있었다. 우리가 골격이 큰 서양인이었더라면 절대 이렇게 효율적으로 우주선을 건조할 수는 없었을 것이다.

차는 이윽고 대구를 빠져나와 도로에 올랐다. 다른 차는 보이지 않았다. 돈이 될 만한 것들은 모조리 식량과 맞바꿨으니 남은 것이 없었다. 집에 들르지 않고 우리는 도시를 바로 빠져나갔다. 하나는 불안에 몸을 떨었다. 차에 있는 다른 아이들도 마찬가지였다. 형섭은 운전대를 잡은 남자를 보면서 내게 속삭였다.

"몸집 봐. 미쳤어."

우리보다 키도 배로 컸고, 전혀 굶은 사람처럼 보이지 않았다. 선글라스를 끼고, 양복을 차려입은 모습에서 기가 죽어버렸다. 아이들도 그 사람에게 혼이 날까 봐 서로에게 작게 속삭여야만 했다. 하나는 몸집이 커서 그런지 다른 아이들의 시선을 한껏 받았다. 목과 몸을 크게 꺾었음에도 아이들보다 키가 배로 커서 쉽게 눈에 띄었다. 그러다 한 여자아이가 자기 친구의 귀에다 대고 말했다.

"밥도 잘 먹으면서 왜 우주에 가려고 한대?"

하나를 두고 하는 말이었다. 하나가 부족함 없이 자라온 것은 분명했다. 밥을 굶지도 않았을 테고, 가지고 싶은 것이 있다면 하나는 얼마든지 가질 수 있었을 테니까. 그런데도 하나는 왜 굳이 지구를 떠나려 하는 걸까? 나도 그게 궁금했다. 하나와 그것에 관해 깊은 이야기를 나눈 적은 없었다. 그저 나처럼 지구가 싫겠거니 싶었다. 각자 사연은 다들 가지고 있을 테니 말이다.

나는 하나가 괜찮을까 걱정하는 마음 반, 지구를 떠나는 이유에 대한 궁금증 반으로 하나를 쳐다보았다.

"어이."

말이 튀어나온 쪽은 하나가 아니라 형섭이었다.

"말을 좀 개같이 하네?"

형섭은 여자아이를 무섭게 노려보았다. 여자아이는 당황한 듯 눈치를 보았다.

"너한테 말한 거 아니거든?"

"상관없어. 어쨌든 말투가 좆같은 건 사실이잖아? 여기서 진짜 가고 싶어서 우주로 가려는 사람이 있어? 엄청 우주가 좋아서, 그냥 씨발 우주만 보면 미쳐버릴 것 같아서 가는 그런 새끼 있냐고. 있으면 나와봐."

아이들은 아무런 말도 하지 않았다. 그야 대부분 나처럼, 혹은 형섭처럼 단순히 배가 고파서, 가족을 피해서, 미래 없는 지구를 벗어나고 싶어서 우주로 가는 길을 선택했을 테니까. 형섭이 여자아이에게 쏘아댔다.

"그러니까 좆같은 소리 말고, 우주에 나가서 어떻게 살아남을지나 생각해. 거기에 어른들은 없어. 우리밖에 없다고."

형섭은 그리 말하고 하나를 한번 보더니, 고개를 창문 쪽으로 돌렸다. 여자아이는 울기 시작하더니, 집에 가고 싶다면서 주변 사람들을 보챘다. 그러나 운전사는 우리에게 어떤 반응도 보이지 않고 우리를 어딘가로 데려갈 뿐이었다.

○

우리는 대전에 있는 한 시설에 도착했다. 간판에는 '한국항공우주센터'라 적혀 있었다. 전국에 굴러가는 차는 모두 이곳에 모아둔 것 같았다. 매연이 뒤덮인 광장에는 아지랑이가 일고 있었고, 더운 숨결처럼 우리에게 다가왔다. 잃어버린 문명의 세계에 도착한 것 같기도 했다. 한국의 대기에는 더는 미세먼지가 가득하지 않았다. 우리에게 까만 하늘은 모든 것이 넘쳐나는 산업 사회의 나태한 불평으로 느껴질 뿐이었다. 우리는 신선한 공기를 마시듯 코를 벌렁거리며 연기를 들이마셨다.

봉고에서는 아이들이 끊임없이 쏟아져 내리고 있었다. 10세부터 16세까지 나이는 다양했으나, 모두 경직된 상태로 주변을 두리번거리고 있었다. 나는 처음으로 느끼는 어수선한 분위기에 쉽게 정신을 차리기가 힘들었다. 과거 시장이 이렇지 않을까 싶었다. 온갖 먹을 것들을 늘어놓고 팔았다고 하는데,

꿈같은 곳이었다. 우리는 광장에서 부모 잃은 아이처럼 고개를 이리저리 돌려가며 눈치를 보았다. 붉은 완장을 찬 어른들이 아이들을 광장에다 줄을 세우고 있었다.

"거기! 뛰어와!"

조교가 우리에게 소리를 질러댔다. 막 봉고에서 내린 아이들은 눈치를 보았다. 조교가 우리를 향해 윽박질러 대자, 순간 몸이 움츠러들었다. 아까 형섭에게 호되게 당한 여자아이는 봉고차에서 내리지 않고서 버텼다. 조교의 윽박에 더욱 겁을 먹은 것처럼 보였다. 조교가 다시 외쳤다.

"선착순 셋!"

형섭이 가장 먼저 뛰쳐나갔다. 형섭은 이를 악물고서 앞으로 내달렸다. 이어서 아이들은 우르르 형섭의 뒤를 따라갔다. 그러나 1등은 하나였다. 하나는 긴 다리로 금방 형섭을 따라잡았다. 뛰어가는 모습이 타조 같았고, 아이들은 그런 하나에게 차디찬 시선을 보냈다. 형섭은 작은 키에도 다리를 빠르게 놀리며 아이들을 모두 따돌리고 하나에 이어 두 번째로 들어갔다. 둘은 아이들 앞에 열중쉬어를 하고 섰고, 나는 순위권에 들지 못해 한동안 광장을 토가 나올 때까지 돌아야 했다.

선착순 달리기는 마지막 셋이 남을 때까지 계속됐다. 아이들은 반복되는 훈련에 바닥을 기거나, 구역질을 해댔다. 쓰러진 아이들도 있었으나, 따로 응급처치는 이루어지지 않았다. 조교는 이미 선착순을 통과한 아이 몇을 시켜 쓰러진 아이들

막 (2)

을 광장 바깥쪽으로 빼놓았다. 나는 그들이 다시 집으로 돌아갈 것으로 생각했지만, 아니었다. 그들의 호흡이 정상으로 돌아오면 조교들은 그들 사이에서 마지막 셋이 남을 때까지 '선착순!'을 반복해서 외쳤다. 입단식이 끝날 때까지 마지막 셋은 계속해서 광장을 돌아야 했다.

광장에 서 있는 아이들은 기껏해야 3,000명이었다. 그중에서 삼시 세끼를 모두 먹은 아이는 하나를 비롯해 서울 아이, 광주 아이, 이렇게 셋뿐이었다. 셋은 작은 키를 한 아이들 위에 전봇대처럼 서 있었고, 표정도 다른 아이들보다 유달리 여유로워 보였다. 나는 부족한 수의 아이들을 전국에서 잡아 올 것으로 믿었다. G라면 충분히 그러고도 남았으니까.

"차렷!"

조교가 우렁찬 함성을 외치자 삽시간에 주변이 조용해졌다. 한창 반항기인 아이들을 한데 모아놓았지만 아무도 나서지 못했다. 반항심을 억누르는 무언의 압력이 더욱 강했다.

까만 세단이 광장을 한 바퀴 돌더니 멈춰 섰다. 조수석에서 양복을 차려입은 비서가 나와 뒷문을 열었다. G가 지팡이를 짚고는 힘겹게 밖으로 걸어 나왔다. 조교들은 준비된 이동식 단상을 끌고 와서 G 앞에 설치했다. G는 앓는 소리를 내면서 단상에 올라서더니 목을 가다듬었다. 비서가 마이크를 내밀었으나, G는 아이들의 수를 슬쩍 보더니 고개를 저었다.

"여러분, 반갑습니다. 에…"

말을 멈추고서 G는 머리를 긁어댔다. 비서가 아래에서 종이 한 장을 건네주자, G는 목에 걸고 있던 안경을 쓰고는 종이를 들었다. 그러나 글자가 보이지 않는지, 종이를 앞뒤로 움직이다가 끝내 고개를 젓고는 단상 아래로 다시 내려갔다. 대신 비서가 단상에 올라와 목을 가다듬고는 우리에게 말했다. 작은 목소리 때문에 아마 뒤까지는 전혀 들리지 않을 것 같았다.

"국가를 위해, 지구를 위해 모험을 결정해 주신 여러분께 감사의 말씀을 전합니다. 아시다시피 지구는 생명을 잃어가고 있습니다. 인류도 생존의 위협을 느끼고 있습니다. 우리는 위기를 헤쳐나가야 합니다. 막 뒤에 무엇이 있을지는 모릅니다. 혹시나 여러분들이 창조주를 만나게 된다면 즉시 우리를 구해달라고 말해야 합니다. 여러분들은 우리의 마지막 희망입니다."

말을 마친 비서가 단상에서 내려갔고, G는 비서의 도움을 받으며 조심스럽게 차에 올라탔다. 차는 다시 광장을 한 바퀴 돌더니 밖으로 빠져나갔다. 이번에는 파란 완장을 찬 교관이 단상에 올라섰다. 눈빛이 날카로웠고, 몸이 다부졌다.

"여러분들은 지금부터 출항 전까지 이곳에서 훈련받게 됩니다. 우주에 적응하는 법부터 우주선 내부 질서 유지, 우주선 유지 보수 및 식량 생산, 각종 실험 임무 수행 등 6개월 안에 여러분은 각 분야에서 최고가 되어야 합니다."

교관은 잠시 말을 멈추고는 아이들을 둘러보고는 말을 이었다.

"여러분은 조교와 교관들의 말을 잘 따라야 합니다. 우리는 대통령 긴급 명령으로 발의된 '무궁화호 승무원 양성법'에 따라 체벌과 포상을 여러분께 합법적으로 부여할 수 있으며 그에 따른 책임이 면제됩니다."

교관이 단상을 내려가는 것과 함께 입단식은 끝이 났다. 완장을 찬 조교와 교관들은 가축을 우리에 몰아넣듯이 아이들을 창고 쪽으로 몰아댔다. 일렬로 늘어선 아이들은 앞사람의 어깨에 손을 얹고서 창고에 들어섰다.

우리는 훈련 과정에 쓰일 각종 물품을 배급받았다. 우주복은 상의, 하의가 붙어 있어 정비공 옷처럼 보였다. 용변을 보기 위해서는 옷 전부를 내려야 했기에 여간 불편한 게 아니었지만, 우리가 원래 입고 있던 누더기보다는 훨씬 좋았다. 이어서 개인 물컵, 끝부분이 포크처럼 날이 서 있는 숟가락을 받았다. 숙소는 2인 1실을 사용했다. 건물 내부는 무척이나 넓었고, 정상적으로 작동하는 자판기까지 있었다. 그곳에는 대기근 이전에 만들어진 과자들이 가득했는데, 아이들은 그 앞에 서서 침을 흘려댔다. 일부 아이들이 동전을 넣는 구멍에 가져온 동전을 넣으려 했지만, 그 크기가 맞지 않아 사용할 수 없었다.

방 내부에는 침대가 총 4개였다. 철제 2층 침대 2개가 벽을 마주 보고 있었다. 어쩐지 황량했다. 내가 살던 방보다도 깨끗했고 사람들도 복도에 복작거렸지만, 긴장이 어딘가에서 샘처럼 솟구쳐 나오는 것만 같이 쉽사리 풀리지 않았다.

"반도 못 모았나 보네."

야구 모자를 쓴 남자아이가 방 안으로 들어섰다. 야구 구단 같이 식량 생산에 도움 되지 않는 것은 해체된 지 오래였으니, 야구 팬은 아닐 것이었다. 그냥 어디 폐허가 된 상점에서 주워 온 모자 같았다. 아이의 턱선은 날카로웠고, 눈도 무척이나 커서 눈동자가 훤히 보일 정도였다. 그는 하나와 같이 키가 무척이나 컸다. 광장에서 본 서울 아이였다. 그는 침대 아래 칸에 가방을 던져 넣고는 철제 계단을 타고 올라가 침대에 누웠다. 희고 긴 다리가 허공을 갈랐다. 삐걱거리며 스프링 감기는 소리가 들렸다.

"어디서 왔어?"

그가 내게 물었다. 내가 대구에서 왔다고 대답하자, 그는 고개를 끄덕이고는 이상한 규칙들을 늘어놓기 시작했다.

"첫째, 밤에는 조용히 할 것. 둘째, 내 앞에서 사투리를 쓰지 말 것."

"사투리는 왜?"

"내가 알아듣기가 힘들거든. 나, 서울 토박이라서 말이야. 아무튼, 내가 말한 두 가지만 지켜주면 출항 때까지 문제없을 거야."

머리가 어떻게 된 것인가 싶었다. 초면에 자기소개도 없이 내게 자기가 정한 규칙을 던져놓다니. 말싸움이라도 할까 싶었지만, 그의 몸집은 나보다도 배로 컸고, 팔에는 근육도 가득했다. 아이 중 몇 안 되는 키 큰 사람이었으니, 거만함이 몸에 젓갈처럼 밴 것 같았다. 나는 어떤 말대답도 하지 못하고, 아래 층에 자리를 잡았다.

。

날마다 체력 훈련과 우주 적응 훈련이 이어졌다. 낙오되는 학생은 없었다. 기존 모집 인원보다 약 1,000명가량 인원이 줄었으니, 누구도 낙오되어서는 안 됐다. 어떻게든 출항 날짜까지 조교와 교관들은 모든 학생을 우주 비행사로 만들어야 했다. 변형된 유전자의 능력 때문인지 아이들은 곧잘 적응했고, 훈련은 순조롭게 이어졌다.

훈련에서 상위권에 들면 작은 코인을 주었는데, 이걸로 숙소 내부 자판기를 이용할 수 있었다. 남과는 절대 나누어 먹을 수 없었다. 만약 남과 나누어 먹다 들키게 되면 중력 체험을 당해야 했다. 아주 빠르게 도는 기구에 들어가 중력을 이겨내야 했다. 기계에 들어가면 엄청난 압력에 대다수는 정신을 잃었다. 그다지 좋은 경험은 아니어서 아이들 모두가 들어가기를 꺼렸다.

하나는 어디서나 상위권이었다. 체력 훈련은 물론 항해술과 물리학, 화학 같은 학문에도 능했다. 하나의 방은 언제나 먹을 것으로 넘쳐났다. 포만감이 차오를수록 아이들의 시기와 질투는 더욱 심해졌다.

하나는 몰래 나와 형섭에게 먹을 것을 나눠주었다. 지급된 우주복에는 주머니가 없어 숨겨오는 데 꽤 고생했다. 하나가 몸 어디에 그것들을 숨겼는지 알 수 없었지만, 우리는 쉬는 시간에 화장실에서 만나 하나가 가져온 과자를 나눠 먹었다. 소리가 나지 않게 입 안에서 녹여 먹어야 했다. 그래도 맛은 최고였다. 혀끝이 저리다고 느껴질 정도로 과자가 주는 맛은 강렬했고, 그날 하루는 밥을 먹지 않아도 배가 불렀다.

일주일에 한 번 집에 전화할 기회가 주어졌다. 부모들은 아이와 전화하기 위해 주말마다 시청에 갔다. 아이들은 수화기를 붙들고서 부모님과 이야기를 나누었지만, 나는 전화를 하지 않았다. 달리 전화를 걸 곳도 없었다. 부모님과 전화를 해봤자 그들이 내게 무슨 말을 할까 싶었다. 화를 내거나 짜증을 내는 게 전부일 것이었다. 떠나기 전날 형의 모습을 떠올리면 오금이 저렸다.

아이들은 공중전화 부스 앞에 줄지어 늘어서 차례를 기다렸다. 전화기가 몇 대 없어 전화를 오래 붙들고 있으면, 뒤에서 기다리고 있는 아이들이 욕을 하거나 밀쳐내며 쫓아내기도 했다. 나는 조교의 지시에 맞춰 줄을 잠깐 섰다가 조교가 사라지면 곧장 줄에서 빠져나와 숙소로 돌아갔다. 복도에는 나 같은 아이가 몇 있었는데, 다들 형광등만 바라보며 각자만의 생각에 잠겨 있었다.

거기에는 형섭도 있었다. 형섭은 어디서 구했는지 작은 나뭇가지를 이리저리 깎아가며 뾰족한 창처럼 만들고 있었다. 겉보기에도 심이 단단한 나뭇가지였다. 몸도 뚫을 수 있을 것만 같았다. 나는 형섭에게 다가가 옆자리에 앉았다. 형섭은 고개를 돌려 나를 슬쩍 보고는 다시 나뭇가지를 깎는 데 열심이었다. 내가 물었다.

"전화 안 해?"

형섭은 나뭇가지에 시선을 둔 채로 말했다.

"전화를 왜 해?"

"가족은?"

"어차피 여기서 벗어나면 남이야."

"살아 돌아올 수도 있잖아. 그때는…"

"아무도 없겠지."

형섭의 목소리는 건조했다. 어떤 감정도 담겨 있지 않은 것처럼 느껴졌다. 나는 문득 소름이 돋아 형섭에게서 조금 멀어졌다. 손으로 다듬은 나뭇가지의 끝이 유달리 예리해 보였다. 그 투박한 창이 내 목을 향한다면, 그대로 목을 뚫고 붉은 피를 바닥에 흩뿌릴 것만 같았다. 형섭이 말했다.

"무조건 우주로 나가야 해."

"무슨 이유가 있어?"

형섭은 나뭇가지 다듬는 것을 멈추고는 나를 보았다. 꼭 알아야겠냐는 눈빛이었다. 나는 그 눈을 똑바로 바라보았다. 그러자 형섭은 다시 나뭇가지로 눈을 돌렸다. 그러고는 담담하게 말했다.

"재작년에 눈이 많이 와서 우리 가족은 고립됐어. 문을 열 수조차 없을 정도로 눈이 너무 많이 와서 배급을 받으러 못 갔지. 심지어 부모님 두 분 다 몸이 불편했거든. 너무 배가 고파서 우리는 움직일 힘도 없었어."

"그래서?"

형섭이 눈을 부릅뜨며 말했다.

"부모님은 결국 나를 잡아먹으려고 했어. 그것들은 아주 계획적으로 행동했지. 내가 자는 순간을 노려서 말이야. 운이 좋게도 내가 먼저 계획을 엿들었어. 그날 밤 나는 바로 행동에 들어갔지. 뭐, 큰일은 하지 않았어. 안방 방문을 잠가두는 게 다였으니까. 그 사람들은 문을 잡아당기며 나오려고 발버둥 쳤어. 내 목을 그을 칼로 문을 그으면서 말이야. 얼마 가지 않아 그것들은 문밖으로 나오지 못한다는 것을 알게 됐지. 안방에서는 힘없는 신음이 들려왔고, 바닥에 마른 몸들이 나뒹굴었어. 나는 귀를 막고서 모든 것이 끝날 때까지 기다렸어. 억지로 집 밖에 나갔다가 눈에 손이 젖어 퉁퉁 부어오를 때만 집으로 들어가 손을 녹였어. 이틀째가 돼서야 안방은 잠잠해졌고, 나는 봄이 올 때까지 그것들로 버텼어."

괴물이 사람의 말을 하듯이 형섭은 갈라진 목소리를 내었다.

"언제 뼈들이 발견될지 몰라. 누군가 그곳에 들어가야만 알게 되겠지."

나는 형섭에게서 시선을 거두었다. 형섭이 담담하게 말을 이었다.

"지구에 계속 남아 있으면 사형을 받을 거야. 아마 총알도 아까워서 바로 목을 매달고는 어디 밭에 묻혀서 비료로 쓰이겠지. 그렇게 되기는 싫어."

○

하나와 형섭은 무중력 상태에 쉽게 적응했다. 그들은 자유롭게 공간을 날아다니며 밥을 먹거나 물을 마셨다. 형섭은 무중력 상태에서 교육생 중 한 명에게 시비를 걸더니 명치를 발로 걷어차서 한 방 먹이기까지 했다.

무엇에도 방해받지 않고 날아다니는 하나의 모습은 여신 같았다. 어떤 나비라도 하나의 몸짓보다는 무거워 보일 것이며, 아름답지 못할 것이었다. 나는 완전히 하나에게 시선을 빼앗겨, 날아오는 몽키 스패너에 이마를 맞아버렸다. 잠시 정신을 잃었다가 깨어보니 교육생들이 웃고 있었다.

"뭐 하냐?"

형섭이 내게 손을 내밀었다. 전국에서 아이들이 모이다 보니 형섭도 자기 세력이 필요한 것을 느낀 모양이었다. 형섭에게 맞은 목포 지역 아이들이 우리를 째려보고 있었다. 나는 형섭에게 속삭였다.

"너 조심해. 쟤들이 보고 있어."

형섭은 목포 지역 아이들을 힐끔 보더니 기분 나쁜 미소를 지었다. 오른쪽 입꼬리만 한껏 올라간 모양새였다. 형섭은 콧방귀를 끼며 대수롭지 않게 여겼다.

"내가? 조심할 건 쟤네지."

"너 때문에 애먼 우리까지 피해 볼 필요는 없잖아. 우주로 가면 140년 동안 같이 봐야 할 수도 있는데."

"그러니까 지금 확실하게 밟아줘야지. 애초에 기어오를 생각조차 못 하게 말이야."

종소리와 함께 바람이 꺼지면서 우리는 아래로 추락했다. 아래에 매트가 깔려 있기는 했으나, 충격으로 허리가 아팠다. 조교가 우리에게 외쳤다.

"얼른 나와!"

우주 유영 훈련이 끝나고 나서 우리는 의무실로 갔다. 그곳에는 간호사들이 손에 이상한 총을 들고서 서 있었다. 간호사들은 앞서 온 아이들의 몸에 무언가를 박아 넣고 있었다. 엄지손톱 크기의 동그란 쇠구슬이었는데, 주사 부위는 사람마다 달랐다. 보통 팔뚝과 허벅지, 그리고 배 쪽에다 주사를 놓았다. 그에 관해 어떤 설명도 듣지 못한 상태로 우리는 우주복을 걷어 올려야 했다. 형섭은 옷을 걷어 올린 여자아이들의 모습을 놀려대며 뒤에서 야한 농담을 해댔다.

우리가 무얼 맞았는지는 우주선이 출발하기 한 달 전에야 알 수 있었다. 우주선 내부에서의 생활 규칙을 학습하는 시간이었다. 자신을 집단 심리 전문가라 소개한 교수는 우주선 내부에서 일어날 수 있는 사건들을 나열했다. 심리적으로는 폐쇄 공포, 불안, 공황장애, 경계선 장애, 스트레스성 불화가 발생할 수 있고, 집단적으로는 집단 간 다툼, 갈등, 살인, 방화 같은 비합리적 선택이 일어난다고 했다. 교수가 말했다.

"특히나 여러분 같은 미성숙한 아이들은 더욱 그럴 수 있지요."

그러고는 소설 하나를 우리에게 소개했다. 윌리엄 골딩의 「파리 대왕」이었다. 섬에 좌초된 아이들이 점차 야만적으로 변해가는 내용이었다. 아이들은 다른 아이들을 힘으로 통제하고, 고문하고, 심지어는 죽였다. 우리도 그들과 다를 게 없는 걸까? 망망대해도 아니라, 자원 하나 없는 우주 공간에 덩그러니 남겨진 아이들은 더욱 빠르게 짐승이 되어버릴까? 교수는 이러한 장애와 갈등을 미연에 방지하기 위해 통제 수단이 필요하다고 말했다.

"여러분, 얼마 전에 이걸 몸에 주사한 적 있지요?"

교수의 손에는 그때 보았던 쇠구슬이 들려 있었다. 그 크기가 엄지손톱보다도 작아서 일상생활에 크게 불편함을 느끼지는 않았지만, 날씨가 좋지 않거나, 몸이 처질 때면 해당 부위에 통증이 몰려왔다.

"초소형 폭탄입니다. 우주선 내부에는 크게 영향을 미치지 않고, 정확히 해당 사용자에게만 영향을 미치죠."

분위기가 한순간에 가라앉았다. 형섭도 마찬가지였다. 다리를 떨다가 멈추고는 교수를 보았다. 교수는 쇠구슬을 미리 준비된 돼지고기에 밀어 넣고는 뒤쪽의 교관에게 말했다.

"신호 주세요."

조수가 컴퓨터를 조작하자, 탁 하는 소리와 함께 돼지고기가 뒤틀렸다. 파편이 내 허벅지까지 튀었으나 아프지는 않았다. 폭발 범위가 그리 넓지는 않았지만 충분히 대상에게 치명상을 입힐 정도였다. 아이들은 본능적으로 쇠구슬이 든 자기 허벅지나 팔뚝을 쓸었다. 주변에 피해를 주지 않으면서 해당하는 사람을 바로 죽음에 이르게 할 수 있었다. 다들 아득해진 표정을 지었다. 교수는 바닥에 떨어진 고깃덩어리를 주워 담으며 말했다.

"강제로 꺼내려고 하면 폭발하게끔 설계되었습니다. 이 폭탄을 몸 안에 투여한 순간, 터지지 않고서는 밖으로 나올 수 없게 되어 있어요. 그리고 만약을 대비해 우주선에 여유분을 가득 실어놓았습니다. 수십만 명이 맞을 수 있는 양이에요."

그러고는 싱긋 웃으며 말을 이었다.

"모두가 죽는 무질서보다는 모두가 사는 질서가 훨씬 낫지 않겠어요?"

교수는 그리 말하고는 고기를 챙겨 사라졌다.

수업이 끝나고 나는 방에 박혀버렸다. 석 달 후면 우주로 떠나는데도 전혀 기분이 나지 않았다. 목줄을 길게 아래로 늘어뜨리고 가는 듯했다. 지구에서 목줄을 당기면 그대로 달려 가며 지구로 내동댕이쳐질 것만 같았다. 나는 쇠구슬을 주사한 곳을 습관처럼 긁어댔다. 파헤치면 구슬이 나올 것처럼 말이다. 그러나 살갗만 벌겋게 달아오를 뿐 구슬은 빠져나오지 않았다.

실제로 우주선이 출발하고 5년 후에 쇠구슬로 인한 첫 번째 사망자가 나왔다. 강원도 원주 출신의 여자아이로 이름은 강백선이었다. 백선은 M1 구역에서 식량 생산을 담당하고 있었는데, 독이 든 감자를 먹고는 그만 정신이 이상해져 버렸다. 그녀는 우주선 곳곳을 돌면서 난동을 피워댔는데, 끝내는 해치를 열려고 했다. 그 순간, 그녀의 팔이 터지면서 주변에 피가 튀었다. 그 모습을 본 아이들은 도망치기에 바빴다. 끝내 형섭이 나타나서 시체를 치우고 피를 닦아냈다.

이후로도 규율을 어기는 자가 있으면 쇠구슬이 터졌다. 함선 내에는 종종 불안을 이기지 못한 일부 아이들이 지구로 돌아가자면서 시위를 했다. 그들은 갑판을 점거한 후에 항해실로 진격하는 일정한 패턴을 보이고 있었다. 항해실에 발을 내딛는 그때, 그 시위의 리더 격인 아이들의 팔다리에 들어 있던 쇠구슬이 터지면서 순식간에 난장판이 되었다. 놀란 아이들은 뿔뿔이 흩어졌고, 그렇게 무궁화호는 계속해서 막으로 나아가게 되었다.

그때의 수업 이후로 불만이 있을 때마다 나는 팔에 남겨진 상처를 보며 억눌러야 했다. 미칠 것같이 머리가 복잡해질 때에도 지그시 쇠구슬이 들어간 팔을 누르면 마음에 평화가 찾아왔다. 일종의 감정 조절 스위치인 셈이었다. 물론, 형섭이 쇠구슬을 조종하고 있다는 사실을 알아차리기 전까지는 말이다.

○

센터에 들어간 지 3개월째, 이상한 소문이 돌고 있었다. 화장실 벽의 낙서 따위가 그 출처였지만, 내용은 그저 지나칠 만한 것은 아니었다. 소문에 의하면 G는 이미 죽었으며, TV에 보이는 G의 모습은 딥페이크로 조작되었다고 했다. 그리고 G의 측근들이 권력을 잡기 위해 다툼을 벌이고 있으며, 일주일 내에 내전이 일어날지도 모른다고 했다.

단체 A에 관한 이야기도 들었다. 그들은 홍길동이나 임꺽정처럼 알게 모르게 나타나서 군이 장악하고 있는 식량 창고를 털어 시민들에게 나누어준다고 했다. 대구 지방에 거점을 두고 있는 단체 A는 빠른 속도로 전국에 세력을 확대하고 있으며 만약 내전이 일어난다면 그들이 가장 먼저 청와대를 차지할 계획을 세우고 있다고 했다.

"그래서 어쩌라고."

형섭의 반응은 차가웠다. 형섭은 무슨 공상과학영화라도 보는 것처럼 다리를 꼬고서 자기에게 주어진 급식을 먹어치우기에 바빴다. 나는 목소리를 낮추어 말했다.

"이 프로젝트를 누가 제일 신경 쓰고 있는 줄 알아?"

"G겠지."

"잘 아네. 그런데 G가 죽었으면? 우리 프로젝트도 취소되는 거 아니야?"

하나가 팔꿈치로 내 옆구리를 찔러댔다.

"말조심해. 누가 들으면 어쩌려고?"

"들으라고 해. 그 새끼가 이미 죽었으면 어떻고, 안 죽었으면 어쩌려고? 지원자도 부족한 마당에 우릴 여기서 내쫓기라도 할까?"

하나의 얼굴이 구겨졌다. 하나는 나를 한 번 째려보더니 멀건 죽을 뒤적거렸다. 출항 날짜가 점점 다가오고 있어서 그런지 모두가 예민해진 상태였다. 작은 실수 하나로 우주선은 추락하거나 폭발할 수도 있었다. 기술자가 제대로 조이지 않은 볼트 하나가 압력에 의해 날아가며 연쇄 폭발을 일으킨 사례도 있었다. 단 1도 차이의 발사각으로 우주선이 세 동강 나며 태평양으로 곤두박질칠 수도 있었다. 모든 좋은 우연이 겹쳤을 때야 우리는 비로소 우주에 나갈 수 있었다.

형섭은 숟가락을 소리가 나게 내려놓더니 자리에서 일어났다. 나는 일부러 비꼬듯이 말했다.

"걱정도 안 돼?"

형섭이 뒤를 돌아보며 말했다.

"응. 어차피 우리는 우주로 가게 되어 있거든."

이해할 수 없었다. 어떤 과정으로 형섭이 확신에 차 있었는지 알 수 없었다.

。

불안은 곧 현실로 다가왔다. 얼마 지나지 않아 B라는 G의 비서실장을 앞세운 신군부가 전면으로 등장하더니 G의 죽음을 알렸다. 그들은 빠르게 군대를 장악하고는 사회 불안을 최소화하기 위해 계엄령을 내렸다. 신군부는 시민들에게 배급이 끊기지 않을 것이라며 안심시키는 데에 온 집중을 기울였다. 그런데도 독재에 대한 반발이 터져 나오자 신군부는 배급을 일정 부분 늘리기로 했다. 배급부는 배급량을 하루 밀가루 300그램에서 400그램으로 33퍼센트나 올려 지급하기로 공표했다. 그러나 자원은 계속해서 줄고 있었고, 어딘가를 희생해야만 배급량을 늘릴 수 있었다.

퍼즐처럼 모든 사건이 맞아떨어지기 시작했다. 1,000명이나 지원자가 미달인 상황에서 인원이 보충되지 않은 것도 그렇고, 우리에게 배급되는 음식도 점점 줄어들기 시작했다. 점차 결론은 하나, 막 탐사를 적극적으로 추진하던 G의 죽음으로 모였다. 교관이 우리에게 공지 사항이 있다며 말했다.

"다음 주 수요일에 시험이 하나 있다."

예정에도 없는 시험이 생겼다. 수학, 과학을 비롯한 필기시험과 체력 시험이었다. 교관은 상위 50퍼센트 안에 들지 못하면 다시 집으로 돌아가야 한다고 말했다. 우리는 교관에게 즉각 항의했으나, 교관은 손가락으로 위를 가리키며 자신도 어쩔 수가 없다고 했다. 무궁화호의 크기도 예정보다 3분의 2가량이 줄었고, 140년짜리 항해에 필요한 식량도 죽지 않을 정도로만, 즉 최소한의 영양을 유지할 수 있는 정도로만 실을 것이라 했다.

무조건 우주로 간다는 확신에 찬 말과는 달리 형섭은 겉으로 드러내 놓고 움직이지는 않았다. 나는 숨을 죽이고서 형섭을 주시했으나, 시험 공지가 내려온 후에도 형섭은 크게 달라진 행동을 보이지 않았다. 형섭은 주머니가 없는 옷에 구멍 두 개를 뚫어놓고는 엄지손가락을 넣은 채로 돌아다녔다. 바닥에 침을 뱉으면서 거들먹거렸고, 자기보다 약해 보이는 아이가 있으면 어깨동무를 하며 자기 쪽으로 끌어당겼다. 내 눈에는 형섭이 두꺼비처럼 보였다. 포식자에게 먹히지 않기 위해 몸집을 부풀리며 눈을 부라리는 모습이었다. 형섭도 형섭 나름의 생존 방식을 터득한 것 같았다. 문제는 그것이 진짜 포식자의 눈에 띄었다는 것이다.

그 포식자는 내 룸메이트였다. 방에 들어설 때면 그의 몸은 언제나 땀으로 가득했다. 그는 철제 침대를 붙잡고는 말처럼 거친 호흡을 내뿜으며 푸시업을 했다. 내 침대 위로 땀이 떨어졌다. 나는 복도에 가만히 서서 그가 운동이 끝날 때까지 기다려야 했다. 그가 운동을 마치고 샤워하러 갈 때면 나는 내 옷 중 하나를 걸레 삼아 땀으로 가득한 침대 위를 닦아야 했다. 걸레는 금방 축축해졌고, 쿰쿰한 수컷 냄새가 사방에서 뿜어져 나왔다. 쓰레기통에 버릴까 하다가 남겨놓았다. 보급품이 얼마 남아 있지 않았다.

어느 날 룸메이트는 내 침대에 걸터앉아 내게 물었다. 그의 땀으로 내 매트리스는 축축하게 젖어가고 있었다.

"너 박형섭 알아? 대구 출신이라던데?"

"응."

룸메이트는 내 이불을 들어 자기 얼굴을 닦아냈다. 이불이 젖으면서 본래의 푸른색을 잃어버려 거무죽죽해졌다. 나는 기분 나쁜 티를 내지 않으려 벽에 기대고는 고개를 숙여 혀로 입천장을 긁어댔다.

"그 새끼한테 나대지 말라고 해. 요즘 따라 눈에 너무 거슬리거든."

그렇게 말하고 룸메이트는 샤워를 하러 갔다. 진한 수컷 냄새가 나는 방 안에 도저히 있을 수가 없었다. 그날 밤은 잠도 제대로 자지 못했다. 복도를 돌아다니다가 화장실에 들어가 벽에 머리를 기대어 쪽잠을 잤다. 차라리 변 냄새가 더욱 마음이 편했다.

　물론 형섭에게 있는 그대로 말을 전하지 않았다. 대신, 형섭에게 주의하는 게 어떻겠냐고 돌려 말했다. 수업 중간에 내 말을 들은 형섭은 상황 파악을 마쳤는지, 코웃음을 치며 큰 소리로 말했다.

　"배부른 놈이 뭘 알아? 자기 힘만 믿고 설치는 새끼니까, 눈에 뵈는 게 없지."

　그 목소리가 너무도 커서 내 룸메이트가 뒤를 돌아볼 정도였다. 형섭과는 물론이고 나와도 눈이 마주쳤다. 터질 일이 터진 것이었다. 수업이 끝나자마자 형섭은 룸메이트와 싸움이 붙었다. 장소는 보급품 창고 앞이었다. 조교들의 시선을 신경 쓸 필요는 없었다. 조교들은 말로만 우리에게 규칙을 강요했지, 실제로는 우리를 감시할 인원도 부족한 상황이었다. 거기다 열악한 식량 수급 때문에 우리 보급품을 빼돌려 자기들끼리 놀고먹기에 바빴다. 시간이 갈수록 우리에게 크게 관심을 두지 않았다.

　창고로 끌려간 형섭은 룸메이트와 맞붙었다. 사실 싸움이라기보다는 일방적인 구타였다. 룸메이트는 형섭의 팔을 그 커다란 손으로 잡아놓고는 다른 한 손으로 얼굴을 비롯해 몸 전체에 주먹 자국을 남겼다. 바닥에는 혈흔이 가득했다.

　하나가 형섭을 업고서 숙소로 왔을 때는 난장판이었다. 형섭의 얼굴이 벌에 쏘인 것처럼 부어올랐다. 형섭은 말도 제대로 하지 못하고 계속해서 피가 섞인 침을 바닥에 뱉어댔다. 울음을 잔뜩 머금은 하나는 물에 적신 자기 옷으로 형섭의 상처를 닦아낼 뿐이었다. 나는 형섭이 잠든 것을 확인하고는 방에서 나와 또다시 화장실에서 몸을 떨며 하루를 보내야 했다.

○

전우애라는 감정이 싹트기도 전에 우리는 서로를 견제하기 시작했다. 형섭이 시작한 지역 계파 간 싸움은 시험이 다가오면서 심해졌다. 특히나 내 룸메이트가 속한 서울 강동구 아이들은 형섭이 없는 대구 쪽 아이들에게 대놓고 시비를 걸었다.

단순히 실습 재료를 망쳐놓거나, 상대의 보급품을 훔치는 것에서 그치지 않았다. 그랬더라면 어린아이의 장난 정도로 치부할 수도 있었지만, 수위는 줄어들지 않고 올라가기만 했다. 아이들은 무리를 이루어 야밤에 숙소에 쳐들어가서는 이불을 덮어놓고 상대방을 밟아댔다.

형섭은 다행히도 내 룸메이트에게 맞고 난 지 하루 만에 정신을 차리고는 수업에 빠지지 않고 참석했다. 마치 아무 일도 없었다는 듯이 형섭은 옷에 난 구멍에 손을 넣고서 아이들을 대했다. 그래도 내 룸메이트에게 눈을 부라리거나 소리 나게 이야기하지는 않았다.

"저 새끼 쫄았네."

이런 말이 나올 정도로 형섭은 겁을 먹은 것처럼 내 룸메이트를 보면 자리를 피했다. 내 룸메이트는 형섭의 그런 태도가 만족스러운지 한번은 형섭의 뺨을 쓰다듬으며 깎아내렸다. 형섭은 이상한 미소를 그에게 보이고는 자리를 피했지만, 집단 린치의 대상에서 벗어날 수는 없었다. 평소에 아이들을 대한 태도가 문제였다.

그럼에도 형섭은 살아남았다. 목포 아이들이 형섭을 밟기로 한 시각에 형섭은 화장실에 갔고, 대신 형섭의 룸메이트가 광주 아이들에게 걸리면서 팔과 다리가 부러졌다. 나도 다행히 집단 린치를 피할 수 있었다. 형섭의 친구이면서 동시에 내 룸메이트와 함께 살고 있었기 때문이었다. 집단 린치가 시작되고 나서 강동구 아이들은 내 룸메이트를 지키기 위해 두 명이 돌아가며 우리 방 경비를 섰다. 그들은 내게 보급품을 요구하거나 코인을 뺏어 가기도 했지만, 덕분에 집단 린치는 두려워하지 않아도 됐다.

이미 배고픔을 참는 것에는 이골이 나 있었다.

○

정작 문제는 내가 아무리 노력해도 상위 50퍼센트 안에 들 수가 없었다는 것이다. 모의고사에서 내 성적은 하위권을 맴돌았다. 형섭도 마찬가지였다. 하나는 늘 1등이었고. 내 룸메이트도 10등 안팎이었다. 풍부한 영양 섭취가 뇌의 구성에도 영향을 크게 미치는지 본래 똑똑한 아이들이 시험에서 상위권을 차지했고, 포상으로 받은 코인으로 자판기 음식을 마음껏 먹었다. 일종의 카르텔 같았다. 반대로 나는 몰래 새벽녘에 화장실에서 규칙서와 화학식을 외워대도 다음 날 아침이 되면 머리에 남는 것이 하나도 없었다. 머리를 때려가면서 뇌에게 간곡히 부탁도 해봤지만, 기억력은 제자리였다.

나는 절박했다. 모든 것을 포기하고 우주로 벗어날 기회를 잡았는데, 시험 때문에 좌절할 수는 없었다. 내 멍청한 머리를 탓해야 하는 걸까? 화장실 벽을 긁어대며 엉덩이에 알이 밸 때까지 앉아 있었지만, 달라질 것은 없었다.

이대로라면.

나는 지구에 영원히 갇힐 것은 뻔해 보였다.

뭐라도 해야 했다.

○

'412호로 올 것.'

나는 형섭의 계획이 끝나고 나서야 내 옷 뒷자락에 끼어 있던 쪽지를 발견했다. 끝이 뭉뚝하게 일그러진 글씨체는 형섭의 것이었다. 형섭의 계획에 참여한 다른 아이들은 쪽지를 받고서 412호에 갔으나, 나는 아니었다. 사건이 일어난 당일, 나는 바보같이 쪽지를 발견하지도 못한 상태로 잠과 싸우고 있었다.

내 룸메이트는 저녁에 있던 체력 훈련으로 피곤했는지 코를 골았다. 2층 침대에서 긴 다리가 아래로 삐져나왔다. 나는 그를 깨우지 않으려, 창문에 스미는 달빛으로 나머지 공부를 하려 애를 쓰고 있었다. 혹여나 부스럭거리는 소리라도 날까, 이불에 머리를 넣고서 책을 보다가 잠시 졸았다.

그러다 누군가 한밤중에 나를 깨웠다. 집단 린치인 줄 알고 황급히 깼으나, 나를 깨운 이는 형섭이었다. 형섭은 내 입을 막고서는 조용히 복도로 나오라고 말했다. 문을 지키고 있던 강동구 아이들 둘은 어디론가 가고 없었다. 복도로 나가니 대구 아이들이 가득했다. 잠옷 차림이었지만, 손에는 두꺼운 교재나 대가리에 깨진 유리 조각을 매달아 놓은 무기가 들려 있었다. 얼굴에는 옷을 찢어 만든 복면을 쓰고 있어 도적 패거리처럼 보이기도 했다.

어둠 속에 쓰러져 있는 아이들 둘이 보였다. 우리 방문을 지키던 강동구 아이들이었다. 형섭이 내게 말했다.

"오늘 목포, 강동구 애들을 조질 거야."

"뭐? 미쳤어?"

"지금 아니면 우리 절대 여기서 못 벗어나."

형섭의 눈길은 거셌다. 형섭의 손에는 전에 끝을 다듬어 놓은 나뭇가지가 들려 있었다. 어떤 날붙이보다도 날카로워 보였다. 거머쥔 손에는 힘이 들어가 있었다.

내가 주저하는 모습을 보이자 형섭이 내 목을 잡아챘다. 아이들이 한 번에 내게로 달려들더니 내 입에 재갈을 물렸다. 바닥에 무릎을 꿇리고는 형섭이 말했다.

"친구니까 기회를 주는 거야. 선택지는 하나야."

형섭은 내 팔과 다리를 당기더니 목에 나뭇가지를 들이밀었다. 금방이라도 찌를 기세였다. 나는 목을 찔러대는 나뭇가지의 따가움과 형섭의 뜨거운 입김에 눈을 감아야 했다.

"어떻게 할래?"

두려웠다. 내가 가장 크게 우려한 것은 조교들에게 들켰을 경우 받게 될 처벌이었다. 사형을 당할지도 몰랐다. 그러나 이렇게 수많은 아이가 가담한다면, 범인을 특정하기는 어려울 것이었다. 나는 스스로 최면을 걸듯이 되뇌었다.

'살아남기 위해서는.'

나는 고개를 끄덕였다. 형섭은 두 번을 연달아 묻고 나서야 나를 풀어주었고, 내 손에 끝이 뾰족한 쇠막대기를 쥐어 주었다. 나는 두려움에 몸을 떨며 형섭이 말하는 대로, 복도 가장 끝에 형섭과 함께 섰다. 일제히 복도에 늘어선 아이들의 모습은 어딘가 이상했다. 어둠에 묻혀 희멀건 유령같이 느껴졌다. 형섭은 내게 중앙 복도에 있는 시계가 12시를 알릴 때, 총공격을 감행할 것이라 했다. 그 시간까지 나는 이곳을 빠져나가고 싶은 충동을 억누르느라 애를 먹었다.

다리가 떨렸다. 도저히 사람을 죽일 수 있을 것 같지 않았다. 얼굴을 내려치고, 목을 그어야 한다니. 상상조차 쉽지 않았다. 12시를 알리는 종소리가 복도를 어둡게 울려댔다. 아이들은 일제히 다른 아이들의 숙소 안으로 들어갔다. 곧 비명과 함께 신음이 들려왔고, 뼈가 부러지는 소리가 여기저기서 들려왔다. 지옥 같았다.

"가자!"

형섭도 문을 열고 들어갔고, 나도 그의 뒤를 따랐다. 어떤 방인지는 알지 못했다. 사방이 어두워서 정신을 차리기가 힘들었다. 순간적으로 일어나고 있는 일에 꿈이라 생각이 될 정도였다. 우리 행동이 옳고 그른지 판단할 그 조금의 시간도 없을 정도로 습격은 빠르게 진행되고 있었다.

일은 순식간에 벌어졌다. 그 아이가 누군지 알지 못했다. 이불을 덮고 있었다. 형섭은 사정없이 나뭇가지를 이불에다 찔러댔고, 아이는 소리를 질러댔다. 나도 아이 머리를 쇠막대기로 내려쳤다가 막대기를 손에서 놓치자, 주먹으로 때렸다. 아이의 몸에 뜨거운 무언가가 흩뿌려졌다. 끈적한 냄새에 눈이 하늘로 핑 돌았다. 나는 아이의 목을 손으로 졸랐다. 아이는 몸부림조차 치지 못하고 이불 안에서 숨만 헐떡여 댔다. 머리가 돌아버릴 것만 같았다.

"뛰어!"

형섭의 말이 들리지 않았다. 나는 계속해서 목을 졸랐다. 그러자 형섭이 내 목덜미를 자기 쪽으로 끌어당겼다. 2층 침대에서 빠져나온 희고 긴 다리가 보였다. 달빛을 받아 그런지 무척이나 창백해 보였다. 형섭과 나는 방에서 도망친 다음 화장실로 향했다. 비명이 사방에서 들려오고 있었다. 일에 참여했던 아이들은 화장실 한 칸에 피 묻은 옷을 벗어 던졌다.

내 옷도 피로 완전히 물들어 있었다. 준비해 놓은 옷으로 갈아입고는 세면대에서 피를 닦아냈다. 복도에서 간혹 신음이 들려오고 있었으나, 아이들은 흥분한 상태로 눈이 벌겋게 달아올라 있어 누구도 그에 관해 말하지 않았다. 형섭이 혼잣말로 중얼거렸다.

"아무도 모르는 거야. 아무도."

아이들은 고개를 끄덕였지만, 다들 알았을 것이다. 이날 사건은 순식간에 벌어진 일이었지만, 영원히 그들 속에 남게 될 것이라고. 뇌를 파먹는 기생충처럼 끈질기게 머릿속에 남아, 언제가 되었든 다시 숙주를 지배해 똑같은 일을 벌일 것이라고.

다음 날이 되어서야 내가 죽인 아이가 서울 강동구 출신의 16세 최태규라는 것을 알게 되었다. 내 룸메이트였다. 그 긴 몸에 난 구멍에서는 피가 너무도 많이 흘러, 자기 침대는 물론, 내 침대 전체에도 피가 퍼져 있었다. 다음 날 아침에 바로 시트를 벗겨 화장실에서 빨았지만, 핏물은 전혀 씻겨 나가지 않았다.

。

일은 조용히 묻혔다. 정국이 어수선한 상태였고, 어차피 우주에 갈 아이들이라 그런지 가족들에게 굳이 알리지 않았다. 이후로 가족과의 전화는 금지되었지만, 누구도 그 조치에 대해 저항하거나 항변하지 않았다. 조교들은 다소 충격을 받았는지 우리에게 경어를 썼고, 우리를 함부로 대하지 않았다.

예상대로 줄어든 인원 탓에 시험은 사라졌고, 나는 우주에 가게 되었다. 마음이 편하지는 않았다. 룸메이트가 사라진 방에 다른 아이는 오지 않았다. 피 묻은 매트리스를 쓰레기장에 버렸고, 새로운 매트리스를 받아 왔다. 그러나 방에 들어가기만 하면, 침대에 희고 긴 다리가 나와 있을까 두려웠다.

피 냄새를 풍기며 허공에 떠 있는 그 흰 다리가 계속해서 떠올랐다.

그래서 형섭과 함께 갔다. 형섭은 자기 침대를 기꺼이 내어 주었고, 자기는 1층에서 잤다. 형섭은 잠을 제대로 잔 적이 없었다. 새벽에 깨서 형섭을 부르면, 형섭은 언제나 바로 대답했다. 고개를 내려 1층을 보면 형섭은 크게 눈을 뜨고서 벽에 뾰족한 나뭇가지로 무언가를 그리고 있었다. 자세히 보지는 못했지만, 손목이 원을 그리는 있는 것으로 보아 공 같은 것을 그리고 있는 것 같았다.

o

나는 형섭이 그린 것을 40년 후에나 알게 되었다.

끝내 배고픔은 모두를 미치게 했다. 배급량이 크게 줄자 기존 반란 세력뿐만 아니라 치안 유지대까지도 반란에 가담하고야 말았다. 보좌관에게 공구로 허파를 찔린 형섭은 내게 눈을 부라리며 고통을 호소했다. 워낙 갑작스레 공격당한 탓에 쇠구슬 폭파 스위치 한번 제대로 사용하지 못하고 쓰러지고야 말았다.

나는 형섭을 붙잡고는 식량 창고로 들어가 문을 잠갔다. 눈물을 흘렸지만, 창고에는 형섭의 고통을 덜어줄 진통제는커녕 술조차 남아 있지 않았다. 품위 있는 죽음은 아니었다. 과거 반란 세력과의 싸움에 나서기 전 형섭은 치안 유지대 앞에서 우리는 인류를 위해 나아가고 있다며 죽음에 두려워하지 말라고 소리쳤었다. 그러나 실제로는 그러지 못했다. 그때 형섭은 고통에 몸부림치며 몸을 덜덜 떨고 있었다.

이미 우리의 운명은 정해져 있었다. 창고 바깥에서는 굶주린 사람들이 식량 창고를 털기 위해 문을 두들겨 대고 있었다. 이곳에 들어서면 우리를 찢어발길지도 몰랐다. 자비를 베푼다면 바로 우주로 쫓아내겠지. 막으로 발사된 순간부터 식량 창고는 텅 비어 있었으니 말이다.

망할 지구 놈들.

식량을 140년 치가 아니라 40년 치만 준비하다니.

지구를 벗어난 순간부터, 아니 지구에 태어난 순간부터, 부족한 자원을 다수가 나눠 먹으려는 지구가 만들어진 순간부터, 우리는 서로를 먹고, 먹으며, 살아갈 수밖에 없었다. 100년 치의 식량을 횡령한 사람들도 그런 원리의 연장선상에서 벌인 일이었다. 우리는 보기 좋게 당했고, 누구를 원망할 수가 없었다. 문밖에 있는 그 누구도, 형섭이 그 사실을 감당하려 악역을 자처했다는 사실을 평생 알지 못할 것이다. 형섭이 가슴팍을 움켜쥐며 말했다.

"나, 사, 사실은 지, 지구에서 계, 속 살고 싶었어."

형섭이 심하게 몸을 떨었다. 피가 구멍 사이로 흘러나왔다.

"무서워, 무서워…"

더는 말하지 말라며 입을 막고 싶었지만, 막을 수 없었다. 그것이 형섭의 마지막이라는 생각이 계속해서 들었다. 그렇게 많은 사람을 살렸는데, 형섭의 마지막 순간을 지킨 사람은 오직 나 하나뿐이었다. 형섭의 입술은 파랗게 질렸고, 눈꺼풀이 파르르 떨렸다.

"너는 돌아, 돌아가…"

형섭이 그린 것은 지구였다. 그토록 떠나고 싶어 했던 지구 말이다.

。

방해 세력이 사라지자, 형섭은 왕처럼 행세하며 아이들을 통제하기 시작했다. 아이들이 얻은 코인을 모두 모아서 순번제로 과자를 아이들에게 배급했다. 반발한 아이들은 소수였고, 대다수 아이들은 전보다 과자를 더 많이 먹을 수 있어 형섭의 말을 따랐다. 나 같은 하위권 아이들은 더는 상위권 아이들이 먹고 버린 초코 과자 봉지를 핥을 필요가 없었다.

우주선 내부에서 담당할 부서를 정하는 것도 모두 형섭의 통제에 따랐다. 편한 부서의 자리는 티오가 적어 시험 점수에 따라 배치되었는데, 아이들이 서로 원한다면 부서를 맞바꿀 수도 있었다. 유망 부서로는 연구 시설, 갑판부, 항해실이 있었고, 기피 부서로는 기관실, 식량 생산실, 외부 수리 부서가 있었다. 개중에서 외부 수리 부서는 가장 많은 아이가 속하게 될 부서였는데 그 위험도가 상당했다. 엄청난 속도로 내달리는 우주선 바깥에 매달려 외벽을 수리하는 동안 자칫 우주선에서 멀어지거나 특수 제작된 우주복이 우주 쓰레기나 소행성에 부딪혀 찢어지기라도 한다면 그대로 분자 단위로 쪼개져 세상에서 사라질지도 몰랐다. 외부 수리 부서에 배당된 아이들은 어떻게든 부서에서 벗어나려 다른 아이들을 협박하거나, 과자를 주면서 부서를 바꾸려 했다.

그러나 형섭은 스스로 외부 수리 부서에 들어갔다. 그러고는 아이들을 시험 점수에 따라 배치했다. 누가 형섭에게 그 같은 사항을 요구하지 않았는데도 말이다. 아이들은 놀랐고, 이어진 형섭의 결정들에 누구도 나서서 반발하지 못했다.

나도 형섭의 엄정한 판단 아래 통신실에 근무하게 되었다. 말이 통신실이었지, 우체국 같은 곳이었다. 통신실은 지구에서 날아오는 신호를 받고, 신호를 다시 지구로 보내는 업무를 했다. 외부 수리 부서와 비교해서는 할 만했지만, 무궁화호 가장 외곽에 부서가 있어 그다지 매력적이지는 않았다.

통신실에서는 매일 아이들에게 지구에서 온 편지를 읽어주었고, 아이들이 쓴 편지를 이진법으로 변환해 무선 신호로 지구로 보냈다. 그때는 몰랐다. 우주 방사능에 의해 멍청해진 것일지도 모른다. 우리는 일반적인 전파보다도 매우 빠른 속도로 우주를 달리고 있었고, 당시 한국에서는 그에 맞는 신호를 보낼 수 있는 제대로 된 통신 시설을 가동하지 못했다. 우리는 그 사실을 잊고 있었다. 매일 내가 컴퓨터로 받는 신호들은 이미 지구에서 코딩된 AI와 시뮬레이션 프로그램이 아이들의 메시지를 제멋대로 해석해 내놓는 것이었고, 아이들이 지구로 보낸 메시지는 즉시 삭제되고 있었다.

이 사실을 모두 알게 된 나는 한동안 통신실 구석에 처박혀 소주만 들이켰다. 우주 스트레스를 견디기 위해 항해 25년 차에 보급된 소주를 모조리 마셔버리고는, 이 일을 누구에게도 말하지 않기로 했다. 그랬다. 누구도 알지 못하면, 없는 일이 되는 것이다. 가족들에게서 온 따뜻한 말 한마디가 우주선에 도착했고, 자신들의 이야기가 가족들에게 전해졌다. 그것은 지구를 그리워하는 아이들에게는 유일한 위안이었던 셈이다.

가족은 전혀 그립지 않았다. 다만, 지구가 그리웠다. 지구의 자연이 그리웠다. 넓은 하늘 아래에서 흙을 밟고 싶었다. 우주선에 타고 있던 모든 아이가 그랬다. 배고픔에서 벗어나기 위해 우주로 나왔지만, 여전히 배고픔은 우리 곁을 맴돌았다. 생명체의 저주라 생각될 정도였다. 배고픔을 느낀 생명체들은 모두 태곳적 야수의 모습을 드러내며 으르렁거렸다.

o

끝내 일이 터지고 말았다. 형섭의 철권통치에 반기를 든 사람이 있었으니, 바로 하나였다. 형섭이 하나를 부당하게 대한 것은 아니었다. 오히려 하나를 더욱 배려하고, 더 챙겨주었다.

형섭은 하나를 연구·실험 부서에 배치했다. 하나가 평소 희망하는 곳이기도 했고, 성적이나 성격 면에서도 하나는 연구원이 될 자격이 충분했다. 그러나 하나는 자신의 발령 부서를 듣자마자 자리에서 일어나 형섭에게 긴 다리로 성큼성큼 다가가더니 책상을 탁 하고 쳤다. 형섭은 자리에 앉은 상태로 자기보다 키가 곱절은 큰 하나를 보며 눈을 부라렸다. 체급 차이에도 형섭의 기세는 눌리지 않았다. 하나가 다시 한번 책상을 두 손으로 쾅 하고 내려치자 교실 안 분위기가 가라앉았다. 하나가 말했다.

"너, 그렇게까지 해야겠어?"

형섭이 여유 있게 말을 받아쳤다.

"뭐가? 불만 있어?"

"나, 너한테 그런 부탁 안 했어."

"왜? 누가 뭐라고 해?"

형섭이 주위를 둘러보자 모두 눈을 아래로 깔았다. 모두 겁을 먹은 것처럼 보였다. 그러다 하나 뒤로 눈 주위가 퉁퉁 부은 여자애 하나가 걸어왔다. 하나의 룸메이트로, 기관실에 배정된 아이였다. 기관실은 평소에도 섭씨 50도가 넘어가는 곳이라 외부 수리 부서와 함께 기피 부서에 해당했다. 형섭은 당당했다. 오히려 하나에게 비아냥거리기까지 했다.

"내가 내 마음대로 배치했어? 그저 내가 기분에 따라서 배치했냐고? 말해봐. 요즘 정부도 이상하게 프로그램 지원도 제대로 안 하고, 교육도 어수선한데, 도대체 뭐가 최선이야? 그리고 나 편하게 하자고 배치했으면, 난 왜 외부 수리 부서에 들어간 건데? 그리고 너. 할 말 있으면 나한테 직접 해."

형섭이 뒤를 보며 소리치자 하나의 룸메이트가 몸을 움찔거렸다. 하나가 뇌까렸다.

"네가 뭐라도 돼?"

형섭은 표정 하나 변하지 않고서 대답했다.

"그러면 네가 해보든가. 퍽이나 잘하겠다. 잘 들어. 우주에는 우리밖에 없어. 우리만의 규칙이 필요하다고. 우주에서 규칙을 만들기에는 너무 늦어. 그때는 하나라도 좆되면 전부 다 좆되는 거니까."

"근데 그 규칙을 왜 네가 만드는데?"

"그럼 누가 만드는데?"

"그건, 투표를…"

형섭이 배를 부여잡고 웃어댔다. 아주 가소롭다는 듯이 말이다.

"투표? 그럼 투표해 봐. 힘 있는 놈이 당선되면 한 방에 바꿀 걸? 명분도 있겠다. 뭘 못 하겠어? 조심해. 그러면 한 번에 무너지는 거야. 그 자리에서 바로 지옥행이라고. 지옥행. 우주에서 그런 소동이 벌어졌다가는 전부 다 죽을 테니까. 잘 생각해. 넌 똑똑하니까 잘 알 거라고 믿어."

하나는 얼굴이 붉어져서는 형섭을 노려보았다. 그 흰 피부가 전부 화로 가득 차 있는 것처럼 보였다. 하나는 갑자기 고개를 돌려 나를 보더니 말했다.

"너는, 너는 저 괴물이랑 같이 있을 거야?"

하나도 알고 있었을 것이다. 형섭이 모든 것을 주도해서 아이들을 죽였다는 사실을. 경멸스러운 눈빛이 보였다. 하나가 절대 자기 계획을 따르지 않을 것이라는 형섭의 말이 맞았다. 하나와 우리는 서로 다른 세계를 살고 있었다.

이 서로를 죽고 죽이는 생태계에서 형섭은 최상위 포식자였고, 나는 그날 형섭과 함께 가장 머리에 있었다. 도덕이 사라진 자리에 오직 생존을 위한 분투만이 남았다고 우리는 믿었다. 다시 바닥으로 내려올 수는 없었다. 이미 기근이 시작되면서 굶주림이 내 속의 양심까지도 먹어치워 버렸을지도 모른다. 형섭을 등질 수는 없었다. 형섭에게는 힘이 있었고, 나는 그 힘을 따랐다.

"병신 새끼."

내가 아무런 반응도 하지 않자, 하나는 욕을 내뱉고서 자기 룸메이트를 데리고는 사라졌다.

○

무궁화호에 승선하고, 형섭이 결혼하기 전까지 오랫동안 하나를 만나지 못했다. 우주선 내부에서 이뤄지는 결혼식과 태어나는 아이 울음소리를 들으며 나는 종종 하나를 떠올렸다. 긴 다리와 흰 피부. 하나는 내게 미인美人이라는 단어에 완벽한 대응점으로 다가왔다. 하나를 좋아하게 된 순간을 정확하게 짚어낼 수는 없다. 처음 보았을 때부터 호감은 있었지만, 그녀와 나 사이에는 늘 어떤 거대한 벽이 있었다. 그 벽은 우리의 탄생 이전부터 존재했으며, 우리의 키 차이만큼 점차 벌어졌다.

우주로 나가면서 우리 사이의 벽에 조금씩 균열이 생기기 시작했다. 아마 식량 배급이 제대로 시작된 17일 차였을 것이다. 그 전까지는 보급 담당이 창고 암호 코드를 잊어버리는 바람에 난파된 배의 선원처럼 비상식량을 나눠서 먹어야 했다. 입 안을 할퀴는 까끌까끌한 누룽지의 식감에 아이들은 겁에 질려 멍하니 창고 앞을 서성일 뿐이었다.

다행히 비상식량이 바닥나기 직전에 보급 담당이 암호를 때려 맞혔고, 다음 날부터 정상적인 식사가 나왔다. 수제비였다. 물에 조미료를 풀고서 밀가루 덩어리를 끓여낸 게 전부였지만, 그날 식당에서는 말도 하지 않고서 다들 먹기만 했다. 부풀어 오른 배를 두들기고서야 우리는 서로에게 웃어 보일 수 있었다.

그러나 아주 먼 우주로 나가기 전까지 우리 사이의 벽은 여전히 굳건했다. 벽이 완전히 무너지기까지는 20년이나 걸렸다. 우리는 자기 부서에서 책상에 머리를 박아대며, 이곳에 오는 과정에서 죽은 아이들의 몫까지 일해야 했다. 야근에, 야근의 연속이었다. 대신 매일 밥을 먹을 수는 있었으나, 그 이상의 기쁨은 없었다.

하나는 형섭의 결혼 소식과 함께 왔다. 신부는 경비 담당으로 있던 광주 출신 여자였다. 배급량이 정해져 있으니, 성대한 분위기를 낼 수는 없었으나 사람들은 식당에서 손뼉을 치거나, 노래를 부르면서 흥을 돋우었고, 둘은 성황리에 결혼식을 마쳤다. 그곳에는 하나도 있었다. 하나는 연구실 사람들과 한데 뭉쳐 있었다. 나는 보고서를 들고 있는 하나의 모습을 보고는 와르르, 내 안의 무언가가 무너지는 느낌을 받았다. 소형 소행성이라도 우주선에 들이닥친 것일까? 아니면 블랙홀 2개가 합쳐져서 중력파라도 쏟아낸 것일까? 알 수 없었다.

나는 형섭의 들러리였음에도 건성으로 결혼식을 준비했다. 형섭이 내게 물었다.

"괜찮냐?"

"나는 괜찮지."

"아니, 내 모습 괜찮냐고."

형섭은 항공 점퍼 차림에 노끈으로 만든 넥타이를 맨 모습이었다. 여기가 지구였더라면, 형섭에게 미쳤냐고 말했을 것이다. 금방이라도 노끈은 형섭의 목을 조를 것만 같았다. 그러나 우리는 우주에 있었고, 무한한 어둠과 노끈의 오묘한 조화가 그날만은 썩 나쁘지 않아 보였다.

"응."

형섭은 노끈 넥타이를 고쳐 매며 말했다.

"새끼. 내 결혼식인데, 네가 얼이 나가서는."

신경 쓰지 않았다. 형섭은 이어서 몇 마디 말을 더 내게 건넸지만, 기억이 나지 않는다. 하나에게서 눈을 뗄 수가 없었다. 가운을 입고 선 그녀는 턱을 괴고서 무언가에 열중해 있었다. 여전히 나와는 다른 어떤 미지의 세계에서 발견된 외계인 같았다.

어지러운 결혼식이 끝났다. 아이들은 책에서 본 과거 지구의 결혼식처럼 마시고 떠들려 했지만, 엄격한 보급 남낭의 눈초리에 먹는 시늉만 내야 했다. 그래도 예상과 달리 흥분으로 가득했고, 온갖 음담패설들이 테이블 사이를 나돌았다. 형섭은 자기 침실로 신부를 데리고 가기 직전에 내 귀를 끌어당기고는 말했다.

"하나에게 말해."

"뭐?"

형섭은 음흉하게 웃으면서 말했다.

"데이트 신청하라고. 임마."

그날 밤 나는 잠을 자지 못했다. 하나에게 말을 걸고 싶었다. 밖으로 보이는 끝없는 우주 속에 하나가 어른거렸다. 그 끝에는 하나가 있을 것만 같았다. 지금 여기 우주선에 나와 함께 타고 있지만, 세상의 끝에는 하나가 있지 않을까 싶었다. 며칠을 고민하다가 결론을 내렸다.

식량 생산 담당에게 몰래 부탁해 아직은 덜 영근 감자꽃을 땄다. (형섭이 알았다면 벌을 받았을지도 모른다.) 나는 퇴근 시간에 맞춰서 하나가 일하는 유성 연구실 주변을 서성거렸다. 지나가는 아이들이 내게 인사했고, 나는 어정쩡하게 꽃을 뒤로 숨기면서 고개를 숙였다. 그러다 하나를 만났다. 하나는 안경을 쓰고 있었다. 중력이 약해서 그런지 키가 더욱 큰 것 같았다. 흰 가운이 바닥을 쓸 듯이 아래로 드리워져 있었고, 안경알 뒤로 보이는 눈망울은 맑았다. 하나는 보고서에 집중하고 있어 그런지 나를 알아차리지 못한 것만 같았다. 말을 걸려고 하는데, 누군가 하나 앞에 나타났다.

"밥 먹고 왔어?"

하나와 마찬가지로 흰 가운을 입고 있는 남자였다. 하나보다 키가 한 뼘이나 작았지만, 나보다는 키가 훨씬 컸다. 더불어 피부는 하나와 같이 희었다. 남자는 하나의 얼굴을 보더니, 들고 있던 보고서를 뺏고는 하나의 볼을 만졌다.

"그렇게 일하다가 시력 더 안 좋아져."

나는 그대로 얼어붙었고, 남자가 먼저 나를 보고 무슨 일이냐 묻기 전까지는 머리가 진공 상태인 것처럼 먹먹해져 있었다.

"괜찮아요?"

그 남자가 내 어깨를 툭 쳤고, 그제야 정신이 번쩍 든 나는 하나를 올려다보고야 말았다.

"너, 괜찮아?"

하나는 당황한 표정을 짓고 있었다. 벌레를 보았다는 듯이, 눈썹이 일그러지면서 눈은 내 위아래를 훑었다. 그 짧은 순간 나는 순간적으로 감자꽃을 바닥에 내던지고 싶은 충동을 느꼈다. 아니, 에어로크를 열고 지구를 향해 꽃을 던져버리고 싶었다. 그리고는 꽃이 운석이 되어 한국에 떨어져 인류를 멸종시켜 버렸으면 했다. 내가 태어났다는 흔적도 없게끔 말이다.

하나는 자연스럽게 남자와 팔짱을 꼈고, 나는 잠시 웃다가 고개를 내젓고는 뒤돌아 버렸다. 하나가 내게 무슨 말을 건넨 것 같은데, 기억이 나지 않는다. 우주에 나 혼자 있는 듯한 기분이었다. 마치 우주 유영이라도 하는 것처럼 내 호흡만 세상에 가득했다. 그때부터 나는 세계에서 혼자라 믿었다.

*

신은 빌어먹을 개새끼다.

만약 막에 도착해서 그를 마주한다면, 당장 불알이나, 불알이 없다면 얼굴을 발로 차버리고 싶다.

역시나 일이 제대로 진행될 리가 없었다.

출항을 2주 남기고서 나는 통신실 소속 아이들과 전자 통신에 관해 배웠다. 지구와 교신하는 방법부터 혹시나, 정말 만에하나 있을지도 모르는 외계 문명과 조우할 경우에 그들과 소통할 절차까지 머릿속에 쏟아 넣어야 할 게 상당했다. 아이들은 머리를 싸매고는 욕을 해대면서 외웠다. 다른 부서도 마찬가지였다. 형섭은 묘안을 내었다. 일단 부서원들끼리 영역을 나눠서 내용을 숙지한 후에 우주에 나가서 서로에게 가르쳐주자고 했다. 교관들은 이에 동의했다. 짧은 시간 안에 아이들을 우주 비행사로 만들어야 했으니, 교관들도 어쩔 수 없는 모양이었다.

일이 틀어진 날에, 나는 지구 본부와 통신하는 메커니즘을 외우고 있었다. 꼭 A2 컴퓨터를 통해서만 지구 본부에 통신을 요청하게 될 것이라 했다. (A1 컴퓨터는 누구에게도 무슨 용도인지 말해주지 않았다.) 지도부에서는 '예/아니요'로만 나뉠 수 있는 질문을 보내라고 했다. 질문을 지도부에서 읽고서 답변을 줄 것인데, '예'일 경우, 1이 화면에 송출되고, '아니요'일 경우, 0이 화면에 송출된다고 했다. 깊숙한 메커니즘은 워낙 복잡해 알아듣기가 힘들었다.

닥치는 대로 외우기로 했다.

머리가 빠질 듯이 움켜쥐고서 외우고 있었는데, 교실 문이 거칠게 열렸다. 갑자기 군복을 입은 남자가 교실 안으로 들어오더니 내부를 훑었다. 아이들은 모두 군인에게 집중했다. 몸집도 컸고, 무엇보다 눈썹이 매우 짙었다. 지난 50년간 전쟁은 없었지만, 그 모습은 전쟁에 이골이 난 군인처럼 보였다. 군인이 말했다.

"차렷!"

우리는 분위기를 살피다가 하던 것을 내려놓았다. 군인은 밖으로 나가라고 손짓했다. 우리는 영문도 모르는 상태로 서로의 눈치를 보다가 복도로 걸어갔다. 복도에 나가니, 아이들이 전부 복도에 줄지어 서 있었다. 모두 겁에 질린 표정이었다. 군인은 아이들의 수를 세더니, 명부를 들여다보았다.

"무슨 일이시죠?"

형섭이었다. 형섭은 군인에게 다가갔다. 머리 하나가 넘게 차이가 났지만, 형섭은 기죽지 않았다. 군인은 눈을 내리깔며 형섭을 보다가 말했다.

"네가 박형섭이냐?"

"그럼 너는 누군데?"

군인은 형섭의 반말에 기분이 나쁜 듯 얼굴을 찡그렸다가 천천히 풀었다.

"이태만 중령이다. 보다시피 소속은 국방부고."

"그게 우리랑 무슨 상관이야?"

중령은 형섭의 반응에 크게 웃어댔다. 누구도 따라 웃지 않아서 그런지 이상한 사람처럼 보였다. 형섭이 아무런 반응 없이 가만히 바라보고 있기만 하자, 중령이 이어서 말했다.

"상부에서 무궁화호 프로젝트를 취소했다. 너희들에게 퇴거 명령이 내려왔지."

형섭이 눈을 커다랗게 떴다. 형섭의 표정을 살핀 중령은 대수롭지 않다는 듯이 말했다.

"위에서 결정된 사안이야. 자원이 없어서 사람들이 죽어 나가는 마당에 우주선 발사라니. 미친 소리지."

무리는 웅성거리더니 마침내 야유하는 소리가 들렸다. 그러자 다른 아이들도 홍수로 댐이 터지듯이 불만을 연신 터트려댔다. 나도 마찬가지였다. 무리 속에서 소리를 질러댔다. 드디어 벗어날 수 있을 것이라 믿었다. 우주로만 나가면 굶지 않아도 되고, 구인류를 부양해야 할 의무도 사라질 것이라 믿어왔다. 무궁화호는 우리에게 마지막 희망이었다. 그러니까, 그랬으니까, 50퍼센트 안에 들기 위해 서로를 죽일 수 있었다.

무엇 때문에, 우리가 무엇 때문에 그런 짓까지 저질렀는데.

침대 밖으로 삐져나온 흰 다리가 떠올랐으나 잠깐이었다. 금방이라도 폭력 사태가 일어날 것만 같았다. 분위기는 급격하게 달아올랐고, 아이들은 주먹을 쥐었다. 수십의 아이들이 달려든다면 중령은 형체도 없이 짓이겨질 것이었다. 그러나 중령은 아이들의 불만을 가만히 듣고 있었고, 누군가 대열에서 이탈하자 중령은 손에 들고 있던 무언가를 눌렀다.

퍽.

고기가 짓이겨지는 소리가 들려왔다. 복도 끝에서 난 그 소리는 날카로운 비명을 여럿 불러왔고, 아이들 모두가 순식간에 얼어붙었다. 중령의 손에는 전에 교수가 들고 있던 쇠구슬 폭파 스위치가 들려 있었다. 중령은 스위치를 들고는 눈을 부릅뜨며 말했다.

"너희들 때문에 국민 몇 명이 더 죽어나가는 줄 알아! 이딴 쓸모없는 계획 때문에 얼마나 자원을 축내고 있는지 아느냐고!"

그러고는 총을 겨누듯이 우리에게 스위치를 내보였다. 아이들은 총구라도 얼굴에 겨눠진 것처럼 몸을 뒤로 뺐다. 대열을 이탈하려 했던 아이들은 중령의 기에 눌려 뒷걸음질 쳤다.

"조용히 우리 명령에 따라. 안 그러면 한 명씩 죽는다."

나는 형섭을 지켜보았다. 주먹에 힘이 들어갔다. 아이들이 일시에 달려든다면 일부 희생이 있기는 하겠지만, 군인들을 제압할 수도 있었다. 형섭이 명령만 내린다면 충분히 가능한 이야기였다. 여기서 그만둘 수는 없었다. 무엇보다 우주에 가장 가고 싶어 했던 사람은 형섭이었으니까. 아이들은 복도 끝에서 풍겨 오는 피비린내에 눈빛이 바뀌며 서로 시선을 교환했다. 군인들을 죽이면, 그러면, 다음은 무엇을 해야 할지 명확했다.

우리는 우주로 가야 했다.

"전부 이 아저씨 말에 따라."

그러나 형섭은 보기 좋게 우리 기대를 꺾어버렸다. 형섭이 먼저 건물 아래로 내려갔다. 우두머리가 사라진 잔당들처럼 아이들도 중령과 부하 넷의 명령에 따라 건물 아래로 내려갔다. 나는 중령에 대한 분노보다도 형섭에 대한 실망으로 머리가 터져버릴 것만 같았다. 광장은 아이들로 가득했다. 중령이 사라진 교관들을 대신해 이동식 단상 위에 올랐다. 거창한 변명이나 위로의 말이라도 나올 줄만 알았다.

"무궁화호 프로젝트는 취소됐다."

아이 중 하나가 외쳤다.

"그럼 우리는? 그냥 집으로 돌아가라고?"

"조용!"

중령은 스위치를 두 번 눌러댔고, 폭발 소리도 두 번이나 들렸다. 아이들은 폭발 장소부터 멀어지려 서로를 밀어댔다. 누군가 울음을 터트렸으나, 중령의 음험한 외침과 함께 울음소리는 묻혔다. 아이들은 쥐떼처럼 정문 쪽으로 몰려가며 소리를 질러댔다. 중령은 우리를 향해 소리쳤다.

"나가!"

협상은 없었다. 아이들은 동요했으나, 중령은 마찬가지로 망설임 없이 스위치를 눌렀다. 다시 한 명이 폭발 소리와 함께 팔 한쪽이 날아갔다. 순식간에 공포가 아이들을 휘저어 버렸다. 중령의 부하들이 총구를 들이밀고서 짐승을 함정에 밀어넣듯이 휘젓자, 아이들은 서로를 밀어대기 시작했다. 이 연쇄작용으로 아이들은 겁에 질려 정문으로 뛰어갔다. 1,700여 명이 순식간에 와르르 밖으로 내달렸고, 넘어진 아이들은 군인들의 군홧발에 한 대 차이고서 무리를 따라 내달렸다.

군인들이 정문을 잠그고 나서, 우리는 정문에 매달려 내부 상황을 살폈다. 깔려 죽은 아이도 몇 있었고, 다친 아이들도 꽤 됐다. 군인들은 고기 던지듯이 아이들의 팔다리를 잡아끌고는 어디론가 데려갔다.

아이들이 사라지자 중령을 비롯한 군인들이 모여서 우주 발사장으로 발걸음을 옮겼다. 아주 늙은 군인도 몇 보였는데, TV에서 연설하던 G의 옆에 있던 사람들이었다. 그들이 시야에서 사라지자, 나는 형섭에게 걸어갔다. 형섭은 생각에 잠긴 듯 입술을 물고 있었다.

"야. 어떻게 할 거야?"

형섭은 내 물음에 답하지 않았다. 아이들은 형섭의 대답을 기다리는 듯 입을 다물었다. 모두의 시선이 형섭에게 향했다. 형섭이 오랜 침묵 끝에 말했다.

"몰라."

"그래도, 네가 뭐라도 해야지."

갑작스레 번쩍하고 불꽃이 튀었다. 나는 고개가 틀어지며 바닥으로 나뒹굴었다. 입 안쪽이 찢어지면서 비릿한 피가 흘렀다.

"나보고 어쩌라고."

형섭은 가래침을 돋우어 바닥에 뱉고는 아이들 속에 파묻혔다. 형섭이 가는 방향으로 물길이 갈리듯이 길이 생겨났다. 나는 그 뒷모습을 보다가 어이가 없어 눈물이 났다. 허공에다 대고 외쳤다.

"씨발!"

소리는 걸리는 데 없이 빠르게 퍼져 나갔다. 돌아오는 메아리는 없었다. 형섭은 어디론가 사라졌고, 아이들은 하릴없이 추위에 몸을 떨어야 했다.

막 (3)

3일째에 몇몇은 집까지 걸어가겠다며 무리를 떠났다.

그들이 굶어 죽었는지, 추위에 동사했는지는 알지 못한다. 우리와 함께 온 대구 아이들도 꽤 있었다. 철도를 따라 걷는다면 대구에 도착할 거라 했다. 지도도 없이 어떻게 가겠냐면서 말리려 했지만, 차마 말이 나오지 않았다. 이곳에 남아 있어봤자 피차 길이 보이지 않기는 마찬가지였다. 만약 그들이 민가를 찾아 약탈했더라면 살아남았을 것이고, 걷기만 했더라면 죽었을 것이다.

나는 그렇게 생각한다.

남은 아이들은 살아남기 위해 뭉쳐 다녔다. 사람 없는 아파트를 골라 꼭대기부터 아래까지 자리를 잡았다. 언 땅을 맨손으로 파내어 칡을 캐 먹기도 했고, 나무껍질을 벗겨내어 삶아 먹었다. 흙 맛이 다분했다. 침이 더는 나오지 않아, 일부러 말하지 않고 하루를 보냈다. 센터에서 멀리 나가지도 못했다. 만약 어떤 기적이 일어나 우리에게 우주로 나갈 기회가 주어질지도 몰랐다. 그 기적에 목숨을 건 1,684명의 아이들이 아파트에서 숨을 죽이고 있었다.

나는 떠나지 않았다. 죽더라도 대구가 아닌 곳에서 죽고 싶었다. 아버지와 어머니의 품이 아닌 곳에서. 내가 태어난 곳은 지옥 그 자체였고, 지옥에서 죽으면 다시 지옥에서 태어날 것만 같았다. 전에 기현이 말했다. 석가라는 인도의 현자가 말하길, 사람이 죽으면 새로이 다른 생명으로 태어난다고. 사람이 잘못을 저지르면 개와 같은 가축으로 태어난다는데, 차라리 인간으로 환생하는 것보다는 나을 것 같았다. 아니다. 차라리 아예 나는 태어나지 않았으면 했다.

다시 배고파지기는 싫었다.

매서워진 추위에 발끝이 파랗게 굳어갔다. 몇 시간을 돌아다녔지만, 먹을 게 없어 흙을 한 줌 입에 넣었다가 삼키지 않고 뱉었다. 쇠 맛이 났다. 아파트에서 뛰어내리고 싶은 충동도 느꼈으나, 창문 앞에 설 때마다 우주 발사장이 보였다. 그때마다 이상하게 가슴 한구석에서 희망이 치솟았다. 굳게 닫힌 철창 너머로 보이는 우주 발사장에는 무슨 일인지 발사 준비가 한창이었다. 군인들이 발사장을 바쁘게 오갔고, 우주선 연료통에 연료를 채웠다.

형섭과 센터에 관해 이야기를 나누고 싶었지만, 형섭은 첫날 이후로 어딜 갔는지 보이지 않았다. 아이들에게 물어도 알 수 없었다. 이튿날이 되어서야 나무껍질을 벗기던 아이들이 형섭을 봤다고 했다. 센터 주변을 서성이고 있었다고 했다. 형섭이 나뭇가지를 들고서 벽을 둘러 걷고 있다면서 저들끼리 낄낄거렸다.

"정신이 나갔을지도 몰라."

형섭의 리더십은 금방 무너져 내렸다. 눈만 마주쳐도 오줌을 지릴 것 같은 표정을 짓던 아이들은 기세등등하게 형섭을 찍어 내렸다. 아이 중 몇은 형섭을 겁쟁이나 병신이라며 까 내렸다. 다른 아이들은 겉으로는 티를 내지 않아도 무엇 하나 명확히 말하지 않는 형섭을 원망했다.

다음 날에는 화가 끝까지 난 서울 아이들이 더는 물이 나오지 않는 나무뿌리를 씹다가 바닥에 뱉으며 소리쳤다.

"박형섭, 그 개새끼만 아니었어도."

모든 것이 형섭의 책임이었다. 형섭이 제대로 대응만 했더라도. 아이들을 시켜 군인들에게 반항하거나, 군인들과 협상했더라면 이렇게까지는 상황이 흘러가지는 않았을 것이라 했다. 의견은 점점 극단을 향했다. 아이들은 형섭에게 책임을 물어야 한다고 했다. 바로 처벌에 관한 논의가 이어졌다. 논의의 끝은 '형섭은 아이들에게 공개적으로 사과해야 한다'라는 결론이었다. 그들은 눈을 부라렸다.

서울 아이 중에 유독 광대가 돌출된 아이가 나를 향해 고개를 획 돌리며 말했다.

"야. 박형섭 어딨어?"

센터에 있을 때는 형섭을 똑바로 쳐다도 못 보던 놈이 저리 말하니 부아가 치밀었다.

"너희들도 모르는데, 내가 어떻게 알아?"

"야. 분위기 파악 안 되나 본데. 너랑 그 박형섭 씹새끼 이제 끝났어."

광대가 내게 다가왔다. 나는 벽에 기댄 상태로 고개를 들어 광대를 보았다. 광대가 주먹으로 위협하며 내게 말했다.

"너도 맞기 싫으면 당장 박형섭 찾아와."

"좆까."

광대가 왼발을 들어 올려 나를 차려고 했다. 나는 광대의 오른발을 붙잡고는 넘어뜨린 다음 얼굴에 잔뜩 주먹을 날렸다. 서울 아이들이 일제히 내게 달려들었다. 발소리가 요란하게 들렸다. 나는 피할 생각보다는 주먹으로 한 대라도 더 광대의 얼굴을 치려 했다. 피가 사방으로 튀었지만, 찢어진 내 손에서 나온 것인지, 광대의 얼굴에서 나온 것인지 분간이 가지 않았다. 광대는 기절했고, 나는 그대로 벽으로 튕겨 나갔다.

"밟아!"

아이들에게 짓밟혔다. 시간이 늘어진 것만 같았다. 얼마 동안 맞았는지 가늠이 되지 않았다. 그래도 마지막 순간만은 머리에 진하게 남았다.

"그만해."

커다란 손이 나를 감쌌다. 아이들의 발길질이 멈췄고, 나는 익숙한 목소리를 눈으로 좇았지만, 눈가가 퉁퉁 부어 잘 보이지 않았다. 그러나 보이지 않아도 상대가 누구인지는 명확하게 알 수 있었다.

"이런다고 뭐가 달라져?"

하나였다. 하나는 나를 자신의 큰 몸으로 막아서고 있었다. 서울 아이들이 하나에게 가까이 다가가 물었다.

"너도 박형섭이랑 한패야?"

"아니. 나도 그 새끼 싫어. 그래도 이건 아니잖아."

"비켜."

하나는 아이들을 막아섰다. 아마 큰 키로 아이들을 내려다보면서 말했을 것이다.

"못 하겠다면? 나랑도 싸우게?"

아이들은 쉽게 덤벼들지 못했다. 하나에게 덤벼들었다가 자칫 지기라도 한다면, 명성이 땅에 추락할 것이다. 아이들에게 명성은 목숨과도 같았다. 한 번 추락하면 올라가기 위해 무슨 짓을 해도 꼬리표를 뗄 수가 없었다. 나는 그 모습들이 우습게 보여 낄낄거렸다.

"새끼들, 쫄아서 뭣도 못 하기는."

하나의 중재 끝에 나는 피떡이 된 상태로 아파트 밖으로 내동댕이쳐졌다. 아이들은 씩씩거리며 아파트로 돌아섰지만, 하나는 아니었다. 하나는 바닥에 쓰러진 나를 향해 말했다.

"내일까지 박형섭 데려와."

"왜?"

"누구든 책임을 져야지."

숨이 잘 쉬어지지 않았다. 찢어진 바지 사이로 찬 공기가 밀려 들어왔다. 몸을 움직일 때마다 뼈마디가 끊어질 것만 같았지만, 움직이지 못한 게 그것 때문만은 아니었다. 하나가 형섭을 데려오라 말한 순간부터, 온몸에서 피가 빠져나가는 듯한 느낌이 들었다. 도저히 얼굴을 들 수가 없었다.

쓰러진 내게 다가오는 아이들은 없었다. 다들 창문으로 지켜볼 뿐이었다. 대세는 이미 형섭에게서 서울 아이들에게로 넘어가 있었다.

ㅇ

나는 형섭을 찾아 벽을 따라 걸었다. 벽돌로 높게 쳐진 담장에 도끼 모양의 날붙이가 달린 철사가 쳐져 있었다. 아까 맞았을 때 발목이 틀어져서 그런지 걷기가 힘들었다. 벽을 짚으면서 2시간 동안 걷다가 젖은 낙엽에 미끄러져 아래로 굴렀다. 얼굴에 진흙이 묻어 앞이 잘 보이지 않았다. 울음이 나오려 했다. 지구를 떠나기로 마음먹으면서 다시는 울지 않으려 했는데, 자꾸만 눈물이 흘렀다. 누가 보고 있을까 진흙에 얼굴을 깊게 밀어 넣었다.

벗어나려고 몸부림을 치는데, 깊은 구덩이 속으로 가라앉는 것 같았다. 바닥 아래 바닥이 보였고, 앞으로 내게 닥칠 일들을 내가 감당할 수 있을지 의구심이 들었다. 정답은 너무 멀리에 있었다. 내 연약한 두 다리로는 절대 갈 수 없는 곳. 수천 가지의 기계 장치 없이는 단 1분도 살아 있지 못하는 곳. 그곳에 답이 있었지만 갈 수 없게 되었다. 눈물이 흘렀다. 이제는 포기해야만 할 것 같았다.

"뭐 하냐?"

고개를 들어보니 형섭이 서 있었다. 3일 전과 다를 것 없이 형섭은 짝다리를 짚고 서 있었다. 우리가 모르는 무언갈 챙겨 먹었는지, 살짝 야위기는 해도 건강해 보였다. 형섭은 언덕에서 내려와 내 얼굴을 살피더니, 내 바로 옆에 앉았다. 형섭은 내게 무슨 말을 건네기도 전에 진흙을 퍼서 자기 얼굴에 바르더니 말했다.

"씨바. 존나 차갑네."

우리는 말없이 누워서 진흙이 굳기만을 기다렸다. 나는 형섭이 왜 그렇게 행동했는지 알 수 없었다. 도저히 이해할 수 없어 그냥 진흙이 굳어야 얼굴에서 떼어낼 수 있었으니까 하고 혼자 생각했다.

나는 얼굴에 붙은 진흙을 떼어내려 했지만, 손가락이 잘 펴지지 않았다. 광대를 때리다가 손가락 인대가 놀란 모양이었다. 형섭은 자기 얼굴에 묻은 진흙을 떼다가 나를 보며 '새끼…' 하고 욕을 하더니 내 얼굴에서 진흙을 떼어주었다. 내가 앓는 소리를 내자 엄살이라며 등을 쳤다. 우리 둘은 천천히 센터 주변을 걸었다.

형섭은 다리를 저는 나를 위해 멀리 앞서갔다가, 내가 올 때까지 그 자리에 멈춰 서서는 나뭇가지로 센터 벽을 쿡쿡 찔러대며 뒤를 곁눈질했다. 형섭을 만나기 전까지만 해도, 묻고 싶은 말이 한가득이었다. 화도 내고 싶었지만, 막상 만나보니 뭐라 말을 할 수가 없었다. 해가 지고, 버려진 드럼통에 몸을 말고 들어가고 나서야 형섭에게 제대로 말을 걸 수 있었다.

드럼통에서는 머리가 깨질 듯한 기름 냄새가 났다. 나는 구겨진 신문지처럼 그 속에 웅크렸고, 형섭은 나머지 비어 있는 공간에 자기 몸을 밀어 넣었다. 바람을 피할 수 있어 그런지 제법 따뜻했다. 형섭의 발이 자꾸만 내 허리를 찔러 서로 티격태격했다. 드럼통이 한 바퀴 굴러서야 실랑이가 끝났고, 고요함이 찾아왔다. 우리의 상황과는 이질적인 고요함이었다. 모든 게 죽어가고 있는 것만 같았다. 스산함에 우리는 몸을 떨었다.

나는 형섭에게 말했다.

"아이들은 널 겁쟁이라고 해."

형섭은 침을 바깥에다 뱉으며 대답했다.

"비겁한 건 그 새끼들이야. 군인들이 우릴 전부 죽일 수도 있었다고."

"그래도, 싸웠더라면…"

"아니. 군인들은 적어도 수십 명이었고, 총도 있었어. 그 새끼들 몸은 봤어? 밥도 잘 처먹었는지 몸도 좋더라."

"우리가 수가 더 많았잖아."

"많은 게 때로는 불리하기도 해. 한 명이 겁에 질리면 전부가 겁에 질려. 그리고 중령이 스위치로 애들 죽이는 거 봤어? 아무런 죄책감도 없이 그냥 눌러서 죽여댔다고."

"우리랑 뭐가 달라? 우리도 그날, 사람을 죽였어."

"달라."

나는 형섭의 어깻죽지를 잡아챘다.

"뭐가 다르냐고! 난 아직도 그 애가 꿈에 나타나. 2층 침대 위에 플라스틱 덩어리 같은 흰 다리가 늘어져 있어. 허공에 떠 있는데, 나는 아무것도 할 수가 없단 말이야! 우리가 죽인 거야. 우리가 사람을 죽였다고! 그런데 뭐가 달라?"

형섭은 눈을 부릅뜨고서 대답했다.

"우린 죽이지 못하면 죽어."

"지랄하지 마. 그렇게 정당화할 수 없어."

"적어도 지금 우리 세계에서는 그래. 전에 살던 놈들은 자기들이 뭘 죽였는지도 모르는 상태로 살아왔으니까, 정의니 도덕이니 같은 배부른 소리를 하는 거야."

"그러면 저 군인들은? 군인들도 마찬가지 아니야?"

"저 새끼들은 살기 위해 우릴 죽인 게 아니야."

구름이 지나면서 달빛이 비쳤다. 드럼통 안이 환하게 밝아지며 형섭의 얼굴이 보였다. 형섭은 눈물을 흘리고 있었다. 처음 보는 형섭의 눈물에 나는 당혹감을 느꼈다. 형섭은 몸을 떨었다.

"마지막에는 그저 재미로, 스위치를 눌렀다고."

나는 형섭이 눈물을 흘릴 것이라 생각조차 하지 않았다. 형섭은 눈에 모래가 들어가더라도 눈물 대신 침을 뱉어 눈에 들어간 모래를 닦아낼 것만 같았다. 갑작스러운 형섭의 눈물에 나는 무너져 내렸다. 만약 신이 막 너머에 있다면, 형섭의 죄를 사해주실까? 형섭의 죄는 사해질 수 있는 것일까? 자기가 그렇게 세상을 설계해 놓았으면서 죄를 없애주지 않는 신을 우리가 믿어도 될까? 감정이 격해져서 우리 둘은 서로를 부여잡고 울어댔다. 울음소리는 드럼통 안에서 엉키며 메아리쳤다.

잠시 진정된 후에 나는 형섭에게 물었다.

"우리가 우주에 갈 수 있을까?"

형섭은 가만히 내 눈을 보다가 고개를 가만히 끄덕였다.

"확신해?"

"당연하지."

앞으로 벌어질 일을 형섭이 알고 있고, 알았더라도 형섭은 저렇게 말했을 것 같다. 내가 하나와 멀어지고 나서 형섭에게

넋두리를 하듯이, 태어나서 미안하다고 말했을 때도, 형섭은 그래도 우주에 나왔으니 된 거라고, 우주에서의 사랑은 지구에서의 사랑과는 다르니 괜찮다고 말했으니까.

확신에 찬 형섭의 대답을 듣자, 몸이 늘어지며 잠이 몰려왔다. 긴장이 풀린 것 같았다. 모든 것에는 이유가 있을 것으로 여겼다. 우리가 이렇게 살아가는 데에도 모두 이유가 있겠지. 그렇게 밤은 지났고, 다음 날 형섭과 나는 아파트로 돌아갔다.

　　　　　　　　　　　　ㅇ

역시나 아이들은 우리를 반기지 않았다. 아이들은 멀찍이 떨어져 우리에게서 거리를 두었다. 특히나 서울 아이들은 우리를 아니꼽게 보았다. 내게 맞아 눈가가 퉁퉁 부은 상태로 누워 있는 광대가 보였다. 속으로 쌤통이라 외쳤지만, 서울 아이들을 마주하니 어제 맞은 부위가 욱신거렸다.

형섭은 당당하게 안으로 걸어 들어간 다음, 중앙에 앉았다. 서울 아이 중 눈이 남들보다 두 배는 큰 왕눈이가 형섭에게 다가왔다. 형섭이 없는 사이 대장 행세를 하는 것처럼 보였다. 왕눈이는 형섭과 마주 앉더니 다리를 꼬았다. 왕눈이가 물었다.

"너 때문이야. 네가 그때…"

"계획이 있어."

형섭이 왕눈이의 말을 잘랐지만, 서울 아이들은 얼굴을 찡그리지 않았다. 오히려 형섭이 무언가 해결책을 제시해 줄 것이라 믿는 것처럼 눈을 크게 떴다. 형섭이 반응을 살피다가 슬며시 말을 꺼냈다.

"말하기 전에 명확히 해둘 게 있어."

왕눈이는 다른 서울 아이들의 표정을 살피고는 형섭에게 물었다.

"뭔데?"

"우리 중 몇 명은 우주에 못 가. 그리고 누가 못 갈지는 내가 정하지 않아. 모두 운에 달린 거야."

"그게 무슨, 네가 우리를 함정에 밀어 넣지 않는다는 보장 있어?"

"보장 같은 건 안 해. 상황에 따라서는 나도 남을 거야. 우주에 갈 확률은 너희들이 나보다 훨씬 높아."

"무슨 개소리야. 백번 양보해서 네 계획에 따른다고 해도 네가 우릴 엿 먹이지 않는다는 보장이 있어?"

"다른 방법이라도 있어? 여기서 쥐새끼처럼 숨어 있다 서로 잡아먹으면서 죽게? 내 계획에 따라. 이 방법밖에 없어."

왕눈이는 대답하지 못했다. 마땅한 해결책이 없기는 모두가 마찬가지였다. 왕눈이를 비롯한 아이들이 아무런 대꾸도 하지 못하자 형섭은 고개를 끄덕였다.

"다들 동의한 거로 알겠어. 뒤에서 뭐라도 말 나오면 그 새끼부터 죽일 거야."

왕눈이는 얼굴을 찡그리며 귀찮다는 듯이 말을 받아넘겼다.

"그래서 계획이 뭐야?"

형섭이 자리에서 일어나 창문으로 다가갔다. 센터가 아래로 내려다보였다. 나를 비롯한 아이들이 형섭을 따라 창문에 붙어 센터를 보았다. 군인들이 우주선 주변을 돌아다니고 있었다. 발사체에 연료 탱크 로리가 가까이 가고 있는 것으로 보아 발사 준비가 막바지에 다다르고 있는 것 같았다.

"3일 동안 기지 주변을 돌아다녀 보니까. 이 새끼들, 자기들이 우주에 가려고 하더라고."

"갑자기 왜?"

"보초들 이야기를 엿들어 보니까, G가 죽고 나서 내분이 일어난 모양이야. 국방부 장관이 비서실장에 밀려서 실각하고, 자기 수하들 데리고 전부 여기로 내려온 거지. 한국 어딜 가든 쫓겨서 죽게 될 텐데, 어디로 가야겠어?"

내가 반사적으로 하늘을 검지로 가리키며 대답했다.

"우주."

"그래, 우리처럼."

형섭은 내 얼굴을 잠깐 보고는 웃어 보였다. 왕눈이가 씩씩거리며 발을 굴렀다.

"개새끼들. 어차피 자기들은 방사능 때문에 오래 버티지도 못할 텐데."

"아무튼 군인은 몇 안 돼. 전부 합쳐봐야 50명 내외야."

내가 형섭에게 물었다.

"다 죽일 거야?"

형섭은 나를 보고는 고개를 저었다.

"아니. 그러면 우리 쪽도 피해를 많이 볼 거야."

"누구는 죽어야 한다면서."

"그래도 정면돌파 하면 피해가 너무 커."

왕눈이가 피식하고 바람 빠지는 소리를 내며 웃었다.

"본인이 직접 애들도 죽였으면서 무슨 걱정이야?"

형섭이 냉정한 목소리로 답했다.

"더는 안 돼. 무궁화호가 잘 기능하려면 최소한의 인원이 필요해. 이 이상으로 죽으면 항해 자체가 불가능해질 수도 있어."

왕눈이가 형섭을 째려보면서 대답했다.

"사이코패스 새끼. 그래서 어쩌자는 거야? 닌자처럼 기습이라도 하게?"

형섭은 아랑곳하지 않고 대화를 이어갔다.

"저놈들 심리를 역이용할 거야."

"어떤 심리?"

"쫓기는 심리."

。

　밤이 되어 아이들은 모두 발사장과 가장 가까운 곳으로 이
동했다. 그날따라 비가 추적추적 내리고 있었다. 발소리는 빗
소리에 묻혀 들리지 않았고, 아이들의 모습은 굵은 빗줄기에
가려져 풀들이 비바람에 흩날리는 것처럼 보였다. 아이들은
고개를 푹 숙이고는 보초들이 봐도 들키지 않을 정도로 돌아
서 이동했다. 발사장 근처에 자리를 잡은 아이들은 오를 이뤄
자리를 잡고는 비에 체온을 빼앗기지 않으려 몸을 최대한 웅
크렸다.

　수많은 아이들 중 둘만이 형섭, 그리고 나와 함께 전혀 다른
방향으로 이동했다. 우리 넷은 어둠 속에 몸을 숨기고서 빠른
걸음으로 걸었다. 그러나 내가 셋을 따라잡기에는 무리가 있
었다. 형섭은 본래 체력이 좋기도 했지만, 나머지 둘은 나보다
키가 두 배는 컸기 때문이다. 그렇다. 우리를 따라온 두 아이는
하나와 광주에서 온 남자아이였다. 둘 다 키가 컸기에 우리와
는 다른 인간처럼 보였다.

　우리가 향한 곳은 정문 쪽이었다. 형섭을 제외한 아이들의
얼굴에는 긴장감이 역력했다. 정문에 도착해서 몸을 숨기고
있는데, 옆에서 뜨거운 입김이 느껴졌다. 하나였다. 하나가 내
게 물었다.

　"괜찮아?"

아직은 서먹했다. 내가 아파트에서 쫓겨났을 때, 하나가 내게 남긴 말을 잊을 수가 없었다. 어쩔 수 없는 상황이었다고 해도, 하나는 나한테 그랬으면 안 됐다. 나는 다소 퉁명스럽게 대답했다.

"응."

그런데도 하나가 형섭의 작전에 흔쾌히 참석해주어 고맙기도 했다. 양가적인 감정이 들었다. 형섭은 우주선에 올라타기는커녕 그전에 죽을 수도 있다고 말했지만, 하나는 주저하지 않고 하겠다고 했다. 개인적인 감정을 접고서 희생을 기꺼이 감수하려는 하나에 대한 존경이 뒤섞여 속에서 무언가가 솟구쳤다. 토가 나올 것만 같았다. 어쨌든 이 둘에 따라 계획의 성패가 정해졌다. 구인류처럼 키가 크고 피부도 하얀, 이 아이들의 손에 말이다.

정문에서 열 걸음 정도 떨어진 곳에 도착하자 나뭇잎이 크게 쌓여 있는 구덩이가 보였다. 형섭이 나뭇잎을 치우자, 웬 구멍이 나타났다. 우리도 간신히 지나갈 만한 작은 크기의 구멍이었다. 하나가 물었다.

"네가 판 거야?"

"아니. 구인류들은 우리가 이렇게 몸집이 작을 줄은 몰랐겠지. 너희들은 여기 있어."

형섭과 나는 몸을 구덩이에 구겨 넣었다. 콘크리트가 엉덩이를 긁어대면서 바지가 조금 찢어졌지만 신경 쓰지 않았다.

경보기는 역시나 전력 부족으로 작동하지 않았다. 우리는 숨죽여 이동했다. 형섭이 주머니에서 무언가를 꺼내 내게 내밀었다. 쇳조각이었다. 아파트 방범창을 뜯어낸 것이었는데, 끝이 매우 날카로워 손잡이 부분은 천으로 감아놓았다. 형섭은 자기 목에 쇳조각을 긋는 시늉을 하며 말했다.

"한 번에 그어야 해."

손이 떨렸다. 여기서 틀어지면 모든 것이 물거품으로 돌아간다. 형섭은 최소한의 희생을 내기 위해 이 같은 방법을 택했다. 보초들은 무슨 일이 일어날지 모르는 채 비를 피해 건물에 기대어 있었다. 우리는 어둠에 몸을 숨기고서 천천히 건물 뒤편으로 다가갔다. 보초들의 말이 선명하게 들릴 때까지 다가갔다. 선임으로 보이는 군인이 혼잣말을 중얼거렸다.

"보초는 왜 서라 하고 지랄이야. 이쪽에 올 적도 없는데."

후임병이 머리를 긁으며 대답했다.

"그 왜 애들이 있지 않습니까? 낮에 보니까 주변에 돌아다니고 있었습니다. 먹을 것도 많이 못 먹은 것 같은데, 뭔 일이라도 일어날 것 같았습니다. 그리고 그 대장이라는 놈은 눈빛이 영 이상했습니다. 웬 짐승 같지 않았습니까?"

"야, 그냥 애들이야, 애들. 너는 그 나이 때, 어른한테 대들고 그랬어? 그것도 군인한테? 찍소리도 못 하지. 그냥 윗놈들이 불안하니까 그러는 거야."

후임병이 떨리는 목소리로 대답했다.

"그럼 서울에서 비서실장이 쳐들어오면 어떻게 합니까?"

"기름 없어서 차도 못 움직이는 마당에 어떻게 여기까지 오 겠어? 거기다 남은 기름은 우리가 싹 다 가져왔는데, 그리고 그놈들 지금쯤 서로 죽이느라 정신없을 거다."

선임병이 숨을 크게 내쉬었다. 입김이 구름 모양으로 뻗어 가더니 금방 사라졌다. 선임병이 뒤를 가리키며 말했다.

"미친놈들. 그렇다고 애들 자리까지 뺏어서 우주로 가려고 하다니."

그 말을 끝으로 선임병이 벽에 등을 기대고 쪼그려 앉자, 후 임병은 멀뚱거리다가 벽에 기대었다. 총도 걸리적거리는지 바 닥에 내려놓았다.

형섭이 손가락으로 내게 후임병을 가리켰다. 그의 키는 구 인류 중에서도 큰 편이었다. 얼굴은 어둠에 가려져 보이지 않 았다. 비가 내리고 있었는데도, 손에서 땀이 배어 나오는 게 느 껴졌다. 그들의 눈꺼풀이 내려가면 내려갈수록 심장 소리가 커져만 갔다.

먼저 형섭이 뛰쳐나갔다. 쪼그려 앉아 있던 선임병에게 달 려들었다. 형섭은 쇠꼬챙이로 선임병의 목을 찔러댔고, 피가 주변에 퍼졌다. 나는 벽에 기대어 있던 후임병에게 깊이 파고 들었다. 목을 노리려 했지만, 키가 너무 차이 나서 손이 닿지 않았다. 나는 먼저 다리를 찔렀다. 후임병의 무게 중심이 휘청 거렸다. 후임병의 얼굴을 보았다. 아주 어린 얼굴이었다.

마치, 우리처럼.

후임병은 소리도 지르지 못할 정도로 놀란 표정을 짓고 있었다. 선임병이 쓰러졌고, 후임병은 내 바람과 달리 앞이 아니라 뒤로 넘어지며 내게서 멀어졌다. 형섭은 선임병 위에 올라타 눈을 비롯해 가슴팍을 마구 찔러대고 있었다. 피 냄새가 났다.

후임병은 자리에서 일어나려 버둥거렸지만, 내게 허벅지를 찔려 계속해서 넘어졌다. 나는 머뭇거리다가 용기를 내서 달려들었으나, 바로 내쳐졌다. 체급 차이를 무시할 수가 없었다. 후임병이 소리를 질러대기 시작했다.

"살려주세요! 사람 살려!"

형섭이 뒤를 돌아보더니 총을 집어 들었다. 후임병은 여전히 소리를 질러대고 있었고, 나는 바닥을 뒹굴면서 커다란 돌에 등을 박아 도저히 일어날 수가 없었다. 형섭은 후임병을 향해 방아쇠를 당겼다. 그러나 총알은 발사되지 않았다. 착 하는 소리와 함께 방아쇠는 당겨지다 말았다. 후임병은 총을 든 형섭을 보자마자 겁에 질려 알아들을 수 없는 말을 지껄였다.

형섭은 총 이곳저곳을 살펴보면서 방아쇠를 계속해서 눌러댔지만, 총은 꿈쩍도 하지 않았다. 후임병은 다리를 끌면서 도마뱀처럼 기었다. 그러자 형섭은 총을 거꾸로 잡아 들고는 거리를 두고서 사정없이 후임병을 내려찍기 시작했다. 후임병의 허벅지가 찢어지며 피가 쏟아져 나왔다. 얼굴을 가리던 손

이 부러지더니, 개머리판이 얼굴을 때리자 피가 솟구쳤다. 곧
이어 숨넘어가는 소리가 들리다가 어느덧 아무 소리도 들리지
않았다. 형섭은 멈추지 않았다. 피범벅이 된 얼굴을 계속해서
내리쳤다. 하나가 소리를 듣고서 담을 넘어와서야 때리기를
멈추었다.

하나는 끔찍한 현장을 애써 못 본 척하며 형섭에게 물었다.
형섭은 총을 쥔 채로 바닥에 쭈그려 앉아 크게 호흡했다.

"다른 보초들은?"

"초소끼리 거리가 멀어서 괜찮아."

아무렇지 않게 질문에 대답하는 형섭이 진짜 괴물처럼 보였
다. 하나도 나와 같이 두려움을 느꼈는지, 엉망이 된 후임병의
시체를 한 번 보고는 한 걸음 뒤로 물러섰다. 우리는 보초들의
옷을 벗겼다. 무게가 무거워 모두가 힘을 써야 했다. 으깨진 두
개골을 보니 속이 뒤집혔다. 가까스로 구역질을 참아가며 옷
을 벗겼다. 군복에는 피가 잔뜩 묻어 있었으나, 누구도 얼굴을
찌푸리지 않았다. 형섭은 선임병의 총과 후임병의 총을 번갈
아 보다가 후임병의 총에 걸린 안전장치를 해제했다.

"뭘 봐?"

우리가 뒤를 돌자 하나는 옷을 갈아입었다. 형섭은 은근히
미소를 그리며 티가 나지 않게 고개를 하나 쪽으로 돌리려 했
다. 이럴 때면 영락없는 사춘기 남자아이였다. 그러나 그가 저
지른 짓이 떠오르면서 괴리감만 커졌다.

하나와 광주 아이가 옷을 갈아입자, 형섭은 둘에게 총을 건네주었다. 어두운 데다 비까지 오고 있어 충분히 군인처럼 보일 것 같았다. 우리 넷은 바로 다음 보초가 있는 장소까지 움직이려 했다. 그러나 다른 초소에서 후임병의 비명을 들었는지 이미 센터 내부는 비상사태였다. 군인들이 탄 차량도 이쪽을 향해 다가오고 있었다. 형섭은 넷이서 안으로 더 파고드는 것을 그만두고는 하나에게 말했다.

"일단 저 새끼들 앞에 모습만 드러내고 바로 도망쳐. 일단 교전이 시작되면 아이들이 우주 발사장으로 쏟아져 나갈 거야. 자연히 병력도 분산되겠지."

광주 아이가 형섭에게 비꼬듯이 말했다.

"너희는 어떻게 하려고? 여기에 우리만 남겨두고 우주선에 올라타서 도망갈 거야?"

"우리 둘은 할 일이 있어."

"뭐?"

"우주선을 발사시켜야 하거든."

광주 아이는 손바닥을 건물 바깥으로 뻗으며 비를 받아냈다.

"꼭 지금 해야겠어? 이렇게 비도 오는데? 저놈들도 오늘 우주로 안 가는 이유가 날씨 때문 아니야?"

"그렇지."

형섭이 광주 아이를 쏘아보았다.

"저 새끼들은 죽는 게 두려우니까 저러는 거야. 우리는 갈 거야. 무서우면 너는 여기에 남든가.”

둘은 눈싸움을 벌이다가, 광주 아이가 물러나면서 긴장이 풀렸다. 형섭이 하나에게 말했다.

“마지막 기회야. 우리 모두에게. 어떻게든 결과는 정해져 있어.”

하나는 형섭을 이해하지 못하겠다는 듯이 고개를 젓고는 남자아이와 함께 멀리 달아났다. 뛰는 게 꼭 지금은 멸종해 버린 고라니 같았다.

둘은 어느 정도 우리와 거리를 벌렸다. 곧이어 총소리가 들렸다. 군인들이 총소리가 들려오는 방향으로 이동할 것이었다. 형섭이 내 얼굴에 묻은 진흙을 보며 말했다.

“또 진흙으로 범벅이네.”

“피보다야 낫지.”

우리는 컨트롤 타워가 있는 센터 안으로 달려갔다.

。

총소리와 함께 아이들은 치어들처럼 발사장으로 달려갔다. 군인이라 해봤자 보초 둘이 전부였고, 대부분은 이미 형섭의 교란 작전에 끌려 정문 쪽으로 이동해 버린 뒤였다. 아이들은 일제히 발사장으로 들어섰고, 차례로 우주선과 연결된 교차로에 도착해 계단에 올랐다. 준비된 우주선은 총 15개. 우주선 하나당 최대 승선 인원은 150명이었다. 우주선의 문이 닫혀 있기는 했지만, 엔지니어 부서원들이 문이 아니라 엔진 아래쪽에 난 공간으로 아이들을 부단히 올려 보냈다.

형섭과 나는 그 광경을 멀리서 바라보며 침을 삼켰다. 일사불란하게 탑승하는 게 관건이었다. 보초 둘은 몰려오는 아이들에 지레 겁을 먹고는 도망가 버렸다. 다행이었다. 혹시나 총을 쏘기라도 했다면, 대학살이 벌어졌을지도 몰랐다.

우리는 아이들이 모두 우주선에 오른 것을 보고는 발걸음을 옮겼다. 정문 쪽에서는 총소리가 들려오지 않았다. 하나가 무사히 도망쳤기만을 바랐다. 그러나 위험한 쪽은 우리도 마찬가지였다. 컨트롤 타워에는 중령을 비롯한 군인들로 가득했다.

발사장에서 그리 멀리 떨어지지 않은 곳에 컨트롤 타워가 있었다. 급히 컨테이너를 개조해 만든 곳이었고, 벽이 얇아 그런지 소리가 들렸다. 우리는 벽에 귀를 대고서 동향을 살폈다.

"야! 진짜 군인들 맞아? 직접 봤어?"

중령이 비에 젖은 병사에게 화를 냈다. 비에 흠뻑 젖은 병사는 억울함이 가득한 목소리로 말했다.

"일단 눈에 보이는 건 둘이었습니다. 나머지는 어두워서…"

"제기랄! 군복은 입고 있었어?"

병사가 그렇다고 대답하자, 중령은 욕을 진하게 내뱉고는 머리를 싸맸다. 병사가 경례하고 물러서자, 이번에는 장교들이 걱정스러운 표정으로 중령에게 물었다.

"어떻게 합니까? 장관님께 말씀드려야 하지 않겠습니까?"

"저 늙은이들이 뭘 알겠어? 어차피 술에 절어서 자고 있을 텐데."

장교들은 저들끼리 의견을 나누기 시작했다. 얼른 피신해야 한다는 의견부터, 도망갈 곳은 어디에도 없다는 둥 의견이 한 데 모이지 못하고 흩어졌다. 분위기가 과격해졌다. 언제 멱살 잡이가 일어나도 이상하지 않았다.

이제 장교들만 현장으로 출동하면 됐다. 그러면 형섭의 계획대로 컨트롤 타워가 빌 테니 우리는 우주선 발사 장치를 누르고 우주선으로 뛰어가기만 하면 됐다. 카운트다운은 발사체 하나당 60초였다. 마지막 15번째 발사체가 발사되기까지 우주선에 탈 수 있을지는 알 수 없었다. 나는 어떻게 우주선으로 뛰어갈지 경로를 그렸다. 문을 열고 나서…

"야! 얼른 부대원들 전부 불러와!"

외침과 함께 중령은 갑자기 문을 벌컥 열더니 밖으로 뛰쳐나갔다. 문 여는 소리에 놀라 나는 다급하게 입을 손으로 막아야 했다. 형섭도 놀란 모양인지, 입을 살짝 벌렸다. 그런 중령을 보며 장교 하나가 물었다.

"어디로 말입니까?"

발사장을 둘러보던 중령은 장교들에게 다급하게 지시를 내렸다.

"발사장! 저 개새끼들이."

중령은 병사가 메고 있던 총을 뺏어 들고는 우주선을 향해 쐈다. 단발을 놓고 쏴서 총알은 몇 발 나가지 않았다. 다행히 우주선에 맞지 않았는지, 화약 소리만 크게 들릴 뿐이었다. 장교들이 중령을 막아섰다.

"왜 이러십니까? 연료 장치가 터지기라도 하면 여기 전부 다 죽습니다!"

"빨리 가서 전부 복귀시켜!"

"설명이라도 좀 해주십쇼!"

중령은 장교 하나를 죽일 듯이 노려보며 말했다. 중령이 잔뜩 골이 난 상태로 대답했다.

"어이! 병사! 보초들이 본 군인이 둘이라고 했지?"

멀리서 병사가 크게 소리쳤다.

"맞습니다."

"야! 곽정원. 여기 애들 중에 키 큰 애가 몇 명이었어?"

장교 하나가 곰곰이 기억을 더듬다가 아차 싶었는지, 눈을 동그랗게 떴다.

"둘이었습니다."

"전부 가!"

병사를 비롯한 장교들이 움직이기 시작했다. 다들 군홧발 소리를 바삐 내며 전속력으로 발사장을 향해 달려갔다. 나는 실패를 직감했다. 군인들이 돌아오고 있었고, 중령은 상황 파악을 모두 마친 상태였다. 더는 벗어날 구멍이 없어 보였다. 우리의 마지막 계획이 물거품이 되어버린 것이다.

형섭에게 방법을 묻고 싶었으나, 형섭은 중령을 뚫어지게 바라보기만 했다. 중령의 가슴팍에는 쇠구슬을 작동시킬 수 있는 폭파 장치가 매달려 있었다. 내가 형섭에게 말을 꺼내기 전에 형섭이 먼저 침묵을 깼다.

"기다리자."

자세한 설명을 원했으나, 그러기엔 형섭의 모습이 너무도 침착했다. 쉽게 말을 걸 수 없을 정도로 진중했다. 입술을 꽉 물지도 않았고, 주먹을 쥐지도 않았다.

어느새 군인들은 빠르게 발사장으로 모여들었고, 나는 그 모습을 초조하게 바라보았다. 군인들은 우주선들을 둘러싸고는 총을 겨누었다. 중령이 컨트롤 타워 내부에서 문을 열고는 외쳤다.

"얼른 나와!"

군인들은 포위망을 서서히 좁혀가고 있었다. 우주선에 반응이 없자, 중령은 우주선 내부와 연결된 유선 연결망을 들어 올리더니 협박을 이어갔다.

"듣고 있는 거 알아. 안 나오면 전부 죽는다."

아이들은 반응하지 않았다. 우주선에서 나와봤자 결과는 똑같았다. 양측이 실랑이를 벌이는 사이, 형섭은 내 등을 툭툭 치더니 뒷문을 가리키며 엄지를 치켜들었다. 어디로 가냐고 묻기도 전에 형섭이 앞서갔고, 나는 영문도 모르는 상태로 형섭을 따라 뒷문을 통해 컨트롤 타워로 들어갔다.

○

도둑고양이처럼 발을 들고서 걸어야 했다. 컨트롤 타워 뒤편으로 들어섰는데, 문을 열자마자 역겨운 냄새가 몰려왔다.

"이게, 무슨⋯."

형섭이 내 입을 막았고, 그제야 나는 바닥에 널브러진 것들을 볼 수 있었다. 군복을 아무렇게나 입고서 술에 취한 노인들이 깊은 잠에 빠져 있었다. 술병이 굴러다니고 있었고, 좀처럼 볼 수 없는 음식들도 바닥에 떨어져 있었다.

솔직히 급한 상황만 아니었더라면 맛이라도 봤을 것이다. 침이 입 안에 가득 고였다. 그러나 우리는 그들이 깨지 않게 발끝으로 걸어야 했다. 중령의 격앙된 목소리는 컨트롤 타워 전체를 울려대고 있었다.

중령이 있는 메인 룸 문 앞에 도착하자, 형섭이 손에 쇳조각을 집어 들었다. 쇳조각에는 어느새 피가 메말라 붙어 있었다. 형섭은 자기 옷을 찢어 쇳조각을 감싸더니 내게도 준비하라고 했다. 나는 형섭에게 물었다.

"이건 아니야."

"해봐야 알아."

"저 사람은 죽인다 쳐도, 나머지 군인들은?"

형섭은 고개를 저었다. 아무리 생각해도 이건 아니었다. 불속에 뛰어드는 불나방 같았다. 장렬하게 산화하기만을 기다리는 나방 말이다. 문 너머에서 중령의 목소리가 들려왔다.

"진입해."

"준비!"

군인들의 외침 소리가 들렸다. 목표는 우주선이었다. 군인들이 우주선을 둘러싸고서 천천히 다가갔다. 그에 맞춰서 중령은 우주선에 대고 스위치를 눌러댔다. 중령의 손가락 움직임에 맞춰 아이들의 비명이 무전을 통해 들려왔다. 형섭의 몸이 움찔거렸다. 나는 바로 형섭의 손을 붙잡았지만, 형섭은 단호했다. 내 손을 뿌리친 형섭은 바로 문을 열어젖히고는 안으로 달려들었다.

형섭은 바로 중령의 목을 노렸으나, 중령은 금방 몸을 틀고서 형섭의 목을 잡아챘다. 형섭은 쇳조각으로 중령의 팔을 찔러댔으나, 중령은 스위치만 손에서 놓쳤을 뿐 형섭을 놓치지는 않았다. 형섭의 목이 금방이라도 부러질 것만 같았다. 가만히 있을 수만은 없었다. 나는 중령에게 달려들려 했으나, 중령이 형섭의 목을 움켜쥐고는 나를 막아섰다. 형섭은 가녀린 짐승처럼 소리 한번 제대로 지르지 못하고 늘어졌다.

"움직이지 마."

발을 조금 움직였는데, 중령은 형섭의 목을 더욱 거칠게 잡았다. 형섭이 허공에서 버둥거렸다. 군인들의 고함은 더욱 거세졌다. 형섭 덕분에 쇠구슬은 더는 터지지 않았으나, 상황이 보이지 않았다. 울음이 나올 것만 같았다.

"쥐새끼 같은 놈들. 지구에서 사람들은 다 죽어가는데, 어디서 우주로 튀려고 해?"

중령이 입술을 꽉 깨물고는 말을 이었다.

"너희들 우주로 보낸다고 얼마나 사람들이 죽은 줄 알아? 너희들만 아니었어도 의료 물자가 부족하지는 않았겠지. 그러면 내 가족들도…."

중령의 뒤편에는 발사 장치가 놓여 있었다. 저걸 누르기만 한다면 우리는 우주로 갈 수 있었다. 아니, 형섭과 내가 아니라 아이들이 우주로 갈 수 있었다. 우리가 따라갈 수는 없을 것만 같았다. 갑자기 하나 생각이 났다. 아이들 가운데 하나가 있으면 했다. 하나가 무사히 우주선에 복귀했으면 했다. 다친 데도 없이 원하던 대로 우주에 갔으면 했다. 그 애가 내게 얼마나 실망감을 주었는지는 상관하지 않았다.

그러나 나는 너무나도 잘 알고 있었다. 하나는 우주선에 타지 못했다. 군인들이 우주선을 에워싸고 있었고, 그 누구도 우주선에 접근하지 못했다. 하나는 군인들에게 총을 맞아 죽었거나 잡혔을 것이었다. 후자는 아니었으면 했다. 그 이후로 벌어질 일을 나는 상상하기조차 싫었다. 중령이 형섭의 목을 잡은 상태로 문 쪽으로 가더니 문을 열고서 외쳤다.

"보고해!"

"이제 진입합니다!"

그때 중령이 소리를 지르며 형섭을 바닥에 던졌다. 중령의 손에는 잇자국이 남았고, 그대로 피가 배어 나왔다. 형섭의 이마에서는 피가 터졌다. 형섭의 손아귀에는 쇠구슬 폭파 스위치가 들려 있었다. 나는 그 틈에 중령 뒤쪽으로 달려갔다. 형섭은 최선을 다해 중령을 붙잡아 두려 했지만, 중령을 막을 수는 없었다. 나는 발사 장치를 누르기 직전에 중령의 주먹에 맞아 자리에 고꾸라져 버렸다. 끝이라 생각했다.

그때였다.

내가 간신히 정신을 차릴 무렵에 탕 하고 뒤에서 총소리가 들렸다. 중령의 머리가 박살 나면서 사방으로 피가 튀었다. 나는 쓰러진 형섭에게 다가갔다. 눈에 흰자만이 가득했다. 그러나 손만은 쇠구슬 폭파 스위치를 꽉 쥐고는 놓지 않고 있었다.

그때 나는 형섭의 손에서 스위치를 뺏어야 했을까? 그때 스위치를 뺏어서 형섭이 독재자가 되지 않도록 해야 했을까? 그러면 많은 이들이 형섭에 의해 죽지는 않았겠지. 그러나 만약 그랬더라면 무궁화호가 이렇게 멀리까지 올 수 있었을까? 식량 창고는 더 일찍 털렸을 것이고, 배고픔에 모두가 굶어 죽었을 텐데. 무엇이 옳은 선택이었을까?

스위치에 관심을 둘 겨를이 없었다. 나는 형섭의 가슴을 주무르면서 뺨을 때려댔다. 기도라는 것을 그때 처음 했다. 울음

막 (3)

이 터져 나왔다. 앞으로 배가 고파도 좋으니, 혹여나 내가 우주에 가지 못해도 좋으니 부디 형섭을 깨어나게 해주었으면 싶었다. 내 기도가 통했는지 다행히 형섭은 아주 서서히 눈을 떴다.

"60, 59…"

발사 장치에서는 카운트다운이 시작되고 있었다. 형섭이 의식을 찾고 나서야, 나는 총소리가 난 쪽으로 고개를 돌릴 수가 있었다. 하나가 선임병의 총을 들고는 발사 장치를 누르고 있었다. 팔에서는 피가 흐르고 있었는데, 군인들과 교전 중에 다친 상처 같았다.

군인들은 우주선에 일어난 변화를 눈치챘는지, 동요하기 시작했다. 금방이라도 폭발할 것 같은 소리를 내는 우주선에 더는 가까이 다가가지 못하고, 컨트롤 타워를 향해 명령을 내려달라고 외쳐댔다. 하나가 군인들을 향해 외쳤다.

"비켜! 거기 있으면 다 죽어!"

그때 첫 번째 우주선이 발사되기 시작했다. 굉음과 함께 땅이 떨리기 시작하더니, 증기가 사방을 덮쳤다. 군인들은 총을 버리고 뒤로 내달리기 시작했지만, 증기에 삼켜져 버렸다. 행성 관측 수업에서 들은 목성이 저렇지 않을까 싶었다. 엄청난 기압과 끝을 알 수 없는 소용돌이 속에서 영혼들이 영원히 고통받을 것만 같았다.

"일어나!"

형섭은 하나의 외침에 비틀거리며 일어났다. 하나는 참지 못하고 형섭을 데리고서 그 지옥 속으로 내달리기 시작했다. 달아오른 수증기는 하늘에서 내린 비에 금방 식어버렸으나, 이미 사람들을 집어삼켜 버린 뒤였다. 바닥에는 벌겋게 익어버린 채로 시체들이 뒤집혀 있었다.

정신이 나갈 틈도 없이 이어서 우주선 하나가 더 발사되었다. 형섭도 완전히 정신이 들었는지, 우리 부축 없이도 제 발을 쉼 없이 굴렸다. 마지막 15호기까지 얼마 남지 않았다. 더운 열기 탓에 숨을 제대로 쉬기가 어려웠다. 9호기가 발사될 즈음에야 우리는 가까스로 15호기에 도착할 수 있었다.

"문 열어!"

문은 열리지 않았다. 시끄러운 발사 소리에 우리의 목소리가 내부에 들리지 않았을지도 몰랐다. 우리는 계속해서 문을 두들겼다. 이제는 13호가 발사되려 하고 있었다. 13호가 발사되면 우리도 위험했다. 우주선들은 불꽃과 하얀 흔적을 남기며 먹구름을 뚫고 나아갔다. 하나는 문을 발로 차며 빌기 시작했다.

"제발!"

그때 번쩍하며 천둥이 치듯이 하늘이 밝아졌고, 이어서 하늘이 무너져 내리는 듯한 소리가 들렸다. 우주선 하나가 폭발한 것이다. 파편들이 여기저기 흩날렸고, 우리가 걸어왔던 장소로 떨어져 큰 폭발을 일으켰다. 그 모습은 아주 느리게 보였다. 문을 열려고 버둥거리던 손에 힘이 빠졌다. 순간적으로 주저앉고 싶었다.

'이렇게까지 가야 할까?'

처음으로 이런 의문을 가졌다. 이렇게 많은 사람의 희생을 겪으면서까지 우리가 우주에 나가야 할 이유가 있을까? 단순히 살아남기 위해서? 그러나 하나는 폭발을 보고는 미친 사람처럼 문을 발로 차댔다. 13호에서 불꽃이 치솟았다. 순간 눈앞이 환해짐과 동시에 누군가가 내 멱살을 붙잡고 안으로 잡아당기는 것을 느꼈다.

눈을 떠보니 우주선 내부였다. 아이들은 하늘을 보고 누워서 다리를 떨고 있었다. 모두 긴장된 표정으로 우리를 보았다. 밖에서는 엄청난 열기가 느껴지고 있었다. 왕눈이는 나를 비롯해 연이어 하나와 형섭을 안으로 들이고는 다시 자기 자리로 가서 앉았다. 그는 어이없게도 눈물을 흘리며 우리에게 외쳤다.

"빨리 자리에 앉아! 이제 가자!"

°

벗어나는 순간을 늘 그려왔다.

그때의 공기는 지구상의 그 어떤 음료보다도 상쾌할 것만 같았다. 지긋지긋한 가족들을, 한국을, 그리고 지구를 벗어날 때, 마치 체한 속이 풀리면서 트림이 나오는 것처럼, 혹은 묵혀놓았던 숙변을 누었을 때처럼 몸이 가벼워질 것으로 생각했다.

문을 닫자마자 우주선이 흔들리기 시작했다. 우리 셋은 좌석에 가까스로 앉았고, 형섭은 그 자리에서 바로 기절해 버렸다. 하나가 내게 말했다.

"드디어 벗어나는 거야."

하나를 곁눈질했다. 사람을 죽이고도 큰 변화가 없어 보였다. 심지어는 함께 군인들을 교란한 광주 아이가 죽었는데도 말이다.

나와 다르게 하나는 강인한 아이였을지도 모른다. 급박하게 돌아가는 상황 때문이었는지, 아니면 본성이 그랬는지는 알지 못한다. 그러나 아무리 봐도 전자 같다. 하나는 이후로 그날 일을 말하지 않았다. 주변 사람들은 탈출 당일에 대한 말만 나오면 하나가 자리에서 벗어났다고 했다.

언젠가 나와 함께 그날의 일에 대해 깊이 이야기했다면 좋았을 텐데.

내가 좀 더 다가갔더라면.

생존이 아니라 정말로 살아남기 위해 노력했어야 했는데.

이제껏 내가 추구한 생존은 사는 것이 아니라 단순히 죽음에서 벗어나는 것일 뿐이었는데.

하나가 내 손을 꼭 쥐고는 더운 숨을 토해냈다.

"가자."

그러나 나는 도통 어지러움에서 벗어나는 느낌을 받지 못했다. 강력한 중력은 나를 지구에서 벗어나지 못하게 강하게 짓눌렀고, 그것은 아버지의 기침, 어머니의 기도 그리고 형의 커다란 등으로 변형되어 내게 다가왔다. 오히려 속이 답답해져 왔고, 구토가 치밀어 올랐다. 하나의 손을 꼭 잡았다. 손은 땀으로 흥건했다. 하나도 나처럼 긴장하고 있었다.

살려달라.

스치듯이 어머니의 기도가 지나갔다. 우주선 안은 소음에 파묻혀 아무것도 들리지 않았다. 아이들은 비명을 지르고 있었지만 엔진 소리에 파묻혔다. 이대로 엔진에 불이 붙는다면 그대로 모두 죽을 것이었다.

1단 추진 로켓이 떨어졌고, 2단 추진 로켓에 전원이 들어왔다. 우주선이 심하게 한쪽으로 기울었다. 중력 때문에 눈을 까뒤집고는 까무러친 애들이 많았다. 몇몇은 호흡곤란을 호소하다가 정신을 잃었다. 아비규환이었다. 내부는 신경 쓰지도 않은 채로 조종석에 올라탄 아이들은 혀를 깨물어 버티며 수동으로 조종했다. 다행히 우주선은 점차 궤도를 찾아갔다.

우주선의 떨림이 순간적으로 멎었다. 모든 것이 멈춘 듯한 느낌이었다. 소리도, 시간도. 우리가 내뱉는 숨소리가 세상을 가득 채운 것처럼 보였다. 몸이 서서히 떠올랐다. 정상 궤도로 진입했다는 음성이 들리기도 전에 하나는 안전벨트를 풀었다. 내가 말릴 새도 없었다.

"이거 봐!"

하나의 몸이 떠오르고 있었다. 온갖 토사물과 침방울, 그리고 신음 사이에서 하나는 유연하게 움직이며 그것들을 피했다. 한 마리의 물고기 같았다. 그것도 아주 아름다운 가시고기 말이다. 하나는 내게 다가와 내 벨트도 풀어버렸다. 우리는 함께 우주선 내부를 돌아다녔다. 자유로운 새가 된 것만 같았다. 우리는 몸을 자유자재로 움직였다. 눈물이 나올 지경이었다.

"저기로 가자."

하나가 이끄는 대로 나는 우주선의 선미로 나아갔다. 파일럿으로 선발된 아이 다섯이 보였다. 셋은 정신을 잃은 상태였고, 둘은 상황판을 보며 자동으로 무궁화호를 향해 나아가는 우주선을 보고 있었다.

무궁화호는 우주에 거대하게 홀로 떠 있었다. 크루즈선이라 표현해도 전혀 이상하지 않을 정도로 배와 외양이 무척이나 닮아 있었다. 우리가 평생을 살아야 할 곳이었다. 무궁화호는 밝은 불빛을 내며 지구 궤도를 돌고 있었다. 앞서 발사된 우주선이 무궁화호를 향해 나아가고 있었다. 정신을 잃지 않은 아이 중 몸집이 큰 아이가 얼굴을 찡그리며 말했다.

"여긴 오면 안 돼."

내가 고개를 숙이자, 그는 장난이라며 여기 앉으라고 했다. 우리는 무중력 상태였고, 바닥에 놓여 있는 쿠션을 제대로 즐기지 못했다. 우리가 자리에 앉자, 그가 미소를 지으며 어떤 버튼을 눌렀다. 그러자 거대한 가림막이 올라가면서 우주를 그대로 비추었다.

"지구에서 벗어난 걸 환영해."

끝을 알 수 없는 어둠이었다. 아래로는 우리가 떠나온 지구가 아까의 소란조차 없었다는 듯이 고요하게 돌고 있었다. 지구 너머로는 별들이 빛나고 있었다. 나는 하나와 마주 잡은 손에 힘을 주었다.

분기점 1

＋

　머리카락을 자르는 행위는 기원전 1900년경, 헤브라이족의 추장이 죄인을 처벌할 때, 죄인의 머리를 삭발한 데서 유래했다고 한다. 머리가 원래 길이로 자랄 때까지 그를 죄인으로 낙인찍는 셈이었다.

　오늘날 무궁화호에서도 크게 다르지 않았다.

　하층민은 짧게 잘린 머리로 증명되었다. 세금 미납자, 강간범, 살인범 등 강력 범죄자의 머리는 길이 11밀리미터 이하로 잘렸다. 때로는 일반 사람들이 조금이라도 배급을 더 받기 위해 스스로 머리를 잘라 내놓기도 했다.

　부서에 따라 머리 길이에 살짝 차등을 두었고, 항해부나 갑판부같이 지휘 부서에 속한 사람들은 대부분 머리를 기르며 자기를 과시했다. 가장 최고형을 받은 반역자들은 머리를 삭발시키고는 비료로 만들어 버렸다.

그렇게 잘린 머리카락들은 죄수들의 것과 한데 모여 우주선 외벽 수리에 필요한 부품으로 사용되었다.

○

무궁화호를 건조한 지구인들은 지옥으로 변한 지구에서 벗어나려 우주선을 쏘았다. 1대 비행사들은 수많은 고난을 이겨내며 탈출에 성공했지만, 140년 치가 아닌 40년 치 식량만을 실어놓은 지구인들의 간악한 술수로 인하여 무궁화호는 식량난을 겪으며 분열했고, 끝내는 서로를 죽였다. 살아남은 765명은 다시는 그런 참사가 없어야 한다면서 엄격한 규율을 세웠다. 우리의 사명은 이들에 의해 단 한마디로 정의됐다.

'모두의 생존.'

권력을 잡은 항해부는 출생에도, 죽음에도 의무를 부과했다. 남녀는 반드시 결혼해야 했으며, 부부는 평생 적어도 둘 이상의 아이를 낳아야 했다. 죄를 저질러 죽는 사람이 있으면 그를 대신해 일할 아이가 태어나야 했으며, 50세가 넘어 아이를 낳지 못하면 머리를 깎고는 스스로 다음 세대를 위한 비료가 되어야 했다. 불만이 들끓었으나, 적재된 수많은 쇠구슬 덕분에 반란은 쉽게 일어나지 않았다.

어찌 보면 그들은 늘 그 자리에 머물러 있는 것 같았다. 지구에서 배고픔을 피해 도망쳤지만 여전히 그들은 배가 고팠다. 심지어는 생존을 위해 머리카락을 자르고, 말리고, 한데 모아 재처리하여 소행성 잔해들로 인해 부서진 우주선 외벽을 수리해야 했다.

오히려 그들의 삶은 지구에서보다 더 나빠졌다고 볼 수 있었다.

지구에서 출항한 지 약 270여 년이나 지났지만, 그들은 '막'의 코빼기도 보지 못했다. 출항한 지 50년째에 엔진 하나가 소행성과 충돌하면서 날아갔고, 본래 속도의 3분의 1까지 떨어졌다. 시간이 갈수록 우주선에 노화가 찾아왔고, 언제 다른 엔진이 꺼질지 모를 상황이었다.

그런데도 그들은 아주 천천히 끝을 향해 나아가고 있었다.

++++++

바버샵 (1)

나는 아버지의 직업을 물려받았다.

2대 선장 L의 말대로 우주선 내부의 균형이 가장 중요했다. 따라서 직업도 아버지에서 아들로 순환해야 했다. 나의 할아버지도, 할아버지의 아버지도 모두 이발사였다. 물론 처음부터 이발사는 아니었을 것이다. 1대 비행사 중에 이발사는 없었으니까.

이발 반장은 우스갯소리로 내 조상이 과거 무자비하게 무궁화호를 통치하던 독재자였을 것이라 했다. 과거 독재자는 권력 유지를 위해 무참히 인간들을 짓밟고 분열시켰다. 그러나 끝내 인간들의 숭고한 의지를 막지는 못했다. 계속된 투쟁 끝에 그는 죽었고, 그의 자손들은 벌로써 외부 수리 부서, 기관실, 그리고 무궁화호의 가장 하급 부서인 이발소에 소속됐다. 진실은 알 수 없다. 어머니와는 만난 적이 없었고, 아버지는 죽었다. 만약 이것이 정말로 사실이라면 이렇게까지 억울하지는 않을 것 같았다.

아버지는 사고를 당하거나 죄를 지어 죽지 않았다. 정년인 50세가 되어 죽었다. 아버지의 마지막 말을 선명하게 기억한다. 내가 아버지의 머리를 직접 깎았고, 대머리가 된 아버지는 스팀기에 들어가 비료가 되기 직전에 내게 이렇게 말했다.

"네 아들로 꼭 다시 태어나마."

"왜요?"

나는 다소 감동했으나, 이어진 아버지의 마지막 말은 감동을 산산조각 내버리기 충분했다.

"나는 머리 깎는 것밖에 못 하거든."

나는 무표정하게 버튼을 눌렀다. 이어서 기계 돌아가는 소리가 들리더니, 30분 후에 아버지는 비료가 되었다.

○

이발사들은 크게 둘로 나뉘었다. 산 자의 머리를 깎는 사람과 죽은 자의 머리를 깎는 사람. 실제로는 부족한 노동력 때문에 둘은 크게 구분되지 않았다. 그리고 구분이 중요하지도 않았다. 둘 다 선내에서 천대받았고 어딜 가나 모임에 끼지 못했다. 지구에서는 가축을 잡았던 백정이 그랬다고 하는데, 지구에서나 우주에서나 사람의 본질은 크게 달라지지 않는 것 같았다.

나는 매일 죽은 이들의 머리를 잘라내면서 배급을 받아왔다. 어떻게 보면 죽은 자와 산 자는 그 성상이 크게 다르지 않았다. 아무리 산 자라도 범죄를 저지르면 자원 부족이라는 명목 아래 죽음을 맞이했다. 그래서 시기만 조금 다를 뿐, 옆방에서 머리를 잘라내는 죄인들을 보면 꼭 죽은 사람 같았다. 머리를 자른다는 표현이 이렇게 맞아떨어지다니, 지구에서 만들어진 이 언어에 나는 가끔 신비로움을 느꼈다.

어쩌면 예정된 운명이 아닐까 싶었다.

죄수들은 머리를 잘릴 때 울음을 터뜨렸으나, 그마저도 머리카락이 전부 잘리고 나면 울음을 멈추었다. 그들은 얼굴이 하얗게 질려서는 일렬로 L의 스팀기 안으로 들어갔다. 이발사들이 버튼을 누르면 바로 기계가 작동했고, 그들은 정확히 30분 뒤에 식량 생산 구역에 뿌려질 비료가 되었다.

이 스팀기는 'L의 스팀기'라 불렸다. 1대 비행사들의 참사를 막은 무궁화호 2대 선장 L의 이름을 딴 것으로, 그가 직접 설계에 참여하였다고 한다. 사실 이름만 그럴듯하지 내부는 단순했다. 죄수가 스팀기에 들어가면 공기압을 빨대 크기의 작은 철제 구멍에 모아 머리에 쏜 다음, 죄수가 죽었는지 살았는지는 판단하지 않고(대부분 즉사하기는 했다) 바로 큰 솥에 넣고는 프레스로 마구 내려찍어 식량 생산을 돕는 비료로 만들어 냈다.

만약 머리카락도 자동으로 잘렸다면 우리 같은 이발사도 스팀기에 들어갔을 것이다. 그러나 기계는 머리카락을 두피가 드러날 정도로 일정하게 자르지 못했고, 자주 머리카락이 기계 걸쇠 부분에 끼어 오작동을 냈다. 그러면 죄수는 기계의 취지에 맞지 않게 가장 끔찍한 고통을 맞이하게 되는데, 관에서는 죄수가 죽지 않을 정도의 스팀을 내뿜고, 솥에 넣고 살짝 데쳐낸 다음, 살아 있는 상태에서 프레스로 찍어 죽였다.

그때 들었던 비명을 잊을 수가 없다.

이발소는 무궁화호 기관실 옆에 쥐구멍처럼 박혀 있었다. 기온은 곧잘 섭씨 50도 넘게 치솟았고, 나를 비롯한 두 명의 미용사들은 땀을 뻘뻘 흘려가며 죄수들의 머리를 밀었다. 사람들은 이발소를 일종의 '수용소'쯤으로 보았다.

나는 그곳에서 매일같이 일했다. 소행성 지대를 지날 때면, 사고로 죽은 수십 명의 머리를 하루 만에 잘라야 했고, 일손이 부족하면 죄인들이나 일반인들의 머리도 잘랐다. 전기도 제대로 쓸 수 없어 녹슨 가위로 몇 번이고 머리를 자르고 난 뒤에야 바리캉으로 마무리 지을 수 있었다.

과거에는 사람의 머리를 자르는 데 있어 어떤 스타일이 있다고 했다. 앞머리를 만들고는 얇게 숱을 쳐내거나, 뒷머리를 기르고 옆머리만 자르는 등 자르는 모양에 차이가 있다고 했는데, 우리가 그런 것을 알 리가 없었다. 머리를 전부 밀어버리거나, 자르지 않거나 둘 중 하나였다.

○

어느 날은 무언가를 실은 수레가 이발소에 왔다. 수레를 덮고 있던 천을 걷어내자 시체가 보였다. 오래 손을 대지 않았는지 관절이 뒤틀린 채로 굳어 있었다. 반장은 그 모습을 보고는 호들갑을 떨며 뒤로 나가떨어졌다. 우주선 외벽 수리를 하다 슈트 불량으로 죽은 17세 남자아이의 시체였다. 기압 차이 때문인지 얼굴이 우리의 두 배 가까이 부풀어 있어 인간이 아닌 것만 같았다. 그 같은 괴이한 모습에 우리는 모두 아이에게 손을 대기 주저했으나, 칠칠팔은 가위를 들고서 묵묵히 아이의 머리를 자르기 시작했다.

대신 칠칠팔은 내게 자기 대신 죄수들의 머리를 잘라달라고 말했다. 나는 도구를 챙겨 들고서 옆방으로 향했다. 엎드린 죄수들은 합판 사이로 목만 내밀고 있었다. 나는 장비를 들고서 죄수들의 하소연을 들으며 그들의 머리를 잘랐고, 그들에게 형식적인 명복을 빌고는 L의 스팀기에 넣고 버튼을 눌렀다. 나는 고개를 돌리고는 바로 다른 죄수 쪽으로 걸어갔다.

"다음!"

웬 노인이 결박되어 있었다. 1미터 정도 길이의 평평한 쇠판자에 머리와 손이 들어갈 구멍 3개가 뚫려 있었다. 이상하게도 노인의 표정은 느긋해 보였다. 노인의 죄목은 반역죄였다. 얼마 만의 반역자인지, 일부러 얼굴을 기웃거렸다. 지난 3년간 반란은 거의 일어나지 않았다. 산발적인 폭력 사태는 있었으나 반란이라 보기에 그 규모가 애매했다. 기껏해야 굶어 죽기 직전인 사람 넷 정도가 항해부 선원에게 고함 한 번 지른 정도였다. 항해부의 권력이 워낙 강력한 탓도 있었지만, 다들 너무 배가 고팠다. 이제는 싸울 힘조차 남지 않았다.

그리고 만약 싸워서 이긴다고 해도 무엇이 달라질까?

우리는 여기에 머물러 있고, 막까지는 언제 도착할지 몰랐다. 혹시나 반란 중에 누구 하나가 자기 일을 제대로 하지 않는다면 산소 공급 시스템이 맛이 가버리거나, 온도 조절에 실패해 감자가 전부 썩어버리거나, 우주선 외벽이 소행성 충돌로 날아가면서 모두가 죽어버리는 대참사가 일어날지도 몰랐다. 도박하기에는 잃을 것이 너무나도 많았다.

"어서 잘라주게."

노인의 얼굴에는 주름이 많았다. 50세라 하기에는 지나치다 싶을 정도였다. 별빛을 정면으로 받는 부서에 있어서 그런 것인가 싶었다. 그는 매부리코에 눈썹이 짙었다. 정수리 부근에 머리숱이 많이 없기는 했지만, 옆머리가 바닥까지 닿는 것으로 봐서는 사회 고위층이었던 것 같았다. 노인의 옷에는 이름표가 없었다. 자기가 미쳐서 이름표를 뗐거나, 정말 확률이 낮기는 했지만, 이름표가 생기기 전에 태어난 사람일지도 몰랐다. 사회 고위층이면 잘 먹고 잘살 텐데, 왜 굳이 반역을 저질 렀는지 궁금했다.

나로서는 알지 못했다. 아마 영원히 알지 못할 것이다.

지구의 수만분의 1 크기인 무궁화호 내부에 사는 사람들도 저마다 취향이 있었고 사는 목적이 달랐다. 지금은 사라진 통신실의 어떤 1대 비행사는 혁명을 겪고는 미쳐버렸다고 했다. 그는 식량난으로 살육이 벌어졌을 때, 사랑하는 여자를 버리고 도망쳤다고 한다. 그러고는 친한 독재자와 함께 우주선 내부를 바퀴벌레처럼 도망다니다가 독재자도 혁명군에 의해 죽자 혼자 살아남아 미친 사람처럼 우주선 곳곳에 이상한 흔적을 남겼다고 한다. 그 흔적은 지금까지 있었던 지구와 무궁화호와의 통신이 거짓이라는 헛소리였다.

사람들은 사랑하는 이들을 구하지 못한 죄책감에 그가 미쳐버렸다고 생각했다. 통신실이 소행성에 맞아 완전히 박살이 났으니, 앞으로는 영영 그의 주장이 진실인지 아닌지 알 수도 없게 되었지만 말이다. 그는 1대 비행사로 출항에 혁혁한 공을 세웠다고 했는데, 그런 사람이 도대체 왜. 이해할 수가 없었다.

가위를 들고서 머리를 자르려 하자 노인이 말했다. 노인의 목소리는 잠겨 있었다.

"부탁이 있네."

원칙상 누구든 반역자와는 대화를 나누면 안 됐다. 다만, 형을 집행하는 이발사에게는 불문율로 죄수와 마지막 대화를 나눌 수 있었다. 대화는 모두 예상 범주 안에 들었다. 무죄를 외치거나, 눈물을 흘리며 살려달라 말하는 경우가 태반이었다. 자기 머리카락을 일부만 가지고 있어주길 바라는 사람도 있었다. 막에 도착할 때까지만 버티고 있으면 구원을 받을 수 있다면서 말이다. 그러나 나는 대부분 듣기만 했다. 내가 구태여 해야 할 일은 하지 않았다. 일은 많았고, 위는 비어 있었다.

노인의 부탁에 나는 가위를 치우고서 무심하게 물었다.

"뭔데요?"

노인은 손을 들어 올리려 했으나, 사슬에 묶여 그러지 못했다. 그러자 노인은 손가락을 빙글빙글 돌리며 머리 쪽을 가리켰다.

"투블럭으로 잘라주게."

나는 투블럭이 무슨 말인지 알지 못했다. 조리실이 드디어 10년 만에 만들어 낸 새로운 메뉴인가 싶었다. 노인에게 되물었다.

"그게, 뭔데요?"

"윗머리는 남겨두고서 뒷머리랑 옆머리를 밀어 올리고, 그 위를 윗머리로 덮은 스타일이지. 윗머리도 정리해 주면 좋겠지만 그건 사치인 것 같군."

그렇게 머리를 잘라본 적은 없었다. 나는 그가 무슨 말을 하는지 도저히 알 수 없었다. 이런 요구 사항은 또 처음이었다. 가족을 만나게 해달라거나, 막 너머의 신을 향해 기도해 달라는 사람은 있었지만, 머리를 자기가 원하는 대로 잘라달라는 사람은 없었다. 내가 머리에는 손을 대지도 못한 채로 머뭇거리자 노인은 머리 쪽을 손가락으로 힘겹게 가리켰다.

"자, 옆머리부터."

그냥 머리를 밀어버리고 싶기도 했지만, 영 기분이 찜찜해서 노인의 요구를 지나칠 수가 없었다. 더군다나 노인의 눈에서는 어떤 힘이 느껴졌다. 우리 같은 하층민들에게서는 느낄 수 없는 그런 힘 말이다. 머리카락이 길었던 것도 한몫하긴 했지만, 그렇다고 키가 상류층처럼 크지는 않았다. 다만, 옷차림부터 눈빛까지 우리와는 다른 사람처럼 느껴졌다.

뒤를 확인했는데, 손님이 그렇게 많지는 않았다. 결국, 나는 노인의 오른쪽 옆머리를 잡아 들어 올리고는 머리를 자르기 시작했다. 바닥으로 가는 머리카락이 떨어졌고, 노인은 죽은 사람처럼 눈을 감고서 내게 머리를 맡겼다.

"다른 쪽도."

왼쪽 옆머리를 잡아 들어 올리고는 오른편과 비슷하게 흰 피부가 드러날 정도로 짧게 잘랐다. 노인이 담담하게 왼쪽도 오른쪽과 길이를 맞춰달라길래 순간적으로 짜증이 치밀어 올랐으나, 이제 죽을 사람이라 생각하니 마음이 조금 가라앉았다. 본래 작업 시간보다 곱절가량 더 걸렸다.

대기실에 갑자기 사람이 몰려들고 있었다. 최근에 온도 조절 장치의 노후화에 따른 고장으로 M5 구역의 감자 생산에 차질이 생기면서 배급량이 줄었기 때문이었다. 다들 자기 머리를 잘라 항해부에 바치고는 배급표를 더 받으려 했다.

나는 노인의 뒷머리까지 말끔하게 자르고서 앞머리를 다듬었다. 일자로 자르는 게 전부였지만, 전보다는 말끔해진 것 같았다. 노인은 머리를 흔들며 남은 머리카락을 털었다. 얼굴에 묻은 것들은 내가 털어주었다.

"거울을 좀 보여줄 수 있겠나?"

노인에게 거울을 비춰주자, 고개를 돌려가며 자기 머리를 확인했다. 그러고는 결심한 듯 고개를 끄덕였다.

"됐네. 고생했네."

나는 노인에게 물었다.

"근데, 자를 거면 다 자르지, 지구에서는 왜 그렇게 머리를 조금 잘랐던 겁니까?"

머리를 자를 거면 완전히 미는 게 경제적이었다. 머리를 다시 잘라야 하는 번거로움도 없을뿐더러, 공기 샤워를 할 때도 민머리가 훨씬 간편했다. 손으로 머리를 한 번 쓸기만 하면 됐다. 요즘같이 배급이 줄어든 마당에 이왕이면 머리를 전부 잘라서 배급표 한 장이라도 더 받는 게 나았다.

노인은 내 질문에 뜸을 들이다가 대답했다.

"지구에서는… 머리카락 길이로 사람을 구분하지는 않았거든."

그때 문이 열리더니, 칠칠팔이 방으로 돌아왔다. 그의 손에는 피가 묻은 머리카락이 가득했다. 칠칠팔이 다소 침울한 표정으로 말했다.

"반장님이 빨리 손님 받으래."

칠칠팔의 눈은 노인의 머리로 향해 있었다. 말끔하게 잘린 노인의 머리를 뚫어지게 보더니, 무슨 말을 하려다가 말고는 느릿하게 자기 자리로 갔다. 나는 바리캉을 꺼내 들고는 노인에게 말했다.

"이제 잘라야 합니다."

"그래, 이제는 괜찮아."

노인은 눈을 감았고, 나는 노인의 머리를 완전히 잘랐다. 앞과 옆의 균형은 깨졌고, 머리는 매끈하게 잘리며 아래로 거뭇한 피부가 드러났다. 하얗게 세어버린 머리카락 아래 피부에도 주름이 많았다.

말간 머리를 한 노인을 일으켜 스팀기 앞으로 데려갔다. 노인은 숨을 크게 들이쉬더니 앞으로 걸어갔다. 오래전부터 해온 일이고 앞으로도 하게 될 일이었지만, 이때만큼은 쉽게 적응할 수 없었다. 나는 버튼을 누르기 전에 노인에게 기도문을 외웠다.

"다른 아이로 태어나실 겁니다. 그때 다시 뵙겠습니다."

우리는 믿고 있었다. 에너지가 사라지지 않고 보존되듯이 한 사람이 죽으면 다른 사람으로 태어난다고. 선장 L은 막 너머에는 천국이 있을 것이라 주장했다. 그는 오직 무궁화호를 통해서만 천국으로 갈 수 있으며 다른 방법으로는 절대 천국에 갈 수 없다고 말했다. 무궁화호의 생존에 우리 모두의 구원이 달렸다며 그는 '모두의 생존'을 강조했다.

선장 L의 극단적인 추종자들은 지구에 남은 이들보다 무궁화호에 타고 있는 우리야말로 선택받은 존재라 했다. 보통 이렇게 말하면 다른 죄수들은 고개를 끄덕이고는 죽음을 받아들였다.

그러나 노인에게서 돌아온 말은 전혀 예상하지 못한 것이었다.

"어디서? 이 좁아터진 우주선에서?"

노인은 웃음을 크게 터트리며 말했다.

"내가 얼마나 살아왔는지 알겠나?"

나는 버튼에 손을 올린 채로 대답했다.

"모르겠습니다."

노인은 주변 눈치를 보며 낮은 목소리로 말했다.

"260년."

나는 믿지 않았다. 노인이 우주 방사능에 뇌가 피폭되어 정신이 나간 것으로 여겼다. 종종 그렇게 미쳐버린 사람들이 곧잘 나왔으니까. 만약 그의 말이 사실이라면, 그가 2대 혹은 1대 비행사 중 한 명이라는 말인데, 말이 되질 않았다. 본래 그들의 수명은 150세가 한계였고, 큰 반란 이후 그들은 바퀴벌레처럼 아이를 낳다가 200년이 지난 후에는 모두 죽고 없었다. 내 얼굴에서 의심을 읽어냈는지, 노인이 콧방귀를 뀌었다.

"어떻게 안 잡혔냐고 묻고 싶겠지. 다 방법이 있어. 첫 번…"

"야! 뭐 해!"

멀리서 반장의 외침이 들려왔다. 금방이라도 이리 달려올 것처럼 화가 목소리에 가득했다. 나는 황급히 노인의 말을 끊고서 버튼 위에 손을 올렸다.

"아, 예. 죄송합니다. 마지막으로 하실 말씀은요?"

노인은 말을 삼켜내듯이 입맛을 다시더니, 반장이 있는 방을 쏘아보며 말했다.

"이제 사는 것도 지겨워. 이렇게 살기 위해서 사는 거 말이야."

"그게 무슨 말입니까?"

"자네도 다른 사람처럼 막에 가기 위해 사나?"

내가 대답하지 않자, 노인은 내 무심한 반응을 보고는 경고하듯이 혀를 내밀었다.

"조심하게. 막 너머에는 뭐가 있을지 몰라. 어쩌면 무한히 증식하는 빵이 있을지도 모르지."

노인이 도통 무슨 말을 하는지 알 수 없었다. 단단히 머리가 돌아버린 모양이었다.

"아, 예. 알겠습니다."

입 안, 정 가운데에 우뚝 솟은 적색 혓바닥이 내게 은근히 욕을 하는 것 같았다. 나는 빠르게 버튼을 눌렀다. 노인은 30분

후 열기와 함께 비료가 되어 M1 감자 재배실로 보내졌다.

o

"멋졌어."

"뭐가?"

"아까 죄수 머리."

"왜? 그 사람한테 직접 말하지."

"죽을 사람 앞에서는 말하기 좀 그렇잖아."

"지구에서 유행했던 머리 스타일이래."

"아, 그래?"

"뭐라더라? 투블럭이라던가?"

칠칠팔의 눈이 반짝거렸다. 그는 지구 이야기만 나오면 호기심을 보이며 주위 사람들을 귀찮게 했다. 한편, 나는 그와는 반대로 불편해서 어쩔 줄 몰라 했다. 혹여나 반장이 우리 이야기를 들을까 두려웠다.

"새끼야."

역시나 내 불길한 예상은 빗나가지 않았다. 반장은 배식을 받다 말고 내게 다가왔다. 식판을 던지듯이 테이블에 두고는 내 멱살을 잡아끌었다. 감자 한 알이 반장의 식판에서 빠져나와 테이블 위를 굴렀다.

"미쳤어?"

"잠시만요."

"너도 머리 잘리고 싶냐고."

반장이 멱살을 놓았다. 나는 다시 무심하게 자리에 앉아 식어버린 감자 두 조각을 손으로 으깼다. 찍어 먹을 소금이라도 있으면 좋겠지만, 소금 배급은 그달 말에야 다시 시작될 것이었다. 텁텁함이 입 안을 가득 채워 제대로 말을 할 수가 없었다. 나는 반장에게 말했다.

"선장 아들로 다시 태어난다고 하면요. 누가 그걸 마다하겠어요?"

"미친놈. 너는 태어나자마자 아마 비료가 될 거다. 반역자 요구를 왜 들어줘? 요즘 감찰실에서 입 줄인다고 미친 듯이 꼬투리 잡으려 하는 거 몰라?"

"곧 죽을 사람이 부탁하는데, 안 해줘요? 특히나 머리 좀 잘라달라는 말인데. 우리가 뭐예요? 이발사 아니에요?"

"네 머리나 그렇게 잘라라. 힘 빼지 말고."

목이 막혔다. 물 한 잔을 조금씩 나누어 삼켰다. 갈증이 심했지만 배급된 물은 한 잔뿐이었다. 반장은 욕을 계속하다가 테이블을 구르던 감자 한 알을 칠칠팔에게 던져주고서 저 멀리 구석으로 자리를 옮겨 혼자서 감자를 씹어댔다. 그의 시선은 나를 향하고 있었다.

"저기 봐."

내가 손가락으로 가리킨 곳에는 감찰 요원 둘이 서 있었다.

그들은 식당에서 대기하며 우리들의 대화를 감시하고 있었다. 언뜻 보기에도 우리와는 달리 몸집이 우람했다. 혹여나 폭동이나 반란이 일어나면 그들이 바로 제압해야 하니, 그들은 배급도 우리의 두 배를 받았다. 일과의 대부분도 몸을 키우거나, 순찰을 하는 게 다였다.

갑자기 퍽 소리와 함께 칠칠팔이 식판에 머리를 박았다. 뒤를 돌아보자 기관실 선원 다섯이 낄낄거리며 얼굴에 감자가 가득 묻은 칠칠팔을 보고서는 웃어댔다. 뭐라 말을 하고 싶긴 했으나 본능이 거부했다. 이발사에게는 늘 있는 일이었다. 심지어 나는 맞지 않았으니 감사한 마음이 슬그머니 들 정도였다. 칠칠팔은 얼굴에 묻은 감자를 식판에다 털어내고는 먹지 않으려는 듯 식판을 내 쪽으로 밀었다. 의외의 반응이었다. 나는 칠칠팔 얼굴에 묻었던 감자를 황급히 입에 넣으며 말했다.

"왜? 감자라면 환장하는 놈이."

"그야 먹을 게 이거밖에 없으니까 환장하지. 근데, 저것들 얼굴 보면 감자가 목에 막힌다."

칠칠팔은 감찰실 요원 쪽을 곁눈질했다. 감찰실 요원들은 최근 시행된 '이성 간 대화 금지령'에 따라 남자와 여자, 서로가 대화를 나누는지를 눈을 치켜뜨고서 감시하고 있었다. 목적은 하나였다. 나는 감자를 입에 한껏 넣은 채로 말했다.

"반란을 막으려고 저러는 거지."

"반란? 아예 여자들하고 대화하지 말라는 게? 무슨 반란을 막는 대책이 그런 식이야?"

"나도 몰라. 이유가 있으니까 그러겠지."

"이러다가 언젠가 너랑 나랑도 이야기 못 할지도 몰라."

나는 칠칠팔의 입을 막았다. 칠칠팔은 말을 더 하려 했다. 혀가 내 손가락을 스쳤다. 내가 눈치를 주자, 칠칠팔은 조심스레 입을 닫았다. 나는 천천히 손을 치우고는 칠칠팔에게 따지듯이 물었다.

"너 요즘 왜 이래? 왜 이리 불만이 많아?"

칠칠팔은 눈을 가늘게 뜨더니 대답했다.

"갑판부 놈들 때문이지."

"뭘? 걔들이 왜?"

"갑판부가 반란을 일으킬지도 모른대."

어이가 없는 내용에 나는 칠칠팔의 입을 막을 생각조차 하지 못했다. 그에게 물었다.

"누가 그래?"

칠칠팔이 눈치를 살피더니, 자기 우주복 안으로 손을 넣어 무언가를 건넸다. 몇 번이나 접힌 종이였다. 내가 종이를 펴보자, 거기에는 알 수 없는 문자들이 적혀 있었다.

"이게 뭐야?"

"글이야."

"글? 너 글 읽을 줄 알아?"

칠칠팔은 고개를 젓더니, 종이를 뺏듯이 내게서 가져가서 자기 우주복 안에 던져 넣었다.

"아는 사람이 있어. 더 알려고 하지 마."

"그건 누구한테 받았는데?"

"아까 죽은 아이 있지. 외벽 수리하다가 죽은 애. 그 애 옷에서 나왔어."

"그 아이 거야?"

"아니, 다른 사람이 넣어둔 것 같아."

"뭐 때문에?"

"우리한테 주려고."

노인처럼 칠칠팔도 머리가 돌아버린 것 같았다. 내가 고개를 흔들며 자리에서 일어나려 하자 칠칠팔이 내 손목을 잡아챘다.

"뭐라고 적혀 있는지, 안 궁금해?"

불안했다. 무슨 일이 일어날까? 한편으로 궁금하기도 했다. 무궁화호에 있는 그 누구도 우리와 가까워지려 하지 않았는데, 대체 누가 우리와 접촉했을까? 우리에게는 아무런 힘도 없는데. 글을 아는 사람이면 우리 같은 잡부는 아닐 텐데. 나는 궁금함을 이기지 못하고 다시 자리에 앉았다. 칠칠팔이 말했다.

"선장이랑 부선장이 얼마 전에 막에 관해서 이야기하다가 대판 싸웠대. 근데, 그게 단순히 말싸움에서 안 끝나고 큰 싸움으로 번져서 부선장이 평소에 항해부에 불만이 있던 갑판부랑 같이 혁명을 한다는 거야."

더 들을 필요가 없어 보였다. 역시나 우리와는 관련 없었다. 나는 자리에서 일어나 식판을 반납하고서 다시 이발소로 향했다. 저녁까지 얼마나 많은 사람의 머리를 잘라야 할지 몰랐다. 칠칠팔이 나를 따라오며 보채듯이 물었다.

"야, 너는 아무렇지도 않아?"

"뭐가?"

"혁명이 일어날 수도 있다니까!"

나는 가만히 서서 칠칠팔에게 말했다.

"성공할 것 같아? 백번 양보해서 대가리가 바뀐다고 쳐. 우리는 뭐가 달라지는데?"

"그러면 그냥 가만히 있겠다고? 너도 얼마 전에 봤잖아. 그 애는 태어난 죄밖에 없어."

칠칠팔은 요즘따라 이상하게 행동했다. 얼마 전에는 근무 중에 갑자기 사라졌다. 배정된 임무도 수행하지 않은 채였다. 칠칠팔은 아이를 스팀기에 넣어야 했다. 태어난 지 100일 된 여자아이였는데, 항해부의 예측보다 초과해서 태어난 아이였다. 아무리 생명이 소중하다고는 하지만, 공식을 어길 수는 없었다. 공식이 깨지면 모두가 죽으니 말이다. 그러나 이발소에 있던 그 누구도 그 아이를 선뜻 스팀기에 넣지는 못했다.

공식적인 담당은 칠칠팔이었다. 그러나 그는 그때 이발소에 없었다. 아이가 울면서 젖을 보채기 시작하자, 나는 반장의 명령으로 칠칠팔을 찾아 무궁화호 곳곳을 돌아다녔다. 1시간 만에 그를 식량 생산 구역에서 찾을 수 있었는데, 그는 감자밭을 내려다보고 있었다. 유일하게 우주선 내부에서 식물이 자라는 곳이었다. 감자들은 영양액이 흐르는 바닥 위에 일렬로 늘어서 있었다. 그것들은 감자를 우리에게 내어주고, 다시 감자를 만들어 내는 것을 반복했다. 식물보다는 우주선 내부의 전선에 더욱 가까워 보였다.

내가 칠칠팔을 잡아끌자, 그는 덜 자란 감자처럼 힘없이 따라왔다. 왜 사라졌는지 이유를 묻는 내 질문에는 답하지 않았다. 이발소에 도착했을 때는 이미 반장이 칠칠팔 대신 스팀기에 아이를 넣은 후였다. 반장이 칠칠팔에게 스팀기를 가위로 가리키며 말했다.

"네가 눌러."

칠칠팔은 반장을 노려보다가 버튼에 손을 올렸다. 나는 둘을 번갈아 보며 무슨 일이 있을까 걱정했다. 반장과 눈싸움을 벌이던 칠칠팔은 끝내 버튼을 눌렀고, 아이의 울음소리는 그 순간 멎었다. 그날 칠칠팔은 반장에게 욕을 듣고도 아무런 대꾸도 하지 않았다. 방으로 돌아가는 그의 뒷모습이 쓸쓸해 보였다.

칠칠팔이 내게 소리쳤다.

"그게 죄야? 태어나고 싶어서 그 애가 태어났어?"

그의 목소리가 복도 안을 메아리쳐 울렸다. 아직은 아이로 태어나지 못한 투블럭의 노인이 그의 말을 되풀이하는 것처럼 느껴졌다. 나는 단호하게 그에게 말했다.

"맞아. 여기서는 태어난 거 자체가 죄야. 그 죄가 다른 모든 것보다 커."

○

퇴근할 때까지 칠칠팔과 화해하지 않았다. 혹시 우리 이야기를 감찰실 인원이 들었을까 걱정도 됐지만, 머리를 깎으려는 사람들로 이발소가 가득 차자, 그 걱정도 빠르게 사라졌다.

일을 마치고는 샤워장에 들러 공기 샤워를 마쳤다. 여러 사람의 머리카락이 진공관으로 빨려 들어갔다. 털어낸다고 털어냈는데, 몸 어디서든 머리카락이 나왔다. 짧고 끝이 뾰족한 것들이었다. 간혹 석 달 전 머리를 자른 사람의 머리카락이 내 사타구니에서 나오기도 했다. 특이하게도 붉은 머리카락이라 기억하고 있다. 그녀는 식량 생산 구역에서 감자를 훔치다 걸려 사형 판결을 받았다. 벽에 결박된 그녀의 몸은 무척이나 말라 있었다. 하필이면 반장에게 걸려, '아이를 보게 해달라는' 그녀의 소원은 이뤄지지 않았다.

숙소로 돌아가자, 아내가 기다리고 있었다. 흰 우주복을 입은 채로 침대에 앉아 있었는데 일이 힘들었는지 표정이 좋지 않았다. 나는 서랍 위에 놓여 있던 흰 우주복으로 갈아입고는 아내의 옆에 앉았다. 숨을 고르다가 손이 닿았고 우리는 키스

했다. 내 입술이 그녀의 입술에 머무르는 시간은 짧았다. 점점 아래로, 목덜미를 타고 내려가다가 그녀의 가슴에 잠시 머물렀다. 이어서 배꼽 아래를 핥았다가, 그녀가 내 목덜미를 끌어당기는 바람에 다시 그녀의 입술로 향했다. 우리는 동시에 움직였고, 절정에 다다를 때까지 숨소리만으로 대화했다.

우리 사이에 대화는 그뿐이었다.

아내와 나는 '이성 간 대화 금지령'이 공표되고 난 후에 만났다. 매칭 프로그램으로 이뤄진 만남이었고, 우리의 결혼은 출산 그 이상, 그 이하의 목적도 없었다. 처음 아내를 보았을 때는 아무런 감정도 느끼지 못했다. 그저 무궁화호 내부에 있는 수많은 여자 중 하나라 느꼈고, 평생을 함께 살아야 할 동반자라고 특별히 느끼지도 않았다.

아내는 무궁화호 내부를 청소하는 청소부였다. 내부 청소도 청소지만, 시설물이 녹슬지 않게 곳곳에 왁스칠을 하는 게 주요 임무였다. 독한 약품 때문에 아내의 피부는 자주 그을린 듯이 벌겋게 변했고, 종종 기침해 댔다. 청소부는 이발사와 마찬가지로 좋지 못한 직업으로 치부되었다. 바닥 중의 바닥. 버려지는 외벽 부속과 다름없었다.

항해부에서 권고한 대로 나는 사정을 마치고도 3분 동안 아내와 결합한 채로 있었다. 그동안 아내는 내 눈을 가만히 보았다. 나 또한 마찬가지였다. 그 어느 때보다도 긴 3분이었다. 맨몸으로 우주 공간에 나간다면 그런 느낌이었을까? 어떤 3분이 지나자, 우리는 다시 각자의 길을 갔다. 벗어놓았던 흰 우주복을 다시 입었고, 아내와 간단한 눈인사도 하지 않고, 내 자리로 돌아가 누웠다.

이상했다.

'모두의 생존'을 위한 것이었지만, 이상한 기분이 드는 것을 막을 방법은 없었다. 한 번도 대화를 나누지 않았음에도 아내와 아주 길게 서로에 관해 이야기한 것 같은 느낌을 받았다. 이발소에서 만난 손님들의 머릿결이 어땠는지나 바닥 왁싱을 할 때 손목 방향을 어디로 꺾었는지와 같이 구체적인 대화는 아니었지만, 우리가 누구인지, 우리는 무엇을 위해 사는지, 당신은 나에게 어떤 존재인지와 같은 거대한 질문들을 서로에게 물어본 것만 같았다.

무엇일까? 어쩌면 우주 방사능 때문에 나 또한 노인처럼 머리가 이상해졌을지도 몰랐다. 나도 모르게 텔레파시 기능이 생겼을지도. 나는 아내가 있는 방 쪽으로 고개를 돌려 아내가 무엇을 생각했을지를 그리다가 잠들었다.

〇

배급량이 줄어든 지 일주일 정도가 지나자, 사람들은 자를 머리가 없어 주린 배를 움켜쥐어야 했다. 식량 생산량은 복구될 기미가 보이지 않았다. 대부분은 이발소에서 머리를 잘라 감자와 맞바꿔 먹었기에 우리 구역에서 머리를 기른 사람은 항해부와 갑판부 선원을 비롯한 소수뿐이었다. 까끌까끌한 머리가 사방에 떠다녔다. 점심으로 먹은 감자에 철가루가 뿌려진 것만 같았다. 뒤통수로 사람을 구분하기는 쉽지 않았다. 말간 머리는 표정을 지워낸 것처럼 사람들을 똑같아 보이게 했다. 칠칠팔인 줄 알고 어깨를 쳤다가 다른 사람이라 놀란 적도 있었다. 그도 적잖이 놀랐는지, 눈을 커다랗게 하고 있다가 내가 고개를 돌리니 바로 사라져 버렸다.

나도 사흘 전에 아내가 쓰러져 머리를 잘라야 했다. 아내는 중앙 광장에 있는 선장 L 동상에 왁스칠을 하다가 의자에서 떨어졌다고 했다. 아내는 허리를 다쳐 일주일 동안 일하지 못했고, 그 탓에 배급받지 못했다. 나는 사흘 전에 반장에게 머리를 잘라달라 부탁해 아내를 위한 배급을 받아 왔고, 아내는 먹지 않으려 고개를 돌리다가 내가 화난 표정을 짓자 그제야 감자를 삼켰다.

덕분에 나는 출근할 때마다 기관실 선원들의 표적이 되었다. 그들은 머리카락 없이 말간 내 머리에 침을 뱉거나, 발로 차는 등 위협을 가했다. 나는 작은 손바닥으로 머리를 반쯤 가리고서 잰걸음으로 이발소까지 걸어야 했다.

그로부터 얼마 지나지 않아 아내의 머리도 잘라야 했다. 배급표가 모두 떨어졌기 때문이었다. 내가 직접 아내의 머리를 잘랐는데, 아내는 죄인처럼 울기 시작했다. 처음 듣는 아내의 목소리에 나는 어떤 반응도 하지 못했다. 아주 가녀린 목소리였다. 사실, 무슨 말이라도 하고 싶었다.

울지 말라거나, 괜찮다거나.

그러나 감찰실 선원이 뒤에서 우리를 보고 있었다. 입을 다물어야 했다.

아내는 나아지지 않는 허리 때문에 구부정하게 의자에 앉아 있었다. 이대로 머리를 자르면 죄인들처럼 아내가 죽을 것만 같았다. 머리를 자르는 것은 과정일 뿐이고, 결국에는 스팀기에 들어가 비료가 되겠지. 아내의 작은 등이 떨리기 시작했고, 나는 괜찮을 거라고 아내를 안심시키고 싶었지만, 그 망할 이성 간 대화 금지령 때문에 그러지 못했다.

감찰실 선원이 칠칠팔이 있는 방으로 간 사이, 대신 나는 아내의 머리를 다른 방식으로 자르기로 했다. 노인이 말했던 투블럭이었다. 옆과 뒤를 올리고, 머리를 덮는다. 서로 균형을 맞춘다. 아내의 긴 머리가 아래로 떨어졌다. 가위질 소리가 이발소 안을 울렸다. 아내는 무슨 일이 일어나는지 몰라 어리둥절한 표정을 지었다. 얼추 모양새가 나자 나는 거울을 들어 아내에게 보였다. 자라다 만 소년 같았다. 내가 웃자, 아내는 눈물을 머금은 채로 따라 웃었다.

물론 말을 하지는 않았다.

나는 감찰실 선원이 보기 전에 아내 머리를 얼른 밀어버렸다. 아내의 파리한 머리가 드러났다. 아내의 말간 두피는 파란

빛을 머금고 있었다. 나는 그 머리에 입을 맞추고 싶었지만, 짧은 머리카락 때문에 기침이 계속해서 났다.

○

그로부터 이틀 후 외벽 수리 인원이 장비 고장으로 인해 9명이 동시에 죽었다. 나는 야근을 해야 했다. 시체들을 회수하느라 무궁화호 전체에 비상이 떨어졌고, 시체를 수거하는 과정에서 선원 둘이 또 죽었다. 그리하여 우리는 총 11구의 시체의 머리를 자르곤 최대한 시체를 회수하여 비료로 만들어야 했다.

우리를 감시하던 감찰실 선원들은 숙소로 가고 없었다. 갑작스러운 사람들의 죽음에 항해부는 인구 증산 명령을 내렸고, 우리 같은 필수 근무자를 제외하고는 모두가 숙소로 돌아갔다. 즉, 이발소에는 나와 칠칠팔 그리고 죽은 11구의 시체뿐이었다. 어쩐지 으스스한 기분이 들어, 일부러 콧노래를 부르며 머리를 잘라댔다. 그런데 바리캉이 갑자기 먹통이 되는 바람에 제대로 머리를 밀지 못했다. 방법을 찾고 찾다가 결국, 우리는 가위로 두피를 찢기로 했다. 조금이라도 머리카락이 프레스에 걸리면 기계 전체가 망가질 수 있었다. 머리 가죽이 상당히 질겨 오래 걸렸다. 힘겨운 작업이었다. 역겨운 피 냄새에 구역질을 해대면서 머리를 잘랐다. 물론 통에 쏟아지는 것은 멀건 위액뿐이었다.

칠칠팔은 머리를 자르다 말고 내게 말했다.

"이렇게 가만히 있을 수는 없어."

나를 향한 가위는 매우 날카로웠다. 칠칠팔이 가위를 들고서 이발소 밖으로 나가려 했고, 나는 칠칠팔에게 건조하게 말했다.

"조심해."

"뭐가?"

"너 어젯밤에 숙소에 안 들어갔다며?"

칠칠팔이 눈살을 찌푸리더니 되물었다.

"뭐? 누가 그래?"

"아까 감찰실 애들이 이야기하는 거 엿들었어. 아직은 의심 단계인 것 같았지만."

칠칠팔은 멈칫하더니, 고민에 빠져들었다. 나는 어떤 악의도 없이 그에게 말했다.

"네 아내가 신고한 거 아니야?"

"닥쳐."

칠칠팔의 얼굴이 일그러졌다. 그는 가위를 들어 올려 나를 위협했다. 나는 즉각 양손을 들어 올렸다. 칠칠팔은 가만히 내 당황한 얼굴을 보더니 끙 하고 소리를 내었다. 그러고는 찌다 만 감자처럼 일그러진 표정으로 가위를 내리고는 자리에 쪼그려 앉았다. 나는 칠칠팔에게 물었다.

"너, 설마 네 아내랑 말이라도 나눴어? 그러면 안 되는 거 몰라?"

"아니. 한마디도 안 했어."

"그럼, 생각해 봐. 누가 감찰실에 신고해?"

"어쨌든 아내는 아니야."

내가 내 아내에게 느꼈던 그런 감정을 칠칠팔도 느끼는가 싶었다. 그저 의지할 사람이 필요했던 것일지도 모른다. 밖은 오롯이 어둠뿐이고, 우리가 나아갈 막 너머에 무엇이 있을지 아무도 몰랐으니까. 막 너머에 신이 있다고 말하던 선전물 속 항해부 선원들도 기도 중에 자주 눈알을 굴려댔다. 그들 역시도 막 너머의 존재를 확신하지 못한 것 같았다. 만약 내가 매일 밤 마주한 사람이 아내가 아니라 다른 사람이었다고 해도, 우리는 똑같은 감정을 느꼈을지도 몰랐다.

그래도 그러지 않기를 바란다. 왜냐고 묻는다면, 달리 말할 방법이 없다. 항해부에 소속된 머리가 명석한 과학자들에게 물어도 명확하게 답을 내지 못할 것이다. 그들이 하는 일이란, 식량을 증산하고, 우주선을 수리하여 균형을 맞추는 데에 모두 집중되어 있었고, 이런 감정에 대한 것에는 한마디도 대답하지 못했다.

우선 칠칠팔이 숙소로 돌아가지 않은 것은 확실해 보였다. 숙소로 가지 않은 그 새벽 시간 동안 칠칠팔이 무얼 하는지 알 수 없었다. 칠칠팔은 대답하지 않고서 내 눈을 피했다. 나는 칠칠팔에게 가까이 다가갔다.

"너, 요즘 왜 그래?"

기관실 쪽에서 쇳소리가 났다. 쇠와 쇠가 서로 강하게 마찰하는 듯한 소리였다. 터빈 쪽에 이상이 생긴 모양이었다. 요즘들어 툭하면 이런 소리가 심하게 들려와 귀가 찢어질 것만 같았다. 기관실 선원들이 매섭게 움직이고 있었다. 문 뒤로 그림자가 바삐 오갔다. 나는 잠시 말하기를 멈추고서 주변이 조용해지길 기다렸다.

칠칠팔이 입을 뻐끔거리며 무언가를 말하고 있었지만, 소음에 묻혀 잘 들리지 않았다. 나, 너, 무궁화호 등의 단어들이 산발적으로 들려왔으나, 문장이 되지 못하고 흩어졌다. 5분 정도가 지나서야 기관실 쪽에서 소리가 멎었고, 동시에 칠칠팔이 말했다.

"아이를 낳기가 싫어."

"왜?"

평소라면 이유를 묻지 않았을 것이다. 이 질문 자체가 위험했다. 우리는 모두를 위해 살아남아야 했고, 모두를 위해서 죽기도 해야 했다. 우리의 삶은 날카로운 선 위에 있었고, 누구라도 예상에서 벗어나 행동한다면 모두가 그대로 아래로 떨어질 것이었다. 다른 사람이 이 이야기를 들었다고만 생각해도 끔찍했다.

다행이었다. 이곳에는 나와 칠칠팔, 그리고 시체들만 있었다. 시체가 되살아나 감찰실에 말하지 않는 이상 우리 말을 엿들을 사람은 없었다. 칠칠팔은 손으로 얼굴을 가리고는 말했다.

"여기는 지옥이야. 내 애가 여기서 살기를 원하지 않아."

말문이 막혔다. 칠칠팔을 설득하고 싶었으나 입술이 떨어지지 않았다. 다행이라 해야 할지 모르겠지만, 아내와 나 사이에 아이는 생기지 않았다. 모든 매뉴얼을 따라도 아이가 생기지 않았다. 6개월 내로 아이가 생기지 않는다면, 우리는 서로 다른 사람을 만나야 했다. 만약 이후에 다른 사람을 만나서도 아이가 생기지 않는다면, 우리는 스팀기에 들어가야만 했다.

그것보다 문제는 아이가 생겼을 때였다. 나는 아무렇지 않은 척 내 아이를 항해부에 넘길 수 있을까? 이발사가 될지, 청소부가 될지, 비료가 될지도 모르는 이 상황에서. 침묵 끝에 생각해 낸 대답은 하나였다.

"어쩔 수 없어. 이렇게 태어난 걸 어떻게 해."

나는 애써 칠칠팔의 시선을 피하고서 말을 이었다.

"이리 와. 지금 안 하면 밤새야 해."

칠칠팔은 크게 한숨을 쉬더니 내 옆에서 시체의 머리를 잘랐다. 어린 여자아이였는데, 머리카락이 무척이나 두껍고 질겨 잘 잘리지 않았다. 칠칠팔은 여자아이의 머리를 자르다 말고 고개를 숙이더니 눈물을 흘렸다. 아주 커다란 눈물방울이 아이의 얼굴 위로 떨어졌다. 다행히 기관실의 소음이 울음을 가려주었다. 그런데 소음이 멎자마자 내가 말릴 틈도 없이, 칠

바버샵 (1)

칠팔은 가위를 들고는 이발소에서 나가버렸다. 나는 뒤를 쫓으려다가 말았다. 내가 붙잡아 놓는다고 해도 금방 달아날 것이 분명했다.

　나는 밤을 새워가며 칠칠팔의 몫까지 머리를 잘랐다. 퇴근하는 길에 감찰실 선원 둘이 내 머리를 공 삼아 그 큰 손바닥으로 툭툭 치긴 했으나 내 생각은 온통 딴 곳에 있었다. 칠칠팔을 생각하지는 않았다. 동기에게 일감을 모두 던져버린 그 감자 같은 놈은 확 비료가 됐으면 했다. 단지 난 아내가 나처럼 짧은 머리 때문에 어디서 해코지를 당하지는 않을지 걱정했다.

+++++

바버샵 (2)

"후회해?"

칠칠팔은 내 물음에 대답하지 않았다. 그의 머리를 이제는 내 손으로 잘라야 했다. 자기가 머리를 자르던 죄수들처럼 칠칠팔은 벽에 묶여 있었다. 감찰실 선원은 이발소로 칠칠팔을 끌고 와서 벽에 매달아 놓고는 밖으로 나가버렸다.

이렇게 될 줄 알았다.

"지난 5일 동안 뭘 한 거야?"

칠칠팔은 11구 시체의 머리를 잘랐던 그날 이후, 5일 동안 출근하지 않았다. 결근한 첫날, 반장이 내게 칠칠팔을 찾아오라 했지만, 칠칠팔은 내가 갈 수 있는 어디에도 없었다. 오후까지 내가 칠칠팔을 찾지 못하자, 반장은 창백해진 얼굴로 감찰실에 신고하고야 말았다.

칠칠팔이 금방 잡혀 올 것이라 생각했지만, 아니었다. 하루, 이틀이 지나더니 3일째에 감찰실 선원이 이발소에 찾아와 내게 여러 질문을 던졌다. 주로 평소 칠칠팔의 행동이나 생각에 관한 것들이었다. 나는 대답하지 않으려 했지만, 그들이 건넨 감자 두 알에 칠칠팔이 아이를 낳으려 하지 않는다고 말해주었다. 감찰실 선원은 그 사실에 무언가 알겠다는 듯이 고개를 끄덕였다. 감자 두 알은 이제 침대에서 일어나기 시작한 아내에게 주었다. 아내는 환하게 웃으며 내가 준 감자를 맛있게 먹었다.

그로부터 이틀 후에 칠칠팔이 이곳으로 잡혀 왔다.

칠칠팔의 얼굴을 보자마자 내가 감찰실에 말한 사실을 알까 뜨끔했다. 멱살을 잡고 욕을 하지는 않을지, 천국에 가지 못할 것이라며 저주를 퍼붓지는 않을지 걱정됐다. 그러나 칠칠팔은 언젠가 그렇게 잡힐 것이었다. 내가 말하지 않는다고 해도 누군가 말했을 것이고, 말하지 않았다고 하더라도 감찰실은 칠칠팔을 언젠가 잡아낼 것이었다. 더불어 우리는 갇힌 곳에서 한데 살아가고 있었다. 누구에게나 제자리가 있고, 그 자리에서 벗어나면 모두가 죽으니, 칠칠팔은 그랬으면 안 됐다. 이렇게 칠칠팔이 잡혀 온 것은 어찌 보면 당연한 결과였다.

나는 칠칠팔을 풀어주고서 머리를 잘라주고 싶었으나, 열쇠가 없었다. 우리를 감시하는 감찰실 선원에게 간청이라도 하고 싶었으나, 그들이 내 말을 들어줄 리가 없었다. 오히려 나까지 칠칠팔과 같이 불순분자로 몰지도 몰랐다. 나는 입을 다물고 있는 칠칠팔에게 혼잣말하듯 말했다.

"네가 말하지 않으면, 더 묻지 않을게."

나는 말없이 칠칠팔의 머리를 잘랐다. 이미 머리가 상당 부분 잘린 상태라 바리캉만 밀면 됐다. 칠칠팔은 내가 수고스럽지 않도록 눈을 마주치지 않고 감고 있었다. 눈을 뜨고 있었더라면, 여러 면에서 손을 대기가 매우 어려웠을 것이다.

머리가 말끔하게 잘린 칠칠팔을 데리고 스팀기 앞으로 갔다. 감찰실 선원도 이곳에는 들어오려 하지 않았다. 사람들이 죽어나가는 이곳에 발도 들이지 않으려 했다. 항해부는 끝없이, 죽은 사람은 무궁화호에 다시 태어난다고 말했지만, 정작 자신들은 스팀기가 있는 방으로 들어오려 하지 않았다. 어차피 죽을 사람이었으니 감시할 필요도 없었다. 나는 버튼에 손을 올리고서 칠칠팔에게 다시 물었다.

"마지막으로 할 말 없어?"

칠칠팔은 눈을 뜨더니, 내 얼굴에 무언가를 뱉었다. 나는 순간적으로 기분이 상해 칠칠팔에게 외쳤다.

"내가 말했잖아. 어쩔 수 없다고. 대체 왜 그런 거야?"

칠칠팔은 역시나 대답하지 않았다. 그와 눈싸움을 벌이다 끝내 나는 버튼을 눌렀다. 공기 모이는 소리와 함께 스팀기가 돌아가더니, 문이 닫히려 했다. 물 끓는 소리가 이발소 안을 가득 채웠다. 가늘고, 뻗친 목소리가 문틈으로 들려왔다.

"네가 직접 확인해."

그 말을 듣고 문을 열기 위해 정지 버튼을 반복해서 눌러댔으나, 스팀기는 멈추지 않았다. 내가 허둥대는 사이 칠칠팔은 비료가 되어 M3 구역으로 보내졌다. 배설물같이 생긴 그것에는 김이 올라오고 있었고, 나는 그것을 향해 손을 뻗쳤다가 열기에 손을 거둬들였다.

발 근처에는 무언가가 떨어져 있었다. 그것은 칠칠팔의 침이 묻어 축축했고, 난잡하게 구겨져 있었다. 얼마 전에 본 종이였다. 앞면에는 정교하게 찍어낸 글자들이 가득했다. '반란이 일어난다는' 칠칠팔의 말이 떠올랐다. 정확히는 알지 못했지만, 이 종이는 외벽을 수리하다 죽은 아이에게서 발견된 메모였다. 그러나 뒷면에는 누가 봐도 칠칠팔이 적은 듯한 투박한 글씨체의 숫자들이 있었다.

'1, A-2-1.'

○

종이를 놓고 오랫동안 고민했다. 뒤편에는 글자가 적혀 있었으나, 글자를 모르니 무슨 내용인지 알지 못했다. 아무리 머리를 싸매고서 고민해 보아도 실마리조차 찾지 못했다. 더불어 칠칠팔이 남긴 마지막 말은 또 무엇이고.

'직접 확인하라니. 무얼?'

메모를 어디에 보관할지도 중요했다. 무엇보다 들키게 되면 목숨이 남아나질 않을 테니까. 이발소에는 외부인이 드나들어 종이를 둘 수가 없었다. 그렇다고 옷에 보관하자니, 주머니가 없어 잃어버리기 쉬웠다. 결국, 종이를 얇게 말아 귓구멍 안쪽에 걸치듯 밀어놓았다.

나는 온종일 칠칠팔 생각에 무엇도 제대로 하지 못했다. 죄수의 머리를 자르다가 가위질을 잘못하여 귀에서 피가 났다. 곱슬머리를 한 여자가 나를 째려보았지만 이성 간 대화 금지령 때문인지 내게 화를 내지는 않았다. 그녀는 감찰실 선원을 흘겨보더니 고개를 제자리로 했다. 다행히 상처가 크지 않아 피를 닦고서 상처 부위를 힘껏 누르니 쉽게 지혈이 되었다. 반장은 내 모습을 보고도 달리 다그치지 않았다. 한 번 눈길을 주고는 다시 죄수들 머리를 깎았다. 다만, 퇴근하기 직전에 혼잣말로 중얼거렸다.

"대체 인력은 언제 오는 거야?"

어쩜 저렇게 아무렇지 않게 대할 수 있을까? 본인의 신고로 6년 동안 함께 일한 동료가 죽어 비료가 되었는데, 저리 말하는 반장을 이해할 수가 없었다. 아무리 우주선 안에서 다시 태어나는 것을 믿는다고 하더라도 감정이란 게 없는 사람인가 싶었다. 50년 전에는 감정 없는 인간을 만드는 프로젝트를 항해부에서 실행하려 했다고도 하는데, 그 프로젝트의 산물인가 싶었다.

퇴근 후에도 아내에게 집중하지 못했다. 정부 지침에 따라 관계를 해야만 했으나, 말간 두피가 드러난 아내는 꼭 머리를 깎은 칠칠팔과 겹쳐 보였다. 계속 그가 떠올라 우리는 관계를 하지 못했고, 아내는 걱정에 찬 표정으로 날 보았다. 나는 옷도 입지 않은 상태로 침대에 누워 메모와 칠칠팔이 했던 말에 대해 고민했다.

。

잠을 이루지 못하고 있었는데 누군가 문을 두드렸다. 밤중이라 비상근무가 생겼나 싶었다. 또 사고가 났고, 누군가가 죽었겠지.

아니면, 반란이 있었다거나.

반장인가 싶어 문을 여니, 인상 좋은 중년 여자가 서 있었다. 나는 본능적으로 한발 물러섰다. 그녀의 가슴팍에는 '출산 담당 팔십구'라 적혀 있었다. 나는 그 명찰을 보고서 올 것이 왔다고 생각했다.

"아내분은?"

반사적으로 대답하려던 내가 손으로 입을 막자, 팔십구가 내 어깨를 자기 손바닥으로 치며 말했다.

"저는 괜찮아요. 감찰실 소속이거든요."

바버샵 (2)

능글맞은 표정에 빈속이 뒤집혔다. 감찰실 선원을 바깥에 오래 세워둘 수가 없어 방 안으로 손짓했다. 그녀는 고개를 내밀고서 발끝으로 방으로 걸어 들어왔다. 한 번도 본 적 없는 신발을 신고 있었다. 앞부분과 비교해 뒷굽이 매우 높았고, 걸을 때마다 바닥을 두드리며 또각또각 소리를 내었다.

아내는 그녀를 보고는 화들짝 놀라 침대에서 일어났다. 그러자 팔십구는 이런 일이 비일비재했다는 듯이 능숙하게 아내를 도로 침대에 눕히더니 아내의 배에 자신의 주름진 손을 대었다.

"산모는 누워 계셔요."

직감이 틀리지 않았다. 정기 검사에서 들킨 것이 분명했다. 팔십구는 아내의 배를 쓰다듬으며 내게 말했다.

"축하드려요. 임신이에요."

팔십구가 흥흥거리며 김빠진 소리를 내었다. 그러고는 쩍 벌어진 입을 가리고서 웃어댔다. 아내는 임신 소식에 내 얼굴을 스치듯이 보았다. 나와 똑같은 표정을 짓고 있었다. 스팀기에 들어갈 때 사람들이 지은 표정이었다.

어쩔 수 없음, 무기력함, 그리고 슬픔.

선택권이 없는 그들과 우리가 지은, 이윽고 우리 아이가 지을 표정이었다. 팔십구는 고개를 돌려 우리의 표정을 각각 확인하더니 이해하지 못하겠다는 듯이 고개를 기울였다.

"절차에 따라, 지금 바로 산모실로 가실 거예요."

내가 말을 하려다가 아내의 눈치를 보자, 팔십구가 내 얼굴에 손을 올리고는 자기 눈을 보게 했다. 아내와는 달리 눈동자색이 탁했고, 얼굴에는 기름이 터져 나오고 있었다. 그녀가 말했다.

"말씀하세요."

나는 아주 천천히 입을 뗐다.

"가면… 돌아오나요?"

팔십구는 내 질문을 듣더니, 내 얼굴을 던지듯이 내려놓고는 웃음을 터뜨렸다. 웃음은 아주 오랜 시간 방을 채웠다.

아내는 처음 들은 내 목소리에 고개를 숙이고, 얼굴을 붉혔다. 내 목소리가 아내에게 처음 와닿은 순간이었다. 관리자가 중간에 있어 불쾌했으나, 그것보다 아내가 내 목소리를 들었다는 기쁨이 더욱 컸다.

"당연하죠. 너무 걱정하지 마세요. 우리가 다 같이 살자고 이러는 거니까."

당연한 이야기였다. 다 살자고 그랬던 것이니까.

다 같이 살자고. 그러자고 우리가 전부 그렇게 살았던 것인데.

깊게 그녀의 말을 곱씹기도 전에 팔십구가 의외의 제안을 우리에게 했다.

"산모분은 뭐 궁금한 점 없으세요? 절차야 들어서 아시겠지만, 그래도 궁금하신 게 있으면 지금 물어보세요."

아내가 팔십구의 눈치를 보자, 팔십구가 크게 미소를 지으며 말했다.

"뭐든 괜찮아요. 어찌 보면 산모분께 주어지는 특권이니까요."

아내는 눈동자를 이리저리 굴렸다. 금방 아내의 눈알이 빠져나와 바닥을 데구르르하며 구르는 소리가 들릴 것만 같았다. 그 모습에 소름이 끼치기보다 귀여워서, 그리고 가여워서, 나는 아내의 머리를 쓰다듬어 주고 싶었다. 아내에게서 시선을 거둘 수가 없었다.

나는 아내의 그 작은 입술에 집중했다. 어떤 목소리가 나올까? 어떤 말을 할까? 기대에 가득 차서 흥분을 감출 수가 없었다. 내용은 중요하지 않았다. 다만, 아내의 목소리를 듣는 것이 기대되어서 나는 온 신경을 아내에게 집중했다. 아내의 입에서 나온 질문은 의외였다. 아내는 시선을 내게 두고서 말했다.

"당신 이름이 뭔가요?"

"이육칠."

반사적으로 대답했다. 순식간에 벌어진 일이었다. 생각을 거치지도 않고서 말해버린 것이다. 당연히 생각이란 것을 했다면, 그 누구라도 감찰실 선원 앞에서 여자인 아내에게 말을 걸지는 않았을 것이었다. 둘 모두에게 위험했다. 내 당황한 시선은 아내에게 향했고, 아내도 역시 허둥거리며 표정을 감추지 못했다.

그래도 그 순간만큼은 두렵지 않았다.

아내의 목소리는 그간 들어온 모든 목소리보다도 아름다웠다. 지구에서 울려 퍼졌다는 노래들이 이러했을까? 내 손에 녹음기가 있었더라면, 아내의 목소리를 녹음해 놓고 밤새 틀어 놓고 싶었다. 아이가 태어난다면, 아내의 목소리를 계속해서 들려주고 싶었다. 막 너머에는 성스러운 흰빛과 함께 아내의 목소리로 가득 차 있지 않을까? 그런 생각이 드니, 심장이 터질 것 같이 요동쳤다. 팔십구는 침묵을 한순간에 잘라내고는 말을 이었다.

"남편분 성함은 이육칠이에요. 자, 됐죠? 이제 가요."

다행이었다. 팔십구는 못 들은 척해주는 것 같았다. 아니면, 경고의 의미였을지도. 팔십구는 그렇게 말하고는 아내를 일으켜 세웠다. 아까와는 다르게 태도가 매우 거칠었다. 아내는 쫓겨나듯 문밖으로 나갔다. 아내는 복도로 나가는 순간까지 나와 눈을 맞추었다. 그때 우리의 생각은 같았다.

태어날 아이가 곧장 비료가 되지는 않기를.

그날은 오래도록 잠들지 못했다.

∘

아내가 나를 떠난 지 한 달째였다. 여전히 나는 이발소에서 땀을 흘려가며 사람들의 머리를 자르고 있었다. 이제는 반장처럼 아무 감정이 느껴지지 않았다. 대신, 죄인들의 요구는 될 수 있는 한 들어주었다. 그러지 않으면 그가 죽어서 어쩌다 내 아이로 태어났을 때, 내가 너무 미안해서 미칠 것만 같았다. 건너편 기관실에서는 걸핏하면 쇠끼리 맞물리는 소리가 들려왔고, 선원들이 흩날릴 머리카락 없이 뛰어다녔다. 엔진에 문제가 생긴 게 분명했다.

칠칠팔의 자리는 아카데미에서 온 아이가 채웠다. 칠칠팔이 아이를 낳았더라면, 그 아이가 칠칠팔의 자리를 대신했을 것이다. 그러나 칠칠팔이 아이 없이 죽었고, 다른 이의 아이가 칠칠팔의 자리를 대신해야 했다. 아마 부모가 연구원이나 항해부 선원일지도 모르는데, 이런 기름때 가득한 불구덩이 속에서 평생을 살아야 한다고 생각하니, 불쌍하기도 했다. 그러나 또, 전생에 큰 죄를 저질렀을지도 모른다고 생각하니 나름 수긍이 갔다. 아이가 자기 가슴을 손바닥으로 치며 말했다.

"하나예요. 세상에 하나뿐인 하나요."

아이의 이름은 하나였다. 하나는 특이하게 자기 이름을 설명했는데, 자기 엄마가 붙여준 이름이라고 한다. 나는 그것이 하나의 엄마가 붙여준 이름이 아니라, 항해부에서 부여한 일련번호 중 끝자리라 말하고 싶었지만, 하나가 천진난만하게 말하는 바람에 입을 다물었다.

"할머니 이름이 원래 하나였대요."

나는 하나의 할머니가 우주선에서 무엇을 했는지는 모른다. 내 할아버지처럼 수많은 1대 비행사 중 하나였을 것이다. 물론 무궁화호를 발사하기 위해 노력한 소수가 아니라 가만히 소수를 따르던 대중이었을 것이다.

하나는 내게 머리 자르는 법을 배웠다. 처음에는 서투르게 잘라 머리에 구멍을 내거나 귀에 상처를 냈다. 그때마다 하나는 나를 향해 고개를 숙이며 외쳤다.

"죄송합니다!"

나보고 들으라고 한 소리는 아닐 것이다. 손님은 하나에게 고까운 시선을 보내다가도 하나의 사과에 다시 눈을 감았다. 손재주가 좋은지, 하나는 출근한 지 사흘 만에 깔끔하게 머리를 자르게 되었다. 하나는 콧노래를 부르며 사람들의 머리를 잘랐다. 그 모습에 절로 웃음이 났다. 아주 잠깐이었지만, 하나의 모습에 사람들이 웃기도 했다. 무궁화호에서 웃는 모습을 보기는 또 처음이었다.

정말 잠시였지만, 행복해질 수 있다는 희망을 품기도 했다.

물론 멍청한 생각이었다.

◦

하나가 출근한 지 5일째에 나는 하나에게 스팀기 사용법을 알려주었다. 사용 방법이라 해봤자 간단했다. 머리가 잘린 사람을 스팀기에 넣고, 버튼만 꾹 누르면 됐다. 그러면 자동으로 기계가 작동했고, 30분 후에는 비료가 되어 배달부 선원들이 식량 생산 구역으로 비료를 날랐다.

"직접 해봐."

나는 50세가 된 중년 남성을 데리고 왔다. 그는 이미 머리가 말끔히 잘린 상태로 죽음을 받아들이고 있었다. 남들보다는 좋은 상황이었다. 죄를 저질러 죽지도 않았고, 50세까지 나이를 꽉 채워 죽는 것이니. 고개를 숙인 상태로 힘이 빠진 걸음을 내딛는 그의 모습은 이미 시체와 다를 바가 없었다. 나는 머리를 자를 때와는 다르게 버튼 앞에 서서 심호흡했다. 하나가 준비되기를 기다렸지만, 하나는 10분이 지나고도 버튼을 누르지 못했다. 나는 하나에게 말했다.

"눌러."

"못 하겠어요."

남자에게 들리지 않도록 하나에게 얼굴을 가까이 붙이고서 속삭였다.

"누르지 않으면, 네가 저기에 들어가야 해."

나는 스팀기를 가리켰다. 협박에 가까운 말에 하나는 마지못해 숨을 크게 마셨다가 내쉬었다. 결국, 하나는 힘없이 서 있던 그를 스팀기에 넣고는 말했다.

"다시 만나게 되실 거예요… 죄송합니다…."

그는 반응하지 않았다. 하나는 그의 대답을 기다렸지만, 대답이 돌아오지 않자 망설임 끝에 버튼을 눌렀다. 스팀기에서 공기 모이는 소리가 들리더니, 순식간에 문이 닫혔다. 하나는 자기 엄지로 검지 손톱을 긁어대며 눈을 감았다. 나는 하나의 등을 두드렸다.

"잘했어."

나는 하나에게 이어서 여러 가지를 말했다. 처음은 어려울 수밖에 없다. 내 손으로 사람을 죽였다고 생각하지 말고, 다시 태어나게 했다고 생각해라. 아마 2, 3일 후면 적응할 것이다. 평생 해야 할 일이니, 죄책감을 느끼면 안 된다.

모두의 생존을 생각한다면, 우리는 살인을 하는 게 아니었으니까. 오히려 우리의 행위는 사람들을 살리는 것이었으니까. 괜찮아야 했다.

그러나 그때 굵직한 비명이 들려왔다. 공기총이 남자를 완전히 죽이지 못한 것 같았다. 나는 귀를 막았지만, 비명은 끊어지지 않았다. 소리가 손을 뚫고서 고막을 그대로 때리는 것만 같았다. 남자는 프레스기에 찍혀 곤죽이 될 때까지 빠르게 죽여달라 빌기 시작했다. 이어 들려오는 짓이겨지는 소리와 갈라지는 비명이 머릿속을 휘젓는 것 같았다. 어지러웠다.

불현듯 어떤 장면이 눈앞에 그려졌다.

아내와 내게서 태어날 아이. 얼굴도 둥글고, 발바닥도 매우 작았다. 어떻게 살아 있는지 궁금할 정도로 작게 태어난 그 아이는 출산 관리자의 품에 안겨 있었다. 갑자기 그녀는 내게 아이를 데려왔고, 나는 아이의 머리를 깎고, 스팀기에 넣었다. 버튼을 누를 수 없었다. 내가 스팀기에 들어가고 싶었다. 그러면, 그러면.

내 아이는 살아남을지도 몰랐다.

칠칠팔이 차마 스팀기에 넣지 못하고, 대신 반장이 넣은 그 옛 아이는 어떤가. 살겠다고 울음을 지르던 그 아이를 지금 우리가 먹고 있지는 않을까? 나는 그것을 왜 막지 못했을까? 아니다. 어쩔 수 없었다. 어쩔 수…

어디까지나 내 상상일 뿐이었다. 오지 않을 상상, 와서는 안 될 상상.

정신을 차렸을 때는 이미 남자가 비료가 된 후였다. 비료에서 온기가 빠져나간 지 오래였고, 배달부가 다가와서 비료를 챙겨 식량 생산 구역으로 가려 했다. 배달부가 하나의 얼굴을 보더니 혼잣말을 했다.

"미쳤구먼. 미쳤어."

나는 그제야 다급하게 하나를 보았다. 하나는 정신이 나가 있었다. 우주 방사능에 뇌가 망가진 사람처럼. 멍하니 서 있던 하나는 갑자기 주저앉더니 몸을 떨었다. 나는 하나를 붙잡고 소리쳤다. 정신 차리라고. 하나의 눈은 공포와 두려움으로 가득 차 있었다. 하나가 말했다.

"원래 이러는 거예요? 이제껏 이렇게 했던 거예요? 우리가 이걸 먹었던 거예요?"

나는 아니라고. 기계가 이상하게 작동해서 그렇다며 하나를 진정시키려 했다. 그래도 하나는 괜찮아지지 않았다. 몸을 계속해서 떨었고, 가위를 손에 쥐지도 못했다. 반장도 하나를 다

그쳤지만, 달라지지는 않았다. 결국, 반장은 하나를 일찍 퇴근시켰다. 나는 반장이 욕을 할 것으로 여겼지만, 아니었다. 반장은 한숨을 크게 내쉬고는 말했다.

"별수 없지. 아직 애니까."

○

하나는 다음 날 아무렇지 않다는 듯이 출근했다.

다만, 전처럼 콧노래를 부르지도 않았고, 반장을 비롯해 다른 이들과 깊게 대화를 나누지도 않았다. 시키는 대로 일했고, 모든 대답이 대화로 이어지지 않았다. 그다지 이야기할 것이 없기도 했다. 매일 같은 일의 연속이었다. '예. 알겠습니다'가 하나가 지난 하루 동안 뱉은 말의 전부였다.

배급을 받을 때도 하나는 구석에서 혼자 감자를 먹었다. 반장이 지나가며 자기 감자를 하나 던져주어도, 하나는 괜찮다며 고개를 숙이며 반장에게 다시 돌려주었다. 그러면 반장은 싸가지가 없다며 하나에게 욕을 해댔지만, 하나는 무표정하게 자기 감자를 씹어댔다. 그렇다고 따로 하나에게 뭐라 할 말은 없었다. 자기 할 일은 모두 똑 부러지게 다 해냈기 때문이다.

하나와 함께 A 구역으로 출장을 갔을 때도 그랬다. 하나는 톱니에 끼여 곤죽이 된 시체를 보고도 놀라지 않았다. 내가 가위를 들고 그들의 머리를 자르고, 바리캉으로 마무리할 때, 하나는 내 옆에 서서 머리카락 한 올도 놓치지 않고 통에 담아냈다.

A 구역은 우주복과 같은 소비재를 생산하는 곳이었다. 사실 생산보다는 재활용에 가까웠다. 죽은 사람 옷을 주워 와 세탁하고 감자 줄기에서 뽑아낸 섬유로 구멍을 메웠다. 그곳에는 한 번에 최대 1,000명분의 빨래를 할 수 있는 거대한 세탁기가 있었다. 한 번 세탁기가 돌 때마다 엄청난 진동과 함께 소음이 들려왔다. 기관실 옆인데도 그 진동이 느껴질 정도였다. 그 크기는 숙소 10개를 뭉쳐놓은 것보다 컸다.

우리가 출장을 가게 된 것도 그 세탁기 때문이었다. 그날은 마침 세탁기를 돌리는 날이었다. 근로자 넷이 세탁물을 넣기 위해 세탁기 안으로 들어갔다가 사고로 버튼이 눌러졌고, 근로자들이 세탁기 내부로 빨려 들어가 버렸다. 엔지니어들이 급히 세탁기를 멈추고 문을 열어보았지만, 근로자들은 이미 톱니바퀴에 단단히 끼어버린 상태였다. 강한 압력 때문인지 온전한 시체는 없었다.

결국, 항해부는 우리에게 명령을 내려 세탁기에 낀 근로자들의 머리카락을 일부만이라도 수거하게 했다.

"엄청나게 크네요."

하나가 세탁기를 보고는 말했다. 머리카락을 통에 담아내듯이 무궁화호에 있는 모든 사람들을 차곡차곡 쌓으면 전부 들어갈 것만 같았다.

"그러게."

"여기 와보셨어요?"

"올 일이 없지. 이발소에서 나올 일이 어디 잘 있나."

하나에게 괜찮냐고 물으려 했지만, 그만두었다. 하나는 처음 온 A 구역을 둘러보느라 여념이 없었다. 역시나 다른 선원들은 우리 손에 들린 가위와 바리캉을 보고는 표정을 썩혔다. 이제는 그런 대우에 익숙해져서 그런지, 별 느낌이 들지는 않았다.

손이 닿는 부분까지 작업을 마치자, 이제는 엔지니어들이 달라붙어 시체 일부라도 빼내려 했다. 워낙 모터 힘이 좋으니, 이대로 세탁기를 가동해도 상관없었다. 그러나 잔해 때문에 세탁기가 망가질 위험도 있고, 무엇보다 시체를 비료로 만들 수가 없었으니 균형을 중시하는 항해부 입장에서는 어떻게든 시체를 수거하는 것이 맞았다. 우리는 멀찍이 떨어져서 바쁘게 움직이는 엔지니어들을 보았다. 하나가 물었다.

"언제까지 기다려야 할까요?"

"모르지. 우리가 물어볼 수는 없으니까."

"왜 이렇게 다들 우릴 싫어하는 거예요?"

내가 답을 하려 했으나, 하나는 이미 질문을 해놓고 그 답을 알겠다는 듯이 곧장 고개를 끄덕였다. 둘 사이에 말이 없어졌고, 어색한 기류가 흘렀다. 나는 그곳에서 일하는 사람들을 보았다. 구획이 정확하게 나누어져 있었다. A-1에서는 외부 수리자를 위한 우주복을, A-2에서는 장화나 작업화 같은 신발을, A-3에서는 장갑을 생산했다. A-1부터 시작해 눈에 보이는 곳은 A-122까지였다. 근로자들은 재봉틀을 돌리거나, 틀에 녹은 플라스틱을 부어 형태를 만들었다.

"저희랑 다르게 확실히 체계가 있네요."

하나의 말대로 구역은 물론 사람들의 우주복에도 번호가 쓰여 있었다. 'A-1-5'나 'A-2-6' 같은 식으로 말이다. 아래 번호로 갈수록 신참이나 허드렛일을 하는 사람이었고, 1번은 현장에 보이지 않았다.

각각 부여된 번호에 따라 파트가 나누어져 있었다. A-1-22는 감자 줄기에서 섬유질을 이로 일일이 뽑아내는 일을 했다. 그들은 이를 검지로 문지르며 자주 고통을 호소했다. 옆에서는 그들이 뽑아낸 섬유질을 이상한 수조에 담가 끓여댔다. 고약한 냄새가 났고, A-1-19는 땀을 흘려가며 주걱을 저었다. 이어서 그것들을 건져내어 A-1-15가 말렸고, A-1-10은 그것들을 엮어서 하나의 천으로 만들었다. A-1-5에 이르러서는 천 조각들이 한데 뭉쳐져 우리가 입고 있는 옷이나 장갑 따위가 되었다. 톱니바퀴처럼 그들은 하나의 체계를 구축했고, 굳이 의사소통 없이도 빠르게 자기 파트를 소화해 냈다.

나는 그들의 옷에 박힌 번호표를 가만히 보았다. 어디서 본 것 같았다. 문득 생각이 떠올라 귓속에 손을 넣었다. 종이가 손끝을 스치며 까끌까끌한 느낌이 났다. 나는 하나 몰래 그것을 꺼내어 펼쳐보았다.

'1, A-2-1'

칠칠팔이 내게 전한 메시지였다. 분명 A-2-1이라 적혀 있었다. 앞에 적힌 1이 무엇을 뜻하는지는 알지 못해도, 뒤에 A-2-1이 무엇을 뜻하는지 단박에 감이 왔다. 나는 하나에게 가위를 맡기고는 빠르게 몸에 묻은 머리카락들을 털었다. 하나가 물었다.

"어디 가시게요?"

"잠시, 화장실 좀."

나는 빠르게 발걸음을 옮겼다. 내가 열심히 일하고 있는 그들의 틈을 지나가자 흐름이 깨졌다. 사람들이 나를 쳐다보는 시선이 느껴졌다. 일하는 도중이라 그런지 내 민머리를 보고서 시비를 걸지는 않았다. 나는 머리에 가르마라도 내는 것처럼 빠른 걸음으로 그들에게서 멀어졌고, 사람들도 내가 사라지자 무관심하게 자기 일을 했다.

A-2 구역에 도착했다. 그곳은 플라스틱을 녹여 다시 필요한 물건을 만드는 곳이었다. 사람들을 눈으로 좇으며 A-2-1을 찾았지만, 어디에도 보이지 않았다. A-2-2는 찾을 수 있었다. 그는 커다란 책상에 앉아 A-2-3과 A-2-5가 만든 물건을 아주 꼼꼼하게 검수하고 있었다. 나는 곁눈질로 그들을 살피다가 뒤편에 늘어진 문들을 보았다. 문은 총 22개로, A-1부터 A-22까지 각 파트에 해당하는 반장들의 개인 사무실로 이어지고 있었다. 이발소 반장과는 차원이 다른 대우였다. 우리 반장은

우리와 같이 밥을 먹거나, 일했고, 함께 땀을 흘렸다. 이들처럼 개인실이 있지는 않았다.

그게 중요한 게 아니었다. 칠칠팔이 떠올라서 마음이 조금 어지러웠으나, 일단 눈으로 반장이 있을 만한 사무실을 좇았다. 가장 안쪽에 방들이 즐비했는데, 나는 A-2라 적힌 방 앞에 멈춰 섰다. 철문이었고, 왁스칠이 잘 되어 있어 표면이 아주 매끈했다. 선원들은 물건을 만드느라 내게 관심조차 없었다. 나는 문 앞에서 이곳에 들어갈지 말지를 고민했다.

'1, A-2-1'

종이를 다시 훑었다. 칠칠팔이 도대체 무슨 의미로 그리 적었는지 알 수 없었다. 그것도 5일 동안 행적이 묘연했던 사람이 말이다. 종이에 쓰인 이 글자와 숫자는 의미 없는 끄적임이고, 칠칠팔은 그저 출근하지 않아 처형당한 것일지도 몰랐다. 그게 아니라면, 어쩌면 내가 모르는 더 큰 문제와 엮여 있다면 이곳에 발을 들이면 안 됐다. 예를 들면 반란 같은.

'혁명이 일어난다니까!'

어디선가 칠칠팔이 외치는 것 같았다. 귀를 막고 싶은 충동이 들었다. 내가 알지 못하는 우주선의 비밀 공간에서 칠칠팔은 살고 있지 않을까? 그곳에서는 우주선 전체를 전복시킬 무책임한 계획을 진행하고 있을지도 몰랐다. 칠칠팔이 내게 남긴 마지막 말이며, 내게 보낸 메시지를 곱씹어 보면서 드는 의문은 한 가지였다.

'도대체 왜 칠칠팔은 죽기 직전에 내게 이 메시지를 보낸 걸
까?'

무궁화호에 칠칠팔이 다시 태어난다면 이유를 묻고 싶었다.
며칠 전 하나가 스팀기에 넣은 중년 남자의 비명이 동시에 떠
올랐다.

나도 그렇게 될지 몰랐다. 우리는 톱니바퀴처럼 기능해야
했다. 내 자리에서 벗어나서 다른 자리를 탐하면 모두가 죽을
수도 있었다. 항해부에 낙인이 찍힌다면 나도 내가 이제껏 보
낸 사람들처럼 비료가 될지도 몰랐다. 그들에게 나는 얼마든
지 대체할 수 있는 부품에 불과했다.

。

A-2-1이라 적힌 문 앞을 서성거리고 있었는데 누군가 내 어
깨를 쳤다. 내가 뒤를 돌아보자 한 여자가 서 있었다. 키가 너
무도 커서 놀랐다. 나보다 배는 컸다. 숱 많은 까만 머리카락이
허리까지 내려왔다. 나는 그렇게 큰 사람을 처음 봐서 고개를
제대로 들지도 못했다.

스치듯 봐도 상위 직급처럼 보였다. 큰 몸집이며, 허리까지
기른 머리며. 만일 상위 직급인 그녀가 나를 이상한 사람으로
신고한다면 나는 가차 없이 비료가 될 것이었다. 그녀가 나를
뚫어지게 쳐다보았다. 그 눈빛에 나는 겁을 먹었다. 그녀는 방

바버샵 (2)

문을 열더니 방 안으로 성큼성큼 걸어갔다.

그러고는 책상 위에 놓여 있던 무전기를 들어 올렸다. 여자
는 나를 쏘아보면서 말했다.

"어, 여기, A-2-1 반장인데. 여기 누가…"

나는 다급하게 그녀를 향해 달려갔다. 그러자 그녀는 무전
기를 자기 머리 위로 높이 들어 올렸다. 내가 까치발을 해도 내
손은 무전기에 닿지 않았다. 그녀가 계속해서 무전기를 통해
나에 대해 말하려 하자, 나는 생각에 생각을 거듭하다가, 칠칠
팔이 준 종이를 꺼냈다.

"무슨 일이십니까?"

무전기에서 목소리가 들려왔다. 몸집도 굵고, 키도 클 것 같
은 젊은 남자 목소리였다. 어쩌면 감찰실 선원일지도 몰랐다.
혹은 그보다도 더 높은 부서의 선원일지도. 상황이 이상하긴
했다. 웬 이발소 선원이 반장 사무실 문 앞에서 머리를 박고 있
었으니. 정신이 나간 사람처럼 보일 것 같았다.

"여기, 사람이…"

이대로는 죽는다. 역시 의문을 품는 게 아니었다. 칠칠팔이
죽은 데에는 다 이유가 있었다.

나는 다급하게 그녀의 눈앞에서 종이를 흔들었다. 살기 위
해서는 뭐든 해야 했다. 만약에 칠칠팔이 정신이 나가서 끄적
거린 숫자에 불과했다면? 이 여자가 이 메시지와 전혀 관련이
없다면? 그런 생각은 감히 하지도 못했다. 그녀라면 무엇이든

연관되어 있을 것이라 믿어야 했다. 그녀는 종이와 내 얼굴을 번갈아 보았다. 그리고 숨을 깊게 내뱉고는 무전기에 대고 말했다.

"사람이 부족해서 말이야. 빨리 근로자들이나 더 보내달라고."

남자가 크게 숨을 내쉬면서 말했다.

"그거 때문이십니까?"

"그럼, 다른 일이 있겠어?"

"그게 말처럼 쉬운 게 아닌 걸 아시지 않습니까? 요즘 워낙 사고가 잦아서…"

"그래서? 생산량 못 맞추면, 항해부에 전부 네 탓이라 하면 되겠지?"

남자는 당황했는지 말을 더듬었다.

"아, 아닙니다."

"그러면, 당장 근로자 넷 달라고 해. 일주일 안으로."

무전기에서 연달아 남자의 목소리가 들려왔으나, 그녀는 무전기를 본체에서 뽑아버렸다. 무전기 줄이 허공에 대롱거렸다. 그리고 그녀는 자기 몸집만 한 큰 의자에 털썩 주저앉더니, 문을 향해 손짓했다. 내가 무슨 의도로 그녀가 그러는지 알지 못해 두리번거리자, 그녀는 내게 명령조로 말했다.

"문 닫으라고."

내가 화들짝 놀라 문을 닫자, 그녀는 서랍에서 무언가를 꺼

바버샵 (2)

내더니 불을 붙였다. 작은 막대였다. 그녀가 막대를 입에 물고
는 숨을 크게 들이마셨다가 내뱉자 희뿌연 연기가 뿜어져 나왔
다. 아주 매캐했다. 연기를 맡자마자 절로 기침이 나왔다. 그녀
는 막대를 투명한 그릇에 올려놓더니 나를 위아래로 훑어봤다.

"글 읽을 줄은 알아?"

내가 고개를 흔들자, 그녀는 다시 막대를 들어 올려 숨을 크
게 들이마시더니, 내뱉었다. 한숨 같았다. 기관실에서 가끔 저
런 수증기가 뿜어져 나왔는데, 그런 증기와 비슷한 성질이 아
닐까 싶었다. 둘 다 냄새를 맡으면 머리가 어질해지면서 토악
질이 났다. 내가 고개를 돌리자 그녀는 자리에서 일어났다. 그
러고는 고갯짓을 하며 나를 어딘가로 인도했다. 내가 움직이
지 않자 그녀는 내 팔을 쥐고는 끌었다. 팔뚝이 얼얼했다.

사무실 뒤쪽으로 난 작은 통로가 보였다. 사람 하나가 겨우
지나갈 만한 너비였다. 그녀는 나를 그곳으로 밀었고, 자기도
따라 들어갔다. 사무실 쪽 문이 닫히자, 불빛 한 점 들지 않았
다. 여자는 망설임 없이 어둠 속으로 나아갔다. 나는 여자를 따
라가야 하나 고민했다. 그녀의 발걸음은 멈추지 않았다. 달아
날까 했지만, 가봐야 우주선 안이었고, 잡힐 것이 뻔했다. 내게
주어진 길은 단 하나였다. 여자의 다리가 길어 그런지, 따라잡
기 위해서는 필사적으로 뛰어야 했다.

길의 중반부쯤 도착했다는 느낌이 들었을 때, 그녀는 걸음
을 멈췄다. 나도 따라서 걸음을 멈췄다. 그녀는 오랫동안 아무

런 말도 하지 않았다. 내가 먼저 말을 꺼낼까도 싶었다. 시간은 흐르고 있었고, 이리 오랫동안 돌아오지 않는 나를 보고서 하나가 의심할지도 몰랐다. 말을 꺼내려 했으나, 그녀가 내 입을 손으로 막았다. 거대한 손이 얼굴 전체를 덮었고, 나는 반항조차 할 수 없었다. 내 숨소리만이 거칠게 들려왔다. 그녀가 무엇을 하려는지 알 수 없었다.

그때, 엄청난 소음이 들려왔다. 우주선이 곧 터질 것 같은 거대한 파열음이었다. 이제껏 내가 기관실에서 들은 소음은 소음 축에도 들지 못하는 것 같았다. 통로 전체가 심하게 떨려 왔다. 나는 귀를 막고 싶었으나, 따뜻한 숨결이 귀를 통해 느껴졌다.

'네가 할 일은 한 가지. K라는 사람과 대화할 것.'

나는 그녀가 무슨 말을 하는지 알 수 없었다. 내가 무슨 말을 하는 것이냐며 그녀에게 되물으려 까치발을 들자, 그녀는 나를 힘으로 눌러 찍었다. 나는 무력하게 무릎을 굽혀야 했다.

'우리는 변화를 위해서라면 뭐든 할 수 있어. 일어날 일은 일어나게 되어 있지. 이제부터 너는 일이야. 숫자 일.'

나보고 갑자기 일이라니. 갑자기? 버젓이 이육칠이라는 이름도 있는 마당에? 궁금증을 참지 못해 이유를 말해달라 외쳤으나, 내 목소리는 그대로 소음에 묻혀버렸다. 그러고는 그녀는 듣고 싶지도 않다는 듯이 내 손을 잡아끌고는 다시 사무실로 향했다. 걷는 동안 나는 많은 것들을 물었다. 그러나 힘없이 소음에 묻혀 사라질 따름이었다. 다시 문을 열어젖히자, 쏟아

바버샵 (2)

지는 빛에 눈이 아려 왔다. 눈을 찡그리고서 있자, 그녀가 바깥으로 손짓하며 말했다.

"화장실은 밖에 있어."

"이유를…"

그때 문이 열리더니 누군가 들어왔다. 여자의 가슴팍에는 '감찰실 선원 칠십육'이라 적혀 있었다. 칠십육은 나를 보더니, A-2 반장에게 물었다.

"반장님. 누구예요?"

A-2 반장이 대답했다.

"이발산데, 출장 왔다가 길을 잃었지 뭐야."

칠십육이 규정집을 겨드랑이에 끼고서 물었다.

"이성 간에 대화 금지인 거 아시죠?"

A-2 반장은 말싸움에서 밀리지 않았다.

"부서장은 예외일 텐데. 그리고 한낱 이발사랑 대화해서 뭐 하게? 나 죽을 때, 머리나 좀 안 아프게 제대로 잘라달라 부탁할까?"

칠십육은 무표정하게 그녀를 보다가 고개를 끄덕였다. A-2 반장은 문을 향해 턱으로 가리키며 내게 말했다.

"가."

나는 둘을 번갈아 보다가 사무실에서 나왔다. 철문이 닫히자, 아무런 소리도 들리지 않았다. 소음 때문에 귀가 얼얼할 지경이었다. 어떤 일이 벌어졌는지 생각할 시간도 없었다. 하나가 나를 기다리고 있을 테고, 최악의 상황에는 감찰실 선원이 나를 찾고 있을지도 몰랐다. 취조를 당하면, 상위 직급인 저 여자가 아니라 내가 비료가 될 것이었다.

'그런데 왜? 저 여자는 혁명을 원하는 걸까? 상위 직급인 데다, 배를 곯지도 않을 텐데. 무엇이 아쉬워서 목숨을 거는 걸까?'

물음을 한껏 안고서 나는 얼른 현장으로 돌아갔다. 엔지니어들은 철수한 지 오래였고, 세탁기가 매섭게 돌아가고 있었다. 한발 늦은 셈이었다. 주변을 둘러보자, 세탁기 근처에서 하나가 플라스틱 통을 들고 있었다. 하나의 팔에는 피가 잔뜩 묻어 있었다. 붉게 물든 통에는 톱니에서 빼낸 사체의 부분들이 들어 있었다. 나는 하나에게 말했다.

"미안해."

"괜찮아요."

하나는 고개를 저었다.

"이제는 일상인걸요."

어딘가 망가져 버린 모습이었다. 뇌의 한 부분이 사라져 버린 느낌. 아니면 우리가 매일 먹는 감자 같은 모습. 자신이 먹혀도 찡그리지도 않고, 울지도 않고, 어떤 표정도 짓지 않는 그런 이상한 모습 말이다. 생각이 번뜩 스쳤다.

죽은 사람의 양분을 받고, 열매를 맺는 감자도 막 너머에서 구원을 얻을 수 있을까?

만약 얻을 수 없다면, 감자는 왜 우리와 함께 가고 있는 걸까?

그런 생각이 번쩍 들었다가 하나의 눈을 피해서 하나가 들고 있던 플라스틱 통을 뺏어 손에 들었다. 하나의 눈이 커졌다가 다시 작아졌다.

○

어쩌면 하나가 나를 의심하고 있을지도 몰랐다.

짧은 시간이었지만, 하나가 내게서 무언가 달라진 점을 찾은 것은 아닐지 걱정했다. 출장을 다녀온 이후로 하나와 더욱 거리를 둘 수밖에 없었다. 다행히 하나 역시 내게 다가오지 않았다. 설령 스팀기가 제대로 작동하지 않아 내부에서 비명이 들려와도, 하나는 처음 스팀기를 돌렸을 때와 같은 모습을 보이지 않았다. 비명이 가득한 와중에도 하나는 바로 뒤돌아서 대기실에다 대고 외쳤다.

"다음!"

한 달 동안 K라 보일만 한 사람은 나타나지 않았다. 매번 초조하게 죄수들의 얼굴을 살피며 머리를 잘랐지만, K를 찾을 수는 없었다. 죄수들이 말을 꺼내지 않아도, 내가 먼저 말을 꺼냈다. 이런저런 이야기를 나누어 봤지만, A-2 반장이 말한 K는 없었다.

237

만약 A-2 구역에 다시 갈 수 있다면 A-2 반장에게 어떻게 된 일이냐고 물었을 것이다. 그렇다고 그녀가 말하지는 않을 것을 알고 있음에도. 그날 이후로 엔지니어들이 제대로 세탁기를 고쳤는지 사고는 일어나지 않았다. 출장을 바라는 내 간악한 마음에 소름이 끼치기도 했다.

그날도 늘 그렇듯이 저녁 시간에 손님들이 몰려왔고, 이발소는 바빠졌다. 일반 손님들이 많아 죄수들의 방까지 밀려들었다. 나는 죄수들의 머리를 자르다가, 손이 부족해지자 손님들의 머리를 잘랐다. 조금이라도 더 살 수 있게 된 죄수들의 얼굴은 조금 펴졌다가 스팀기 소리를 듣고는 다시 굳어졌다. 내가 외쳤다.

"다음!"

누군가 엉거주춤, 고개를 숙인 채로 이발소 안으로 들어왔다. 조금만 등을 펴도 천정에 머리를 박을 것만 같았다. 그러나 그런 모습으로도 숨길 수 없는 날렵함이 몸에서 느껴졌다. 이목구비도 무척이나 날카로웠고, 팔다리가 시원시원하게 길었다. 그런데 이상했다. 겉모습으로는 남자인지, 여자인지 도저히 구분할 수가 없었다. 가슴이 살짝 나오고, 골반이 드러났으나, 어깨가 떡하니 벌어져 있었다.

나는 이 손님에게 말을 걸어야 할지, 말아야 할지 고민했다. 혹시나 말을 걸었을 때, 여자라면 감찰실에서 경고를 받을지도 몰랐다. 조심스럽게 눈치만 보고 있는데, 손님이 먼저 내게 말을 걸었다.

"여기 앉으면 되겠습니까?"

내게 먼저 말을 걸었으니 남자라 여겼지만, 이상하게 목소리를 들으니 또 아니었다. 미성이 살짝 섞여 있어 그런지, 아직 변성기가 지나지 않은 사춘기 남자아이의 목소리 같았다.

혹시나 싶어 내가 고개를 끄덕이자, 그는 자리에 앉았다. 그러자 머리카락이 찰랑거리며 의자 아래로 늘어졌다. 자칫하면 발에 밟힐 정도였다. 이 정도면 적어도 30년은 기른 것 같았다. 키나 머리카락 길이로 봐서 상위 직급임이 분명했다. 문을 닫아놓고 있어 바깥에서 말소리는 들리지 않았지만, 손님들은 분명 그에 대해 속으로 시끄럽게들 생각하고 있을 것이었다.

손님의 긴 머리를 정리하다가 대체 왜 머릴 자르려 하는지 궁금했다. 그러나 묻지 않았다. 배급표가 필요해서 그런 것일지도 몰랐다. 내가 알지 못하는 그들만의 고충이 있을지도 몰랐다. 어쩌면 나처럼 아내가 아팠을지도. 나는 이제 이틀에 한 번꼴로 일터에 나가는 아내를 떠올렸다.

나는 가위를 손님의 머리에 대었다. 손님은 눈을 감고 있었는데, 꼭 죽은 사람 같았다. 머리를 한 움큼 집어 들었다. 가위의 양날이 그날따라 날카롭게 서 있었다. 나는 오른손에 힘을 주었다.

사각.

손님의 머리카락이 바닥에 떨어졌다. 한 번은 어려웠지만,

이어진 가위질은 쉬웠다. 머리가 길어 그런지, 내 손짓에 맞춰 금방 손님의 머리카락이 아래로 떨어졌다. 손등에 흐르는 물처럼 머리카락은 손을 매끄럽게 스쳤다.

잠깐의 시간이 지나자, 바닥에는 손님의 머리카락으로 가득했다. 미친 노인 이래로 이렇게 머리카락이 바닥에 가득하기는 오랜만이었다. 이윽고 손님의 두피가 드러났다. 나는 조심스럽게 바리캉에 전원을 넣고서, 천천히 두피에 가져다 대었다. 손님은 바리캉 소리 때문인지 몸을 움찔거렸다.

바리캉 소리가 방 안에 가득했다. 스팀기에서는 가끔 공기 빠지는 소리가 들려왔고, 기관실에서는 열기가 뻗쳐 오며 온도를 높여댔다. 나는 땀으로 가득 찬 손을 10초에 한 번씩 허공에 털어야 했다. 손님의 머리카락과 함께 내 땀이 바닥에 흩날렸다.

나는 바닥에 떨어진 머리카락들을 모아서 통에 담았다. 저울에 무게를 재고는 구멍을 통해 감찰실 선원에게 넘기자, 감찰실 선원은 무게를 재보고는 배급표 다섯 장을 다시 내게 주었다. 손님에게 배급표를 건네주려 하자, 손님이 말했다.

"됐습니다. 가지세요."

손님은 자기 머리를 손으로 매만졌다. 까슬한 느낌이 어색한지 반복해서 문질러 댔다. 나는 놀라서 감찰실 선원을 곁눈질했다. 그는 반장과 하나의 방에서 나오는 머리카락 무게를 재느라 바빴다. 나는 작은 목소리로 물었다.

"정말요?"

손님이 고개를 끄덕였다. 나는 부리나케 주머니에 배급표를 챙겨 넣었다. 이게 웬 횡재인가 싶었다. 손님은 나를 보고는 슬쩍 웃었다. 그리고 그는 이발소 내부에서 열심히 돌아가고 있는 삼색 등을 가리키더니 내게 물었다.

"저 삼색 등이 뭘 의미하는지 아십니까?"

갑자기 무슨 뜬구름 잡는 소리인지 몰랐다. 내가 고개를 젓자, 손님이 말했다.

"빨간색은 박애, 파란색은 자유, 흰색은 평등."

나는 그가 무슨 말을 하는지 알 수 없었다. 모두 들어본 적이 없는 단어들이었다. 내가 멍하니 그의 얼굴을 보자, 그가 내게 가까이 다가왔다. 가까이서 보니 속눈썹이 무척 길었다. 어쩐지 여자 같기도 했다. 그가 내 귀에 대고 말했다.

"사실 저 등과는 관련 없고, 지구에 있는 어떤 국가의 국기 색깔이 의미하는 겁니다. 일."

그의 말을 듣자마자 바닥에 바리캉을 떨어뜨릴 뻔했다. 나는 떨리는 손으로 바리캉을 바닥에 조심스럽게 내려놓았다. 그가 나긋하게 말했다.

"접니다. K."

나는 대기실 쪽을 곁눈질했다. 기다리고 있는 손님들로 가득했다. 시간이 얼마 없었다. K에게 무슨 말을 해야 할지 알 수 없었다. 내가 주저하고 있자, K는 감찰실 선원이 있는 구멍을 한 번 내다보고는 자기 품속에서 무언가를 꺼냈다. 그것은 종이를 수백 장을 엮어놓은 물건이었다. 겉에는 우주선에서는 매우 보기 드문 가죽이 씌워져 있었다.

K는 물건의 가장 뒤쪽을 폈다. 그곳에는 그림이 그려져 있었다. 파란 배경에 누런색이 바닥에 떨어진 페인트 자국처럼 칠해져 있었다. 맨 위쪽과 아래쪽은 다른 부분과는 다르게 하얀색이었다. K는 한 곳을 손가락으로 짚었다. 그곳은 그림의 왼쪽 위였으며, 으깨진 감자 같은 평평한 지형에 아래로는 고깔들이 그려져 있었다.

"프랑스라는 나라의 국기가 이 삼색 등의 색과 같았습니다. 박애, 자유, 평등. 모두 무궁화호에 가장 부족한 것들이죠."

내가 아카데미에서 배운 내용이라 해봤자, 지구에는 많은 나라가 있었고, 서로 협력하기도 했으나, 결국에는 극단적인 경쟁으로 내몰려 자멸하고 말았다는 사실뿐이었다. 프랑스라는 나라도 들어본 적 없었다. K는 내 표정을 보더니, 어깨를 으쓱거렸다.

"일. 당신은 이 우주선에 만족합니까?"

처음에 나를 부른다고 미처 생각하지 못했다. 스치듯 태어나자마자 죽은 아이가 떠올랐고, 고통스럽게 죽은 중년 남성의 비명이 따라서 들려오는 듯했다. A 구역에서 A-2 반장이 내린 지시를 생각해 냈다. 그녀는 나를 일이라 불렀다. 나는 가만히 고개를 저었다. K는 더욱 보채듯이 물었다.

바버샵 (2)

"아이가 태어났다고 죽고, 50세가 되었다고 죽고, 일하지 못한다고 죽고. 모두를 위해서 개인이 죽어야 하는 이 상황이 이상하지 않습니까? 우리가 이렇게 살아야 할 운명입니까? 인간이 언제 그렇게 살기 위해서 살아왔습니까?"

감찰실 선원이 신경 쓰여 구멍을 향해 계속해서 눈짓했다. 나는 K에게 물었다.

"대체 나한테 왜 이러는 겁니까?"

"당신은 무엇 때문에 살고 있느냐, 이 말입니다."

머리가 돌아도 단단히 돌아버린 것 같았다. 건너편 방에서는 감찰실 선원이 항시 대기 중이었다. 그들이 만약 이 대화를 듣는다면, 당장 그 자리에서 우리 둘의 머리를 잘라 스팀기에 넣어도 이상하지 않았다. 나는 조심스럽게 물었다.

"뭐, 반란이라도 하자는 겁니까?"

K가 고개를 끄덕였다.

"맞습니다. 우리는 무궁화호를 점령할 겁니다."

나는 구멍을 내다보았다. 감찰실 선원은 반장과 이야기를 나누고 있었다. 아마 반장이 매일같이 요구하던 증원 요청일 것이다. 감찰실 선원은 고개를 저었고, 반장은 화를 내었다. 그러고는 손님들은 밀려 있는 줄을 보고서 이발소를 향해 고개를 뺐다. 시간이 얼마 없었다. K는 나를 내려다보며 말했다.

"당신이 해야 할 일이 있습니다."

"하지 않으면?"

K가 의자에 앉고는 자기 머리를 쓰다듬었다. 숨을 크게 고르자 등이 부풀어 올랐다가 꺼졌다. 그러다 자리에서 일어나 스팀기로 다가가더니 버튼을 손으로 쓸었다.

"당신, 당신 아내, 당신 아이. 이렇게 셋을 죽일 겁니다. 스팀기를 통해서가 아니라, 최대한 고통스럽게요. 제가 여기까지 온 걸 보면 그렇게 할 의지도 있고, 그럴 능력도 있다는 걸 알 겁니다."

나는 K의 말을 듣고는 화가 머리끝까지 치밀어 올랐다. 함정에라도 걸려든 것만 같았다. K에게 낮은 목소리로 빠르게 물었다.

"그럼 점령하고 나서는? 그러고 어떻게 하려고? 그렇다고 뭐가 달라져? 여기 우주선에서 달아나서 어디 행성이라도 갈 수 있냐고. 아니면 막에라도 갈 수 있어?"

"다 계획이 있습니다."

나는 다소 거칠게 가위를 움켜쥐었다. 물러서면 안 될 것 같았다.

"나 여기서 당신 같은 반란군들 수십 명은 봤어. 끝내 어떻게 된 줄 알아? 여기서 머릴 깎이고, 스팀기에 들어가서 비료가 됐지. 너는 그 사람들이랑 다른 것 같아?"

K가 얼굴을 찡그리며 말했다.

"달라. 규모 면에서나, 계획 면에서나."

"꺼져. 내가 이걸 감찰실에 일러바치면 어떻게 할 거야?"

　　　　　　　　　　　　　바버샵 (2)

"넌 할 수 없어. 너도 알고 있잖아. 여긴 시작점부터가 잘못됐다는 걸."

나는 K를 올려다보다가, 감찰실 선원이 있는 구멍으로 고개를 넣어서 그들을 부르려 했다. 그러자 K가 나를 몰아붙이기 시작했다. 나는 힘에 밀려 점점 뒷걸음질 쳤고, 끝내 더는 벽에 막혀 뒤로 나아갈 수 없었다. 옆을 돌아보니 스팀기가 보였다. K의 큰 손이 내 어깨를 붙잡았다. 나는 발악했다.

"네가 뭘 알아? 네가 우리에 대해서 무얼 아느냐고? 하루 일 못 나가면 굶어서 죽을 고통을 네가 알아? 상위 직급이 우리 삶을 어떻게 알아?"

제대로 된 음식도 먹지 못하고 감자만으로 연명하는 우리 인생을 상위 직급인 그가 알 리는 없었다. 그는 우리와 다르게 삼시 세끼 모두 챙겨 먹고, 하루 일하지 않았다고 해서 굶어 죽을 염려는 하지 않아도 됐으니까. K는 눈을 똑바로 뜬 채로 내게 말했다.

"너희 삶은 몰라. 그래도 여기가 부당하다는 건 알아."

"뭐가? 배부르게 잘 먹고, 잘살아서, 키도 그렇게 크면서? 뭘 알아?"

갑자기 K는 지퍼를 내리더니 우주복을 벗었다. 무슨 짓이냐고 묻기도 전에 K의 속살이 드러났고, 나는 당황해 고개를 돌렸다. K가 말했다.

"고개 돌려."

"뭐야?"

"고개 이쪽으로 돌리라고."

K의 목소리는 음산했다. 나는 눈을 뜨지 않으려 했다. 그러나 K가 침묵으로 일관하자, 나는 천천히 눈을 떴고 K의 나체를 보았다. K가 읊조리듯 말했다.

"난 너에게 말을 걸 수 있는 걸까? 없는 걸까?"

○

나는 동물을 실제로 본 적이 없다. 아카데미에서 수업 자료로 나온 그림으로만 봤을 뿐이다. 선생은 학생들에게 인간이 지구의 모든 자원을 독점했고, 그 탓에 수백 종의 동물이 멸종했다고 말했다. 선생은 덧붙여 지구에 존재했던 동물들의 이야기를 했다.

지구에는 하루 수백 킬로그램의 음식을 먹어야 하는 동물들이 있다고 했다. 그중에는 몸 크기가 자그마치 사람 30명을 합쳐놓은 것보다 큰 동물이 있었는데, 몸무게만 해도 수십 톤에, 지상에서는 중력을 이기지 못해 물에서 살아야 했다고 한다. 수 톤의 플랑크톤을 물에서 걸러 먹기 위해 이빨이 퇴화하고, 그 자리에 수천 개의 흰 수염이 자랐다. 상상하면 할수록 완전히 비효율적인 동물이었다.

아카데미에서 나는 그러한 동물의 이야기를 듣고는 가장 먼저 '무궁화호에 같이 타고 있지 않아 다행'이라는 생각이 들었고, 둘째로는 '그렇게 많이 먹어야 하니까 멸종했지' 하고 조롱했고, 셋째로는 그런 동물이 과연 지구에 존재했을까 의문을 품었다. K도 그런 존재 중 하나였다. 정말로 그런 존재가 있었는지 나는 알 수 없었다. K가 다소 작아진 목소리로 말했다.

"네가 나에 대해 궁금해할 점이 많다는 걸 알아. 다만, 나도 너처럼 여기가 미쳤다고 생각하고 있다는 걸 알아둬."

K의 사타구니 위쪽에는 남성의 성기가 달려 있었다. 거기까지였다면 아무런 일도 일어나지 않았겠지만, 바로 아래쪽에는 여성의 성기를 닮은 부분이 있었다. 그리고 가슴도 도드라지게 튀어나와 있었다.

이질적인 것이 한데 모여 있었다. 감자 줄기에 고구마라도 자라는 것처럼. 내가 시선을 거두자, K는 이미 예상했던 반응이라는 듯이 다시 우주복을 어깨까지 끌어 올려 지퍼를 닫았다.

"너도 내가 싫겠지. 아이 하나 못 만들어 내는 쓸모없는 존재니까."

나는 달리 반응하지 못했다.

항해부에서 이성 간 대화 금지령을 공표하고 나서, 중성이 있다는 소문이 간간이 들리긴 했다. 중성은 남녀 성기를 모두 몸에 달고 있다고 했는데, 반장은 그런 존재는 없다고 말하면서, 있다고 해도 금방 비료가 될 것이라 했다. 자식을 낳지 못하는 게 가장 큰 이유였다. 그러나 칠칠팔은 달랐다. 그날 그는 이발소에서 퇴근하던 길에 내게 말했다.

"그런 존재가 있다면, 나는 더할 나위 없이 기쁠 거야."

"왜?"

"저들이 내놓는 기준이 의미 없다는 걸 증명해 주는 존재니까."

그렇게 말한 칠칠팔은 이제 죽었다. 아니, 비료가 되어 다른 아이로 무궁화호에서 태어날 것이었다. 칠칠팔이 과연 K를 만났을까? 만났다면 무슨 말을 했을까? 그가 말했던 대로 K를 보고 정말 좋아했을까?

몰려든 생각에 정신을 차리지 못하는 사이 K는 내 손에 무언가를 쥐어주었다. 머리카락 다발이었다. 갈색 빛이 돌면서, 끝은 안으로 말려 있었다. 몸통이 가늘어 금방이라도 끊어질 것만 같았다. 얼핏 봐선 상류층의 모발처럼 보이지는 않았다. 이게 뭐냐고 되물으며 다시 K에게 돌려주려 안간힘을 썼지만, K가 내 손을 꽉 쥐면서 말했다.

"우선 일, 이 머리카락을 기억해 둬."

"이 머리카락은 뭐야?"

"꼭 살아야 하는 사람 거야. 어떻게든 이 사람은 살려줘."

갑자기 문이 벌컥 열렸다. K는 재빠르게 자리에 앉았지만, 내 시선은 K에게 향해 있었다. 나는 주머니에 머리카락 다발을 넣어 숨겼다. 반장이 가위를 들고서 빠른 걸음으로 안으로 들어섰다. 지금 그에게 나는 일하지 않는 노동자에 불과했다.

일하기가 싫어 동료에게 일감을 모는 사람. 스팀기에 들어가도 전혀 이상하지 않은 인간.

그는 내게 가위를 들이밀며 소리쳤다.

"손님 밀려 있는 거 안 보여? 너도 스팀기에 들어가고 싶어?"

가윗날이 서 있었지만, 나는 피하지 않았다. 반장은 가위를 더 깊이 들이밀었다. 목을 스쳐 피가 날 것만 같았다. 반장의 눈알이 옆으로 굴렀다. 눈알을 따라가자, 구멍에서 감찰실 선원이 우리를 보고 있었다. 반장은 심한 욕을 뱉기 시작했다. 나는 고개를 숙이고서 죄송하다고 말했다.

하나가 고개를 빼고서 나를 보고 있을 줄 알았다. 그러나 하나는 마치 스팀기처럼 손님들을 기계적으로 쳐내고 있었다. 내가 반장에게 욕을 듣고 있는 사이 K는 자리에서 일어나서는 몸에 묻은 머리카락을 털었다. 아까의 간절함이 잔뜩 담긴 표정은 상위 직급 특유의 여유로운 미소로 바뀌어 있었다. K는 가벼운 눈인사와 함께 사라졌고, 나는 주머니에 든 머리카락 다발과 K가 건넨 배급표 다섯 장을 손에 쥐었다.

바버샵 (3)

K를 만나고 난 이후에 내 머릿속은 꼬여만 갔다.

어딘가에 문제가 있는 것은 분명했다.

그것이 나든, K든, 이 무궁화호든.

이런 생각들이 병처럼 점점 나를 좀먹어 갔다. 밤에는 잠이 오지 않아, 뜬눈으로 침대에 누워 시간을 보냈다. 아내가 보고 싶어 자리에서 일어나려 했다가도 멈칫했다. 아내가 있어야 할 자리에는 낯선 여자가 있었다. 여자의 코 고는 소리가 너무 커서 기관실 소음을 듣는 게 차라리 나을 정도였다.

아내가 떠나고 한 달이 지나자, 항해부에서 새로운 여자를 내게 데려왔다. 아내를 데려갔던 출산 담당 팔십구가 한밤중에 숙소 문을 두들겼다. 그녀는 여전히 이상하게 웃고 있었다.

팔십구 옆에는 아내보다 키가 작고, 들창코를 한 여자가 서 있었다. 팔십구는 내가 문을 완전히 열어주지 않자, 좁은 틈으로 얼굴을 들이밀고서 말했다.

"오늘부터 함께하실 분이에요."

"오늘부터요?"

"사고로 인구가 생각보다 줄어서요."

여자는 내가 팔십구에게 말을 건넨 것을 보고는 놀란 표정을 지었다. 팔십구는 여자의 귀에 대고 자기는 감찰실 선원이라 이성 간 대화 금지령의 영향을 받지 않는다고 속삭였다. 나는 여자에게 눈길 한 번 주지 않았다. 팔십구에게 물었다.

"왜요?"

팔십구가 당황해 되물었다.

"네?"

"왜냐고 물었어요."

갑작스러운 내 반문에 팔십구는 얼굴에 팔자 주름을 지었다.

"말했잖아요. 사고로 인구가 줄어서 그렇다고요. 아카데미에서 배운 것까지 제가 말해야 하나요? 인구가 줄면…"

"알겠습니다."

나는 여자의 손목을 잡아끌고서 거칠게 문을 닫았다. 그녀와는 어떤 말도 나누지 않았다. 그녀의 까만 눈을 보니, 아내의 갈색 눈동자가 생각났고, 시큼한 머리 냄새를 맡으니, 아내의 살 냄새가 떠올랐다. 손을 잡으려다가 말았다. 대신 어깨를 살짝 잡았다. 여자는 나를 바라보지 않았다.

팔십구가 바깥에서 헛기침해 댔다. 내가 관계를 잘 맺고 있는지 확인하기 위해 대기하고 있었다. 그러나 나는 도저히 할 수가 없었다. 여자를 놓아주고는 자리로 돌아갔다. 여자는 문 너머를 응시하고는 입술을 깨물었다. 여자가 내게 다가왔지만 나는 그녀를 밀어냈다. 울음이 나올 것만 같았다. 그러자 여자는 내 손목을 문 쪽으로 잡아끌고는 문 쪽에서 신음을 냈다. 내가 가만히 서 있기만 하자 문 너머를 가리키며 단호한 표정을 지었다. 소리를 내어야 했다. 우리는 번갈아 신음을 내었고, 그제야 멀어지는 발소리를 들을 수 있었다.

나는 그대로 자리에 주저앉았다. 서러웠다. 역하게 엮여버린 우리가 서러웠다. 대체 무엇이 맞고 옳은지 도저히 나 같은 무지렁이는 알 수가 없었다. 아내가 보고 싶었다. 아내와 함께 서로의 몸을 쓰다듬고 싶었다. 나는 비명이라도 지르고 싶었지만, 여자가 나를 쳐다보고 있었다. 내가 벽을 치며 눈물을 흘리고 있자, 여자는 샤워장으로 가서 샤워하더니 울고 있는 나를 피해 돌아눕고는 몇 분 뒤에 코를 골았다.

∘

반란이 일어났다. 그것은 잡음에 가까웠다. 그들은 1일째에 전력 공급원을 점거하고, 관련 선원 다섯을 죽였다. 2일째에 항해부가 치안 유지대를 투입하여 반란군은 진압되었다. 전투 과정에서 전력 공급망 일부가 끊어져 M2, M6 식량 생산 구역이 가동을 멈추었다. 따라서 항해부에서는 인구 감축 계획을 내놓았다.

최고 연령 기준이 50세에서 40세로 낮아졌다. 반장은 점심 시간에 우리 옆에 앉더니 자기 몫의 감자를 하나와 내게 넘기고는 식판을 반납했다. 그러고는 어딘가로 가버렸다. 일주일 후면 반장은 40세가 되었다. 최고 연령 제한선에 걸려 반장도 스팀기에 들어가게 된 것이다.

나는 반장이 건넨 감자를 씹다가 뱉어버렸다. 전에는 그러지 않는데, 꼭 칠칠팔의 엄지를 입에 넣고 씹는 듯한 기분이었다. 하나도 손으로 감자를 짓이길 뿐, 입에 넣고 삼키지는 않았다. 우리는 말없이 식판을 붙들고 있다가 함께 일어나 식판을 반납했다. 식판에 온전하게 남은 감자 덩어리들을 보고는 사람들이 달려들어 한동안 소동이 일었다. 이발소까지 가는 길이 무척이나 가깝게만 느껴졌다.

"선배. 오늘 그 사람들 오는 거 맞죠?"

하나가 물었다. 무언가 결연한 다짐을 한 것만 같은 표정이었다.

"그래. 반란군 중에서 사로잡힌 열 명 전부."

"선배, 저한테 둘만 주세요."

"안 돼."

"왜요?"

"상부에서 나한테 처리하라 했어."

반란에 참여한 인원은 20명이었다. 반은 사살되고, 반이 사로잡혔다. 살아남은 그들은 무궁화호 어딘가에서 모진 고문을 받았을 테고, 이윽고 우리에게 넘겨져 비료가 될 일만 남았다. 하나는 분을 이기지 못하고서 말했다.

"그 개자식들. 바로 스팀기에 넣을 거예요?"

하나는 상당히 화가 나 있었다. 그들 때문에 죽어야 할 사람들이 늘었으니 그럴 만도 했다. 실제로 사람들은 그들에게 분통을 터뜨렸고, 곧 태어날 아기가 있는 사람들은 더했다. 여자들의 이야기는 듣지 못했지만, 아마 우리보다 더하면 더했지, 덜하지는 않을 것 같았다. 아무리 이런 상황들이 많았다고 해도, 자기 자식이 죽는 것에는 그 누구도 익숙해지지 못했다.

만약 내가 그들 중 일부를 하나에게 넘긴다면, 하나가 무슨 짓을 할까? 아마 내 상상 이상으로 고문을 할지도 몰랐다. 내가 맡는 편이 다행이라는 생각이 들었다. 그런데 상부에서 나를 집어 처리하라 명령한 것도 이상했다. A-2 반장이나 칠칠 팔이 연관되어 있음이 분명했다. 나는 딱 잘라 말했다.

"내가 알아서 할게."

하나는 날카롭게 받아쳤다.

"선배, 제대로 해요. 앞으로 죽을 사람들은 어떻게 해요. 그 사람 중에는 다시 태어나지 못할 사람도 있을 텐데."

분명 선장 L은 죽으면 무궁화호에서 다시 태어난다고 말했다. 그러나 이번에는 인구 자체를 줄이는 만큼, 다시 태어나지 못하는 사람들도 더러 있을 것이다. 그 사람들은 어떻게 될까? 우주선 안을 떠돌면서 태어나길 기다리게 될까? 그러다 막에 도착한 순간에 태어나지 못하면? 우리와 함께 막 너머로 갈 수는 있는 걸까? 나는 비아냥거리는 하나에게 거칠게 쏘아붙였다.

"닥쳐. 내가 알아서 할 거니까."

나는 빠른 걸음으로 하나를 앞서 나갔다. 말은 그리했지만, 자신 없었다. 내가 과연 그들을 직접 마주하고도 아무렇지 않은 척 대응할 수 있을까? 하나처럼 피가 끓어올라 일을 다그치지는 않을까?

'당신, 당신 아내, 당신 아이. 셋을 죽일 겁니다. 스팀기가 아니라, 최대한 고통스럽게요.'

K의 협박과 함께 그의 나체가 떠올랐다. 그는 남자일까? 여자일까? 아닌가? 성별을 나누는 것이 오히려 이상한 건가? 이어서 죽은 아이 목소리가 들리는 듯했다. 그리고 칠칠팔의 마지막 말까지.

'네가 직접 확인해.'

머릿속이 복잡했다. 무언가 잘못되었고 그것을 고쳐야 했지만, 마땅한 해결책은 물론 문제가 무엇인지조차 보이지 않았다. 더군다나 그런 일은 나 같은 하층민에, 머리도 짧고 키도 무척이나 작은 인간이 맡을 수 있는 규모의 일이 아니었다. 애초에 칠칠팔의 메시지를 무시했으면 어땠을까 하고 후회했다.

나는 이발소로 가서 반란에 가담한 죄수들을 기다렸다. 혹시 모를 사건들을 대비해서 죄수들과 일반 손님들은 하나와 반장이 모두 담당하기로 했다. 내 대기실에 사람은 없었다. 오랜만에 느끼는 한산함이었지만, 속은 달아오르고 있었다. 상부에서는 이 일에 큰 차질이 없기를 바라고 있었다. 나 또한 마찬가지였다. 방해 요소는 없었으면 했다. 문제가 생긴다면, 가장 먼저 내게 책임을 물을 것이었다. 나는 주머니에 든 머리카락 다발을 만지면서 감촉을 기억하려 애를 쓰다가도 반란이 무슨 소용인가 싶어 입술을 뜯었다.

○

"이 사람들인가요?"

감찰실 선원들이 데려온 이들은 총 아홉이었다. 그들은 얼굴을 숙인 채로 나체로 걸어왔다. 몸이 너무 말라 뼈가 드러났고, 그 뼈들이 덜덜 떨리며 서로 부딪히려 했다. 금방이라도 딱딱거리는 소리가 들릴 것만 같았다. 시체들을 많이 보았지만, 그것들보다 더한 몰골이었다. 나는 그들의 머리 숫자를 세어보고는 감찰실 선원 중 대표로 보이는 사람에게 물었다.

"한 명이 비는데요?"

그러자 그가 한 발짝 뒤로 물러났다. 나 같은 이발사와 대화하기 싫다는 뜻이었다. 대신, 잡힌 이들 중 가장 앞에 서 있던 남자가 말했다.

"죽었어요. 고문실에서 나오자마자 자기 스스로 바닥에 머리 박고…"

짝, 소리와 함께 남자의 얼굴이 돌아갔다. 남자는 바닥에 쓰러져 피를 흘렸다. 감찰실 선원 중 하나가 그의 얼굴을 발로 찼다. 맞을수록 신음은 잦아들었고, 그의 몸은 끝내 시든 감자 줄기처럼 늘어져 버렸다. 감찰실 선원이 내게 말했다.

"고맙지? 덕분에 좀 일하기 수월해졌잖아."

그가 이발소 쪽으로 고갯짓했다. 남자를 들어 올리려 했으나, 축 늘어져 움직이지 않았다. 나는 그를 힘겹게 방 안으로 끌고 갔다. 이어서 반란군들이 줄지어 방으로 들어왔다. 감찰실 선원들은 재미 삼아 그들의 뺨을 때리거나, 발로 엉덩이를 걷어차며 웃어댔다.

나는 가장 먼저 쓰러진 남자의 머리카락을 잘랐다. 의식이 없어 머리를 팔로 받쳐야 했다. 힘이 들었다. 몸보다는 정신이 더. 나는 낑낑거리며 남자의 머리카락을 억지로 잘라냈다. 그렇게 자른 머리카락을 바구니에 담아 구멍으로 넘겼다. 그러자 감찰실 선원이 한 번에 가져오라며 다시 바구니를 돌려주었다. 남자를 스팀기에 넣고 버튼을 누르자 쿵쿵거리는 소리가 들려왔고 죄수들의 표정은 더욱 어두워졌다.

그렇게 모두의 머리를 잘랐다. 그들은 온몸에 상처가 있었다. 심지어 정수리에도. 몇몇은 간단한 대화조차 제대로 나누지 못했다. 가만 보니 혀가 뽑혀 있었다. 그 모습에 구역질이 났으나 참아야 했다. 버튼을 누를 때마다 그들의 눈을 봐야 했다. 하나같이 다들 멍한 표정을 짓고 있었다. 고개를 돌릴 수가 없었다.

K에게 묻고 싶었다. 이들의 눈을 보았느냐고. 네가 바라는 반란이 이런 것이냐고. 죄수들은 스팀기가 돌아갈 때마다 고개를 더욱 숙였다. 나는 일반 죄수들을 다룰 때보다 더욱 지쳐버렸다. 곧장 숙소로 돌아가고 싶었다. 아니, 낯선 여인이 기다리고 있는 숙소가 아니라 어디에 처박혀서 10분만이라도 혼자 있었으면 했다. 차라리 스팀기 안이 더 편하지 않을까도 싶었다.

마지막으로 잡혀 온 반란군은 아주 어린 아이였다. 키도 작고, 머리도 남들과 비교해 짧았다. 아이의 정수리를 만지는데, 죽음이 두려워 그런지 울먹이기 시작했다. 나는 그런 어린아이가 어떻게 반란에 관여했는지도 알지 못했다. 반란에 휩쓸린 것이 아닐까. 나는 아이를 안심시키기 위해 어깨를 두드리려 했으나 손을 거두어야만 했다. 구멍을 통해 감찰실 선원들이 나를 감시하고 있었다. 머리를 자르려 하는데, 옆머리 쪽에 눈에 띄게 짧은 부분이 있었다.

나는 설마 하는 심정으로 바닥에 머리카락을 주워 담는 척

쭈그려 앉아 주머니에 손을 넣었다. 감촉이며, 머리 굵기와 끝이 말린 것까지. K가 내게 건넨 머리카락 다발의 주인이 눈앞의 아이임을 단번에 알 수 있었다.

자리에서 천천히 일어나, 아이에게 다가갔다. 어떻게 해야 할지 확신이 서지 않았다. 우리보다도 몸집이 작은 이 아이라면, 스팀기 내부 어딘가에 숨을 수 있을지도 몰랐다. 나는 천천히 아이의 머리를 잘랐다. 아이는 자기 발밑으로 머리가 떨어질 때마다 눈물도 함께 흘렸다. 끝내 바리캉으로 머리를 모두 밀자, 아이는 신생아 같은 둥근 머리를 내게 보였다.

나는 아이를 이끌고서 스팀기 쪽으로 다가갔다. 구멍 쪽을 한 번 내다보았다. 시간이 오래 지나 그런지 대부분 감찰실 인원들은 퇴근했고 오직 한 명만이 남아 있었다. 아까 남자를 때리던 감찰실 선원이었다. 그는 머리카락 무게를 재는 저울을 만지작거리며 신경을 딴 곳에 쏟고 있었다. 그 틈에 나는 스팀기 내부에 고개를 밀어 넣었다. 공기압을 모으는 곳에 작은 틈이 있었다. 아이가 웅크리고 있다면, 공기총을 피할 수 있을 것 같았다. 감찰실 선원이 구멍을 통해 외쳤다.

"야! 너 뭐야!"

나는 깜짝 놀라, 그만 스팀기에 머리를 박아버렸다. 감찰실 선원이 일어나 내 방으로 들어오려고 했다. 심장이 미칠 듯이 뛰었다. 들켰는가 싶었다.

당황한 나머지 나는 문을 막아섰다. 어찌해야 할지 알 수 없었다. 아이도 당황했는지, 눈알을 이리저리 굴렸다. 감찰실 선원이 무게를 실어 문을 밀자, 문은 쉽게 열리고 말았다. 그가 나를 벽으로 밀쳤고, 바로 목을 조르기 시작했다. 스팀기가 있는 쪽이라 금방이라도 짓이겨질 것만 같았다.

"쓰레기 같은 이발사 새끼가!"

손을 뻗어 무기가 될 만한 것을 필사적으로 찾았다. 의식이 희미해지는 순간, 손끝에 무언가가 걸렸고, 냅다 그의 눈에 박아 넣었다. 가위였다. 가위를 다시 뽑자 그가 소리를 질렀다. 마침 기관실에서 기계 소리가 들려왔다. 귀가 먹먹해질 정도로 소리는 매우 컸고, 그의 비명을 묻어버렸다.

나는 뒤돌아 그의 배를 발로 찼다. 그는 스팀기 안으로 굴러갔지만, 금방 정신을 차리고 내게 달려들려 했다. 그러나 내가 한발 빨랐다. 버튼을 눌렀고, 문이 닫혔다. 그가 문을 주먹으로 쳤지만, 공기압 소리에 막혀 무엇도 들리지 않았다. 비명이 들려왔다. 전과 같은 아주 끔찍한 비명이었다. 공기총이 제대로 작동하지 않은 것 같았다.

비명을 듣고 하나나 반장이 찾아올지도 몰랐다. 목이 졸려 숨이 제대로 쉬어지지 않았으나, 아파할 틈이 없었다. 얼른 아이를 숨겨야 했다. 내 방 내부에는 마땅히 숨길 만한 곳이 없었다. 바깥으로 데려간다고 해도, 칠칠팔처럼 금방 잡힐 게 뻔했다. 결정해야 했다. 사람들이 찾지 않는 장소여야 했다. 나는 아이에게 물었다.

"저기에서 기다릴 수 있니?"

내 손가락의 끝은 아직 열기로 가득한 스팀기로 향해 있었다. 나는 이 작은 아이가 저 살육의 현장에서 버틸 수 있을지 걱정이었다. 어쩌면 하나처럼 망가져 버릴지도 몰랐다. 대답하지 않는다 해도 달리 방법이 없었다.

"네."

다행이었다. 아이는 고개를 끄덕였고, 나는 버튼을 연타해 억지로 스팀기 문을 열었다. 고기 삶는 냄새가 나고 있었다. 아직 으깨기 단계로는 넘어가지 않은 모양이었다. 나는 그 틈에다 몸을 비집어 넣고는 힘을 주어 문을 완전히 열어젖혔다. 뜨겁고 진한 연기가 피어올랐다. 내가 스팀기 안에 고개를 들이밀고서 공기총 아래 난 작은 틈을 가리키자 아이가 몸을 굽혀 들어가려 했다. 작은 몸집 덕분에 틈으로 들어갈 수 있었다. 완전하게 자리를 잡자, 나는 아이의 묶인 손과 발을 풀어주며 물었다.

"이름이 뭐야?"

"뭐 해요?"

갑자기 뒤에서 목소리가 들렸다. 돌아보자, 하나가 나를 바라보고 있었다. 나는 기계를 점검하는 척 이리저리 둘러보았다. 능청을 떨어야 했다. 속은 들킬까 걱정으로 가득했다. 기관실에서 증기가 뿜어져 나왔고, 나는 기침을 해댔다. 식은땀이 흘렀으나, 본래 흘렀던 땀과 함께 섞여 티가 나지 않았다. 하나

바버샵 (3)

는 주변을 두리번거리며 내게 다가왔다.

"잘 마무리했어요?"

"응."

"응징도 안 하고요?"

하나의 표정에서 실망감이 느껴졌다. '너라면 그랬겠지' 하는 표정이었다. 나는 스팀기로 향하는 내 눈길을 돌리려고 애썼다.

"그래. 감찰실 선원이 워낙 보채대서. 그리고 다들 이미 고문도 많이 받았어. 온몸에 전부 상처더라고."

"스팀기 문은 왜 열어놨어요?"

하나가 내 앞으로 걸어오더니, 버튼을 눌렀다. 순식간에 벌어진 일이었다. 스팀기가 소리를 내며 움직였고, 공기총 소리와 함께 컨베이어 벨트가 움직였다. 나는 아이가 혹시나 죽지는 않았을까 노심초사하며 입을 다물었다. 하나가 말했다.

"상관없어요. 그 사람들, 더 고통받아야 해요. 그 사람들은 그냥 죽지만, 살아남은 사람들은 더 고통스러워요."

"뭐라고?"

하나는 내 황당한 표정에도 꿋꿋하게 말을 이어갔다.

"살아남은 사람들은 더 힘들다고요. 죽은 사람은 잠깐이라도 쉴 수 있지만, 우리는, 매 순간, 매일 이 짓을 해야 하니까요."

。

　하나와 반장이 먼저 퇴근했다. 나는 뒷정리가 아직 끝나지 않아 조금 늦게 퇴근한다고 둘러대고는 이발소에 남았다. 그들이 숙소로 가는 것을 보자마자 스팀기 문을 열었다. 뜨거운 연기가 뿜어져 나오는 바람에 순간 앞이 보이지 않았다. 마침내 연기가 다 빠져나가자 아이의 모습이 보였다. 아이가 고개를 돌려 나를 보고서 그곳에서 빠져나오려 했으나, 나는 아이를 스팀기로 다시 밀어 넣었다.

　"당분간은 거기 있어야 해."

　아이는 몸을 웅크렸다. 등허리가 빨갛게 익어 있었다. 스팀기의 열기 때문인 것 같았다. 아픔을 참기 위해 입술을 깨물었는지, 입술이 다 터져 있었다. 아이에게 물었다.

　"혹시 K라는 사람 아니?"

　아이가 고개를 저었다. 그러고는 침묵했다. 나는 달리 아이에게 해줄 말이 없었다. 나는 가만히 기다리다가 아이에게 물었다.

　"이름이 뭐니?"

　아이는 대답하지 않았다. 그 자리에 가만히 앉아 고개를 숙일 뿐이었다. 옷도 벗고 있어 이름을 확인할 수 있는 이름표도 없었다.

　"여기서 좀 기다리고 있어. 알겠지?"

나는 주변을 살피며 스팀기 문을 닫았다. 자리에 쪼그려 앉아 이제 다시 자라기 시작한 머리카락을 쥐어뜯었다. 자기 선원이 사라진 것을 감찰실에서 금방 알아차릴 것이다. 조사를 하다보면 자연스럽게 그의 마지막 방문지였던 이발소를 의심할 것이다. 다행히 시체나 범행 도구는 찾지 못할 것이다. 이미 시체는 비료가 되어 M8 구역에 뿌려졌을 테니.

K에게 연락하고 싶었으나, 그가 어디 소속인지조차 알 수 없었다.

무엇부터 풀어가야 할지 갈피가 잡히지 않았다. 마음 같아서는 아이를 저 지옥 같은 곳에서 꺼내주고 싶었으나 너무 위험했다. 숙소에 데려가도 문제였고, 이발소에 재워도 감찰실 선원에게 들킬 수 있었다. 적어도 스팀기 안에 있으면 다른 이들에게 들킬 염려는 적었다.

마음이 불편했다. 감찰실 선원에게 맞아 죽은 남자와 더불어 내가 오늘 스팀기에 넣고 버튼을 누른 이들의 얼굴이 스쳤다. 그들은 하나 같이 몸에 상처가 많았고, 눈을 아래로 깔고 있었다. 듣기로는 반란군들의 기세가 엄청나서 진압에 애를 먹었다는데, 막상 만난 그들은 근육질이거나, 인상이 험하지는 않았다. 오히려 으깨진 감자같이 허약해 보였다. 무슨 고문을 받았기에 저러는 걸까? 그래도 무엇보다 그때 가장 내 머릿속에 가득했던 것은 아이였다.

'K는 대체 왜 저 아이를 살리라고 한 것일까?'

다른 아이와 크게 다를 것 없어 보였다. 몸집이 작고, 말이 없었다. K의 아이인가 싶었다가 그의 나체가 떠올라 생각을 돌렸다. 유난히 숙소로 가는 길이 멀었다. 숙소에 가면 또 아내가 아닌 그 여자와 거짓된 신음을 내야 했다. 일과 일의 연속이었다.

○

"그래서, 본 적 없어?"

"네."

"동료들한테 마무리되는 것만 보고 간다고 했는데, 본 적이 없다고?"

"의심 가시면 옆방에 있던 제 동료들한테 물어보세요."

"증발한 것도 아니고. 거참."

치안 유지대 2팀 반장이 나를 심문했다. 감찰실 선원이 죽었을 때, 그 상황을 본 사람도, 들은 사람도 없었다. 몸집이 두 배 가까이 차이 나는 그를 내가 죽이고, 시체를 운반할 수 있을 것으로 생각하지도 않을 것이었다. 그래도 밀려오는 불안감은 어쩔 수 없었다.

2팀 반장은 내게 인사조차 하지 않고 사라졌다. 나는 다시 사람들의 머리를 잘랐고, 스팀기에 넣고 버튼을 눌렀다. 수증기가 뿜어져 나올 때마다 도저히 스팀기 쪽을 볼 수가 없었다.

바버샵 (3)

저 열기가 아이의 피부를 더 붉게 만들 것이다.

한 명씩 죄인들의 머리를 자르고 스팀기에 넣을 때마다 마음이 불편했다. 한번은 문이 완전히 닫히기 전에 발을 밀어 넣었다. 발등이 으스러질 것 같았으나, 열기보다야 괜찮았다. 아이가 어떻게 이런 엄청난 열기를 버티고 있을까 싶었다. 다행히 문은 완전히 닫히지 않은 채로 공정은 진행되었다.

그 틈으로 모든 과정이 눈에 보였다. 끔찍했다. 공기총이 사람의 머리를 뚫었고, 관통된 구멍으로 뿜어져 나간 부분들마저 기계가 긁어내어 컨베이어 벨트에 실어 보냈다. 그리고 아주 뜨거운 열기가 뿜어져 나왔다. 자욱한 수증기가 시체를 집어삼켰다. 발끝이 갈래갈래 찢어질 듯이 아려 왔으나, 아이만큼은 아니었을 테다. 나는 아이의 벌겋게 달아오른 살을 봤다. 버텨야 했다. 뒤에서 손님들은 스팀기에 문제가 있나 고개를 뺐다가 감찰실 선원을 보고는 자리에 다시 앉았다.

퇴근 시간이 되자, 발이 부어오르고 욱신거렸다. 가위로 살을 찢는 것 같은 느낌이 들었다. 신발을 벗어보자 물집이 크게 잡혀 있었다. 걷기가 어려웠으나 아픈 척을 해서는 안 됐다.

어제와 마찬가지로 하나와 반장을 먼저 보내고는 스팀기 문을 열었다. 열기가 완전히 빠져나오는 것을 기다리지 못하고 나는 안으로 달려들었다. 뜨거운 열기 탓에 눈을 감고서 허공을 휘저었으나, 아이라 불릴 만한 형체는 손에 잡히지 않았다. 연기가 빠져나가고 나서야 틈을 볼 수 있었다.

아이가 없었다. 당황한 나머지 틈 사이로 손을 넣었지만, 손에 닿는 것은 없었다.

"음."

깊은 곳에서 소리가 들렸다. 무언가를 씹어대는 소리였다. 나는 숨죽여 소리가 들려오는 곳을 보았다. 아이가 비료를 먹고 있었다. 정확히는 비료가 되기 직전인 어떤 덩어리를 입에 넣고 씹고 있었다. 나는 놀라 스팀기 문이 닫히지 않게 가위를 끼우고는 안으로 달려갔다. 아이의 손에 들고 있는 덩어리를 쳐냈다.

"먹으면 안 돼!"

그러자 아이가 나를 올려다보았다.

"왜요?"

갑작스러운 아이의 반문에 나는 선뜻 대답하지 못했다. 아이는 내게서 시선을 거두더니 덩어리를 다시 집어 들었다. 내가 다시 뺏으려 하니 아이가 덩어리를 쥔 손을 뒤로 빼며 물었다.

"이유를 먼저 말해요."

생각과는 달리 아이는 당돌했다. 나는 더듬거리며 이유를 생각해 냈다.

"그게, 그건, 그건 말이야. 그건 사람이야."

머리를 굴려 나온 대답치고는 만족스럽지 못했다.

"이게요?"

아이는 덩어리를 손으로 부수며 말했다. 가루가 아래로 떨어져 내렸다. 머리카락 같기도 했다. 얼마 머리를 기르지 않고서 다시 이발소를 찾아온 사람의 머리를 자를 때와 같았다. 그것이 사람처럼 보이지는 않았다. 아이는 덩어리를 다시 입에 가져가면서 투덜거렸다.

"그래서요?"

"그래서라니?"

"어차피 이걸 먹고 사는 거 아닌가요? 무슨 차이가 있는 거죠?"

"달라. 우리는 그걸로 감자를 길러 먹어."

"그러니까. 이걸로 기른 감자를 먹는 거랑, 이걸 먹는 거랑 뭐가 다른 거예요?"

끼익, 입구 쪽에서 소리가 들려왔다. 문이 닫히려는 것 같았다. 나는 문 쪽으로 내달렸으나, 문은 아슬아슬하게 닫히고야 말았다. 나는 문에 끼어 있는 가위를 붙잡고서 힘을 주었으나, 움직이지 않았다. 허공에 매달려 있는 공기총이 내 머리를 겨냥하고 있었다. 소름이 돋아 문을 두들겨 댔다.

"거기 누구 없어!"

누구도 답하지 않았다. 다시 한번 소리치려다가 말았다. 생각해 보니 오히려 다행이었다. 내가 이곳에 갇힌 것을 누가 알면 아이를 발견하게 될 것이고, 그러면 우리 둘 다 비료가 되었을 것이다. 문제는 내가 이곳에서 탈출에 실패해서 숙소로 돌아가지 못해도 마찬가지로 내게 수배령이 떨어지고 같은 결과를 맞게 된다는 것이었다.

나는 스팀기 안에 꼼짝없이 갇혀버렸다. 다시 가위를 붙잡고서 힘을 주었는데, 문은 끄떡하지 않았다. 뒤에 온기가 느껴졌다. 뒤를 돌아보자 아이가 내 어깨에 손을 올리고 있었다.

"저기로 나가면 돼요."

아이는 어둠 속으로 앞서 나갔고, 나는 그것을 가만히 보고 있었다. 아이가 가는 곳이 선장 L이 말한 지옥이 아닐까 싶었다. 그는 지구야말로 지옥이며, 우리는 지옥에서 벗어나 막 너머의 천국으로 향하고 있다고 말했다. 막이라는 둥근 천국에서 가장 중심점에 있는 지구가 지옥이라는 말이 와닿았다. 그러면서 선장 L은 지구가 있는 곳을 스크린을 통해 보여주었는데, 그곳에는 창백한 푸른 점도 없이 오직 어둠뿐이었다.

길은 하나뿐이었다. 나는 어쩔 수 없이 아이를 따라갔다. 아이는 큰 솥을 앞에 두고 심호흡을 하더니 펄쩍 뛰었다. 본 적은 없었지만 새가 저렇지 않을까 싶었다. 제 키보다 큰 솥을 간단하게 뛰어넘은 아이는 제 갈 길을 갔다. 나는 솥을 뛰어넘으며, 솥 아래에 처박힌 뼈들을 보았다. 이리저리 섞여 누구의 것인지 몰랐다.

나아가다 보니, 큰 벽으로 막혀 있었다. 나는 아이에게 물었다.

"여기서는 어디로 가야 하니?"

아이는 그 벽을 손으로 만지더니 내게 말했다.

바버샵 (3)

"전원을 넣어야 해요."

"전원? 어떻게? 문이 닫혔어."

아이는 그리 말하고는 왔던 길을 돌아갔다. 다시 큰 솥을 넘고서 문이 있는 곳에 도착했다. 내가 우물쭈물하는 사이 아이는 조심스럽게 공기총 옆으로 난 틈으로 들어가더니, 선을 빼서 건드리기 시작했다. 아이는 고개를 아래로 숙이더니 내게 외쳤다.

"조심하세요!"

그 말이 끝나기가 무섭게 갑자기, 스팀기가 작동하기 시작했다. 물러나 있었으니 망정이지, 잘못하면 공기총에 머리를 뚫릴 뻔했다. 그러나 거기서 멈추지 않았다. 컨베이어 벨트가 빠르게 돌았고, 나는 솥에 빠지지 않기 위해 부단히 발을 움직여야 했다. 아이는 내 모습을 보고는 깔깔거리며 웃어댔다. 내가 험악한 표정을 짓자, 아이는 눈을 감고서 무언가를 기다리더니 갑자기 전원을 껐다. 나는 틈에서 빠져나온 아이에게 화를 냈다.

"뭐야? 너 미쳤어?"

대답은 돌아오지 않았다. 아이는 퉁명스럽게 고개를 돌리더니 다시 벽이 있던 곳으로 달려가 버렸다. 아이는 자기 집에라도 온 것처럼 펄쩍펄쩍 스팀기 내부를 뛰어다녔다. 나는 아이를 따라갈까 하다가 문에 낀 가위를 붙잡고 힘을 주었다. 그러나 뚝, 하는 소리와 함께 가위가 부러져 버렸고, 나는 바닥에 나가떨어졌다. 부러진 단면을 보니 머릿속이 하얗게 변했다. 가위는 정확하게 두 동강 나서는 매끈한 면을 내보이고 있었다. 붙일 수는 없어 보였다.

"빨리 와요!"

어둠 속에서 아이의 목소리가 들렸다. 우선 여기서 빠져나가야 했다. 나는 망가진 가위 일부를 주머니에 챙겨 넣고는 아이가 있는 곳으로 갔다. 신기하게도 벽이 올라가 있었다. 어른이 간신히 통과할 작은 틈으로 아이는 제 몸을 밀어 넣고 있었다. 나는 힘겹게 몸을 구겨 넣었다.

"이게 뭐야?"

"여기서 솥에서 삶은 것들을 짓이겨요. 그리고 저기 앞에서 이상한 하얀 가루가 나와서 아까 덩어리가 되고요."

아이는 나보다 스팀기에 관해 더욱 잘 알고 있었다. 나도 반장에게 들은 것이 다였지 직접 내부로 들어와 본 적은 없었다. 아이의 설명을 들으면서 스팀기 안을 걸으니, 여기야말로 지옥이었다. 선장 L은 지옥에서 사람을 산 채로 기름 솥에 넣고, 무기를 든 악마들이 그들을 찌른다고 했다.

'여기와 지옥이 뭐가 다른 걸까?'

의심이 여기까지 미치자, 과연 죽은 이들이 다시 무궁화호에 태어날까 싶었다. 칠칠팔이 지금쯤 태어났을까? 만약 태어났더라면, 아주 개구쟁이겠지. 그를 언제 다시 볼 수 있을까? 무궁화호는 좁으니 언젠가 만났을지도 몰랐다. 물론 그러지 않기를 바랐다.

"여기예요."

아이가 가리킨 곳은 작은 구멍이었다. 어디로 이어질지 몰랐다. 내가 반대쪽 벽 너머로 이어지는 컨베이어 벨트 끝 쪽을 손짓하자, 아이가 고개를 저었다.

"거기는요. 우리가 갈 수 없는 곳이에요."

"어디로 이어지는데?"

아이는 눈을 게슴츠레 뜨더니 천천히 말했다.

"몰라요. 여기서 만들어진 덩어리 대부분이 여기로 가고, 저기 구멍으로는 조금만 가요."

지금 거기가 어딘지는 중요치 않았다. 시간이 얼마 없었다. 나는 작은 구멍을 손으로 가리키며 물었다.

"어쨌든 여기로 나가면 된다는 거지?"

아이가 고개를 끄덕였다. 나는 구멍으로 들어가기 위해 허리를 숙였다. 아이는 따라오지 않고, 가만히 서서 나를 바라보고 있었다. 나는 아이에게 구하러 오겠다는 말도 없이 바로 구멍으로 기었다. 한시라도 빨리 빠져나가고 싶었다.

구멍은 조금씩 좁아졌다. 벽이 점점 내게 다가오는 것 같았다. 숨을 쉬기가 힘들었다. 기면 길수록 숨이 가빠졌다. 빛이 보이는 것과 동시에 벽에 걸려 신발이 벗겨졌다. 발을 움직일수록 신발은 더욱 멀리 달아났다. 어쩔 수 없이 나는 있는 힘껏 발로 벽을 찼다. 무게가 앞으로 쏠렸다.

아래로 떨어졌다. 순간 정신을 잃을 뻔했지만, 곧장 자리에서 일어나 주변을 둘러보았다. 배달부들의 옷가지가 보였다. 내 방에서 불과 5미터도 떨어지지 않은 곳이었다. 다행히 사무실에 사람은 없었고, 나는 최대한 아무렇지 않게 몸을 털고는 문을 열고 밖으로 나갔다.

"뭐야?"

반장이 복도에 서 있었다. 나는 당황함을 숨기지 못하고 변명했다.

"스팀기가 이상해서요. 혹시나 배달 부서 쪽에 결함이 있나 하고…"

"그래도. 이 시간에?"

반장이 위아래로 나를 훑었다. 나는 본능적으로 발을 뒤로 숨겼다. 맨발인데다 벌겋게 물집이 잡혀 있었다. 심장이 터질 것만 같았다. 반장이 내게 가까이 다가오더니 내 주머니에 손을 뻗어 두 동강 난 가위도 들어 보였다.

"이건 어떻게 설명할래?"

꼼짝없이 잡혀버렸다. 기관실의 기계 소리도 고막을 때리고 있었는데, 유달리 침 삼키는 소리만은 크게 들렸다. 반장이 자기 주머니에서 가위를 꺼내 들었다. 이대로 감찰실에 잡힌다면 고문을 받은 후에 비료가 될 수도 있었다. 방금 본 끔찍한 스팀기 속 도구들이 머리에 스쳤다. 반장은 한 걸음 내게 다가오더니 말했다.

"잘해."

반장은 내 주머니에 자기 가위를 꽂아주었다. 더불어 신발까지 전부 벗어 내게 던졌다. 갑작스럽게 날아온 신발이 정강이를 때렸으나, 기분이 나쁘지는 않았다. 무슨 상황인지 분간이 가지 않았다. 멍하니 서 있는 내게 반장이 말했다.

"빨리 벗어. 임마. 다 가져가라고."

나는 얼떨떨하게 남은 신발 한 짝을 벗어 반장에게 주었다. 반장은 두 동강 난 가위를 손에 끼우고는 몇 번 만지작거리다가 바닥에 던져버렸다.

"날도 다 상하고, 앞으로 반장이 될 놈이."

"반장이요?"

내 질문에 반장은 천천히 말을 이었다.

"그래. 나야 5일 후에 죽으나, 내일 죽으나 거기서 거기고. 너는 말이야. 한 부서의 장이란 놈이 그렇게 해서 되겠어?"

"제가요?"

"그럼, 내가 죽으면 하나가 하겠냐?"

맞는 말이었다. 이발소에서는 가장 연장자가 부서의 장이 되었다. 이제 반장이 죽고 나면, 내가 이발소의 장이 되어야 했다. 영광스럽지는 않았다. 이발 반장은 다른 부서장들과 달리 하층민 중의 하층민이었으니까. 하층민의 왕이라 해도 결국엔 하층민이었다. 다만, 반장이 남긴 말들이 기억에 남았다.

"네가 이제 애들 책임져야 한다. 가족이라 생각해. 여기서 내가 낳은 애는 우주선 외벽 수리하다 죽어서 몇 번 만나지도 못했지만, 너희들은 매일 만났잖냐. 너도 이제 나처럼 살아야 해."

반장은 내 신발이 맞지 않는지, 발을 절뚝이며 이발소 쪽으로 걷기 시작했다. 혼잣말이 들려왔다.

"근데 나는 이 짓도 더는 못 하겠다."

그날 그는 숙소로 돌아가지 않았다. 이발소에서 하루를 보내다가 아내에게 신고를 당했다. 다음 날 반장은 이발소 의자에서 눈곱이 붙은 채로 발견되었다. 그는 감찰실 선원들에게 구타당한 뒤 물품 분실 및 지침 미준수로 사형 선고를 그 자리에서 받았고, 그대로 스팀기에 들어가 죽었다. 머리는 본인이 스스로 잘랐는지, 내가 손을 댈 필요도 없이 말끔한 상태였다.

o

반장이 되고 나서, 나는 부서장 회의에 참석할 수 있게 되었다. 내 자리는 따로 없었고 문 근처에서 바닥 청소 반장, 오물 처리 반장들과 함께 서서 회의를 들었다. 그러나 내 관심은 온통 스팀기에 사는 아이와 스팀기 내부에 쏠려 있었다. 아이를 계속 스팀기에 가두어 놓아야 하는지, 비료 대부분은 대체 어디로 가는지, 그 어떤 것도 명확하지 않았다.

회의장에 가면 혹시나 K를 볼 수 있을까 했으나 그는 보이지 않았다. 부서장들에게 제공되는 물과 과자는 나까지 오지 않았다. 나는 과자를 보자마자 침이 흥건하게 고여 몇 번이고 침을 삼켜야 했으나, 다른 부서장들은 다과에 손도 대지 않았다.

키가 큰 부서장들은 나를 보고 인상을 썼다. 내 옆에 서 있던 오물 처리 반장을 보고 그랬을 수도 있다. 일을 하다 와서 그런지 냄새가 지독했다. 그래도 머리를 한 번도 감지 않은 그들보다야 괜찮았다. 회의장 내부는 쉰내로 가득했다. 그나마 남자들은 눈이라도 맞출 수 있었지만, 여자들은 아예 나를 투명 인간 취급했다.

"오늘 주요 안건은 전력 시스템 복구입니다."

A-2 반장이 공석인 A-1 부서장을 대신해 말했다. 나는 그녀에게 시선을 계속해서 보냈으나, 그녀는 나를 본 척도 하지 않았다. 계속 무시를 당하자, 차라리 여기서 모든 사실을 다 털어내고 싶었다. A-2 반장이 내게 한 말이며, K의 반란 계획까지. 그러나 스팀기 안에 있을 아이를 생각하며 입을 다물었다.

머리를 묶지 않고 치렁치렁 풀어놓은 남자가 눈을 치켜떴다. 그는 상석에 앉아 있었는데, 직함은 '무궁화호 전체 자원 관리 담당'이었다. 꽤 높은 직급인지, 뒤로는 비서가 둘이나 있었다. 풍채도 상당했다. 그가 말했다.

"전기 생산은 누가 담당하고 있어?"

"네. 관리자님. A-1 반장입니다. 현재 전력 공급소 복구 작업을 하느라 공석입니다.”

A-2 반장이 대신 대답했다. 자리에 앉아 있던 사람들 대부분이 자기 담당이 아니라 다행이라 생각하는 것처럼 보였다. A-2 반장이 이어 말했다.

“부품이 없어 꽤 애를 먹고 있나 봅니다. 아마 부품이 마련될 동안은 전력 수급량이 정상화되기는 어려울 것 같습니다.”

“그럼, 부품을 더 생산해야지.”

관리자의 말에 A-3 반장이 고개를 저으며 대답했다. 그는 억울한 표정을 지었다.

“부품을 생산하기에는 재료가 너무 부족합니다.”

A-3 반장이 A-2 반장과 눈을 마주치자, 그녀도 고개를 끄덕였다. 관리자가 또다시 호통 쳤다.

“재료 생산 담당!”

오물 처리 반장과 자원 재활용 반장이 손을 번쩍 들었다. 내가 가만히 둘을 보고 있자, 오물 처리 반장이 남은 손으로 내 허벅지를 툭툭 쳤다. 나도 둘을 따라서 어정쩡하게 손을 들었다. A-3 반장이 우리에게 명령했다.

“당장 생산량 1.5배로 늘려.”

오물 처리 반장이 손을 마주 잡더니 빌면서 말했다.

“자연적 손실은 저희가 어떻게 할 수가 없습니다요. 머리처럼 계속해서 자라는 것도 아니고요.”

은근하게 나를 걸고넘어지다니. 머리는 그럼 하루 만에 수십 센티미터씩 자라는가 싶었다. 역시나, 바로 불호령이 떨어졌다.

"이발 반장!"

시선이 모두 내게로 향했다. 나는 시선에 압도되어 어버버, 갈피를 잡지 못했다. A-3 반장은 나를 위아래로 훑었다. 관리자가 말했다.

"생산량 지금보다 두 배로 늘려."

A-2 반장과 눈이 마주쳤다. 그녀는 내 대답을 기다리고 있었다. 어이없는 요구였다. 난데없이 생산량을 두 배나 늘리라니. 사람들 머리가 지금보다 두 배 빨리 자라지 않으면 불가능한 일이었다. 나는 최대한 억울한 표정을 짓고서 말했다.

"갑자기 그러시면…"

"어떻게든 하란 말이야. 이제 머리를 자르지 말고, 뽑든지 하라고."

불가능했다. 만약 시도한다고 해도 지금 있는 인원으로는 턱없이 부족했다. 확실히 말해야 했다.

"안 됩니다."

"해보지도 않고, 왜 안 된다고 말해?"

"갑자기 생산량을 두 배나 늘리라 하시면 어떻게 합니까?"

"이래서 네놈들이 그렇게 사는 거야. 근성도 없이."

짜증이 치밀어 올랐다. A-2 반장이 의미심장하게 짓고 있는 미소 때문일지도 몰랐다. 속이 끓어올랐다. 부서장들의 긴 머리가 눈에 보였고, 나는 말하지 말아야 할 것을 말했다.

"부서장님들께서 머리를 자르시면 해결되긴 합니다."

분위기가 달아올랐다. 자리를 박차고 일어나는 사람도 있었다. 그들은 내게 손가락질해 댔으나, 나는 멈추지 않았다.

"무궁화호 전체의 생존을 위해서 자원하실 분 없습니까?"

갑작스레 침묵이 찾아왔다. 나는 더욱 몰아붙이려 했다. 내 옆에 있던 오물 처리 반장과 재활용 반장은 불똥이 튈까 봐 조금 뒤로 물러났다.

"이게 미쳤나."

A-3 반장이 회의실 문에다 대고 병사를 불러댔다. 이미 내 옆에 있던 반장 둘은 사색이 되어 있었다. 문이 열리더니, 병사 둘이 들어왔다. 치안 유지대 소속이었고, 부서장들만큼은 아니었으나 키가 컸다. 그들은 나를 붙잡았다.

"저 새끼. 바로 스팀기에 넣어버려!"

"그만하시죠."

A-2 반장이 A-3 반장의 말을 잘랐다. 그는 바로 말을 이어가려 했으나, 그녀는 단호했다. 그녀가 책상을 내려치자, 그는 입을 뻐끔거리며 내게 눈을 흘겼다. 병사들에게 말했다.

"풀어줘."

병사들은 나를 놓아주고는 경례 후 다시 밖으로 나갔다. 얼마나 세게 팔을 잡았는지, 팔이 떨어져 나갈 것만 같았다. A-2 반장이 조곤조곤하게 말했다.

"그래도 안 되는 거 아시잖아요. 무궁화호는 갇힌 세계예요. 어쩔 수 없이 엔트로피는 계속해서 증가할 수밖에 없고, 만약 그걸 거스를 수 있었다면."

A-2 반장이 여유롭게 웃으며 말을 이었다.

"지구가 멸망하지는 않았겠지요."

B-1 반장이 입을 비쭉 내밀며 투덜거렸다.

"그래서, 망하는 걸 지켜보자는 말입니까? 이러다가 막에 도착하기 전에 전부 죽겠어요."

B 구역 반장들이 전부 맞장구를 쳤다. A-2 반장은 이에 굴하지 않고서 고개를 저었다.

"크게 보셔야죠. 단순히 생산량만 늘려서는 답이 없어요. 모두의 생존이 우선 아닌가요? 관리자님."

상석에 앉아 있던 관리자는 A-2 반장을 빤히 바라보다가 고개를 끄덕이고는 말했다.

"회의 결과를 발표하겠다. 모든 부분에서 생산량을 최소 1.5배 이상 끌어올리기로 한다. 세부 규칙은 관리자 회의 후 따로 전하겠다. 그리고 저놈."

그가 나를 가리켰다. 큰 검지에 금방이라도 내 몸이 뚫릴 것만 같았다.

"자기 말에는 책임을 져야지. 병사!"

다시 병사들이 문을 열고 안으로 들어섰고, 나를 붙잡았다. 관리자가 일어서더니 A-2 반장에게 말했다.

"네가 알아서 해."

관리자는 문으로 나가버렸다. 미쳐버릴 것만 같았다. 빠져나오려 몸을 흔들었으나, 병사들의 힘을 이겨낼 수는 없었다. A-2 반장이 병사들에게 명령했다.

"감금형 어때요? 전력 생산실에서 3일이면 될 것 같은데."

부서장들이 고개를 끄덕였고, 나는 바로 끌려갔다. 그러면서도 끝까지 그녀에게서 시선을 거두지 않았다.

。

"헉, 헉."

달려야 했다. 잠시라도 멈추면 전기 충격이 가해졌다. 컨베이어 벨트를 밀어내면서 달려야 했다. 마신 것이 없어 땀이 나오지는 않았다. 뛸 때마다 전구에 불이 들어왔다. 전력이 얼마나 생산되는지 알려주는 지표였다. 방은 여럿이었고, 방마다 헐떡거리는 소리로 가득했다. 비명도 함께 들려왔다. 누구는 쓰러진 채로 일어나지 않아 그 자리에서 사형 선고를 받았다.

몸이 축 늘어진 채로 끌려가는 사람들을 보며 나는 미친 듯이 달렸다. 순간적으로 발에 잡혀 있던 물집이 터지는 바람에 나는 넘어졌고, 컨베이어 벨트가 멈췄다. 전기 충격기가 빠르게 다가왔다. 나는 눈을 감았다. 아픔이 몰려올 것만 같았다. 그러나 눈을 다시 떴을 때는 컨베이어 벨트가 스스로 움직이고 있었다. 눈을 뜨자, 거대한 형체가 바닥을 쿵쿵 울려대며 열심히 발을 굴려대고 있었다.

"일어나."

K였다. 그의 긴 다리는 컨베이어 벨트를 빠르게 돌렸다. 나는 그에게 화를 내야 할지, 감사해야 할지 머릿속으로 정리가 되지 않았다. K는 내가 하루 동안 채워야 할 할당량을 3시간 만에 채웠다. 그동안 나는 자리에 누워 먹은 것도 없으면서 헛구역질을 해댔다. 그런데도 K에 대한 감정은 사라지지 않았다. K는 땀을 손등으로 훔치더니 내 옆에 앉더니 무언가를 바닥에 내려놓았다.

"먹어."

감자와 물이었다. 나는 그를 경계하며 그것들을 잡아챘다. 그러고는 허겁지겁 감자를 입에 밀어 넣고는 물을 삼켰다. K가 나긋하게 말했다.

"천천히 먹어."

"꺼져. 너 때문에 얼마나 많은 사람이 죽은 줄 알아? 내가 실패할 거라고 했지. 그리고 아이는 또 뭐야?"

전력 공급원을 점거한 반란에 K도 관여되었을 것이라 믿었다. 당장이라도 K를 묶어두고서 심문이라도 하고 싶었다. K는 온난한 표정으로 대답했다.

"하나씩 대답해 줄게. 일단 항해부에서 그렇게 공격적으로 대응할 줄은 몰랐어. 상한 연령이 40세라니. 자기들 평균 연령

285

은 80세가 넘으면서."

"뭐? 80세가 넘는다고?"

"그 녀석들은 우리처럼 나이에 맞춰서 죽지 않아. 항해부 구역에 안 가봤지?"

당연했다. 나 같은 하층민이 갈 수 있는 곳이 아니었다. 내가 고개를 끄덕이자, K는 숨을 크게 내쉬었다.

"하긴, 그놈들 머리 자를 일은 평생 없을 테니까. 심지어 그놈들은 비료가 되지도 않아. 거기에서 사람이 죽으면 막 쪽으로 시체를 보내지. 그러면 천국으로 간다고 그놈들은 믿고 있어. 그래도 양심은 있는지 아무것도 입히지 않고 쏘아 보내."

"그러면 균형은 어쩌고? 아니, 항해부 구역은 대체 어디야?"

K는 손바닥을 내보이며 나를 진정시켰다.

"나도 일 때문에 딱 한 번 가봤어. 여기랑은 완전 다른 세상이야. 먹을 게 사방에 넘쳐나고, 여기 사람들처럼 일에 매여 있지 않지. 그 사람들은 매일 그림을 그리거나, 글을 써. 그걸로 역할을 나눠서 연극을 하기도 해."

"그래서 뭘 얻는데?"

"없어. 그냥 지루해서 하는 거지. 막까지는 죽을 때까지 도착 못 하는 것도 한몫하고. 그리고 그들은 균형을 신경 쓰지 않아. 자기들이 더 살면, 누군가가 죽으면 되니까. 어디가 죽는지는 뻔하지. 자, 이야기가 엇나갔네. 두 번째로 우리는 실패하지 않았어."

항해부 구역에 대해 더 묻고 싶었으나, K의 표정을 보니 그럴 수 없었다. K는 내 질문을 기다리고 있었다. 나는 K에게 물었다.

"실패하지 않았다고? 반란은 진압됐어. 관련된 사람들은 전부 잔인하게 고문받았고. 네가 그 사람들을 봤어? 옷이 전부 벗겨져 있었고, 몸에는 상처가 가득했어. 그리고 전부 죽었어."

"한 사람은 아니지."

"그 아이 말이야?"

K가 고개를 끄덕였다. 나는 아이의 정체에 대해 더욱 궁금해졌다.

"대체 그 아이가 누구길래?"

"그 아이."

K는 고개를 숙이더니 미소를 지었다. 잇따라 들려온 말은 내 머리로는 도저히 이해할 수 없었다. K가 말했다.

"지구에서 왔어."

○

무궁화호 프로젝트는 성공했으나, 내부 쿠데타로 한국이라는 나라는 무너졌다. 시간이 갈수록 식량난은 가중되었다. 어느 나라도 한국처럼 막을 향해 나아가려 시도하지 않았다. 지구 전체에 식량이 부족했고, 굶어 죽는 사람들이 넘쳐났다.

과학자들은 지구가 곧 멸망할 것임을 알고 있었다. 그러나 그들은 힘이 없었고, 더불어 그들도 지구를 벗어나 막으로 가는 것이 현명한 판단인지 분간하지 못했다. 대신, 부단히 무궁화호를 관찰했다. 그 결과 통신이 이어지지 않아도, 막을 향해 나아가는 무궁화호를 관찰할 수는 있었다.

"그것도 오르트 구름까지였어."

K는 한숨을 뱉더니, 자리에서 일어나 다시 뛰기 시작했다.

"그 이후로는 관측 시설들이 굶주린 사람들의 공격을 받아서 파괴되어 버렸거든. 더불어 막에서 나오는 방해 신호도 점점 심해지고 있기도 하고."

"방해 신호라니?"

"아카데미에서 안 배웠어? 막에 다가갈수록 신호가 어그러져. 그래서 우리가 지구에서 직접 막으로 가고 있는 거잖아."

기억이 났다. 우리가 무궁화호를 타고 막으로 가는 이유. 우리의 존재 이유이기도 했다. K는 내 표정을 살피더니 말을 이었다.

"100년 전, 지구에서는 우리를 따라잡을 우주선 하나를 보내게 돼."

"갑자기 왜? 먹을 것도 없었다며?"

"우리가 그 사람들 희망이었어. 생각해 봐. 이미 모두 죽을 운명인데, 우리만이 막으로 나아가고 있었다고."

"그래서?"

"그들은 무궁화호와 통신할 프로젝트를 진행했어. 전파나 빛으로 소통하는 방법은 전부 실패했다고 하더라고. 그래서 무궁화호에 직접 접촉한 후 지구에 통신을 보내기로 했어. 그들의 최종 계획이었지. 우리와 대화할 수 있게 같은 언어를 쓰는 사람들이 뽑혔고, 그들은 무궁화호보다도 아주 작은 우주선에 올라탔어. 우리를 따라잡기 위해 속력을 높여야 해서 인원도 몇 안 됐지. 그들의 임무는 우리에게 도착해서 '잘 가고 있다'는 통신을 지구로 보내는 거야."

"이해가 안 돼. 그 통신 하나만을 위해 지구에서 우리에게 우주선을 보냈다고?"

"희망이란 게 그런 거야. 인류의 전멸을 조금 앞당기더라도, 얻고 싶은 거겠지. 어쩌면 보험일지도 모르고."

"무슨 보험?"

"우리가 막 너머에 도착해서 신을 만나면, 전부 해결될지도 모르니까. 자기들을 잊지 말아달라는 거겠지."

K가 다리에 힘을 주자, 컨베이어 벨트가 더욱 빠르게 돌았다. 전구가 번쩍였다. 별 가까이 다가간 것처럼 사방이 밝아졌다. 그때는 창문 근처에 다가갈 수도 없었다. 별에서 뿜어져 나오는 방사능도 치명적이라 모두가 빛을 피해 다녀야만 했다.

여전히 비명은 여기저기서 들려오고 있었다. 누군가 탈진했는지, 쓰러지는 소리와 함께 파직 하고 전기가 흐르는 소리가 들렸다. 성대가 찢어질 듯한 비명이 사방을 메웠다. 나는 눈을 껌뻑였다.

"그래서 여기에 도착한 사람이 그 애 하나라고?"

"나도 아직 몰라. 몇 명이 출발했는지, 뭘 타고 왔는지도 몰라. 내가 아는 사실은 저 애는 지구에서 왔고, 항해부가 이 사실을 숨기려 한다는 거야. 어쨌든 너는 그 애를 통신실로 데려가기만 하면 돼."

K의 열띤 설명에도 내게는 해소되지 않은 의문이 있었다. 나는 주저하지 않고 K에게 물었다.

"통신실이라니? 거기 소행성 때문에 파괴된 거 아니었어?"

아카데미에서부터 줄기차게 배웠던 역사였다. 어느 날 소행성 하나가 통신실에 부딪혔고, 그 탓에 통신실이 박살 나 지구와 연락이 끊겼다고 했다. 무궁화호 내부에서 모르는 사람이 없을 정도였다. K는 확신에 찬 내 눈을 가만히 바라보다가 대답했다.

"그들이 말하는 것을 그대로 믿지 마. 통신실은 분명히 있어."

이해가 되지 않았다. 항해부는 왜 통신실이 파괴됐다고 거짓말을 하는 걸까? 그렇게 해서 얻는 것이 무엇이길래? 내가 알지 못하는 다른 이유가 있을지도 몰랐다. 정보의 출처가 궁금했다.

"누구한테 들었어?"

K가 숨을 헐떡이기 시작했다. 숨소리가 점차 거칠어졌다.

한동안 말해주지 않아 한 번 더 물으려 했는데, K가 낮은 목소리로 대답했다.

"부선장."

소문이 사실인가 싶었다. 부선장이 갑판부와 함께 반란을 일으키려 한다는 과거 칠칠팔의 말이 떠올랐다. K가 부선장에게 이 모든 것을 들었다면, 모두 사실이라 봐도 무방했다. 부선장이라면 선장 바로 밑이면서 우주선 내부의 모든 사정을 알고 있을 테니 말이다. 나는 더 묻고 싶지 않았다. 부선장이라는 예상치 못한 답을 듣자마자 입이 잘 떨어지지 않았다. 생각이 어지러웠다. 자리에서 일어나 K의 옆에서 따라 뛰려 했으나, K가 나를 말렸다.

"괜찮아. 혼자 뛰면 돼."

"내가 받을 벌이야."

"아니, 이것도 우리 계획 중 일부야."

"일부러 그랬다고?"

A-2 반장의 음흉한 미소가 떠올랐다. 역시나, 도발부터 나를 이곳에 불러오는 것까지 전부 그 여자의 계획이었다.

"일, 너와 만나려고 그랬지."

"일이라고 부르지 말고, 내 이름으로 불러. 나도 이육칠이라는 이름이 있어."

나는 K를 컨베이어 벨트에서 밀쳐냈다. K는 어이없어하는 표정으로 나를 보았다. 나는 아랑곳하지 않고서 컨베이어 벨트 위를 달렸다. 발이 바닥에 쓸리면서 피가 스멀스멀 나왔다. K가 고개를 젓더니 내게 말했다.

"쓸데없는 고집 부리지 마. 그리고 너는 일이야. 어쩔 수 없어."

"혹시 칠칠팔도 일이라 불렀어?"

아무런 대답도 없는 K를 보며 나는 따지기 시작했다.

"너희들은 우릴 부품으로만 생각하지? 망가지면 그냥 버리는. 도대체 난 몇 번째야?"

"말조심해. 네 생각대로 세상이 돌아가지는 않아."

손가락으로 욕을 하려다가 말았다. 대신 비꼬듯이 말했다.

"그래, 내가 그걸 전부 어떻게 알겠어. 근데 왜 하필 일이야? 다른 좋은 이름들은 어쩌고."

"알 필요 없어."

K는 더 말해줄 것 같이 입을 오므리다가 말았다. 나는 그에게 불만에 가득 찬 시선을 보냈지만, K는 자리에 앉아 내가 달리는 것을 지켜볼 뿐이었다.

○

나는 부단히 컨베이어 벨트 위를 달렸고, 이틀 목표치의 반까지 달성했다. 갑자기 허벅지에 쥐가 나 주저앉았다. 나는 이번에야말로 전기 충격이 올까 눈을 감았지만, 무엇도 일어나지 않았다. K가 말했다.

"안심해. 이 방은 우리 통제 아래에 있어."

K는 슬쩍 웃어 보였다. 나는 그 모습이 못마땅해 숨을 헐떡이며 K에게 물었다.

"도대체 이렇게 해서 얻고자 하는 게 뭐야? 권력?"

K는 천장으로 고개를 치켜들었다. 나도 따라서 고개를 들었다. 벽에는 온갖 기계 설비가 매달려 있었다. 전기선이 아래로 늘어져 있어 그것을 눈으로 따라갔지만, 끝이 보이지 않았다. 이 방이 어디와 이어져 있는지 알 수 없었다.

"자유."

K의 표정이 이상했다. 전과는 다르게 굳어 있었다. 어떤 무기로도 부수거나 뚫을 수 없는 철판처럼 보였다. 나는 K의 눈을 보고서 말했다.

"정말 그거 하나 때문에 모든 사람이 죽어도 괜찮아?"

"나는 그렇게 믿어."

"그럼, 너 때문에 죽는 사람들은? 그 사람들은 상관없어?"

"심하게 들리겠지만, 죽어도 마땅한 사람들이야."

"뭐?"

"아무런 위기의식도 없이, 지시한 대로만 살다가 죽으라는 명령에 그냥 죽는 사람들이야. 그 사람들은 40세 전에 죽든, 40세에 죽든 똑같아."

그의 말에 울컥 화가 치밀어 올랐다. 역시나 K는 우리 같은 하층민들과는 생각 자체가 달랐다. 그렇게 생각하게끔 만든 사람이 누군데? 내가 어릴 때부터, 무궁화호는 엄격한 규칙과 규율로 모두의 생존을 강조했다. 내가 이렇게 무궁화호 자체에 반발심을 느끼게 된 것도 아카데미에서의 교육 때문이 아니라 칠칠팔과 함께 겪은 하층민에 대한 멸시와 모욕, 그리고 배고픔 때문이었다. 나는 K에게 말했다.

"속단하지 마. 이게 전부 누구 때문인데. 너 같은 상위 직급들 때문이지."

"누구 때문은 없어. 우리는 태어날 때부터 저주받은 거지. 아니면, 아주 오래전에 생명을 가지기 시작했을 때부터 말이야. 이상하지 않아? 막 너머의 신은 전지전능하다면서 뭐든 할 수 있다고 하잖아. 근데, 우린 왜 이렇게 사는 거지?"

K는 긴 팔로 주위를 휘저었다. 춤을 추는 것 같았다.

"분명 세계 자체에 결함이 있는 거야."

내가 반문하려 했으나, 옆방에서 소리가 들려왔다. 앳된 목소리였다. 얼핏 들으면 소녀의 목소리 같기도 했다. 그러나 끝음이 지나치게 낮았다. 변성기가 지나지 않은 목소리였다.

"아저씨."

K는 올 게 왔다는 듯이 벽에 다가가 목소리가 들려온 부분에 귀를 대었다. 서로 교감하듯이 눈을 감았고, 목소리가 들려왔다.

"내일 편지를 스물일곱 번째 묘지로 데려오래요."

"그래, 알겠다."

귀를 뗀 K는 내게 다가와 속삭였다. 더운 숨이 내 귀에 닿았고, 나는 간지러워 몸을 뒤로 빼려 했지만, K의 큰 손이 내 어깨를 잡고 있었다. 일종의 지령이었다. 내가 화들짝 놀라 고개를 빼려 하자, K가 말했다.

"꼭 성공해야 해. 꼭."

K는 그렇게 말하고는 긴 다리로 성큼성큼 문 쪽으로 걸어갔다. 내 짧은 다리로는 절대 따라잡을 수 없을 것 같이 빨랐다. K는 문 앞에서 걸음을 멈추더니 뒤돌아 말했다.

"아 맞다. 일, 네 아내는 잘 있어. 배 속에서 아이도 잘 크고 있대."

그 말을 듣자마자 속에서 무언가 무너져 내리는 것 같았다. 아내라는 단어 하나에 K의 지령을 거부하겠다는 그 의지 자체가 맥없이 사라졌다. 죽을 사람과 죽은 사람은 더는 내게 중요하지 않았다. 이어서 아이가 살아갈 순간들이 떠올랐다. 운이 나쁘면 태어나자마자 죽을 것이다. 운이 좋으면 살아남아 아카데미에서 길러질 것이다. 아니, 그 반대인가? 아이가 살아남는다면 내가 받은 것과 같은 최소한의 교육을 받고서 13세가 되면 현장에 파견될 것이다. 이발사가 되거나, 아내처럼 바닥 청소부가 되겠지.

K가 흔들리는 목소리로 말했다.

"그 아이는 우리처럼 살지는 않았으면 해."

。

　할당량을 채우자마자 나는 이발소에 던지듯이 버려졌다. 기관실에서 뻗쳐 온 더운 공기에 숨이 막혀 왔다. 치안 유지대 병사들은 이발하고 있던 하나의 발치에 나를 던졌다. K가 많이 달려주어 몸이 고달프지는 않았으나, 앞으로 벌어질 일에 대한 걱정과 이 죽고 죽이는 상황에 대한 지긋지긋함이 나를 피곤하게 했다. 하나가 울먹이며 내게 말했다.

　"왜 이제야 오셨어요…"

　하나는 나보다 더 땀으로 온몸이 젖어 있었다. 언뜻 봐도 상태가 좋지 못했다. 손을 덜덜 떨고 있는 데다, 눈 흰자위에는 핏줄이 터져 있었다. 특히나 오른손은 누군가에게 맞은 것처럼 퉁퉁 부어 있었다.

　"무슨 일이야?"

　하나가 뒤로 눈짓했다. 엄청나게 늘어진 대기 줄이 보였다. 반장도 죽고, 나도 잡혀갔으니 하나 혼자서 저 모든 인원을 담당해야 했다. 나도 모르게 하나의 손을 덥석 잡았다. 미안했다. 아무리 A-2 반장의 계획이었다 해도 걸려든 것은 나였다. 내가 고개만 조아렸다면, 이런 일은 벌어지지 않았을 것이다. 부어오른 손에서 하나의 심장 박동이 느껴졌다.

　"지금 사라진 감찰실 선원도 조사한다면서 난리예요. 이발소에서 사라졌다면서, 반장님 오시면 스팀기 쪽을 조사해 보겠대요. 이틀 동안 잠도 못 자게 하고…"

목이 조여 오는 것 같았다. 이제 들키는 건 시간문제였다. 그의 머리카락 일부라도 감찰실에서 발견하게 된다면 하나와 나, 둘 다 죽은 목숨이었다.

"미안해."

하나는 젖은 내 머리를 가리키며 말했다.

"아녜요. 체벌실에 가셨다고 들었어요. 몸은 괜찮으세요?"

"이발사!"

감찰실 선원이 우리를 향해 검지를 가리켰다.

"여기 줄 밀린 거 안 보여?"

그가 성큼성큼 다가오자, 우리 둘은 놀라 각자의 방으로 달려갔다. 밖에서는 욕설이 들려왔다. 이야기를 나눌 틈도 없이 나는 사람들의 머리를 깎아야 했다. 바로 한 명씩 방으로 들어와 머리를 깎았고, 죄수들은 스팀기에 들어갔다. 내가 스팀기의 일부가 된 것만 같았다. 하나가 걱정되었으나, 그것보다 나는 K가 내린 일들을 과연 해낼 수 있을지 걱정했다. 실패했을 때의 결과는 정해져 있었다.

모두의 죽음.

이발소 대체 인력이 구해질 때까지는 하나도 살겠지만, 내 계획이 실패하고 전말이 드러나면 하나도 그 책임을 피해 갈 수는 없을 것이다. 그만큼 내가 하려는 일은 모두에게 위험했다. 머리를 깎다 말고, 나는 자주 복도를 내다보았다. 감찰실 선원은 복도를 앞뒤로 오가며 사람들을 감시했다. 방법을 찾아야 했다.

그날 퇴근 시간은 평소보다 훨씬 늦었다. 다행히 늦은 시간이 되자, 손님을 어느 정도 쳐낼 수 있었다. 감찰실 선원은 의자에 앉아 졸고 있었다. 하나에게 정말 미안했지만, 대기 손님들을 전부 하나에게 보내고는 스팀기 문을 열었다. 열기가 빠져나갈 때까지 기다렸고, 안으로 들어섰다. 역시나 틈에 아이는 없었다. 나는 안으로 깊이 달려갔다. 이번에는 닫히지 않게 문에 죄수들 목에 씌우던 판자를 끼워놓았다.

갈림길에서 아이를 만날 수 있었다. 왼쪽은 과거 내가 여기 갇혔을 때, 빠져나갔던 작은 구멍이었다. 그곳으로는 비료 일부만이 가고 있었다. 대부분은 오른편, 큰 철판으로 막힌 부분 아래를 통과해 어디론가로 향하고 있었다.

아이는 오른손으로 큰 철판을 두드리거나 만지고 있었다. 아이를 뭐라 불러야 할지 몰라 가까이 다가가야 했다. 아이는 나를 보더니 왼손을 뒤로 숨겼다. 비료가 완전히 되기 전 덩어리를 들고 있었다. 나는 아이에게 말했다.

"괜찮아."

아이는 나를 노려보다가 천천히 덩어리를 베어 물었다. 나는 그 모습을 지켜보았다. 내가 아무런 말도 하지 않자, 아이는 덩어리를 크게 베어 물고는 씹어댔다. 나는 아이에게 물었다.

"정말 너, 지구에서 왔어?"

아이는 못 들은 척 눈도 마주치지 않았다. 아이의 손목을 잡아채고 나서야 아이는 얼굴을 찡그리며 고개를 끄덕였다. 아이는 거칠게 내 손아귀를 벗어나려 했지만, 나는 놓아주지 않았다. 그 사실에 흥분해 더 질문에 살을 붙여 물었다.

"지구는 어때? 거기 사람들은 어떻게 살아? 어떤 곳이야?"

"놔요! 잘 몰라요!"

"뭐? 지구에서 왔다며."

아이는 내 손등을 제 입으로 물었다. 나는 비명과 함께 아이를 놓아주었다. 손등에 작은 잇자국이 진하게 남았다. 아이는 덩어리를 들고는 내게서 열 발짝 정도 떨어졌다. 아이가 말했다.

"아저씨도 결국에는 지구에서 왔잖아요. 그거랑 똑같아요. 우리도 우주선에서 대를 이어 살아왔어요. 우리 목표는 하나였어요. 무궁화호를 따라잡는 것. 우연히 무궁화호 엔진이 일부 망가져서 따라잡을 수 있었지, 아니었으면 우리도 영영 못 만났을 거예요."

아이의 이야기를 더 듣고 싶었으나, 이미 자리를 비운 지 시간이 꽤 되었다. 언제 감찰실 선원이 졸음에서 깨어날지 몰랐다. 시간이 얼마 없었다. 자리로 돌아가야 했다.

"우리, 내일 여길 빠져나가야 해."

"안 갈래요."

"왜?"

아이가 고개를 저었다.

"잡히면 어떻게 해요? 나 다시 이상한 방에 들어가기 싫어요."

이발소에 오기 전 고문 받았을 때의 이야기를 하는 것 같았다. 얼마나 심했는지, 아이는 몸을 떨기 시작하더니 머리를 벽에 붙였다. 그때의 기억이 떠오르는지, 아이는 덩어리를 내려놓고서 두 팔로 자기 몸을 감쌌다. 나는 아이에게 다가가려 했으나, 아이가 소스라치게 놀라는 바람에 움직일 수가 없었다. 아이가 말했다.

"아저씨, 거기는요. 온통 하얗게 빛나요. 너무나도 하얗게 빛나서 아무것도 보이지 않아요. 거기는 위아래도 좌우도 없어요. 빙글빙글 돌기만 해요. 난 아무것도 모르는데. 그냥 지구에 잘 있다는 통신 하나만 하면 되는데. 그게 그렇게 잘못된 거예요?"

사실, 나는 아이를 통신실로 데려가고 싶지 않았다. 얼마나 험난할지 말할 엄두조차 나지 않았다. 과연 우리가 감찰실의 경비들과 항해부의 감시를 뚫고 갈 수 있을까? 혼자서도 힘든데, 아이와 함께? 그것도 나 같은 사람이? 그러나 K는 통신 시스템을 가동할 수 있는 사람이 이 아이뿐이라 했다. 이 임무를 위해 태어난 아이이니 통신을 비롯해 이 우주선과 관련해서는 우리가 감히 따라잡을 수 없을 정도의 지식을 가지고 있다고 했다.

아이가 눈을 질끈 감고는 내게 애원했다.

"대답해 줘요. 뭐라도요."

나는 무엇도 말하지 못했다. 죄책감마저 느껴졌다. 나는 일개 이발사일 뿐이었다. 사람들을 죽이는 지옥의 수문장. 막 너머의 신은 나를 보고 어떤 처벌을 내릴까? 나는 막을 넘어가지 못하지는 않을까? 스스로 나약함마저 느껴졌다. 나는 거짓말을 해야 했다.

"나도 아는 게 없단다. 우주선에서 가장 밑바닥 중의 밑바닥인 데다 키도 작고, 평생 다른 사람을 죽이며 살아가는 내가 대체 뭘 알겠니? 네가 여기에 오기까지 얼마나 힘들었는지 나는 잘 몰라. 대체 희망이란 게 뭐길래 너 같은 아이를 희생시키려 하는지도 모르겠고. 그런데 하나만 약속하마."

아이가 눈물을 가득 머금은 눈으로 나를 보았다. 센타우리 b에 있던 푸른 항성 같았다.

"뭐를요?"

"잡히지 않도록 장담하마."

아이는 말이 없었고, 나는 말을 이었다.

"맹세할게. 막에다 걸고."

그제야 아이는 천천히 내게 다가왔다. 그간 힘들었을 것이다. 무중력실에서 이어진 모진 고문에 머리가 깎이고, 지옥에 가까운 스팀기에서 살아야 했으니, 육체적, 심리적으로 아이가 감당하기는 어려운 일이었다. 아이가 내게 말했다.

"제 이름은 이아예요."

"내 이름은 이육칠이란다."

이아는 이육칠, 이육칠 하며 작은 입으로 되뇌었다. 나도 함께 이아, 이아 하며 모음으로만 이름을 지었다던, 이아가 타고 온 우주선을 상상했다. 이아는 내 이름을 외웠지만, 호칭은 여전히 아저씨였다.

"아저씨, 우린 어디로 가요?"

나는 난처한 표정을 지었다. 나조차도 통신실이 실제로 존재하는지 얼마 전까지 알지 못했다. 그래도 이아에게 말해야 했다.

"통신실."

"거기가 어딘데요?"

나는 고개를 저었다. 나도 자세하게 알지 못했다. 일단 K는 M27 구역을 통해 통신실로 갈 수 있다고 했다. 그러나 내가 알기로는 식량 생산 기지는 26개가 전부였다. M1부터 M26까지. M27 식량 생산 기지는 들어본 적이 없었다. 더 자세한 탈출 경로를 알려달라고 K에게 말했지만, K는 '네가 알고 있을 것'이라며 자신은 모른다고 말했다. 어이가 없었다.

의심 가는 곳은 단 한 군데였다.

바로 가장 많은 비료가 향하는 저 판 너머였다. 나는 큰 철판에 다가갔다. 아주 조악하게 용접이 되어 있었다. 아마 지구에서 만들어진 게 아니라, 우주선 내부에서 만들어진 것 같았다. 그렇지 않고는 이곳만 다른 부분들과 다르게 이렇게 허술하게

만들어졌을 리가 없었다. 나는 판에 손을 올리고서 이아에게
물었다.

"여길 넘어갈 수 있을까?"

이아는 내 옆에 손을 올렸다. 작은 손이 판 안쪽을 가리켰다.

"기어가려 했는데, 날카로운 칼날이 막고 있었어요."

"칼날?"

"스팀기가 꺼져도 칼날은 작동했어요. 덩어리를 잘게 다지
는 것 같았어요."

"아니면 우리가 못 가게 막는 걸지도 모르고."

이아는 겁에 질린 표정을 했다. 나는 판 아래를 내려다보았
다. 철판이 막고는 있었으나, 그 뒤로는 성인 남자가 지나갈 만
큼 넓었다. 그러나 천장에 이아가 말한 대로 큰 칼날이 달려 있
었다. 나는 그곳으로 이아가 내려놓은 덩어리를 던져보았다.
텅 하고 칼날이 바닥으로 떨어졌다. 그리고 다시 올라가지 않
았다.

"쉽게 통과할 수는 없겠네."

일단 철판은 내가 최대한 몸을 구부리면 통과할 수 있을 것
같았다. 그러나 이아의 말대로 칼날을 피할 수는 없어 보였다.
저런 조그만 덩어리도 잘게 나누는 마당에 내가 들어가면 여
러 조각으로 토막 날 게 뻔했다. 갑자기 이아가 바닥에 최대한
몸을 밀착하더니 안으로 들어갔다. 마치 이발소 커트 보가 롤
러 같은 곳에 끼어 말리는 것처럼.

"어디 가?"

그러나 이아는 아래로 빨려가듯 들어가 버린 뒤였다. 이아는 내 말을 무시하고서 나아갔다. 벽이 되어버린 칼날 앞에 서서 건너편을 가리키며 말했다.

"저한테 방법이 있어요."

○

이제 나는 죽어야 했다.

정확히는 이제 무궁화호에서 죽은 사람처럼 살아야 했다. 그 과정은 절대 순탄치 않을 것이다. 아내는 새로운 남자를 만날 것이고, 내 아이는 나라는 사람에 대해 알지도 못한 채 살아갈 것이다. 내가 이곳에서의 탈출에 성공한다고 해도 그만한 일들은 충분히 일어날 수 있었다.

나는 이아와의 탈출 계획을 실행하기 전날, 숙소로 가지 않고 M1 구역으로 갔다. 그곳에서 밤새 감자가 자라는 것을 보았다. 성장 촉진제를 맞은 그것들은 빠르게 성장했다. 일주일 만에 내 손톱 크기에서 손바닥 모양으로 자랐으니, 자라는 것이 눈에 보일 정도였다. 감자는 점차 적색거성처럼 부풀어 올랐다.

칠칠팔이 떠올랐다. 왜 칠칠팔이 100일 된 여자아이를 스팀기에 넣지 않고 이곳으로 도망쳤는지 어렴풋이 알 수 있을 것 같았다. 도대체 우리는 뭘까? 저 감자들보다 우리가 나은 게 뭘까? 그래도 저들은 서로를 잡아먹지는 않는데. 자라나는 감자들을 보며 아내의 배 속에 있는 내 아이를 떠올렸다.

내가 나선다고 해서 무엇도 달라지지 않는다는 것을 알고 있었다. 이아를 도와 지구로 우리가 살아 있고 아주 조금씩이나마 막을 향해 나아가고 있다고 통신해도, 죽은 사람들은 돌아오지 않는다. 지구가 망한 것을 되돌릴 수도 없다. 난 왜 K를 도왔던 걸까? 단순히 내 아내가, 내 아이가 다치지 않기를 바라기 때문이었을까? 아니면 더 큰 뭔가를 바라고 있는 것이었을까? 예를 들면 우주선의 궁극적인 변화 같은.

그러나 내가 막는다고 해서 달라지는 것이 있었을까?

실시간으로 자라나는 감자처럼 질문도 덩달아 복잡해지는 것 같았다. 숙소에 들어가지 않고 그대로 지나쳤다. 이미 감찰실에 보고가 들어갔을지도 몰랐다. 나는 이발소에 도착해서는 과거 반장이 했던 대로 내가 사용했던 물건들을 만져보다가 의자에 앉았다. 여기서 얼마나 많은 목숨이 스쳐 갔는지를 떠올렸다. 그들에게 용서를 구할 수 있을까 싶었다. 상부의 명령이었다고 변명하고 싶었지만, 비명은 변명을 덮었다. 나는 스스로 머리를 깎기로 했다. 하나에게 굳이 내 머리를 자르게 하고 싶지 않았다.

가위로 내 머리를 잘랐다. 머리를 자른 지 얼마 지나지 않아 머리카락이 손에 잘 잡히지 않았다. 머리카락이 묻은 손을 털어낸 다음 바리캉으로 머리를 밀었다. 바닥으로 후드득 머리카락이 떨어졌다. 지구에서는 심심찮게 하늘, 즉 천장에서 물이 떨어졌다고 하는데, 이것의 풍경과 비슷하지 않을까 싶었다. 잘라낸 머리카락을 정성스럽게 모아 하나 방으로 가져갔다. 적어도 배급표 한 장 어치는 나올 것이다. 나는 방으로 돌아와, 하나에게 속으로 사죄하며 출근 시간을 기다렸다.

다음 날 나는 숙소에 들어가지 않았다는 죄목으로 잡혔다. 출근 시간이 되자마자 감찰실 선원은 이발소 문을 열어젖혔고, 의자에 앉아 있던 나를 발로 걷어찼다. 내가 바닥에 넘어지자, 그는 나를 발로 밟아댔다. 몸을 웅크려 최대한 맞지 않으려 했다.

"그럴 줄 알았어. 이 새끼 일도 평소에 제대로 안 하고, 체벌실도 갔다 오고. 넌 바로 사형이다."

나는 가까스로 정신을 붙잡고는 감찰실 선원에게 말했다.

"잠깐만. 얼마 전에 사라진 감찰실 선원 있지? 그거 내가 죽였어."

그의 표정이 급작스럽게 구겨졌다. 나는 멈추지 않았다.

"스팀기에 넣고, 버튼을 눌렀지. 그 새끼 바로 죽지도 못해서 비명도 지르던데?"

괜히 하나에게 피해를 주고 싶지 않았다. 내 죄는 내가 안고 가는 것이 맞았다. 내 도발에 그는 주먹으로 내 얼굴을 때렸다. 코피가 터졌고, 쇠 맛이 입 안에 감돌았다. 이가 부러진 것 같았다. 나도 맞고만 있지는 않았다. 달려들어 그를 넘어뜨리고 는 코를 팔꿈치로 쳤다. 쩍 하며 뼈 부러지는 소리가 들렸다. 그러나 체급 차이가 극명했기에 나는 바로 그의 주먹에 나가 떨어졌다. 그는 코에서 흐른 피를 손으로 훔치고는 바깥에 있 는 동료를 불렀다.

"이리 와봐!"

문이 젖혀졌다. 감찰실 선원 셋이 안으로 들이닥쳤다. 바깥 으로 기다리고 있는 손님들이 보였다. 하나도 거기에 섞여 있 었다. 입을 가리고서 피투성이가 된 나를 보고 있었다.

"잡아!"

순간 앞이 번쩍했다. 나는 구둣발로 머리를 차였고, 정신을 잃었다.

○

어딘지 알 수 없었다. 거꾸로 매달려 있는 것 같았다. 그러 나 머리로 피가 쏠리지 않고 발끝이 저렸다. 눈알이 따로 움직 이는 것 같았다. 눈을 감을 수 없게 눈꺼풀이 고정되어 있었다. 온통 흰빛이었다. 몸 일부라도 보였으면 그나마 괜찮았을 것 같았다. 그러나 내 손과 다리가 허리 쪽으로 젖혀진 채로 결박 되어 있어, 마치 공이 된 것만 같았다. 그 때문에 내 눈에는 무 엇도 걸리지 않았다.

'거기는요. 온통 하얗게 빛나요. 너무나도 하얗게 빛나서 아무것도 보이지 않아요. 거기는 위아래도 좌우도 없어요.'

이아의 말이 떠올랐다. 항해부의 고문실이었다. 반란군들이 모두 거쳐 간 그곳. 나는 발가벗겨진 상태로 공중에 떠 있었다. 누가 몸에 손을 대지도 않는데, 몸을 움찔거렸다. 그 감각만이 내가 살아 있음을 일깨워 주었다. 시간이 얼마나 흘렀는지도 알 수 없었다. 소리를 질러댔으나, 소리가 퍼져만 나갈 뿐 되돌아오지 않았다. 악을 쓰면 쓸수록 잃어가는 것은 나 자신이었다.

얼마나 시간이 지났을까? 점차 기억마저 희미해져만 갔다. 무엇도 없는 곳에서 팔과 다리에 피가 잘 통하지 않아 그런지 감각이 잘 느껴지지 않았다. 제정신이 아니어서 내가 나인지조차 확신할 수 없었다. 이아가 이런 일을 당했다고 생각하니 항해부의 잔인함에 목 뒤가 저릿했다.

"세 가지만 확인하겠네. 그러면 바로 풀어주겠네."

내 뒤편에서 목소리가 들려왔다. 아니다. 위였다. 사방에서 들려오는 것 같았다. 눈을 굴려보았으나, 어디에서도 목소리의 주인을 찾을 수가 없었다. 목소리는 방향을 가리지 않고 여러 방향에서 들려왔다.

"미리 말해두겠는데, 자네는 여기 1시간만 있었어. 나는 자네의 태도에 따라 한 달이든, 두 달이든, 자네가 죽을 때까지 여기 둘 수 있어. 우리야 자네가 죽고 나서 비료가 되든, 지금 바로 스팀기에 들어가 죽든 신경 쓰지 않아. 자, 질문을 시작할까?"

나는 아주 힘겹게 고개를 끄덕였다. 그러자 목소리가 내게 물었다.

"첫째, 자네는 반란군인가?"

내가 대답하지 않자, 갑자기 목소리가 사라졌다. 소리를 질러보았지만, 돌아오는 답이 없었다.

"잠시만!"

천장이 도는 것 같았다. 아주 빠르게 공전하는 작은 원 위에 올라간 것만 같았다. 정신이 나갈 것만 같았다. 무엇보다 빨리 고문실에서 나가야 했다. 스팀기에 들어가야만 했다. 나는 그가 원하는 바를 말했다.

"반란군입니다! 저 반란군 맞습니다!"

약간의 시간을 두고서 목소리가 들렸다.

"이제야 합이 맞네. 시간이 없으니 바로 묻겠네. 둘째, 어떻게 거기에 접촉했지?"

K, A-2 반장, 이아가 머리에 스쳤으나, 무엇보다 가장 먼저 떠오르는 사람은 한 명이었다.

"칠칠팔이요! 칠칠팔 통해서 반란군에 들어갔습니다!"

숨이 헐떡였다. 칠칠팔은 이미 죽었으니 이렇게 말해도 다른 사람에게 해는 끼치지 않을 것이었다. 더군다나 그에게는 자식도 없었다. 천장이 빙그르르 도는 것만 같았다. 위아래가 없었고, 속이 메스꺼웠으나 먹은 게 없어 뱉어내지도 못했다. 빠르게 모든 것이 돌기 시작하자 눈꺼풀이 뒤집히면서 무엇도 보이지 않았다. 오직 목소리만이 들려왔다.

"칠칠팔이라. 그놈이 누구였지?"

한 명이 아닌 것 같았다. 그는 누군가와 이야기를 끝냈는지 본래의 목소리 크기로 내게 물었다.

"그래, 완전 미친놈이었지. 부적응자에 일도 하지 않은 게으름뱅이. 공기와 먹을 것만 축내기나 하고. 하여간 이발소 놈들이 문제군. 마지막으로 셋째, 누가 반란군인지 말해."

내가 선뜻 대답하지 못하자, 목소리는 부드럽게 말했다.

"특별히 한 명만 말해. 난 자네가 마음에 들거든. 피차 시간 끌기도 또 그렇잖아."

누구라고 대답해야 할지 알 수 없었다. 나는 입을 다물었다. 그러자 목소리가 들려왔다.

"말해!"

등 쪽의 살갗이 찢어지는 것만 같았다. 피가 등줄기를 타고 흐르는 것이 느껴졌다. 아픔이 몰려와 입을 다물자, 고문은 계속해서 이어졌다.

"한 명만! 한 명만 말하면 돼!"

얇은 칼이었을까? 아니면 레이저? 알지 못했다. 이발소에 끌려온 반란군들의 몸에는 상처들이 많았다. 아마 이 고문 과정에서 생긴 상처 같았다. 정신이 희미해지려 하면, 전기 충격

바버샵 (3)

이 가해졌다. 머리에 별이라도 들어선 것처럼 번쩍거렸고, 입
안에 침이 바싹 말랐다. 나는 고통에 혀를 깨물었다. 피 맛이
강하게 났다. 피를 바닥에 뱉었다. 그런데 한곳에 피가 고였다.
이상했다. 비닐 막 같은 게 보였다. 갑자기 암전되면서 불빛이
사라졌다. 나는 주변을 둘러보고는 손에 힘을 주었다.

그곳은 우주였다. 눈알을 굴리자, 무궁화호에서 내쳐진 나
같은 사람들이 보였다. 강렬한 흰빛이 그들을 감싸고 있었다.
그런 공이 수백 개씩이나 무궁화호에 매달려 있었다. 끝도 없
는 어둠에 정신이 나갈 것만 같았다. 시간도 얼마 남지 않았다.
이아가 기다리고 있었다. 내게 선택지는 없었다.

"말하겠습니다…"

다시 흰빛이 순식간에 켜지면서 목소리가 들렸다. 아래에는
피가 가득했다. 감각이 없었다. 피를 너무 흘려서일까? 저것도
비료로 쓰기 위해 어떻게든 회수하겠지. 생각이 한데로 모이
지 못했다.

"그래서, 누구지? 한 명만 말해."

"A-2 반장입니다."

목소리를 포함한 그들은 놀란 듯 잠시 침묵했다. 나는 늘어
진 상태에서 A-2 반장이 내게 했던 말을 떠올렸다.

'우리는 변화를 위해서라면 뭐든 할 수 있어.'

그도 알았을까? 내가 고발할지도 모른다는 사실을. 자기 모
습을 내게 드러낸 시점부터, 아니 K의 계획에 참여한 순간부

터 언젠가 이렇게 될 줄 알고 있었을 것이다. 목소리는 짧은 침묵을 깨고서 말했다. 목이 타는지 혀가 입천장에 쩍쩍 달라붙었다.

"그럼 어떻게 지령을 받았지?"

칠칠팔이 외벽 수리를 하다 죽은 아이에게서 가져온 종이를 떠올렸다.

"시체가 있으면 거기에 숫자가 적힌 종이가 딸려 왔습니다. 그걸…"

"보고서 지령을 수행했다는 건가?"

"네."

"그래서 감찰실 선원을 스팀기에 넣어 죽였나? 그게 지령이었어?"

대답할 힘조차 없어 힘겹게 고개를 끄덕였다. 그러자 여러 목소리가 들려왔다. 분주하게 오가는 소리도 함께였다. 목소리가 내게 말했다.

"축하하네. 자네는 이제 죽을 수 있어. 다음 생에는 어쩌면 감찰실 선원으로 태어날 수 있을지도 모르지."

엄청난 충격과 함께 뼈가 끊어질 것 같은 고통이 느껴졌다. 전기 충격과 함께 날카로운 것이 등을 그었다. 끝이 나지 않을 것만 같았다. 모든 것이 빠르게 돌았다. 그들은 내가 정신을 잃자 나를 고문실에서 꺼냈다. 정신을 차려보니 이발소로 가는 길이었고, 감찰실 선원들에게 얼굴을 차였다. 내게 죽은 동료에 대한 복수라 했다. 다시 정신을 잃을 뻔했다. 가까스로 정신을 붙잡았다. 얼굴이 퉁퉁 부어올라 앞이 제대로 보이지 않았다.

하나를 볼 면목이 없었다. 너무 많은 짐을 남겨놓고 가는 것 같아서 도저히 눈을 마주치지 못했다. 이미 스스로 머리를 깎아놓아, 하나와 대화를 나눌 시간도 없었다. 이발소에 도착하자마자 감찰실 선원 중 하나가 내 매끈한 머리를 한 번 만지고는 하나에게 나를 바로 스팀기에 넣으라고 했다. 갈비뼈에 금이 간 것만 같았다. 피를 바닥에 뱉자 깨진 어금니 하나가 바닥에 떨어졌다.

"더러운 새끼."

감찰실 선원이 내 배를 발로 찼다. 나는 고개를 들어 올려 남은 온 힘을 다해 그의 얼굴에 피를 뱉었다. 그는 화가 머리끝까지 나서 내게 달려들려고 했으나, 하나가 말렸다.

"지금 더 때리면, 손실분이 많아져요."

"비켜."

하나는 그를 똑바로 보았다. 매서운 눈길이 쏟아졌음에도 하나는 눈을 피하지 않았다.

"모르나 본데, 나 이제 여기서 유일한 이발사야. 좆같으면 나도 스팀기에 처넣어 보든가."

그는 하나를 향해 손을 들어 올렸다. 그러나 하나는 눈을 감거나 뒤로 물러서지 않았다. 반대로 그를 몰아붙이기 시작했다.

"상부에 보고해 봐? 너 때문에 시체 훼손돼서 재활용 사이클이 망가졌다고? 그렇게 균형에 목숨 거시는 분들이 이 이야기를 들으면 널 어떻게 할까?"

가만히 하나를 보던 그는 씩씩거리며 크게 콧바람을 내뿜더니 들어 올렸던 손을 내렸다.

"빨리 처리 안 하기만 해."

그는 하나의 얼굴에 침을 뱉고는 밖으로 나갔다. 하나는 얼굴을 손으로 대충 닦아내고는 피범벅이 된 나를 일으켜 세웠다. 하나는 내 머리를 어루만지면서 말했다.

"정말, 말끔하게 자르셨네요."

"내가 누군데. 이발 반장이야."

하나가 웃었다. 처음 이곳에 왔을 때 지었던 표정이었다. 그때는 뭐라도 희망이라는 게 있다고 생각했었는데. 이제는 지구인들이 이런 우리에게 희망을 걸고 있다니. 하나는 고맙게도 내가 왜 그런 짓을 했고, 자기에게 왜 그런 짐을 지웠는지 내게 묻지 않았다.

스팀기에 들어갔다. 그곳에서 바라보는 이발소 풍경은 또 처음이었다. 고개를 제대로 가누기가 힘들어 벽에 머리를 기대었다. 수많은 사람이 그 풍경을 보며 죽었다. 나를 원망하며 비료가 되었다고 생각하니, 저주들이 어깨를 짓누르는 것만 같았다. 하나가 버튼 위에 손을 올렸다. 나는 고개를 돌려, 내 머리를 겨냥한 공기총을 보았다. 하나가 말했다.

"다음 생에는 이렇게 뵙지 않기를 바라요."

내가 고개를 끄덕였고, 하나도 따라서 끄덕였다. 버튼이 눌렸고, 스팀기는 요란한 소리를 내며 수증기로 차올랐다. 문이 닫히면서 펑 하고 공기총 쏘는 소리가 들렸다.

〇

"아저씨, 울어요?"

이아가 내게 물었다. 이아는 틈에서 기다리고 있다가 나를 보자마자 전원을 껐고, 내가 몸을 숙이자마자 다시 전원을 연결했다. 공기총이 발사됐고, 나는 바로 수증기가 나오기 직전에 이아가 기다리고 있는 틈으로 달려갔다. 이아를 안고서 뜨거운 수증기를 등으로 맞았다. 등에 난 상처로 열기가 뻗쳐 왔다. 몸에 경련이 일었다. 내가 대답하지 않자, 이아가 다시 내게 물었다.

"많이 아파서 그런 거예요?"

"아니. 수증기 때문이야."

그렇지 않았다. 등으로 전해지는 아픔은 얼마든지 버틸 수 있었다. 하나에게 미안했다. 아내에게 미안했다. 태어날 아이에게 미안했다. 감히 내가 그들에게 내가 무슨 짓을 한 것인지 가늠조차 할 수 없었다. 이아는 내 품에 안겨 있었다.

"괜찮을 거예요."

알 수 없었다. 수증기가 완전히 사라지기까지 나는 핑계를
대며 울었다.

바버샵 (4)

우리는 수증기가 걷히자마자 앞으로 나아갔다. 언제 다시 스팀기가 작동할지 몰랐다. 하나가 다시 죄수를 스팀기에 넣고 버튼을 누르는 순간 다시 수증기가 우리를 덮칠 것이었다. 이때까지는 입구 쪽이라 화상을 입는 정도였지만, 깊숙한 내부라면 목숨이 위험할지도 몰랐다. 하나가 한 사람의 머리를 전부 자르는 데 약 15분 정도가 걸렸으니, 그 안에 빠져나가야 했다.

프레스기가 바쁘게 위아래로 움직이고 있었다. 조금이라도 늦으면 거대한 쇳덩어리에 몸이 짓이겨질지도 몰랐다. 나는 눈으로 프레스기를 좇으며 가만히 기다리다가 이아와 함께 숫자를 셌다.

"하나, 둘, 셋!"

달려가다가 몸을 숙였다. 미끄러지며 다가오는 프레스기가 눈앞에 보였다. 재빠르게 몸을 굴렸다. 이아는 아슬아슬했지만 무사히 통과했다. 나는 지나가다 어깨 부분을 부딪혀 소리를 질렀다. 어깨가 으스러지는 것 같았다. 다행히 기관실에서 나는 소음 때문에 들키지는 않았다. 이아가 내게 다가왔으나, 나는 이아를 밀어냈다.

"빨리 가!"

이아는 앞으로 달려갔고, 나는 어깨를 잡고서 뒤따랐다. 솥 내부에는 아직 물이 끓고 있었다. 짓이겨진 덩어리들이 끓으며 위아래로 요동치고 있었다. 벽에 딱 붙어 이아와 함께 지나갔다. 덩어리들이 솥으로 떨어지며 뜨거운 물이 위로 튀어 올랐다. 이아의 얼굴에 물이 튀었으나 이아는 입술을 꽉 깨물고서 앞으로 나아갔다. 나는 다친 어깨 때문에 중심을 잡기가 어려웠다. 벽에 붙어 솥의 표면을 따라가려니, 몸이 아슬아슬하게 솥 쪽으로 치우쳐졌다.

이아는 내 모습을 보더니 다시 돌아와 자기 손으로 내 몸을 벽에 밀착시켰다. 덕분에 중심을 잡기가 훨씬 수월했다. 우리는 솥을 넘어와 드디어 판으로 가려진 쪽에 도착할 수 있었다. 몸을 욱여넣어 억지로 판을 넘어갔다. 쾅쾅. 역시나 거대한 칼날이 덩어리들을 내려치고 있었다. 나는 이아에게 물었다.

"어떻게 할 거야?"

이아는 침착한 표정으로 내게 말했다.

"어쩔 수 없어요."

그러더니 벽을 작은 손으로 치기 시작했다. 이아가 무얼 하는지 알 수 없었다. 스팀기가 다시 작동될 시간이 점점 다가오고 있었다. 그러면 견딜 수 없는 열기가 이곳을 메울 것이다. 시간이 없었다. 나는 이아에게 다급하게 외쳤다.

"뭘? 뭐가 어쩔 수 없어?"

이아는 벽 곳곳을 계속해서 두드리더니, 한 부분에서 멈춰섰다. 오묘하게 소리가 달랐다. 내부가 텅 빈 듯한 느낌이었다.

"여길 같이 밀어주세요."

"철판을 어떻게 뜯어내려고?"

"여기는 철판이 아니에요. 플라스틱이에요."

"플라스틱?"

"밀어주세요. 설명은 나중에 드릴게요."

나는 이아가 손을 짚은 부분을 강하게 밀었다. 그러자 벽이 쩌저적 소리를 내며 휘어지기 시작했다.

"더요!"

죽을힘을 다해 밀자, 벽이 날카로운 소리를 내며 부러졌다. 어딘가로 이어지는 구멍이 보였다. 내부는 전선들로 가득했다. 이아는 망설임 없이 그 속으로 들어갔다. 그러더니 닥치는 대로 부수기 시작했다. 전선을 잡아당기고, 입으로 물어뜯었다. 스파크가 여기저기서 튀었다. 이아는 곧 폭발할 것 같은 큰 소리에도 아랑곳하지 않았다.

후에 알게 된 사실이지만, 이아는 무궁화호 내부 구조를 모두 외우고 있었다. 지구인들은 아주 오래전부터 무궁화호 내부 구조와 관련한 훈련을 계획했다. 그 훈련은 이아가 탑승한 우주선 선원들에게 대대로 전수되어 이아에게까지 이어졌다. 그 덕분에 이아는 무궁화호 구조를 전부 파악하고 있었다. 오직 지구에 통신을 보낸다는, 이 목표 하나로 이들은 태어나고 살았던 것이었다.

이아는 성공적으로 배운 것을 써먹었고, 칼날은 멈췄다. 나는 신이 나서 상기된 표정으로 이아를 보았다.

"해냈어!"

그러나 이아의 표정은 좋지 못했다. 꼭 고문당한 사실을 털어놓을 때처럼 눈썹을 폈다가 오므렸다. 이상한 느낌이 들어 이아에게 물었다.

"왜 그래?"

이아는 기둣이 구멍에서 빠져나와 멈춰버린 칼날과 우리가 걸어온 길을 보았다. 이아가 긴 침묵 끝에 입술을 살짝만 벌리고서 말했다.

"이제 스팀기는 작동하지 못할 거예요."

"뭐?"

"대체 부품이 이제 없거든요."

"그러면, 비료는?"

이아가 고개를 저었다.

"끝이에요."

머리를 한 대 맞은 것만 같았다. 이아는 스팀기 버튼을 누르던 하나와 똑같은 표정을 짓고 있었다.

'안타깝지만 어쩔 수 없어요.'

이렇게 될 줄은 몰랐다. 대체 무엇 때문에? 이아의 행동을 좀체 이해할 수가 없었다. K가 말하던 자유도, 먹을 것이 없다면, 살아 있지 못한다면 아무런 가치도 없는 것 아닌가? 너무나도 머리가 혼란스러워 나는 칼날을 지나쳐 가려는 이아의 어깨를 붙잡았다.

"왜 그랬어? 왜 그랬냐고!"

이아는 눈도 깜빡이지 않고서 말했다.

"전 지구에 통신을 보내야 해요. 다른 방법이 없었어요."

우리가 그들의 마지막 희망이라 말하던 K를 떠올렸다. 그러나 정작 우리야말로 희망을 박살 내버리는 존재였다. 나는 말했다.

"우리가 건재하다고 지구에 알리는 게 목적이잖아. 그런데 이렇게 여기 자체를 망쳐버리면 어떻게 해?"

이아는 눈을 똑바로 위로 치켜떴다. 자기는 마치 당연한 선택을 했다는 듯이.

"상관없어요. 저는 여기 있으면서 봤어요. 여기 사람들은 전부 다른 사람을 죽이고 먹으면서 살아남고 있어요. 지구는 그런 무궁화호의 모습을 원하지 않아요."

"살아남으려면 어쩔 수 없어."

"차라리 죽는 게 나아요. 어차피 지구는 무궁화호가 막에 도착하기 전에 멸망할 거고요. 어쩌면 이미 멸망했을지도 모르죠. 그래도 전 남은 사람들에게 희망을 주어야 해요."

이아는 고개를 돌리더니 칼날 너머로 가버렸다. 나는 뒤를 돌아보았다. 멈춰버린 컨베이어 벨트와 식어버린 덩어리들이 보였다. 다시 돌아갈 수 있을까? 다시 돌아간다면, 무엇이 날 기다리고 있을까? 아주 천천히 진행되는, 배고픈 죽음이 기다리고 있을지도 모른다. 운이 좋다면, 그 사람들이 날 죽이겠지. 차라리 그랬으면 했다. 그들에게 내가 스팀기를 부쉈다고 자백하고서 그들이 날 매달았으면 했다. 처참한 광경을 아예 보지 않았으면 했다.

쿵 하는 소리가 칼날 너머에서 들려왔다. 이어서 이아의 것으로 추정되는 신음이 들렸다. 이아에게 무슨 일이 벌어진 게 분명했다. 본능적으로 칼날을 향해 한 발 디뎠다가 멈춰 섰다.

'그래서, 변하는 것은?'

스스로에게 되물었다. 무엇을 위해? 나는 무엇을 위해 죽으려 하는가? 이제 사는 이유는 찾지 않으려 했다. 죽음의 이유를 찾아야 했다. 나는 칼날을 지나쳐 이아에게로 달려갔다.

。

"화 많이 났어요?"

이아의 무릎에서는 피가 나고 있었다. 급격하게 꺾인 경사를 미처 알지 못하고, 달려가다가 넘어지고 만 것이었다. 나는 이아의 무릎을 손을 감싸고는 눌렀다. 맥박이 느껴졌다. 뜨거운 피가 솟구쳤다. 이아는 끙 하고 소리를 내었다. 나는 더 세게 눌러댔다. 이아는 다리를 뒤로 빼려 했다.

"아파요."

아까와는 다르게 전형적인 아이의 모습이었다. 무엇이 이아를 그렇게 만든 것일까? 이아가 타고 온 우주선이 그랬을까? 그곳에서 죽은 그들의 영혼이 살아남은 이아에게 들러붙어 아까와 같은 말을 시킨 것일까? 나는 차마 이아와 눈을 마주치지 못했다. 더욱더 강하게 다리를 붙잡고 눌렀다. 이아는 다리를 빼려 하다가 분위기에 숨을 죽이고는 가만히 있었다.

피가 멎었다. 투명한 막 아래에 피가 고여 있기는 했으나, 놔두어도 크게 덧나지는 않을 것 같았다. 나는 이아를 일으켜 세우고는 물었다.

"걸을 수 있겠어?"

이아가 고개를 끄덕였다.

"네."

그제야 내부를 보았다. 스팀기 내부와 분위기는 크게 다르지는 않았으나, 아주 넓었다. 비료들을 담은 수레들이 컨베이어 벨트 앞에 줄지어 있었다. 엄청난 양이었다. 배달부들이 식량 생산 구역으로 나른다면, 일주일 동안 허리가 부서지게 날라도 크게 티가 나지 않을 정도였다. 압도적인 규모와 크기에 나는 놀랐다. 얼마나 많은 식량을 생산할 수 있을지 감이 잡히지 않았다. 이아가 갑자기 내 손을 아래로 잡아당겼다.

"사람이에요."

강렬한 빛이 안으로 들었다. 순간이었지만, 잔상이 강하게 남았다. 여태 본 적 없는 오색 빛이었다. 거뭇하고 어두운 빛이 아니라, 매우 강렬하면서도 밝은 빛이었다. 눈이 아릴 정도였다. 살짝 눈을 감았다. 다시 눈을 떴을 때는 웬 인부들이 보였다. 여타 상위 직급들처럼 키가 컸고, 얼굴도 반반했다. 그들은 저들끼리 무언가 이야기를 나누었다. 욕설이 가끔 들려왔다. 한바탕 서로를 손가락질하며 실랑이를 벌이다가 제일 키가 큰 인부가 묵묵히 수레에 다가가더니, 손잡이를 잡고 끌었다.

그런데 그들은 오색 빛이 뿜어져 나오는 문이 아니라, 그 아래로 갔다. 놀고 있던 인부 하나가 아래로 뛰어가더니 쇠사슬 풀리는 소리가 들렸다. 끙차 하는 신음과 함께 인부 하나가 문을 열어젖혔다. 그곳에서도 별빛과 같은 환한 빛이 뿜어져 나오고 있었다. 별에 가까이 다가간 것만 같았다. 키가 큰 인부는 용을 쓰며 수레를 안으로 밀었고, 주변에서는 손뼉을 쳐대며 웃었다.

바버샵 (4)

인부들이 아래로 몰려 들어가려 했을 때, 이아가 자리에서 벌떡 일어나더니 말했다.

"따라가요."

"저기가 어딘 줄 알고?"

이아는 내 손목을 잡아채고는 끌었다.

"여기선 따로 나갈 곳이 없어요. 저기 쇠사슬만 지금 풀려 있어요."

맞는 말이었다. 아까 흰빛이 드는 곳에는 큰 자물쇠가 걸려 있었고, 돌아갈 수는 없었다. 어느덧 시간이 많이 흘렀다. 스팀기를 수리하기 위해 엔지니어들이 파견되었을 것이고, 운이 나쁘다면 내 시신을 발견하지 못했을 것이다. 어쩌면 이미 우리를 쫓고 있을지도 몰랐다.

빠르게 결정해야 했는데, 이곳은 너무 넓었다. 우리가 아는 통로는 인부들이 나간 저 문 하나였다. 순간, 머리에 생각들이 솟구쳤다.

"설마."

퍼즐이 맞춰지는 듯했다. 대량 비료들과 그것들을 옮기는 사람. 그리고 강렬한 빛. 답은 한 가지였다.

"저기가 M27이라고?"

이상했다. 구역 하나에 이리 많은 비료와 빛이 필요하다니. 물음을 그대로 남겨둔 채 나는 이아와 발맞춰 문을 향해 달렸다. 문은 서서히 닫히고 있었고, 생각이 명확해진 순간부터 우리는 내달리기 시작했다.

비료에 발이 빠지며 넘어질 뻔했으나 힘을 주어 빠져나왔다. 이아는 미약한 힘이었지만, 날 일으키려 등을 밀어댔다. 나는 가까스로 균형을 잡을 수 있었다. 이아는 가벼운 몸을 놀리며 튀어 나갔다. 나는 갈비뼈 쪽이 저려 왔지만, 이를 악물고서 뛰었다. 우리가 가까스로 문 앞에 도착했을 때 문은 절반 이상 닫혀 있었다. 우리는 동시에 몸을 밀어 넣었다.

"쾅!"

귀가 떨어질 것같이 큰 소리를 내며 문이 닫혔다. 중간에 끼이기라도 하면 몸이 부서질 것만 같았다. 나는 혹시 몰라 문을 열어보려 힘을 주었으나, 조금 들썩거릴 뿐 문은 열리지 않았다. 문을 쉽게 열어젖힌 저들의 힘이 얼마나 대단한 걸까? 이아가 말했다.

"저기 봐요."

이아가 가리킨 곳에는 끝이 없어 보였다. 식물들이 벽을 타고서 끊임없이 늘어져 마치 우주선이 아닌 것만 같았다. 엄청난 규모의 생산 시설이었다. 내부를 가득 채운 녹색 빛에 머리가 어지러웠다. 이아의 손을 잡고 푸르른 벽에 천천히 다가가자 본 적 없는 식물들이 보였다. 그것의 열매는 감자와 같이 둥근 형태였지만, 나무에 매달려 있는 데다가 겉이 빨갰다. 이아가 손을 대려 했을 때, 나는 이아의 손을 잡아챘다.

"독이 있을지도 몰라."

"괜찮아요."

이아는 그리 말하고는 그것을 나무에서 따더니 베어 물었다. 과즙이 쭉 하고 주변에 튀었다. 이아의 입에서는 사각사각하며 생감자를 씹어 먹는 듯한 소리가 났다. 왠지 모르게 군침이 돌았다. 이아가 내게 그것을 내밀었다.

"먹어봐요."

조심스럽게 그것을 받아서 들었다. 이아는 그것을 베어 무는 시늉을 했다. 따라 하라는 뜻이었다.

"사과라는 거예요. 저는 예전에 우주선에서 먹어봤어요."

나는 천천히 그것을 입에 가져갔다. 단 냄새가 났다. 침이 넘쳐흘렀고, 이에 가져다 대었을 때는 아래로 쏟아져 내릴 뻔했다. 크게 한 입 베어 물었을 때는 혀가 마비되는 것만 같았다. 감자를 오래 씹었을 때 나는 단맛과는 차원이 다른 단맛이 느껴졌다. 혀 전체를 강하게 감싸는 맛에 나는 몸을 용수철처럼 오므렸다. 정신을 차린 나는 게걸스럽게 사과를 먹어치우고 있었다. 내 것을 다 먹고 나서는 이아의 것도 남기지 않고 모두 먹어치웠다.

"씨앗은 드시면 안 돼요."

이아는 내 모습을 보고 웃으며 말했다. 그 말에 나는 머리를 한 대 맞은 듯이 부끄러워 다 먹은 사과를 저 멀리 내던져 버렸다. 주위를 둘러보며 말했다.

"여긴 도대체 뭐야?"

사과뿐만 아니라 여러 빛깔의 열매들이 벽마다 줄지어 매달려 있었다. 바닥에는 비료가 가득했고, 그것들이 내뿜는 썩은 냄새에 정신이 나갈 지경이었다. 더불어 천장에서는 빛이 쉴 새 없이 뿜어져 나왔다. 그간 가본 M1부터 M26까지의 식량 생산 구역과는 규모 면에서 차원이 달랐다.

그곳들은 틈만 나면 천장의 빛이 전력 부족으로 나갔고, 심지어 그 빛도 이발소보다 살짝 밝은 정도에 불과했다. 비료도 바닥을 전부 덮지 못할 정도였다. 물도 흐르는 둥 마는 둥, 사람이 그 밑에서 평생 입을 벌리고 있어도 목을 축일 수 없을 것 같았다. 그런 곳에서 감자가 자란다는 것 자체가 기적이었는데, 그에 비해 여기는 천국이었다.

선장 L이 말하는 막 너머의 천국이 이곳이 아닐까 의아해하고 있는 사이, 이아는 식물들로 뒤덮인 회색 벽들을 돌았다. 나는 이아를 따라잡기 위해 미로 같은 식물 벽들을 통과해야 했다. 이아는 벽에 매달린 여러 열매를 눈에 보이는 대로 따더니, 그 자리에서 바로 입으로 가져갔다. 빨간 것부터, 노랗고, 살구색에, 파란 것까지. 쉬지 않고 이아는 한 입씩만 맛보았다. 열매에서는 물이 터져 나왔고, 흰 것에서부터 붉은 것까지 과즙이 이아의 입 주변을 물들였다. 그러다 이아는 바닥에 토하기 시작했다. 나는 달려가 이아의 등을 두드렸고, 이아는 아까 먹은 사과까지 토해내었다.

이아는 입가에 과즙을 잔뜩 묻히고서 말했다.

"여기가 이 우주선의 문제예요."

이곳이 문제라니. 무슨 말을 하는지 알 수 없었다. 내가 보기에는 여기가 정답이었다. 우리가 이렇게 행동하는 모든 문제의 정답. 여기에 널린 이 정도 음식이라면, 우주선에 있는 모든 사람이 배를 곯지 않을 것이었다. 더불어 머리를 깎지 않아도 되겠지. 스팀기에서 사람들이 죽어갈 이유도 이제는 없었다. 나는 이아에게 말했다.

"아니, 이걸로 모두가 살아남을 수 있어. 여긴 모든 문제의 해답이야."

나는 매달린 열매를 따서 손으로 으깨었다. 손에는 찐득한 과즙이 흘러넘쳤다.

"여기의 존재를 사람들한테 알리는 거야. 여기에 먹을 게 넘쳐나니. 더는 머리를 깎을 필요도 없고, 스팀기에 들어갈 필요도 없어."

이아가 고개를 세차게 흔들었다.

"아녜요. 그렇게는 안 될 거예요."

"왜? 여길 봐. 먹을 게 넘쳐난다고."

"여긴 사람들에게 혼란을 불러일으킬 거예요."

"혼란이라니? 이 정도면 모두가 먹고도 남아."

"누군가는 더 먹으려고, 더 가지려고 할 거예요. 전쟁이 날 거고, 또 사람들이 죽겠죠."

"지금 이대로가 더 나을지도 모른다고?"

"네. 하루라도 더 살아남으려면요."

"말도 마. 이 정도 양이면…"

"모두가 배부르게 살 순 없어요. 순환은 그렇게 이뤄지지 않아요."

나는 화가 치밀어 올라 이아에게 더 따지려 했다. 그런데 갑자기 이아가 몸을 숙였다. 나도 따라서 몸을 낮추었다. 우리가 들어왔던 입구 쪽에서 인기척이 느껴졌다. 우리는 식물들 사이로 몸을 숨기고는 잎들 사이로 고개를 내밀었다.

"저기."

이아가 가리키는 곳에 이상한 무리가 보였다. 검은 옷을 입은 사람들이었다. 그중 한 사내는 여기저기를 날붙이로 가리키며 다른 사람들에게 지시를 내리고 있었다. 그들은 얼굴에 검은 천을 뒤덮고 있었다. 본능적으로 그들이 우리를 쫓고 있음을 알아차렸다. 이아가 나를 올려다보았다.

"어떻게 해요?"

사람들은 식물 사이사이를 뒤지며 포위망을 좁혀 오고 있었다. 나는 이아와 함께 잎으로 뒤덮인 벽에 몸을 붙이고서 숨을 죽였다. 검은 옷을 입은 사람들은 돌아다니며 날붙이로 잎을 베어냈다. 그들의 손짓에 맞춰 벽에서는 이파리들이 하나, 둘 떨어졌다. 언제 발각될지 알 수 없었다.

사람 하나가 다가왔다. 몸이 무척이나 거대했는데, 특히나 배 부분이 터질 듯이 부풀어 올라 있었다. 성인 남자 둘을 임신한 것처럼 보였다. 허리를 뒤로 빼고서 뒤뚱뒤뚱 걸어오던 그는 날붙이를 돌리며 다가왔다. 날붙이의 끝은 날카로웠다. 그것에 스친 나무줄기는 그대로 반 토막이 나고 말았다. 소름이 돋았다. 그는 우리에게 한 걸음씩 다가오고 있었다.

휙휙.

허공을 가르는 날붙이 소리에 나는 지레 겁을 먹어버렸다. 이아만 아니었다면, 진작 뛰쳐나갔을지도 몰랐다. 그러나 우리는 서로의 손을 잡고 있었다. 서로의 땀이 한데 뒤섞여 축축했다. 발소리가 점차 다가왔다. 우리가 있는 모퉁이까지 한 걸음만 남겨두고 있었다. 최대한 벽에 몸을 붙이고는 숨을 죽였다. 그때 멀리서 낮고 굵은 목소리가 들렸다.

"이리 와."

아까 지시를 내리던 남자가 그렇게 말하자, 우리와 가까이 있던 남자는 몇 번 고개를 까딱거리다가 날붙이로 세게 벽을 치고는 뒤로 돌아가 버렸다. 벽을 포함해 우주선 전체가 흔들리는 것 같았다. 내가 조심스럽게 내다보자 검은 옷을 입은 사람들이 이아가 먹다 남긴 열매들을 보고 있었다. 저들끼리 무언가 이야기를 나누는 것 같았다. 그들은 날붙이로 사방을 가리키며 우리가 어디 있을지 이야기를 나누었다. 그 틈에 우리는 천천히 빠져나가려 했다. 나뭇잎을 위장막 삼아 벽에 붙어 걸어가려 했다. 이아도 내 뒤에 조심스럽게 따라붙었다.

우지끈.

이아의 발밑에서 소리가 났다. 아주 곧은 나무줄기가 부러져 있었다. 마치 인위적으로 만들어진 것 같았다. 갈색의 중심 막대에서 여러 갈래 다른 막대들이 뻗어 있는 괴상한 나무줄기였다. 소리가 들리자마자 검은 옷의 사람들이 우리 쪽을 돌아보았다. 나는 외쳤다.

"달려!"

나는 이아의 손을 잡고 달리기 시작했다. 뒤에서 우리를 쫓는 소리가 들려왔다. 엄청난 속도였다. 내부 시설은 마치 미로 같았다. 정신을 차리기가 어려웠다. 쫓아오는 소리가 여럿으로 갈라졌다. 우리를 포위할 생각인 것 같았다. 이아의 발걸음이 점점 느려지자, 나는 급히 이아를 등에 업고서 내달렸다. 이아는 내 목에 자기 팔을 꽉 휘감았다. 왼쪽 벽의 끝이 보여 고개를 돌리자, 검은 옷을 입은 사내가 달려오고 있었다. 바로 오른쪽을 슬쩍 보자 그곳에도 사내가 있었다. 정면으로 달릴 수밖에 없었다. 숨이 헐떡였고 다리가 저릿했다. 점점 끝이 보였다. 이대로라면 우리 둘 다 잡힐 것만 같았다.

갑자기 뒤에서 무언가 날아와 내 뺨 바로 옆 벽에 박혔다. 날붙이였다. 나는 더욱 힘을 낼 수밖에 없었다. 좌우로는 검은 옷을 입은 사람들이 계속해서 따라오고 있었다. 다른 방법이 떠오르지 않았다. 뒤에서 이아가 내 귀에 대고 말했다.

"뒤돌아보지 말고, 달려요. 계속해서요."

이어서 이아가 무슨 말을 하는지 알 수 없었다. 이아는 정면

벽에서 왼쪽으로 꺾어 달리다가 또 벽이 보이면 이번에는 오른쪽으로 달리라고 했다. 이아는 반복해서 내게 물었다.

"기억했어요? 기억했냐고요!"

나는 반복해서 입으로 외우고는 대답했다.

"외웠어!"

"이제. 절 놓으세요."

"뭐?"

이아의 목소리는 매정했다. 나는 당황해서 그 자리에 멈춰설 뻔했다. 심장이 터질 것만 같았다. 이아는 반복해서 말했다.

"절 버리라고요."

그럴 수는 없었다. 나는 이아를 받친 손에 더욱 힘을 주었지만, 그 말과 함께 이아는 내 목에 감긴 손을 풀었다. 균형이 순식간에 무너졌다. 우리는 바닥에 넘어지면서 나뒹굴었다. 정신을 차릴 틈도 없이 이아가 나를 향해 외쳤다.

"가요! 얼른요!"

나는 비틀거리며 일어나 이아에게 가려고 했으나, 이아는 내게 소리쳤다.

"빨리요!"

검은 옷을 입은 사람들이 멀리서 다가오고 있었다. 살을 출렁거리며 뛰어오는 모습이란. 우리와는 전혀 다른 생물체 같았다. 지구인들이 상상했다던 외계 생명체가 그렇게 생기지 않았을까? 그들이 몰아쉬는 숨에는 습기가 가득했다. 나는 겁에 질려 달아나기 시작했다. 뒤를 돌아보지 않았다. 벽에 도착해서는 왼쪽으로 내달렸다. 구역질이 나올 것만 같았지만 멈추지 않았다.

얼마나 달렸을까? 이아가 말한 대로 벽이 보였고, 좌우로 길이 갈려 있었다. 오른쪽으로 고개를 돌렸는데, 힘이 쭉 빠졌다. 끝이 보이지가 않았다. 숨이 턱 끝까지 차올라 도저히 달릴 수가 없었다. 나는 필사적으로 걷기 시작했다. 입술을 깨물었다. 이아는 어떻게 되었을까? 도대체 무엇 때문에 자기를 버리라고 한 것일까? 질문에 답해줄 이아는 이제 없었다. 나는 나아가야만 했다. 몸은 비료와 땀, 그리고 고문으로 인한 상처에서 흐른 피와 고름이 한데 섞여 엉망이 되어 있었다. 다리가 점차 움직이지 않았다.

그때 빛을 보았다. 아까 이곳에 들어오기 전에 봤던 오색 빛이었다. 빛은 오른편 벽에서 새어 나오고 있었다. 나는 그곳 벽에 다가가 주먹으로 벽을 두들겼다. 퉁퉁거리는 소리가 들렸다. 스팀기에서 내가 부러뜨렸던 벽과 비슷한 것 같았다. 플라스틱이라 했던가? 나는 힘을 주어 벽을 뜯어냈다. 그러자 와지끈거리는 소리와 함께 벽이 부서지며 오색 빛을 뿜어냈다. 아래로 깊은 구멍이 나 있었다. 오색 빛은 그 아래로부터 뿜어져 나오고 있었다. 멀리서 발소리가 들려왔다. 나는 주저하지 않고 구멍으로 몸을 내던졌다.

바버샵 (5)

＊

"이 새끼, 존나 특이해!"

귀를 쳐대는 소음 때문에 말이 제대로 들리지 않았다. 키가 큰 한 남자는 치렁거리는 머리를 귀 뒤로 넘기고는 옆에 선 남자의 말에 귀를 기울였다. 머리에는 하얀 비듬이 가득했다.

"뭐?"

"봐! 난쟁이야!"

내가 있는 곳 바로 옆에서 그들은 나를 가리키며 한바탕 웃어댔다. 시간이 얼마나 지났는지 알 수 없었다. 정신을 차리기가 힘들었다. 머리가 멍했다. 눈의 초점이 맞지 않아 빛들이 어지럽게 흔들렸고, 기관실에서 풍겨 오는 것 같은 냄새가 콧속을 무참히 침범했다.

일어나려 했지만, 고문과 구타의 여파 때문인지 한동안 꼼짝하지 못했다. 누군가 몸을 구속하는 것만 같았다. 어디선가 들려오는 소리는 왜 그리 큰지 두통이 몰려올 지경이었다. 기관실에서 한 번씩 나던 소리 같았다. 쇠가 찢어지는 듯한 소리가 일정한 박자에 맞춰 주위를 울려댔다. 누군가가 내게 다가와 손을 내밀었다.

"반가워! 씨발!"

상위 직급처럼 키가 무척이나 큰 남자였다. 그는 다짜고짜 내 앞에 쪼그려 앉고는 어깨에 손을 올렸다. 얼굴을 찡그렸으나, 화려한 오색 빛 때문에 내 표정이 제대로 보이지 않는 것 같았다. 그는 내 얼굴에 침을 튀겨댔다. 그들은 다른 무엇인가에 정신이 팔린 것처럼 보였다. 눈알이 자주 엇갈렸고, 혓바닥이 솟아올랐다가 급격하게 접혔다. 옆에 있던 다른 상위 직급 남자가 날 보고 눈을 크게 떴다.

"미친. 키 봐. 키가 네 좆만 해. 머리는 또 어떻고."

남자는 웃통을 거의 벗은 사람을 가리키며 웃어댔다. 사람들은 무언가를 마셔대고 있었다. 아주 투명한 액체였는데, 컵에 담자마자 빠르게 증발하는 게 눈에 보였다. 남자는 내 머리를 툭툭 쳐댔다. 나는 기분이 나빠 머리를 흔들었는데, 그는 이런 반응에 놀랐는지 눈을 동그랗게 떴다.

"이야. 이것 봐라. 뭐지?"

나는 얼굴 근처로 다가온 손가락을 물어버렸다. 그러자 남자가 화들짝 놀라 뒤로 몸을 젖힌 상태로 소리를 지르며 버둥거렸다. 그는 내 허벅지를 쳐대며 말했다.

"아, 미안, 미안, 잠시만!"

내가 놓아주자, 그는 바닥에 주저앉아 손가락을 어루만졌다. 나는 주위를 살폈다. 이들은 나를 조금도 경계하지 않았다. 나는 아주 잠깐이나마 내가 이미 죽었고, 이곳이야말로 선장 L이 말하던 천국인가 싶었다. 만약 이곳이 정말 천국이라면, 스팀기에 들어간 모든 이들이 어디에도 가지 않고 그저 죽었기를 바랐다. 이해할 수 없는 광경들이 연이어 눈에 들어왔다.

한쪽에서는 벌거벗은 남녀가 주변의 환호를 받으며 관계를 맺고 있었다. 남자의 성기에 뭔가가 씌워져 있었는데, 그 모습이 너무도 이상해서 눈살이 찌푸려졌다. 바닥을 기는 사람들을 다른 사람이 일으켜 세우더니 아까 그 투명한 액체를 입에 흘려 넣었다. 그러자 그들은 자리에서 벌떡 일어나더니 정신없이 몸을 흔들어 댔다. 그들은 또다시 아까 자기를 깨운 사람처럼 다른 누운 이들에게 다가가 투명한 액체를 먹이고는 함께 춤을 췄다.

나는 어떻게든 그곳에서 빠져나가려 했다. 아주 괴상한 장소였다. 사람들이 어지럽게 움직이고 있으니 내가 그 사이를 지나간다고 해서 그리 티가 나지 않을 것 같았다.

"야!"

아까 내게 손가락을 물린 남자가 외쳤다. 나는 몸을 말며 방어 자세를 취하려 했다. 쉽게 보여서는 안 됐다. 몸을 빨리 일으켜야 했는데 마음대로 움직이지 않았다. 갈비뼈 쪽에 금이 갔는지 숨이 잘 쉬어지지 않았다. 그가 갑자기 손을 내밀었다.

"미안해."

나는 본능적으로 뒤로 물러났다. 이런 이상한 장소에서 저렇게 몸이 다 드러나는 비닐 옷을 입고 있는 남자를 무턱대고 믿을 사람은 없을 것이다. 내 모습을 보고는 그가 웃으며 손을 들어 보였다. 그러고는 컵에 투명한 액체를 담더니 내게 내밀었다. 나는 받지 않았다.

"뭐 하자는 거야?"

"신기해서 그랬어."

내가 냉담한 눈빛으로 그를 보자, 남자는 고개를 끄덕였다.

"난쟁이들은 여기서 보기가 어렵거든. 여기서 사고가 나서 시체를 처리하지 않는 이상 말이야."

갑자기 어떤 사람이 왼쪽 구석에서 달려 나왔다. 그는 머리부터 발끝까지 전신을 하얗게 분칠하고서, 비명에 가까운 소리를 지르고 있었다. 완전히 발가벗은 상태였고, 엉덩이에는 꼬리 같은 게 끼워져 있었다. 사람들은 그 모습을 보며 웃어댔다. 그는 주위를 뱅글뱅글 돌며 우스꽝스럽게 넘어졌다가도 다시 일어나 왼쪽에서 오른쪽으로, 오른쪽에서 왼쪽으로 내달렸다.

"저게 뭐야?"

내가 남자에게 묻자, 그가 엄지로 아까 지나간 이상한 사람을 가리키며 말했다.

"저거? 그냥 달리는 거야."

"뭐에 쫓기는 거야?"

"아니."

"그러면 왜 달리는 거야?"

"그건 아무도 모르지. 아마 자기도 모를 거야."

내가 질렸다는 듯이 아득한 표정을 짓고 있자, 그가 조심스럽게 내게 가까이 다가오더니 컵을 내밀었다. 컵에는 투명한 액체가 담겨 있었다. 그런데 시간이 흐를수록 눈에 띄게 그 양이 줄고 있었다. 물은 아닌 것 같았다. 목이 타는 것 같이 말랐으나, 컵에 든 것을 마시고 싶지는 않았다. 그가 웃으며 말했다.

"마셔봐."

그가 내 입가로 컵을 가져다 대었지만, 나는 고개를 휘저으며 컵을 쳐냈다. 컵이 바닥에 떨어지며, 투명한 액체가 쏟아졌다. 그것은 쏟아진 지 얼마 지나지 않아 말라버렸다. 벌거벗은 채로 복도를 가로지르던 남자는 또다시 소리를 지르며 안을 미친 듯이 뛰어다니기 시작했다. 사람들은 그것을 보며 폭소했고, 바닥을 쳐도 웃음기가 사라지지 않는지 이윽고 자기 배를 때려댔다. 그가 내게 말했다.

"의미 없어. 모든 게."

"뭐?"

그가 나를 향해 이상한 미소를 보였다. 나를 적대하거나, 아래로 보는 듯한 표정은 아니었다. 키가 큰 상위 직급 중에서는 K에 이어 처음이었다.

"내 이름은 백팔이야."

백팔은 내 대답을 기다렸지만, 난 대답하지 않았다. 그러자 그는 쪼그려 앉더니 기울어진 컵을 바로 들었다. 그러고는 컵을 투명한 액체가 가득 담긴 보울에 집어넣었다. 거품이 올라오며 액체는 컵 안으로 빨려 들어갔다. 백팔은 액체가 한껏 담긴 컵을 들고는 곧장 목구멍에 쏟아부었다. 그는 한 번에 액체를 삼키고는 풀린 눈을 하고서 내게 말했다.

"우린 대가리들이랑 달라. 아니, 상위 직급들과도 다르지. 너희 난쟁이들은 우릴 키가 크고, 머리가 길다는 이유 하나만으로 상위 직급이랑 똑같은 부류로 보고 있어. 그런데 자, 봐."

백팔이 팔을 펴더니 주위로 크게 원을 그리며 말했다.

"계획? 체계? 그런 건 여기 없어. 그러니 윗놈들 좋으라고, 널 항해부에 넘기거나 그러지 않아. 오히려 반대지."

벽에 무언가가 크게 부딪히는 소리와 함께 주변 소음이 멎었다. 그리고 순간 암전이 되더니, 모든 불빛이 한곳에 모였다. 어떤 여자가, 아니 여자에 가까운 누군가에게로 빛이 집중되었다. 그는 긴 머리카락을 머리 위로 말아 올리고 있었다. 그의 머리는 마치 식량 생산 구역의 식물들처럼 서로 꼬여 있었다. 백팔과 같이 비닐로 된 옷을 입은 그는 눈을 감고서 사람들의 침묵을 한껏 느꼈다. 그는 손에 둥글고 긴 막대를 들고 있었다. 입 가까운 곳에 가져다 대는 부분은 쇠로 만들어졌는지 반짝 거리며 빛나고 있었다. 그가 입을 떼자 바로 옆에서 말을 하는 것처럼 목소리가 크게 들렸다. 그가 소리쳤다.

"지구, 이 개 같은 놈들! 우리를 왜 이런데 보내서는."

그러고는 지구에 대해 온갖 욕을 쏟아냈는데, 절반 이상이 내가 알지 못하는 욕이었다. 개새끼, 마더퍼커, 똥물에 튀겨 죽일 놈에서 똥물은 또 뭐고. 개는 뭐였더라? 인류와 가장 친했다던 동물? 끝내는 다 잡아먹었다지? 그러면 친했던 게 맞나? 그러다가 스팀기를 떠올리고는 고개를 끄덕였다. 우린 이미 서로를 잡아먹고 있었다.

백팔이 무대 위에 있는 그를 가리키며 말했다.

"대수 형이야. 이 중에서 유일하게 살아 있는 사람이지. 형이 마이크를 잡으면 배꼽이 달아난다니까."

나를 제외한 사람들은 대수의 농담을 듣고는 깔깔거리며 웃어댔지만, 나는 무슨 말인지 알 수 없어 따라 웃지 못했다.

"거기!"

그가 검지로 나를 가리켰다. 시선이 내게 집중되었다. 심장이 빠르게 뛰었다.

"불편했다면 미안하긴 해. 그런데 누워서 들을 정도인가? 불편하다고 시위하는 거야? 난쟁이들 앞에서는 뭔 말도 못 하겠다니까."

나는 절로 표정이 구겨졌으나, 사람들은 이제 더는 못 참겠다는 듯이 서로를 쳐대며 웃었다. 그들은 투명한 액체가 든 컵을 들고서 그의 구호에 맞춰 위아래로 들어 올렸다가 액체를 한꺼번에 삼켰다. 대수는 계속해서 우스갯소리를 해댔다. 지구에는 자동차라는 이동 수단이 있었는데, 그 이동 수단에 치이거나 깔려 죽는 사람이 무척이나 많았다며 어떤 미친놈들이 자기가 만든 것에 죽느냐고 말했다. 백팔은 그의 말에 실실 웃어댔다.

갑자기 뒤에서 문이 열렸다. 흰빛이 방 안으로 쏟아져 들어왔고, 무대 위 대수에게 향했던 시선이 분산됐다. 빛 속에서 사람 여럿이 걸어 나왔다. 아까 본 검은 옷을 입은 사람들이었다. 나는 황급히 몸을 숨겨야 했다. 대수가 말했다.

"재미없는 놈들."

검은 옷을 입은 사람 중 대장으로 보이는 이가 바닥에서 미친 듯이 웃고 있는 사람들을 날붙이로 가리키며 말했다.

"우주선의 악. 생산하는 것도 없고, 파괴하기만 하는 것들."

대수가 콧방귀를 뀌며 대답했다.

"너희들 보니까, 나 같은 인간이 여기서 왜 농담하고 있는지 알겠다. 너희들이 지껄이는 그 잘난 균형 때문이지."

한바탕 웃음이 또 터져 나왔다. 이 틈에 나는 숨을 곳을 찾아 고개를 두리번거렸다. 이아의 모습은 보이지 않았다. 이미 죽었을지도 몰랐다. 운이 좋다면 살아남아 어딘가에 붙잡혀 있

바버샵 (5)

을 것이었다. 살아남으라는 이아의 말을 떠올리며 나는 필사적으로 숨을 공간을 찾았다. 무대 아래 공간이 보여 그리로 기어가려 하자, 백팔이 내 귀에다 대고 말했다.

"내 집에 가자."

내가 뭘 믿고 그를 따라갈까? 상위 직급을 믿을 수는 없었다. 내가 몸을 버둥거리며 일어나려 하자 백팔이 내 손목을 잡아채고는 멈춰 세우고는 말했다.

"너, 저놈들한테 쫓기고 있는 거 아냐?"

검은 옷을 입은 사람들이 나를 향해 밀려오고 있었다. 그들은 누워서 취해 웃고 있는 사람들을 넘어 서서히 다가왔다. 나는 백팔을 홀린 듯이 쳐다보았다. 그는 이번에는 내 침묵에 씩 웃으며 날 부축해서 일으키고는 자기 집으로 데려갔다.

○

별다를 게 없었다.

'무엇과 비교해서?'

자문자답이었다.

'우리와 비교해서.'

우리는 뭐지?

백팔은 고개를 숙이고는 방 안을 걸었다. 우리에게는 높은 천장이 그들에게는 너무도 낮았다. 복도를 거니는 사람들은 머리가 천장과 부딪히지 않기 위해 고개를 숙이거나, 목을 길게 앞으로 빼고서 걸어 다녀야 했다. 백팔의 방도 우리의 방과 크기가 다를 바가 없었다. 우리 방과 같은 크기의 침대가 놓여 있었는데, 그곳에 누운 백팔은 무릎을 위로 세워야 했다. 상당히 좁아 보이는 모습에 나는 다소 충격을 받았다. 백팔이 내게 말했다.

"어때? 아늑하지?"

백팔은 침대에 몸을 구겨 넣은 채로 꾸물거렸다.

"네가 있던 곳은 어때? 여기보다 작아?"

"응."

거짓말을 하려는 것은 아니었다. 나도 모르게 침대에 끼어 있듯이 누워 있는 백팔을 보니, 갑작스레 튀어나온 말이었다. 백팔은 호기롭게 침대에서 일어나더니 말했다.

"그래도. 우리한테 여긴 너무 좁아. 매일 고개를 굽히면서 살아야 한다니까. 너희들에게는 미안하지만, 키가 크다고 해서 상위 직급은 아니야. 오히려 우리는 너희와 상위 직급 사이에 낀 존재지."

"그렇다고 우리처럼 굶어 죽지는 않잖아."

나는 쏘아붙였다. 절대로 알지 못할 것이다. 먹을 게 없어 죽어가는 이들을 보지는 못했을 테니까. 내게는 배부른 소리로 들릴 뿐이었다. 백팔이 침대에 털썩 주저앉자, 먼지가 피어올랐다.

"우리도 일해. 물론 너희처럼 24시간을 일하지는 않지만, 너희들이 할 수 없는 일을 하지."

"어떤 일?"

"일부의 생존."

웃겼다. 나는 아까 대수를 보고 웃던 사람들처럼 배를 잡고 웃어댔다. 생존이 일이라니. 어이가 없으니 웃음만이 나왔다. 그러나 백팔은 진지한 표정으로 말했다.

"항해부에서 우리를 어떻게 부르는지 알아?"

나는 고개를 저었다.

"유전자 인간. 우리는 일종의 대체품이야. 위쪽에서 근친 교배로 유전자 풀이 오염되면 우리를 투입하지. 그러고는 버려져. 가장 먼저."

"그게 무슨 말이야?"

백팔의 말에 따르면, 유전자 인간들은 모든 구역 중 가장 문란하게 섹스하고 아이를 낳았다. 정해진 상대는 없었고, 매일, 매 순간 그들은 다른 사람과 관계를 맺었다. 물론 일하러 온 난쟁이들과도, 항해부의 고위직과도. 유전자의 다양성은 그렇게 유지되었다.

백팔은 자신들이 한 달에 한 번 전수조사를 받는다고 했다. 전수조사를 하는 날에는 클럽은 폐쇄되고, 거기 있는 모든 사람이 일렬로 늘어서 갑판부로 가야 했다. 무언가에 취하지 않은 그들은 멀뚱거리는 눈으로 누구보다도 규칙에 잘 순응하며 유전자 검사를 받았다. 갑판부는 조사를 통해 그들이 얼마나 우주 방사능에 오염됐는지를 판단해 항해부에 보고했고, 그 검사에 통과하지 못한 이들은 잡혀서 폐기되었다.

백팔이 울분에 차서 말했다.

"저놈들은 우리 유전자만을 원해. 너희들은 50세까지 살지? 우리는 25세까지야. 위쪽 유전자 풀의 다양성을 유지하기 위해서만 우리가 존재하는 거야. 유전자가 변이되지 않도록 많이 먹이는 거고."

"이제 우리도 40세까지야. 배급량이 줄어서 어쩔 수 없대."

내 대답에 백팔이 어이없다는 표정을 지었다. 나는 이해가 되지 않아 되물었다.

"그래서 아까처럼 그렇게 마시고 놀 수 있었다고? 우리처럼 그냥 생존할 만큼만 먹이지 않고 왜? 왜 너희들한테만 그렇게 주는 거지?"

"우리가 단체로 에어 로크를 폭파해 자살하지 않게끔 윗놈들이 노력하는 거지."

궁지에 몰린 쥐는 문다. 쥐를 본 적은 없었지만, 속담은 들어봤다. 무엇이든 극단으로 치달으면, 저항하기 마련이었다. 그렇게 일어난 반란도 수십 건이었다. 이들에게 동정이 가지는 않았다. 이들은 무궁화호의 시스템에 순응해 버렸다. 잔뜩 먹고, 마시고, 그 이상한 액체에 취한 채 살아가고 있었다. 우주선 어느 한구석에서는 사람들이 굶어 죽어가고 있는데 말이다. 이들은 반란을 일으킨 적도, 제대로 된 의미에서 일을 한 적도 없었다. 아까 검은 옷을 입은 사람의 말대로 쓸모없는 존재처럼 느껴졌다.

문이 열리더니, 한 여자가 걸어 들어왔다. 그녀도 백팔과 마찬가지로 큰 키에 비닐 옷을 입고 있었다. 그녀는 아무렇지 않게 방으로 들어와 옷을 벗었다. 그녀는 나를 보고도 아무런 말도 하지 않았다. 백팔이 턱짓으로 그녀를 가리키며 말했다.

"내 아내야. 육십구지."

"거짓말 마. 너희한테 아내나 남편이 어딨어?"

"물론 형식적이긴 하지만 난 이 여자를 사랑해. 맞지?"

백팔의 능글맞은 웃음에 백팔의 아내는 따라서 웃어 보였다. 그녀는 나체로 내게 다가와 손을 내밀었다.

"안녕. 난 육십구야."

나는 시선을 어디에 둬야 할지 몰라 바닥을 향해 고개를 푹 숙이고서 손을 맞잡았다. 그녀는 나를 보고 웃더니 말했다.

"셋이서?"

백팔의 표정이 갑자기 풀어졌다. 그가 고개를 끄덕이자 육십구의 가슴이 얼굴 가까이에 다가왔다. 전체적으로 길고 컸다. 내 아내의 것보다도 몇 배나 더. 이상하게 흥분되기보다는 부끄러웠다. 벗은 사람은 백팔의 아내였는데, 내가 발가벗고 그들 앞에 선 것처럼 중요 부위를 가리고 싶었다.

"난쟁이는 오랜만인걸?"

그러자 백팔이 웃으면서 대답했다.

"윗분들이 별로 안 좋아하지 않을까? 얼마 전에 들어보니까 유전자 오염된다면서 뭐라 하는 것 같던데."

"그러면 더 해야겠네."

육십구는 내 목덜미를 손으로 쓸고는 샤워장으로 들어갔다. 그곳에서 완전히 옷을 벗은 그녀는 춤을 추듯이 몸을 움직였다. 나는 긴장감과 함께 크게 숨을 몰아쉬었으나, 샤워장 유리벽 너머로 보이는 그녀의 실루엣에 숨을 다시 참아야 했다. 백팔이 말했다.

"멋져. 딱 우리다운 사람이지."

"우리?"

내 반문에 백팔은 내 어깨를 밀어냈다.

"너무 민감하게 반응하지 말라니까. 윗분들 눈에 너나 나나, 다 똑같이 보일걸? 생각해 봐. 우리는 우주선의 부품일 뿐이라고."

"부품이라도, 어디 부품이냐에 따라 다르지."

"아냐."

"네가 고문실에 잡혀가 본 적이 없어서 그래. 거기는…"

끔찍한 순간을 말하려다 말았다. 완전한 어둠과 완전한 빛. 그것들 중 하나로 가득 찬 세상에서는 무엇도 느낄 수가 없었다. 그런 세상에서 몰려오는 고통이란. 백팔이 고문실에 다녀왔다면 나를 도왔을까? 백팔은 내 머릿속을 환히 들여다보고 있는 것처럼 자신이 내 편이란 사실을 내게 설득하려 노력했다. 내가 입을 다물고 있자, 백팔은 중요한 비밀이라도 말하려는 것처럼 주위를 한 번 살피고는 낮은 목소리로 말했다.

"넌 항해부가 우주선을 막에 데려갈 것 같아?"

나는 놀라서 되물었다.

"무슨 말이야? 우주선이 막에 가지 않으면, 뭐가 간다는 거야?"

지금까지 의심해 본 적 없는 의문이었다. 마침 공기 샤워기 소리가 샤워장에서 들렸다. 방 안의 기압이 순간 높아진 듯 귀가 먹먹해졌다. 눈이 샤워장으로 향했다. 시선을 들킨 것 같아 백팔의 눈을 제대로 마주할 수 없었다. 그러나 백팔은 아무렇지 않다는 듯이 소음에 맞춰 목소리를 더욱 높였다.

"우주선은 그들에게 도구일 뿐이야. 자신들을 막까지 가게 할 도구. 근데 우주선 자체를 데려가지는 않을 거야."

백팔은 샤워장 쪽을 한 번 쳐다보고는 말을 이었다.

"아내한테는 비밀인데, 얼마 전에 항해부 선원을 만났어. 좀 놀고 싶어서 여기 왔겠지. 여기서 무슨 짓을 해도, 크게 문제가 안 될 테니까. 그놈이 에길을 마시더니…"

아까 투명한 액체를 에길이라 부르는 것 같았다. 그것만 마시면 다들 미쳐 날뛰었다. 일종의 환각제나 뇌를 마비시키는 액체인 것 같았다. 샤워장에서 소음이 멈추자, 백팔은 목소리를 낮추어 빠르게 말했다.

"곧 우주선을 버릴 거라 했어."

백팔의 얼굴을 보았다. 완전히 겁에 질린 듯한 모습이었다. 얼굴이 하얗게 질려 있었고, 손을 떨었다. 더불어 나는 겁 아래에 감추어진 분노 또한 보았다. 항해부에 대한 분노, 아니 이 무궁화호 자체에 대한 분노였다. 그 분노가 백팔 자기 자신을 향하고 있는 것처럼 보이기도 했다. 나는 괜히 백팔을 비웃으며 말했다.

"진짜야? 그냥 하는 말 아니야? 에길인지 뭔지에 취해서 막 말하는 거 아니야?"

"아니. 계획도 구체적이었어. 전문용어라 정확히는 기억나진 않지만, 그놈 말로는 우주선은 막에 도착하지 못할 테니, 아주 일부만이 막 뒤로 넘어가게 될 거래."

"그러면 우리는?"

백팔이 고개를 저었다.

"우리는 도구일 뿐이야."

가장 먼저 이런 생각이 들었다.

'내 아내와 아이는?'

얼굴을 본 적도 없는 아이 생각이 났다. 왜 그랬는지는 나도 잘 모르겠다. 얼굴이라도 한 번 봤더라면, 이런 나 자신을 이해했을 텐데. 나는 갑작스레 다리의 힘이 풀리는 것을 느꼈다. 백팔이 가까이 다가와서 말했다.

"이렇게 죽을 순 없어. 너 반란군 소속이지?"

이제야 백팔이 날 도운 이유를 알 수 있었다. 내가 가만히 백팔의 눈을 쳐다보고 있자, 백팔은 혼자 중얼거렸다.

"어떻게든 그 개새끼들한테 뭐라도 하고 죽겠어."

그때, 육십구가 속옷을 입지 않은 상태로 샤워장 밖으로 나왔다. 그러고는 보폭이 큰 걸음으로 걸어왔다. 나와는 전혀 다른 생물 종 같았다. 그녀는 온갖 곳에 털이 가득했다. 털들이 식물 줄기처럼 몸 곳곳을 뒤덮고 있었다. 아까 보았던 M27 식량 생산 구역 같았다. 육십구가 우리에게 말했다.

"누가 먼저 할래?"

○

백팔은 관계 중에도 근심 가득한 눈빛을 내게 보냈다. 내가 몸에 난 상처를 핑계로 그들과 함께 하기를 거절하자 육십구는 지켜만 봐달라고 했다. 점점 둘의 호흡이 거칠어졌다. 백팔이 육십구의 긴 머리칼을 손에 쥐고서 뒤로 잡아당기자 육십구는 더욱 몸을 떨었다. 나는 그들의 모습이 외설스럽기보다는, 동물들의 처절한 몸부림처럼 보였다. 나는 사타구니를 손으로 쓸다가 말았다. 생각에 빠졌다.

'우주선을 버린다.'

모두의 생존을 외치던 그들은 어디에 갔나? 우리는 이용만 당하다가 버려지는 것인가? 생존은 오로지 그들의 여정을 위해서만 존재했던 것인가?

머릿속이 복잡해졌다. 일단 이곳에서 내가 의지할 사람은 백팔뿐이었다. 백팔에게 통신실로 가야 한다고 말하자, 백팔은 내가 했던 반응과 똑같이 통신실은 소행성 충돌로 사라지지 않았느냐며 되물었다. 내가 아니라고 말하자, 백팔은 잠시 생각에 잠기더니 이어 말했다.

"알 만한 사람이 있어."

"믿을 만한 사람이야?"

"당연하지."

"뭘 보고?"

백팔이 손가락으로 위를 가리키며 말했다.

"그 사람보다 항해부 새끼들을 더 찢어 죽이고 싶은 사람이 이 우주선 안에 몇 없을걸?"

백팔은 일단 오늘은 자기 숙소에서 자고, 내일 함께 움직이자고 했다. 우리는 한 침대에서 잤다. 셋이서 좁은 침대를 나누어 썼다. 나는 짐짝처럼 벽에 기대고는 앉아서 졸았다.

밤이 되어 백팔은, 육십구가 잠들었음에도 내 계획에 관해 묻지 않았다. 나는 스팀기를 영영 파괴해 버린 이아와 우주선을 버리려는 항해부, 그리고 죽어간 사람들을 떠올리며 잠들지 못했다. 이래서 이곳이 파괴되어야 한다고 말하던 이아에 대한 분노도 사그라든 느낌이었다.

다음 날, 백팔과 나는 숙소를 빠져나와, 다시 어제 우리가 만났던 장소로 돌아갔다. 파티는 계속되고 있었다. 에길을 마신 사람들은 멍청한 소리에 멍청하게 웃어댔고, 우리는 멍청한 표정으로 옆을 지났다. 백팔은 어지러운 빛들 속에서 누군가를 찾고 있었다. 우리는 토사물로 범벅인 사람을 들어 올리거나 서로 주먹다짐하려는 여자들 사이를 지나가기도 했다. 백팔은 자리에 앉아 연기를 뿜어대는 사람 앞에 섰다. A-2 반장이 입에 물고 있는 것과 같은 것이었다. 그녀를 떠올리자 미안함이 가득 몰려왔다. 이미 나와 같은 고문을 받고 처형됐겠지. 그녀는 나를 원망했을까?

'우리는 모든 걸 감수하고 있어.'

그녀의 음성이 머릿속에서 들리는 것 같았다. 그러나 내게는 잠시라도 다른 생각을 할 여유가 없었다. 백팔이 앉아 있던 누군가에게 말을 걸었다.

"대수 형."

대수가 고개를 돌려 우리를 보았다. 대수는 어제 무대에서 본 의상을 그대로 입고 있었다. 머리가 산발인 채로 비닐 옷을 입고 있었다. 뭣보다 잠을 자지 않았는지, 눈에는 다크서클과 눈곱이 가득했다. 가까이 다가가기 꺼려지는 모습이었다. 백팔보다 내가 먼저 대수에게 물었다.

"통신실, 알아요?"

그러자 대수가 우리를 본 척도 하지 않고서 대답했다.

"뭔 개소리래."

내가 백팔을 올려다보았다. 백팔은 난처한 표정을 짓더니, 대수의 어깨를 잡았다.

"형, 알고 있잖아."

대수가 백팔의 손을 거칠게 치우고는 말했다.

"꺼져. 아직 코미디 시간도 아닌데, 무슨 미친 소리야. 통신실은 소행성 지대 지날 때, 통째로 파괴된 거 몰라? 아카데미에서 안 배웠어? 이 새끼들 뇌가 어떻게 된 거 아냐?"

대수는 귀찮다는 듯이 우리를 완전히 등졌다. 그러자 백팔은 대수의 얼굴 앞에 다가가 무릎을 꿇고는 빌면서 물었다.

"형, 중요해. 통신실 위치만 알려줘. 항해부 놈들이 그래도 형은 좋아하잖아."

"좋아하다니. 그냥 그저 자기들 웃기는 동물 보는 것처럼 다루는 거지."

대수는 갑자기 일어서더니, 내 얼굴에 에길이 가득한 침을 튀기면서 손가락질해 댔다.

"난쟁이가 뭘 알아? 네가 항해부 놈들한테 뭐라도 할 수 있어? 아마 그놈들 구역에 도착만 해도 제발 노예로 삼아달라 애원할 거다. 내 같잖은 농담들도 그놈들 앞에서는 말장난에 불과해."

나는 미련 없이 돌아서려 했는데, 백팔이 막아섰다. 백팔은 애원하듯 내게 속삭였다.

"여기선 이 형밖에 없어."

대수가 다시 자리에 앉아 에길을 마시려 했다. 증거를 보여야 했다. 마침내 나는 귓속에 숨겨두었던 것을 꺼내 대수에게 들이밀었다.

"뭐야?"

칠칠팔이 내게 건넨 종이였다. 적혀 있는 글을 내가 알아볼 수는 없었지만, 그러면 알 수 있을지도 몰랐다. 그는 칠칠팔이 쓴 부분이 아닌, 글이 적힌 뒷면에 집중했다. 대수는 에길을 바닥에 흩뿌리고는 종이에 적힌 글을 읽었다. 나는 대수에게 말했다.

"곧 반란이 있을 거야. 갑판부에서 항해부를 칠 거야."

내가 이 말을 하자마자 대수는 내 입을 막더니 주위를 둘러보았다. 그러고는 우리를 끌고서 구석진 자리가 아니라, 에길에 취해 흐느적거리는 사람들 중심으로 갔다. 나는 재빨리 종이를 다시 받아서 들고는 귓속에 밀어 넣었다. 대수에게 물었다.

"어디 가?"

대수는 갑자기 내 입을 주먹으로 쳤다. 입술이 터질 뻔했다. 사람들은 에길에 취해 소리를 질러댔다. 나는 물러서지 않았다. 주먹으로 그의 턱을 쳤고 그는 놀라서 뒤로 넘어졌다. 사람들이 웃었고, 내가 그의 위에 올라타 얼굴을 주먹으로 치려고 할 때 그가 나를 말렸다.

"잠깐. 알겠어. 이제 문명인처럼 대화하자고."

"여기서 이야기를 하자고?"

나는 주위를 둘러보았다. 우리가 대화를 시작하자, 사람들은 대수에게 야유를 한 번 퍼붓고는 완전히 우리에게서 관심을 껐다. 저들끼리 또 뭐가 웃긴지 배꼽을 부여잡으며 웃기 시작했다. 대수는 자리에서 일어나서 턱을 손으로 쓸면서 말했다.

"한 번 관심을 끌었다가 놓았으니 이제 우리한테 관심이 없을 거야."

백팔이 어떤 여자가 준 에길을 마시려 하자, 대수는 거칠게 백팔의 손을 쳐서 뺏어 들었다. 백팔은 당황한 눈으로 대수를 보았지만, 그의 눈빛을 읽고는 금방 얌전해졌다. 대수는 내게 검지를 움직여 주의를 주고는 천천히 힘을 주어 말했다.

"그 메모, 진짜야?"

내가 고개를 끄덕였다. 칠칠팔에게서 종이를 받게 된 순간부터 K를 만난 것까지 말했다. 이아에 대해서는 굳이 말하지 않았다. 비밀을 알 필요 없는 사람에게까지 공유할 필요는 없었다. 대수가 다시 한번 거듭 강조했다.

"진짜 맞아? 그 메모가 진짜고, 너한테까지 갔을 정도면 이미 준비는 끝난 거야."

눈을 부릅뜨고서 나를 보던 대수에게 나는 담담하게 말했다.

"지령이 있어서 그리로 가야 해. 그 이상은 말해줄 수 없어."

내 심정은 의심 반, 걱정 반이었다. 자칫 대수가 우리를 배신하고 항해부에 밀고한다면, 우리는 꼼짝 없이 죽거나 고문을 받을지도 몰랐다. 끔찍했다. 다시는 고문실로 가고 싶지 않았다. 나는 떨리는 손을 보이지 않으려 뒷짐을 지었다. 대수가 생각에 빠진 사이, 백팔이 급하게 물었다.

"형, 통신실이나 그 비슷한 뭣도 못 들어봤…"

대수가 손을 들어 올려 백팔의 말을 자르더니 천천히 입을 뗐다.

"들어본 적 있어. 부선장 비서 놈이었는데, 이 우주선에 비밀이 많다면서 지랄하더라고. 내가 미친 척하고 좆같은 농담을 하고 나서야 단어 하나만 말하더라고."

"그게?"

대수는 주위를 다시 둘러보고는 낮게 말했다.

"통신실. 단어만 말하고 아무 말도 안 하더라고. 나는 이 자식이 완전 에길에 취해서 아무 말이나 지껄인 줄 알았는데, 참. 그때는 굳이 따져 물을 필요가 없어서 더 묻지는 않았어."

"그럼, 통신실에 어떻게 가는지 몰라?"

내가 따지듯이 물었다. 대수가 버럭 화를 내었다.

"당연하지. 내가 그걸 어떻게 알아?"

백팔은 힘이 빠진 표정을 지었다. 이 사람이 알지 못하면 무작정 부딪혀 보는 수밖에 없었다. 그러자 대수가 웃으며 말을 이었다.

"이따 항해부 소속인 한 놈을 만나기로 했어. 이른바 단독 콘서트지. 그놈을 위한 농담을 하나 하기로 했는데, 한번 내가 떠보도록 할게."

백팔은 그제야 미소를 지으며 내 어깨를 쳤다.

"거봐, 내가 뭐라고 했어?"

마냥 기쁘지는 않았다. 아직 의심이 마음 깊이 남아 있었다. 나는 사람 좋게 웃는 대수에게 물었다.

"넌 왜 우릴 도와?"

그러자 대수는 아까 백팔에게 뺏은 에길을 집어 들더니 입에 쏟아부었다. 그의 눈에 핏발이 섰다. 그가 말했다.

"무대에서 항해부를 조롱했다가 아내와 애, 둘 다 산 채로 거름이 됐지."

대수가 씁쓸하게 웃었다. 에길 때문인지, 표정이 구겨지며 웃는 것같이 보였다.

"이거면 됐어?"

나는 고개를 끄덕였다. 대수는 천천히 사람들을 헤치고 나아가더니 무대 위에 올라 마이크를 잡았다. 그러고는 거름이 된 자기 가족에 관한 농담을 했다. 우스꽝스러운 상황극을 했는데, 허공에 무언가를 들고 있는 것처럼 두 손을 뻗었다. 그는 그것이 아내의 거름이라 하더니, 갑자기 아내의 이름을 불러댔다. 대수는 혀를 굴리며 아내의 거름에 키스하는 시늉을 해댔다. 두꺼운 혀를 돌리자 침이 여기저기 튀겼다. 사람들은 웃어댔다. 무엇이 우스운지 알 수 없었다. 아마, 스팀기를 본 적이 없어서 그렇지 않을까 싶었다. 죽을 때야 머리를 자르는 이들이 이발소 전경을 알 수가 없었을 테니까.

　그래서 나는 웃지 못했다. 심지어는 대수마저도 웃고 있었는데도.

ㅇ

　몇 시간 지나지 않아, 대수는 완전히 에길에 취한 채로 우리에게 발견됐다. 걸음걸이라 부르지도 못할 정도로 기다시피하며 고개를 주억거리고 있었다. 백팔은 대수가 무대 뒤에서 고무 레버를 붙잡고는 이상한 농담을 해대고 있다고 했다. 관객이 아무도 없었는데도.

　백팔이 데리고 온 대수는 우리 앞에 와서도 에길을 찾더니, 손에 잡히는 모든 액체를 들이켜 댔다. 대수는 수십 번이나 구역질을 반복해 대면서 계속해서 에길을 원했다. 끝내 대수는 토사물로 범벅이 된 몸을 흔들며, 농담을 하기 시작했다.

　"전부 농담이야. 모든 게 농담이라고. 지구가 대기근에 빠져서 이 빌어먹을 우주선을 발사한 것도, 그래서 우리가 이렇게 사는 것도 전부 다 씨발 농담이라고."

　대수의 웃음소리가 커짐에 따라 내 두통도 함께 심해졌다. 주먹으로 대수의 것이든, 내 것이든 머리를 한 대 치고 싶었다. 그러나 백팔은 나를 보고는 고개를 저었다.

　"에길에 취하면 답 없어. 완전 머리가 맛이 간다고."

"그럼 어떻게 해? 시간이 얼마 없어."

아까 밖에서 검은 옷을 입은 사람들을 보았다. 그들은 조명 때문에 날 보지 못한 것 같았지만, 계속해서 수색을 이어가고 있었다. 오가는 모든 사람을 붙잡고는 얼굴을 보거나, 다리를 날붙이로 건드려 보며 나를 찾으려 했다. 그들은 서서히 포위망을 좁혀 오고 있었다. 시간을 더 끌 수는 없었다.

나는 대수를 바닥에 앉히고는 머리를 붙잡고서 물었다.

"통신실. 통신실은?"

대수의 눈알이 헛돌았다. 백팔이 내 눈치를 보았고, 나는 굴러다니는 컵을 하나 주워 에길을 가득 담고서 물었다.

"말하면 이거 마시게 해줄게."

대수가 거칠게 손을 뻗었다.

"줘!"

"그러면 빨리 말해. 통신실에 대해."

대수가 손을 뻗었지만 닿지 않았다. 백팔이 단단히 붙잡고 있어 그런지, 대수가 버둥거려 봤자였다. 나는 점점 줄어드는 에길을 대수에게 보이며 물었다.

"자, 네가 입을 다물고 있을수록 점점 더 줄어들어. 선택해. 통신실에 대해 뭘 알아?"

얼떨결에 고문에 가까운 취조가 되었다. 대수는 갑작스레 울기 시작했다.

"말할게요!"

"얼른!"

아마 멀리서 보면 우스운 모습이었을 것이다. 에길에 취한 사람을 붙잡고, 에길을 더 주겠다며 고문하다니. 만약 이 광경을 항해부가 본다면, 고문 시스템 중 하나로 도입할지도 몰랐다. 생각만 해도 끔찍했다. 대수는 천천히 말을 이어갔다.

"있대요. 갑판에요."

"갑판?"

내가 조금 에길을 바닥에 흘리자, 대수는 눈물을 흘리더니 빌어댔다.

"마시게 해주세요. 제발요."

"말해! 갑판 어디에 있어!"

"환풍구로 이어져 있다는 것만 알아요. 나머지는 몰라요. 정말이에요. 믿어주세요!"

대수의 얼굴에는 행복이 살짝 섞인 절망이 떠오르고 있었다. 대수는 한순간이라도 에길에 의지하지 않고는 살아갈 수 없는 사람이었다. 처음부터 그러지는 않았을 것이다. 그에게도 내가 알지 못하는, 어쩌면 농담 같은 이야기가 있을지도 몰랐다. 나는 에길이 담긴 컵을 내던졌다. 바닥에 에길이 엎질러졌고, 대수는 바닥에 엎드려 혀로 바닥을 핥아댔다. 백팔이 내게 물었다.

"어떻게 하지?"

"어떻게 하긴, 가야지."

"어디? 갑판으로?"

내가 고개를 끄덕이자 백팔이 말했다.

"갑판은 여기랑 달라. 그놈들 항해부 놈들이랑 똑같은 놈들이야."

"거기서 반란을 한다니까 믿어봐야지."

"아니. 잡히면 무조건 죽어. 다른 방법이 있을 거야. 대수 형이 깨면 물어보자."

"너도 아까 봤잖아. 그 새끼들 날 찾고 있어. 얼마 안 있어서 여기로도 올 거야."

"죽으러 가는 길이야. 자살하는 거라고."

나는 백팔을 가만히 쳐다보며 말했다.

"지금까지는 안 그래왔어? 이 좆같은 함선은 안 그래왔냐고."

나는 그렇게 말하고는 돌아섰다. 백팔은 내 질문에 대답하지 못하고 날 따라나섰다.

○

구역이 확실하게 나눠져 있어, 갑판까지 가는 길은 찾기 쉬웠다. 게다가 유전자 인간들을 잡아다 항해부에 바치는 것을 담당하는 부서가 갑판부였으니, 백팔은 유전자 조사를 받기 위해 자주 갑판으로 갔다. 백팔은 갑판으로 가는 모든 길을 자세하게 알고 있었다. 문제는 하나였다.

'어떻게 갈 것인가?'

답을 찾느라 머리가 아픈 와중에 백팔이 말했다.

"유전자 전수조사가 내일이야."

내일이 전수조사 날이라면, 유전자 인간들을 따라 갑판으로 자연스럽게 이동할 수 있었을 것이다. 그러나 여기에도 크게 두 가지 문제가 있었다. 하나는 오히려 전수조사를 받는 날이라 백팔이 사라진 것을 금방 항해부가 알아차린다는 점이었고, 다른 하나는 키가 큰 그들과는 다르게 내 키가 너무나도 작다는 점이었다. 눈에 뜨일 것이 분명했다. 차라리 이 모든 것을 감수하고서 전수조사가 없는 새벽 시간에 움직이는 것도 하나의 방법이었다. 우리는 갑판으로 가기 위해 묘수를 짜내야 했다. 백팔이 잠시 생각에 잠겨 있다가 말했다.

"내 아내 옷에 숨어서 들어가는 게 어때? 내일 전수조사를 핑계로 일찍 이동하면 될 거야."

"왜 하필 네가 아니고, 네 아내야?"

백팔은 나를 비웃더니 말했다.

"그럼 남자가 임신한 것처럼 배가 부르라고? 그러면 그 자리에서 유전자 감식도 하지 않고 바로 폐기될 텐데?"

나는 육십구가 있던 자리를 보았다. 그녀가 어디에 갔는지 알 수 없었다. 아마도 클럽에서 에길을 마시며 다른 남자와 관계를 맺고 있을지도 몰랐다. 내 어정쩡한 표정을 보고는 백팔이 손을 내저었다.

"내 아내는 믿을 만하니까 괜한 걱정은 하지 마."

백팔이 맥락을 잘못 짚었음에도 나는 고개를 끄덕였다. 백팔은 서랍에서 여분 옷을 꺼내더니 바닥에 펼쳐 보였다. 물론 여분 옷이라 해봤자 한 벌뿐이었다. 백팔이 입고 있던 것과 같은 투명한 비닐 옷이었다. 나는 바닥이 비치는 비닐 옷을 가리키며 물었다.

"투명한데, 어떻게 하려고?"

"그럼 이렇게 하면 되지."

백팔이 사정없이 비닐 옷을 구겨댔다. 쥐어 짜내듯이 옷을 막 다루었다. 신기하게도 점점 불투명하게 비닐이 변해갔다. 어느 정도 시간이 지나자 안이 거의 보이지 않을 정도로 불투명해졌다. 백팔이 의기양양하게 옷을 들어 보이며 말했다.

"하도 클럽에서 춤을 추다 보니 알게 됐지. 어차피 저 새끼들 우리한텐 관심 하나도 없어."

"그럼 내가 저기 숨어서 가라고?"

"그래. 가다 보면 검사대에 한 번 대기해야 할 거야. 그때 어떻게든 빠져나와."

"안 들킬 수 있어? 그리고 너는?"

"나야 주의를 끌어야지."

다른 방법을 아무리 생각해도 떠오르지 않았다. 이아만 있었어도 샛길을 찾았을 것이다. 어쩌면 이아는 이미 죽었을지도 모른다. 아니면, 붙잡혀서 고문을 또 받고 있을지도. 내게 고문실이 무섭다며 고개를 파묻던 이아를 떠올렸다. 그러지 않기만을 했다. 차라리 죽는 게 나은 선택일까? 그러다 의문이 들었다.

'그러면 이아는 이곳 주민이 아니니, 다시 태어나지 못하는 걸까?'

질문에 답을 해줄 사람은 없었다.

저녁이 되어 육십구가 방으로 돌아왔다. 그녀는 에길에 취해서는 말끝마다 콧방귀를 뀌며 웃어댔지만, 의사소통은 가능했다. 그녀는 우리의 계획을 듣고는 흔쾌히 수긍했다. 그러면서 은근히 나를 향해 웃어 보였는데, 그다지 기분이 좋지는 않았다. 내가 그녀에게 물었다.

"너는 왜 날 도와주는 거야? 여기에 불만 있어? 별로 없어 보이는데?"

그녀는 깔깔거리며 배를 붙잡고 웃더니 침대에 걸터앉아 말했다. 말끝마다 계속해서 코를 훌쩍였다.

"좋까. 킁. 내 남편한테 뭘 들었는지 모르지만, 어쨌든 여기는 시작부터가 글러먹었어. 킁. 에길을 마시지라도 않으면 분명 우리는 전부 우주선 밖으로 몸을 던졌을 거야. 킁. 난 이 세계를 무너뜨리는 거라면, 킁. 뭐든 찬성이야."

"가족들이 죽는다고 해도?"

그녀는 어쩔 수 없다면서 어깨를 들썩였다.

"킁. 다 같이 죽으면야. 킁. 슬퍼할 사람도 없겠지."

나는 그녀의 말에 혀를 내둘렀으나, 곧장 그렇게 생각할 수도 있겠다는 어떤 공감이 마음 깊은 곳에서 슬며시 일었다. 이어서 아내와 아직 태어나지 않은 아이의 모습이 그려졌다. 나는 그런 나 자신에게 역겨움을 느꼈다.

모두 비슷한 감정을 느꼈는지, 그날 밤에는 누구도 관계를 맺지 않았다. 나는 내일 있을 계획에 온 신경을 쏟고 있었다. 묘한 긴장감이 방 안에 맴돌았다. 백팔은 몸을 뒤척이며 오랫동안 잠들지 못했다. 아마 나처럼 앞으로의 상황을 머릿속에 그리고 있을 것이었다.

'여기는 시작부터가 잘못되었다.'

모두가 그렇게 말했다. K, 이아, 백팔과 그의 아내 육십구까지. 그렇다면 그 근원은 무엇일까? 이 우주선이 출발한 그 당시? 아니면 그 이전에 지구에서 인간이 등장한 것? 그것도 아니라면, 생명이라는 게 태어난 것 자체가 문제인가?

알 수 없었다.

"컥."

갑자기 육십구가 코를 골았고, 덩달아 백팔이 이를 갈았다. 나는 잠들지 못하고, 근원의 근원의 근원을 찾으려 애썼다. 애초에 근원이란 존재하지 않는 것일지도 몰랐다.

바버샵 (5)

〇

"일어나!"

정신을 온전히 차리기 전에 누군가가 나를 침대에서 끌어내고 있었다. 끌려가지 않으려 침대 다리를 잡으려 했으나, 백팔이 내 팔을 철썩 때리면서 말했다.

"지금 소집 명령이 내려졌어!"

아직 낮이 되려면 6시간이나 남은 상태였다. 그런데 복도에서는 문 열리는 소리가 나며 사람들의 비명이 들려왔다. 사람들을 방에서 강제로 끌어내는 것 같았다. 백팔이 다급하게 날 일으켜 세우더니 내 옷을 벗겼다.

"그 새끼들이 너 잡으려고 그러는 것 같아."

육십구는 이미 옷을 전부 벗고 있었다. 나는 망설임 없이 알몸으로 그녀의 나체에 다가섰다. 우리는 서로 해야 할 일을 알고 있었다. 내가 그녀를 안자 백팔이 그녀에게 옷을 입히기 시작했다. 급하게 지퍼를 올리느라 그녀의 머리칼이 끼일 뻔했다.

숨이 제대로 쉬어지지 않았다. 숨을 참으며 천천히 나눠 쉬어야 했다. 제발 들키지 않기만을 빌었다. 육십구가 완전히 옷을 입은 순간, 문이 거칠게 열렸다. 불규칙하게 울리는 발소리를 듣고 세 사람이라는 것을 알 수 있었다. 백팔이 물었다.

"무슨 일이십니까?"

"비켜. 전수조사다."

"낮에 해야 하는 거 아닙니까?"

발소리가 서서히 가까워지더니, 백팔 앞에서 멈췄다.

"우주에 낮과 밤이 어디 있어?"

여러 사람의 웃음소리가 들렸다. 남자 둘에 여자 하나인 것 같았다. 백팔은 딱히 뭐라 대꾸하지 않았다. 지금 주의를 끌어 봤자 위험한 상황만 연출될 뿐이었다. 그들은 백팔과 육십구를 방 밖으로 내보냈다. 나는 필사적으로 육십구의 몸에 매달려야 했다. 그녀도 내 무게를 버텨내기 위해 배에 힘을 크게 주고 있었다. 그런데 사내가 갑자기 우리를 멈춰 세웠다.

"잠깐."

사내가 우리에게 다가왔다. 이번에는 백팔을 지나치더니 그녀와 내 앞에 멈췄다. 나는 육십구를 더욱더 세게 안았다. 사내가 우리에게 물었다.

"임신했어?"

그녀가 숨을 고르고는 고개를 끄덕였다. 이성 간 대화 금지 법률은 아직 폐지되지 않았다. 오래 망각하고 있던 사실이 되살아났다. 아무리 자유로운 구역이라도 그것은 항해부의 지엄한 법률이었다. 이들 역시 우리와 크게 다르지 않게 살고 있었다. 사내가 웃음기를 가득 머금고는 말했다.

"우린 항해부 소속이라 괜찮아. 대답해. 임신했어?"

그제야 그녀가 말했다.

"네."

"그런데 왜 여기 있어? 산모실로 가야 하는 거 아니야?"

갑자기 백팔이 이야기 중간에 껴들었다.

"항해부에서 여기는 잘 찾아오질 않더라고요."

"너한테 안 물었는데?"

조금은 앳된 목소리를 가진 남자가 백팔을 저지하려 했으나, 대장으로 보이는 사내가 그를 막고는 빈정거리며 대답했다.

"그럴 리가? 우리가 이 구역을 얼마나 중요하게 여기는데."

백팔의 언성이 높아졌다.

"그렇군요. 얼마나 중요하면, 에길이나 던져주며 죽는 것만도 못하게 만들어 놓겠어요? 에길이라도 없었으면, 전부 죽어 버렸을 텐데. 중독시켜 놓고는 참 소중하다, 그렇죠?"

분위기가 착 가라앉았다. 나는 헉 하고 소리를 낼 뻔했다. 갑자기 저렇게 몰아붙이면 어쩌자는 건가? 당연히 사내는 백팔을 향해 서슬 퍼런 말을 뱉었다.

"우리 때문에 태어나서 사는 놈이. 너희들은 우리가 아니고선 살아갈 이유가 없어."

"뭐, 우리가 태어나고 싶어서 태어났습니까?"

사내가 백팔에게 무언가를 겨누었다. 순식간이었다. 백팔은 몸을 뻣뻣하게 하고서 섰다.

"그래서? 죽고 싶어?"

육십구가 백팔을 끌어당겼다. 그녀가 대신 고개를 숙였다.

백팔은 아내를 따라 뒤로 물러났다.

"자기들이 뭐 때문에 태어났는데."

다행히 그들은 우리에게 더 관심을 가지지는 않았다. 다소 위험한 방법이기는 했으나, 백팔의 도발은 썩 잘 먹힌 셈이었다. 복도에는 사람들이 즐비했고, 우리는 사람들의 물결에 휩쓸려 숨을 헐떡이며 빠르게 갑판으로 이동했다. 백팔의 아내가 내 머리에 손을 올리고는 말했다.

"조금만 참으렴. 아가야."

○

혼란 그 자체였다.

내 상태도 비닐 옷의 엿같은 구조 때문에 좋지는 않았지만, 뿌옇게 보이는 바깥의 상황은 완전히 아수라장이었다. 검은 옷을 입은 사람들은 퍽 하면 유전자 인간들을 팼다. 발로, 손으로, 가리지 않았다. 그 자리에 쓰러져 움직이지 않는 사람들이 부지기수였다. 아까 만났던 사람들은 인정이 많은 편으로 보일 정도였다. 육십구가 겁을 먹고는 몸을 떨었다. 나는 느낄 수 있었다.

그들이 사람들을 때리는 이유는 단지 얼굴이 마음에 들지 않아서거나 심심해서였다. 그들은 유전자를 미리 걸러낸다면서 저들끼리 웃어댔다. 백팔이 괜히 내게 자기들이 우리와 별

다를 것이 없다고 말한 것이 아니었다. 검은 옷을 입은 사람 중 한 여자가 말했다.

"난쟁이들보다도 못한 새끼들."

그 여자는 이미 정신을 잃은 사람을 발로 차대며 말했다.

"일도 안 하고, 놀기만 노는 쓸모없는 놈들."

매번 이런 일들이 벌어졌던 걸까? 우리보다는 나은 상황이라 믿었는데. 한 면만 보고 판단할 수는 없었다. 백팔은 익숙한 듯 앞으로 거침없이 나아갔다. 쓰러진 사람들을 일으켜 세우지도 않았다. 백팔을 비롯해 모든 유전자 인간들이 그랬다. 모두 명령에 순응하며 갑판으로 나아갔다. 육십구가 읊조리듯이 말했다.

"일하지 않는 인간과 일할 수 없는 인간은 다른 건데…"

어느덧 우리는 클럽에서 벗어났다. 육십구의 옷 안에 있어도 뒤바뀐 불빛 덕분에 우리가 새로운 곳으로 넘어온 것을 알 수 있었다. 오색 빛에서 환한 빛으로 바뀌었다. 한눈에 봐도 넓은 공간임을 알 수 있었다. 갑판이었다.

"일렬로!"

치안 유지대 단원의 묵직한 외침에 유전자 인간들은 뿔뿔이 흩어져 줄을 섰다. 육십구는 최대한 백팔과 함께 붙으려 했으나, 앞에서 줄을 끊는 바람에 백팔과는 멀리 떨어져 서야 했다. 이제부터는 천천히 움직였다. 한 명씩 검사대에 올라가 검사를 받는 것 같았다. 육십구는 배에다 대고 말했다.

"조금만 기다려, 조금만…"

육십구는 진짜 자신의 아이에게 말하는 것 같았다. 나는 내 어머니를 기억하지는 못했지만, 실제 내 어머니가 나를 가졌을 때 이렇게 말하지 않았을까. 태초의 기억을 잃어버린 지가 오래였다. 기억의 첫 순간은 아카데미에서 모두의 생존과 관련된 교육을 받던 때였다. 그리고 끝부분에 쇠구슬이 가득 든 이상한 주사를 맞고는 13세가 되자마자 이발소로 갔다. 그곳에서 아버지는 날 기다리고 있었다. 나는 아버지에게 가위질을 배웠다. 아버지는 한 번도 어머니에 대해 내게 말하지 않았는데, 이유를 알 수 없었다. 그때는 이성 간 대화 금지법도 없었는데도 말이다.

어쩌면 아버지와 어머니가 어떤 말도 주고받지 않았을지도 모른다. 나와도 5년 동안 함께 있었지만, 아버지는 지시사항이 아니면 내게 말을 걸지도 않았다. 아버지는 어머니도, 나도 사랑하지 않았던 것이 아닐까? 아카데미에서는 모두를 사랑하라 했다. 우리는 모두 중 일부이고, 모두가 살아남아야 우리가 살아남는 것이니까. 그러면 아버지는 왜 어머니에 대해 아무런 말도 내게 하지 않았던 것일까? 어머니는 모두에 포함되지 않았던 건가?

"다 왔어."

육십구의 떨리는 목소리와 함께 그 질문은 의미 없는 질문이 되었다. 어쨌든 어머니도 50세를 넘겼을 것이니 아버지와 마찬가지로 필히 죽었을 것이다. 질문에 답해줄 사람은 이 세상에 없었다.

과거에 그만 사로잡혀 있어야 했다. 지금 이곳에서 검사를 기다리고 있는 사람은 육십구와 나, 우리였다. 정신을 차려야 했다. 육십구는 배를 잡고서 의자에 앉았다. 검사 요원은 무심한 목소리로 명령했다.

"팔."

육십구가 팔을 내밀었을 때, 나는 천천히 아래쪽 지퍼를 풀었다. 소리가 날까 봐 아주 천천히 당겼다. 아래로 검사 요원의 다리가 보였다. 역시나 무지막지하게 길었는데, 내가 아무리 발을 굴러도 한 걸음 만에 잡힐 것만 같았다. 이대로 떨어지듯 나가려 했는데, 멈칫할 수밖에 없었다. 아래가 비치는 투명한 책상이었다.

검사 요원은 육십구의 팔에 큰 주사기를 찔러 넣었다. 주사기에 육십구의 붉은 피가 쏟아지듯 빨려 들어갔다. 육십구는 차마 그 광경을 보지 못하고 고개를 돌렸다. 검사 요원의 시선이 아래로 향해 있었다. 시간이 얼마 없었다. 나는 나갈 순간만 기다리고 있었다.

"놔!"

멀리서 누군가 난동을 부렸다. 고개를 내밀어 보니 백팔이었다. 백팔이 주사기를 뺏어 들고는 검사 요원의 목에 겨누었다. 검사 요원들은 얼굴이 하얗게 질려 뒤로 물러섰다. 백팔이 핏대를 세워가며 소리쳤다.

"다가오면 죽어! 오지 마!"

육십구를 검사하던 요원도 마찬가지였다. 그의 시선은 온통 백팔에게 빼앗겨 있었다. 나는 아래로 빠져나와 책상 한쪽 다리에 붙었다. 갑작스러운 백팔의 난동에 다른 이들도 서서히 줄을 벗어나려 했다. 그런데 육십구를 검사하던 요원이 작게 말했다.

"이런. 못 볼 꼴을 보겠군."

나는 얼른 시선이 내게 향하기 전에 멀리 보이는 작은 환풍구로 달려갔다. 자기들 몸집이 커서 나 같은 난쟁이가 그곳에 들어갈 수 있을지는 몰랐을 것이다. 심장이 터질 듯이 두근거렸다. 다행히 백팔에게 시선이 가 있어, 누구도 나를 제지하지 않았다. 검은 옷을 입은 사람들이 백팔에게 다가서자, 백팔은 주사기로 검사 요원의 팔을 찔렀다. 백팔은 악에 받쳐 소리쳤다.

"너희들이 지금…"

뒤쪽에서 갑자기 퍽 하는 소리와 함께 사방으로 피가 튀겼다. 나는 환풍구에 들어서기 직전에 뒤를 돌아보았다. 기관실에서 들었던 소음보다도 더 괴상했다. 사람들이 비명을 질러댔지만, 검은 옷을 입은 사람들이 나타나자 비명도 잦아들었다. 나는 검사 요원 뒤쪽에서 어떤 사람이 리모컨 버튼을 누르는 것을 보았다. 백팔은 언뜻 서 있는 것처럼 보였지만, 머리 한쪽 부분이 날아가고 없었다.

"다시 일해!"

백팔에게 붙잡혔던 검사 요원은 무표정하게 손으로 얼굴에 묻은 백팔의 피를 닦아내더니 다시 자리로 돌아가 사람들의 피를 뽑았다. 나는 환풍구 속에서 육십구를 보았다. 육십구는 이미 정신이 나간 것 같았다. 육십구는 혼자서 백팔의 시체를 보며 소리를 지르다가 검사자의 주먹 한 방에 나가떨어졌다. 기절한 육십구에게 검은 옷을 입은 사람들이 다가섰고, 그녀를 어딘가로 끌고 가버리고 말았다. 나는 그녀를 도울 수 없는 것에 이를 갈았다. 어쩔 수 없었다. 나는 환풍구 속으로 몸을 던졌다.

○

반쪽짜리 탈출이었다.

이아도 구하지 못했고, 백팔은 죽어버렸다. 나는 어딘지 모를 갑판에서 통신실을 찾아 환풍구 속을 돌아다니고 있었다. 울지 않으려 했는데, 자꾸만 울음이 나왔다. 소리를 낼까 봐 입술을 힘껏 물고서 걸었다. 무슨 일이 벌어졌는지 정리가 되지 않았다.

'머리가 갑자기 터지다니.'

분명 백팔 주변에는 누구도 없었다. 단지, 누군가 뒤에서 리모컨 버튼을 눌렀을 뿐. 그 사람은 신이라도 되는 걸까? 반란이 쉽게 진압되는 이유를 그제야 알았다. 권력자들은 손짓 한 번에 쉽게 사람을 죽일 수 있었다. 그들 앞에 나서는 순간 머리가 터지면서 죽었다. 두려웠다. K도, 나도 그들이 손쉽게 죽일 수 있지 않을까? 그런데 만약 그렇다면 지금 왜 죽이지 않는 거지? 직접 얼굴을 봐야 죽일 수 있는 것인가? 아니면 다른 조건이 있는 걸까?

알 수 없었다.

이런 생각을 하면서 걷다 보니 방향도 잡지 못한 채 환풍구 속을 돌아다녔다. 간혹 갈라진 틈으로 빛이 들기는 했으나, 그 빛이 너무도 강렬해서 나머지 부분들이 더욱 어둡게만 보였다. 어느 정도 입구와 거리가 벌어지자, 나는 벽에 손을 짚고서 토를 해댔다. 백팔의 머리가 터지는 장면이 계속해서 떠올랐다. 속을 완전히 게워내고 나서도 계속해서 구역질이 솟구쳤다. 그때 어디선가 목소리가 들려왔다.

"그래서요?"

미성이었다. 이아의 목소리와 비슷했다. 내 뒤통수를 치듯 다가온 목소리에 나는 가까스로 정신을 차리고서 목소리가 들려오는 곳으로 걸음을 옮겼다. 발소리가 퍼질까 천천히 걸었다. 목소리가 서서히 크게 들려왔다. 둘이서 대화를 나누는 것 같았다. 다른 한 사람은 저음이었다.

"한 달분의 식량밖에 없습니다."

"그렇게나 식량이 없어요?"

"이렇게 스팀기가 빨리 망가질 줄은 몰랐습니다. 거름 공급에 차질이 생겨서요."

"그럼 구역 2개를 버리죠."

"생산 구역과 유전자 인간 구역으로 하는 게 어떻습니까?"

"네. 식량 공급을 끊고, 문을 막아버리세요."

"알겠습니다."

"이제 2주일만 기다리면 돼요. 2주면 이 짓도 끝이에요."

그들은 어떤 주저함도 보이지 않고서 둘은 미리 짜놓은 듯 막힘없이 대화를 이어갔다. 아무리 변두리에서 일하던 나라도 그들이 하는 이야기를 이해할 수 있었다. 우리 구역과 백팔의 구역 주민들을 모조리 죽여버리겠다는 말이었다. 앳된 목소리의 남자가 말했다.

"이제야 인류가 그분을 만나겠군요."

나는 당장이라도 목소리가 들려오는 곳으로 쳐들어가서 둘을 죽여버리고 싶었다. 스팀기에 집어넣고서 공기총을 가동하지 않고, 있는 그대로 고통을 주고 싶었다. 아니면 그들이 만든 고문 기구에 넣고서 아무리 그들이 애원해도 풀어주지 않고 싶었다. 힘만 있었더라면, 아니 내가 그들처럼 먹고 자라 몸집만 더 컸더라면 그랬을 것이다.

그러나 현실적으로 불가능했다. 그곳에 내려간다고 해도 나는 그들을 이길 수 없었다. 벽을 뚫고 내려가는 순간 그들에게 붙잡힐 것이었고, 내가 그들에게 하려고 했던 짓을 그들이 내게 했을 것이었다. 나는 작고 약했다. 대체 왜 나는 이렇게 태어났는가? 그리고 내가 그들을 죽인다고 해서, 이 결정을 무를지도 미지수였다. 내가 내 아버지를 대신해 가위를 든 것처럼 또 다른 사람이 그들의 자리를 대체할 테니까.

나는 천천히 기어가며 그들의 목소리가 타고 올라왔던 벽을 손으로 더듬었다. 한 곳이 헐거워져 있었다. 조심스럽게 손으로 그곳을 밀었다. 소리가 나지 않게 애를 썼지만, 삐걱거리는 소리가 조금 났다. 손에 땀이 너무 흘러, 몇 번이고 손을 털어야 했다. 이윽고 벽은 얇은 틈을 내보였다. 눈을 가져다 대자 내부 전경이 보였다.

원색으로 가득했다. 우리가 살던 공간의 수십 배, 아니 수백 배는 더 커보였다. 벽에는 그림을 비롯한 온갖 것들이 걸려 있었고, 바닥에는 겉보기에도 푹신해 보이는 이불이 깔려 있었다. 만져보지도 못했지만, 한눈에 봐도 부드러워 보였다.

그렇다고 사람이 많은 것도 아니었다. 방에는 기껏해야 아까 이야기를 나눈 것으로 보이는 사람 둘만 있었다. 이야기가 끝난 지가 언제인데, 명령을 받은 사람은 아직 문에 도착하지도 못했다. 입고 있던 옷도 우리와는 달랐다. 통풍이 잘 안 되는 싸구려 비닐이나 피부가 쓰라린 재활용 천을 사용한 우주복이 아니라 보풀 하나 없이 말끔해 보이는 원단의 옷이었다. 키는 백팔과 같이 컸으나 몸이 구부정하지 않았고, 기둥이 걸어 다니는 것같이 올발라 보였다.

우리와는 전혀 다른 종족이었다.

○

그렇게 얼마나 환풍구 속을 돌아다녔을까?

넓은 그들의 방처럼 환풍구도 미로같이 얽혀 있어 갈피를 잡기가 어려웠다. 한동안 음식을 먹지 못해 속이 쓰렸지만, 어느 때가 지나자 통증이 느껴지지도 않았다. 미친 사람처럼 어둠 속을 걷다 보니 환영이 보였다. 주로 죽은 칠칠팔의 환영이었다. 칠칠팔은 손에 가위를 들고, 스팀기에 들어가기 전 얼굴을 하고 있었다. 뒤에서 나를 쫓아왔다. 나는 두려움에 비명을 질러가며 환영에서 도망쳤다.

'직접 봐.'

칠칠팔의 음성이 기관실 소음처럼 머리에 내려쳤다. 머리가 녹아내리는 것 같은 느낌에 나는 벽에 머리를 박으며 걸었다. 배가 너무도 고파 손가락을 잘라 먹을까도 진지하게 고민했다. 손가락을 입에 넣는 데까지는 성공했으나, 차마 베어 물 힘이 없어 그만두었다. 다시 유전자 인간들의 구역으로 가려고도 했고, 저번에 내가 항해부의 계획을 엿들었던 방으로도 갈까 했지만, 방향을 알 수 없었다.

후각이 지나치게 예민해졌다. 나는 본능에 따라 움직이기로 했다. 눈을 감고서 아주 미세하게 풍겨 오는 음식 냄새를 따라 움직였다. 달짝지근한 냄새였다. 이아와 함께 먹은 사과 같은 과일류는 아니었다. 내가 지금껏 살아오면서 먹은 감자는 더더욱 아니었고. 혀 아래에 침이 고이기 시작했다. 맛을 상상하며 돌아다니기는 또 처음이었다. 자고 싶다는 생각도 들지 않았다. 오로지 식욕 하나만이 나를 이끄는 것을 느꼈다.

발에 무언가 걸렸다. 턱이었다. 바닥에서 공기의 흐름이 느껴졌다. 멈춰 서고서 고개를 숙였다. 아래에 거대한 공간이 있는 것 같았다. 냄새는 그곳에서 올라오고 있었다. 높이가 얼마나 될지는 알 수 없었다. 온통 어둠이라 나는 무릎을 꿇고서 손을 아래로 저었다. 손에 걸리는 것은 없었다. 결정해야 했다. 아래에 무엇이 있을지 몰랐다. 검은 옷을 입은 사람들이 날 기다리고 있을지도 몰랐고, 혹시 모를 괴물이나, 그것도 아니라면 무엇도 없을 수도 있었다. 마지막은 아니었으면 했다. 차라리 잡혀서 두들겨 맞고 죽는 게 더 나을 것 같았다. 막 너머의 신에게 나는 속으로 외쳤다.

'차라리 너무 높아서 떨어져 죽게 해주세요.'

기도에 응답은 없었고, 나는 쓰러지듯 아래로 추락했다.

o

"왔네."

"왔어."

"상태는?"

"어떻겠냐? A 구역에서 여기까지 왔는데."

"같이 온 사람은?"

"없어."

"한 명도?"

"응."

"제길."

씩씩거리며 내 얼굴에 콧김을 뿜어대는 사람을 다른 사람이 말렸다.

"그래도 애라도 이렇게 온 게 어디야. 계획은 이미…"

갑자기 다들 말이 없었다. 내 입에 무언가 들어오는 것이 느껴졌다. 아주 맑고 묽은 것이었다. 으깬 감자에 물을 부어 섞은 죽인가 싶었지만, 그것보다는 배로 물컹한 식감과 염분이 느껴졌다. 나는 그것을 주저하지 않고 받아마셨다. 어떤 사람이 귀에 익은 목소리로 말했다.

"아직 속단하긴 일러."

"정말요? 그 애가 그렇게 말했습니까?"

불만 가득한 소리가 하나 튀어나왔다.

"지구에 신호 하나 보내는 게 뭐가 대수라고."

다른 이가 나서서 그를 말렸다.

"대장님께 말을 왜 그렇게 싸가지 없게 해?"

그는 물러서지 않았다.

"왜? 이제 우리가 뭘 할 수 있는데? 자유는 무슨, 죽으면 자유가 무슨 소용이야?"

소란에 눈을 떴다. 낯선 얼굴들이 많은 가운데, 낯익은 얼굴이 하나 보였다. 그가 빙그레 웃으며 나를 반겼다.

"일어났어? 일?"

K였다. 나는 감정을 주체할 수가 없었다. 울음을 참기 위해 미친 듯이 혀로 입천장을 긁어야 했다. 그간 있었던 일을 그가 알기나 할까? 내가 그간의 일을 전부 말한다면 그가 나를 동정할까? 말하지 않았음에도 나는 이제 우리가 같은 생각을 하고 있다는 것을 알고 있었다.

이 우주선은 시작부터가 잘못되었다. 바꾸어야 했다. 무엇이든, 변화가 없다면, 부숴야 했다. 속에서 분노가 끓어올랐다. 왜 우리를 여기까지 몰아넣은 것인지, 저 좆같은 막 너머에 숨어 있는 신에게 묻고 싶었다. 그런데 나도 모르게 내가 뱉은 첫 말은 내 예상과는 전혀 다른 것이었다.

"아내랑 아이는?"

K는 내 물음에 쓸쓸한 표정을 짓더니 말했다.

"잘 있어. 산모실은 아직 무사하거든."

"아직?"

"응. 아직은."

"네가 곧 뭔가를 할 건 아니고?"

K가 내 비꼬는 말투에 쓴웃음을 지었다.

"나한테 그럴 힘이라도 있으면 얼마나 좋겠어."

K를 의심해서가 아니라, 여기까지 오는 길에 엿들은 내용 때문이었다. 나는 K에게 이아가 잡혀간 것과 A, B 구역을 폐쇄하려 한다는 사실을 말했다. K가 놀랄 줄 알았으나, K는 이미 알고 있다는 듯이 표정 하나 변하지 않았다. 나는 침을 튀겨가며 말했다.

"이제 우리는 어떻게 해?"

K를 제외한 조직원들이 서로 눈빛을 주고받았다. 계획이 있는 것 같았다. K가 천천히 운을 뗐다.

"음, 그게, 네가 알아둬야 할 게 하나 있어."

"뭔데?"

K가 조직원들을 향해 손짓하자, 모두 떨떠름한 표정을 하고는 방 밖으로 나갔다. K는 모두가 사라진 것을 재차 확인하고는 내게 말했다.

"우리는 여기를 바꿀 수 없어."

"뭐?"

나는 그 말에 벌떡 일어나려 했으나, 도저히 몸을 일으킬 수가 없었다. 침대에 묶어놓은 것처럼 사지가 욱신거렸다.

"그럼 내가 이제껏 한 건 뭐야? 반장님이랑, 칠칠팔이랑, 이아는? 아니, 우리 때문에 죽은 사람들이나 죽을 사람들은?"

K는 내 이마에 손을 대었다. 나는 머리를 흔들며 완강하게 저항했으나, 그의 손힘에 굴복해야 했다. 씩씩거리며 달아오

른 내 얼굴을 보며 K가 말했다.

"지금 우리한테는 힘도, 시간도 없어. 내가 틀렸어. 항해부
가 우리를 완전히 통제하고 있어. 심지어 우리가 여기 있는 것
도 그들은 알고 있겠지. 갑판부 반란도 모두 그들 계획 안에 있
었어."

당황스러웠다. 모두 다 알고 있다니? 그러면 왜 우리를 살려
두는 건가? 그럼 내가 여기까지 오는 것을 그저 지켜보고만 있
었다는 건가? K가 말을 마치기도 전에 물었다.

"뭐? 전부 알고 있다고?"

"그래. 네가 여기 온 것도 그들이 보낸 거야. 우리가 쓰러진
널 찾아온 게 아니야. 그리고 이아도 여기 있어."

"이아가?"

당장이라도 방문을 열고 나가서 이아를 찾고 싶었으나, K가
다시 거대한 몸으로 막아섰다. 몸부림을 쳤으나, 아무리 발버
둥 쳐도 끄떡도 하지 않았다. 쇠약해진 몸 때문인 것 같았다.
나는 K에게 반복해서 물었다.

"이아는? 이아는 괜찮아? 대체 여기는 어떻게 온 거야?"

"너보다도 훨씬 일찍 왔어."

"어떻게? 아니, 지금 만나게 해줘."

K가 고개를 저었다.

"안 돼. 지금 통신 복구 작업을 하고 있어. 정교한 작업이라
방해하면 절대 안 돼."

속이 끓어올랐다. 진정하려 해도, 부푼 속이 가라앉지 않았다. 대체 무슨 일인지 알고 싶었다. K는 그런 내 마음이라도 읽고 있는 것인지, 내 눈을 들여다보며 말했다.

"그래. 너처럼 나도 도저히 이해할 수가 없었어. 그들이 너를 쫓은 이유가 너와 이아를 잡으려던 게 아니라, 너희를 이리로 이끌려고 한 것이었다니. 막에 가까워져서 저놈들이 미쳐버린 건지. 아니면, 그들 중에 우리를 도우려는 세력이 있든지."

나는 고개를 저으며 말도 안 되는 소리라 했다.

"후자가 더 말이 되네."

"아냐. 난 잘 모르겠어. 그랬다면 어떤 식으로든 접촉하려 했을 거야. 그런데 우리에게 어떤 접촉도 없었어. 오히려 저들은 그저 방관하기만 했지. 그리고 모든 게 계획됐다고 보기에는 너무나도 우연이 많아."

"그게 무슨 소리야?"

"이아를 구출하기 위해 벌인 반란 있지?"

아마 전력 공급원에서 있었던 반란을 말하는 것 같았다. 나는 그때 고문을 받고 이발소로 온 반란군들의 머리를 잘랐고, 미리 K가 내게 건넨 머리카락 다발을 토대로 이아를 발견해 스팀기에 이아를 숨겼다. 그때 나는 감찰실 선원 한 놈을 죽였다.

K는 숨을 골랐다.

"부선장이 일주일 전에 날 불렀어. 다 알고 있더라고. 장황하게 설명할 필요도 없었어. 내가 세운 계획을 처음부터 모두 알고 있었어. 심지어는 내 몸 상태까지도 말이야. 그때 나는 다 끝났다고, 처형당할 거라고 믿었는데, 부선장은 이아가 있는 위치를 알려주면서 하던 대로 하라고 했어."

"대체 왜?"

"그건 나도 몰라. 그런데 확실한 건 두 가지야. 그들도 나름의 계획이 있다는 것과, 우리는 절대 항해부의 계획에서 벗어날 수는 없다는 거야. 갑판부와 미리 합의된 대로 내가 뭐라도 하려고 했지만, 그것만은 항해부에서 직접 나서서 막았어. 우리는 항해부 구역 일부를 점거하기도 했지만, 치안 유지대장 손짓 한 번에 다들 머리나 몸이 터져서 죽었어."

나는 죽은 백팔을 떠올렸다. 리모컨 하나로 백팔의 머리 한쪽이 날아가던 모습을 기억한다. K는 겁에 질린 표정을 지었다.

"이제 남은 조직원이라고는 아까 본 사람들이 다야. 우리는 무엇도 바꿀 수 없어. 기껏해야 하위 구역 하나 날리는 정도가 다겠지. 조직원들도 혼란스러워하는 눈치야."

나는 K에게 악을 쓰듯이 말했다.

"여긴 정상이 아니야. 뭐라도 해야 한다고."

"진정해. 그건 내가 더 잘 알아. 그래서 이 조직을 만든 거고. 문제는 모든 것이 어떤 계획에 포함되어 있다는 거야. 내 몸 상태도 어쩌면 태초부터…"

K는 말을 잇지 못했다. 나도 마찬가지였다. 무기력함이 잔

뜩 피어올랐다. 움직일 수 없는 몸과 바꿀 수 없는 환경, 그리고 우리의 선택마저도. 모두 어떤 거대한 계획에 포함되어 있다는 사실에서 체념은 지독하게 피어오르고 있었다. K는 옅게 웃으며 말했다.

"지금 네가 해야 할 일은 쉬는 거야. 그래야 무언가를 바꾸든, 파괴하든 할 테니까."

K는 나를 자리에 다시 눕히고는 내 어깨를 세게 쥐었다. 일어나지 말라는 신호 같았다. 나는 결박이라도 된 것처럼 꼼짝하지 않고 침대에 누웠다. K가 방을 나가며 말했다.

"믿어보자. 우리가 더 나은 방향으로 가고 있다고."

o

침대에 결박당한 사람처럼 3일을 꼬박 앓아누웠다.

배고픔이 해결되자, 몸에 있는 모든 세포가 영양분을 갈구하는지 열을 내었다. 열이 떨어지지 않자 K는 나를 공기 샤워실에 던져두고는 경과를 지켜보았다. 샤워 기회를 뺏긴 조직원들이 지나가며 한마디씩 중얼거렸다.

"어차피 죽을 거."

공기들이 내 몸을 스치며 열을 빼앗았고, 나는 너무도 추운 나머지 열어달라고 문을 두들겼지만, 누구도 문을 열어주지 않았다. 발가벗은 채로 몸을 떨던 나는 기억을 잃었다. 꿈을 여럿 꾸었다.

첫 번째 꿈은 쓸데없었다. 다시 태어난 아버지가 나오는 꿈이었는데, 아버지는 이발소 일이 아니라 감자를 삶고 있었다. 주름 하나 없이 매끈한 아버지는 땀을 훔쳐내며 주변 눈치를 봤다. 아무도 없는 것을 확인한 그는 몰래 감자를 한 알씩 입에 넣었다. 나는 그 모습을 보다가 꿈에서 깼다. 차가운 바람이 몸을 뒤덮고 있었다.

두 번째 꿈은 현실 같았다. 나는 사람들의 머리를 깎고 있었다. 기관실 소음이 들려왔고, 나는 기계처럼 무쇠 가위로 냄새 나는 머리를 잡고 자르고는 한데 모았다. 그러고는 스팀기에 사람을 넣고는 아무렇지 않게 버튼을 눌러댔다. 이어서 물건을 훔치다가 걸린 10대 소년을 스팀기에 넣었다. 얼마 지나지 않아 문이 열리더니 칠칠팔이 보였다. 칠칠팔은 갑자기 내게 자리에 앉으라 하더니 내 머리를 깎았고, 나를 스팀기에 넣었다. 칠칠팔이 내게 물었다.

'마지막으로 할 말은?'

'뭘 말해야 할지 모르겠어.'

칠칠팔이 내 유언을 뺏어 말했다.

'다시 태어나지 않기를.'

나 역시 그 말을 하고 싶었다고 말하기도 전에 스팀기가 가동되었다.

나는 세 번째 꿈으로 갔다. 이번에는 나의 실체가 없었다. 나는 없었고, 상황만이 보였다. 아주 끝없이 펼쳐진 공간에 아주 조그만 점이 있었다. 그것은 어디로 가는지 알 수 없이 번쩍거리기만 했다. 점일 뿐인데, 단순히 점일 뿐인데, 뭐 저렇게까지 움직이는지 이해할 수가 없었다. 무한한 공간 앞에서 의미가 없어 보였다. 점은 공간에 삼켜졌다. 나도 따라서 삼켜졌다.

눈을 떠보니 침대였다. 누군가 내 손을 잡고 있었다. K이거니 했다. 그런데,

"아저씨."

이아였다. 나는 이아의 보드라운 손을 잡고서 자리에서 일어나 부둥켜안았다. 몸이 더는 뜨겁지 않았다. 이아는 나를 한동안 안고 있었다. 생각해 보면, 우리가 같이 있었던 시간이라곤 아주 잠깐이었는데, 어쩜 이리 친해졌는지 모르겠다. 이게 바로 운명인가 싶었다. 나는 이아에게 물었다.

"몸은 괜찮아? 그놈들이 뭐 안 했어?"

이아가 고개를 끄덕였다.

"괜찮아요. 고문실에서 정신을 잃었는데, 눈을 뜨니 여기였어요. 아저씨처럼요."

"다행이다."

나는 이아의 몸 구석구석을 확인했다. 상처가 없는 것을 확인하자 더 할 말은 없었다. 나는 갑자기 부끄러운 마음이 들어 머리를 긁으며 말했다.

"미안하다. 그때는 내가 널…"

"이해해요. 어쩔 수 없었잖아요. 그리고 저를 두고 가라고 말한 건 저니까요."

나는 한동안 침묵했다. 이아도 그저 웃을 뿐이었다. 나는 자리에서 조심스럽게 일어나 이아의 부축을 받으며 내부를 돌아다녔다. 혹시나 조직원들에게 피해가 갈까 조심스러웠다. 이아는 K의 허락을 받았다며 천천히 날 이끌었다.

내부는 매우 넓었다. 복잡한 전선들이 여기저기 엉켜 있었고, B 구역이나 갑판부 구역처럼 조명이 밝지는 않았으나 다행히 앞은 잘 보였다. 대부분 조직원들은 우리를 못 본 척하며 자기 할 일에 열중했다. 무기로 보이는 날붙이를 다듬거나, 기계 회로를 고쳤다. 절대 이길 수 없는 싸움에 목숨을 걸고 있는 사람들이었다.

일부 조직원들은 지나치며 나와 어깨를 일부러 맞부딪히기도 했다. 개중 하나는 나와 키가 비슷한 사람이었다. A 구역 출신인 것 같았는데, 어떻게 여기까지 왔는지 궁금했다. 더불어 이발소에 왔다 간 사람처럼 머리가 짧았다. 나는 그를 기억해내려 했으나, 하루에 수백 명의 머리를 깎았던 내가 사람 얼굴 하나하나를 기억할 수는 없었다. 넘어지지는 않았으나, 그는 내게 사과는커녕 조롱 섞인 말을 해댔다.

"이발사가 뭘 한다고."

불현듯 A 구역에서 당했던 차별이 떠올랐다. 내가 그에게 뭐라 말을 하려 하자, 이아는 익숙한지 나를 잡아끌었다. 그는 오히려 자신이 기분이 나쁜 물건과 부딪혔다는 듯이 어깨를 털어댔다. 이아가 내게 속삭였다.

"저 사람, A 구역 출신 아니래요."

"그래? 근데 왜 저렇게 키가 작아."

"돌연변이래요. 갑판부 출신인데, 키가 너무 작아서 제거 대상에 포함됐다가 K가 구출해 줬대요."

"그러면서 우리한테 저래?"

이아가 슬쩍 나를 끌며 말했다.

"어쩔 수 없잖아요. 갑판부 출신이니."

우리는 그 모멸적인 시선을 피해 가장 깊은 곳으로 들어갔다. 불도 잘 들어오지 않았다. A 구역 내 숙소가 떠올랐다. 어둠 속에서 반짝이며 보이던 아내의 얼굴. 그러나 갑자기 문 너머에서 닥쳐오는 환한 빛에 아내의 얼굴은 사라지고야 말았다. 이아는 나를 벽에 기대어 놓고는 왔던 곳의 문을 닫으며 말했다.

"여기예요."

이아가 가리킨 곳에는 '통신실'이라 적혀 있었다. 문도 녹슬지 않고 온전했다. 나는 어이가 없어 이아에게 물었다.

"진짜 있었어?"

내가 문을 열려고 손을 뻗자, 이아가 내 손을 잡아챘다.

"안 돼요. 여길 봐요."

이아가 가리킨 곳에는 작은 구멍이 나 있었다. 밖을 볼 수 있게 만들어졌는지, 작은 빛이 그곳에서 새어 나오고 있었다. 나는 조심스럽게 그 구멍에 눈을 대었다.

"이게 뭐야?"

문 너머에는 우주선에 매달리다시피 떠다니는 컴퓨터 한 대가 있었다.

○

"사실이었어요."

이아는 그렇게 말하고는 벽에 다가가 무언가를 꺼내 왔다. 우주복이었다. 이아는 내게 우주복을 입히려 했으나, 나는 이아에게 우주복을 받아 스스로 입었다. 끙끙거리기는 했으나, 입는 데는 큰 문제가 없었다. 무엇보다 내 몸에 딱 맞게 우주복이 설계되어 있다는 것에 놀랐다. 나는 항해부가 우리에게 일을 더 많이 시키기 위해 그런 것이라 믿었다.

이아가 안전성을 검사한 뒤에 자기 몸과 나를 끈으로 연결했다. 이아가 나를 보았고, 나는 고개를 끄덕였다. 이아가 문을 열자, 우리는 밖으로 빨려 나갔다. 우주선은 엄청나게 빠른 속도로 나아가고 있었다. 별빛이 청색에서 적색으로 변해갔다. 어지러움과 함께 경이로움을 느꼈다. 선장 L이 말하던 천국이 이런 걸까? 이아가 말했다.

"실제로 소행성 때문에 통신실이 날아간 건 맞아요."

나는 간신히 우주선에 매달려 있는 컴퓨터를 가리키며 말했다.

"컴퓨터는 남아 있었고."

금방이라도 선이 끊어질 것만 같았다. 나는 선을 건드리지 않게 최대한 조심스럽게 컴퓨터 쪽으로 천천히 다가갔다.

"여기서 이제껏 작업한 거야?"

이아는 유연하게 몸을 허공에서 움직였다.

"네. 일주일 동안 작업했어요."

"왜? 안으로 들어서 작업 안 하고?"

"그건 너무 위험해요. 이미 선이 너무 꼬여 있어서, 여기서 뭘 더 하려고 하면 완전히 망가질지도 몰라요."

이아가 나를 잡고는 컴퓨터 쪽으로 크게 뛰어들었다. 나는 놀라 소리를 질러댔으나, 줄이 걸리면서 우리는 정확히 컴퓨터가 있는 지점에 멈췄다. 이아가 컴퓨터에 매달린 키보드의 스페이스 바를 누르자 모니터가 켜졌다. 이아가 알 수 없는 코드를 컴퓨터에 넣고 있는 동안 나는 빠르게 지나가는 주위를 보았다. 온갖 것들이 스쳐 지나갔다. 맨눈으로 보이지 않았지만, 크기가 제각각인 행성들이 스쳤다. 시간 가는 줄 몰랐다.

한참 뒤에 이아가 기지개를 켜더니 말했다.

"이제 거의 끝났어요. 하루만 더 작업하면 될 것 같아요."

"그러면?"

이아는 내 물음에 웃음기를 빼고는 대답했다.

"몰라요. 아마 이제 이 우주선과 운명을 함께하겠죠?"

사용 가치가 없어진 것들을 이 우주선이 어떻게 처리할지 나는 알고 있었다. 50세가 넘은 아버지나 유전자 검사에서 탈락한 유전자 인간들처럼 사용 가치 없어진 이아도 분명, 그들과 똑같은 운명을 맞이할 것이다.

'그럼 나도.'

그들에게 나는 무슨 존재일까? 그냥 일개 이발사일 뿐인데, 하층민 중에서도 하층민. 제대로 인간 취급도 받지 못하는 나를 이제껏 살려놓은 이유를 알 수 없었다. 물론 이아에게 물어도 알 리가 없었다. 나는 대신 다른 것을 이아에게 물었다.

"이아. 이 정도는 다른 반란군 과학자들도 할 수 있잖아. 왜 너한테 시켜?"

이아는 별일 아니라는 듯이 말했다.

"여기 남은 우주복이 이거밖에 없었으니까요. 다른 사람들한테는 너무 작아요. 아마 저도 내년에는 입지 못할 거예요."

"그래?"

"큰 우주복은 K 그 사람이, 항해부에서 다 가져갔을 거래요."

삐익 소리와 함께 무전이 왔다. 초록 글귀가 헬멧에 적혔다. 내가 글자를 알지 못해 허둥거리자 이아가 말했다.

"복귀하래요."

이아는 고개를 저으며 끈을 두 번 당겼고, 우리는 우주선으로 빨려 들어갔다.

아니, 삼켜지는 것 같았다.

++++++

바버샵 (6)

＊

  K가 바닥을 향해 고갯짓하자, 조직원 하나가 큰 종이를 가져오더니 바닥에 펼쳤다. 말렸던 종이가 펴지면서 바닥에 깔렸다. 거대한 무궁화호 도면이었다. K는 그대로 무궁화호 후미 쪽에 발을 올리더니 손으로 도면 중앙을 가리켰다.

  "계획은 이래."

  사실 K의 계획은 지나치게 단순했다. 아무리 할 수 있는 게 없고, 그들의 손아귀에서 우리가 놀아나고 있다고 하더라도 K의 계획은 마치 자살행위처럼 들렸다. 조직원 하나가 얼굴을 찡그리고 있다가 K의 말을 끊었다.

  "그러니까 우리보고 지금 여기서부터 바로 갑판부를 치고, 이어서 항해부를 치란 말입니까?"

K는 이번에는 우주선 중심으로 발걸음을 옮겼다.

"아니. 갑판부를 쳐서 그 이상한 무기를 획득한 다음에 항해부로 가는 거지."

"그게 말이 된다고 생각하십니까?"

다른 조직원들도 비슷하게 생각하는지, 누구 하나 말리지 않았다. 나와 이아는 숨죽여 회의를 지켜볼 뿐이었다. K는 단호하게 말했다.

"당연하지. 그 무기만 획득하면, 항해부는 쉽게 함락할 수 있을 거야. 그놈들 자기 손으로 할 줄 아는 게 하나도 없거든."

"무슨 근거로요?"

"항해부에서 도와줄 거야."

"그러니까 누가요?"

K는 팔짱을 끼고서 한동안 눈싸움을 했다. 이윽고 숨을 크게 내쉬며 말을 이었다.

"나도 몰라. 근데 분명 그럴 거야."

"미쳤군."

조직원 하나가 자리를 박차고 일어났다. K는 말리지 않았다. 그는 길고 어두운 복도를 따라 걸어가 버렸다. 아까 K의 말에 딴죽을 걸던 조직원이 다시 물었다.

"그러니까 누가 확답이라도 했습니까?"

"아니. 근데 그리될 줄은 알아."

침묵이 이어졌다. 내가 들어도, K는 이해할 수 없는 말들을 쏟아내고 있었다. 이 모든 반란의 끝은 항해부를 향해 있는데, 항해부에서 우리를 도와준다니. 저번에 말한 '알 수 없는 조력자'를 지나치게 믿고 있는 것 같았다. K는 잠시 숨을 고르더니 말을 이었다.

"너희들이 어떻게 생각하고 있는지 알아. 우리는 죽을 거야. 어떻게든 말이지. 저항하지 않으면 굶어 죽을 거고, 저항하면 머리가 터져 죽겠지. 제일 좋은 건 B 구역처럼 에길에 취해서 사는 건데, 근데 그걸 알아둬야 해. 에길도 이제 다 떨어졌어."

금방이라도 K에게 욕을 할 것 같던 조직원들의 분위기가 가라앉았다. K는 멈추지 않고 말을 이었다.

"마주해야 해. A 구역, B 구역 모두 날리기까지 시간이 얼마 없어. 산모실도 이어서 버려지겠지."

K가 마침내 우주선의 머리라 할 수 있는 항해실 도면에 올라섰다. 나를 내려다보고 있어 그런지 K의 키가 더욱 크게 느껴졌다.

"오늘 밤 우린 바로 갑판부로 간다. 그 과정에서 여기 사람들 대부분이 죽겠지. 심지어 나도 말이야. 우리 중 한 명이라도 그 이상한 무기만 획득할 수 있다면, 우주선 전체를 바꿀 수 있어."

"그게 맞아?"

나도 모르게 K에게 물었다. K는 나를 내려다보았다. 나는 멈추지 않고 이어 물었다.

"바꾸는 게 맞아?"

K는 내 얼굴을 가만히 쳐다보았다. 조직원들의 이목이 내게 쏠렸으나, 나는 주눅 들지 않았다. 오히려 더욱 힘을 주어 K를 쳐다보았다. 이윽고 침묵을 깨고서 K가 말했다.

"해봐야 알 것 같아. 나도."

조직원들도 처음에 표현만 거칠었지, K와 같은 마음이었다. K가 자기 방으로 돌아가자, 그들은 바로 자기 자리에서 무기를 갈고 닦는 것에 열중했고, 분배된 식량을 남기지 않고 먹어 치웠다. 마지막을 준비하는 것 같았다. 너무나도 분위기가 엄숙해서 숨소리도 작게 내야 할 것만 같았다.

그렇다고 우리에게 마지막을 대비할 충분한 시간이 주어진 것은 아니었다. 아직 통신 시설이 완전히 복구되지 않았다. 나는 이아에게 혼자 갔다 오라고 했지만, 이아는 혼자서는 무섭다며 나를 통신실 쪽으로 끌었다.

이아와 나는 마지막으로 통신 시설을 고치기 위해 다시 한번 우주복을 입고 우주선 밖으로 나갔다. 처음과 같이 온통 밝을 거라고 생각했지만, 아니었다. 이번에는 완전한 어둠이었다. 주변에 별 하나 없었고, 멀리서 오는 빛도 존재하지 않았다. 무슨 일인가 싶었다. 이아도 이런 어둠은 처음인지, 나를 천천히 끌었다.

"오늘이 마지막이에요."

모니터에서 나오는 붉은빛은 희미하게 허공에 떠 있는 것 같았다. 모니터에 가까이 다가가 손을 더듬자 빛이 들어왔다.

아래로는 버튼이 하나 달려 있었다. 이아는 선을 연결하고, 조이며, 모니터에 이런저런 코드를 쳐서 넣었다. 나는 온전한 어둠을 바라보며, 대체 무슨 일인가 싶었다. 블랙홀이라도 들어온 것인가 싶었다가도 그랬으면 내가 이런 생각조차 못 했을 거라며 속으로 영양가 없는 토론을 이어갔다. 20분 정도 시간이 지나자 이아가 탄성을 내뱉었다.

"됐어요."

이아가 모니터 아래에 달린 버튼을 누르자, 깜빡거리더니 모니터가 팍 하고 꺼졌다가 켜졌다. 이아는 모니터를 손으로 훑더니 숨을 크게 내쉬었다.

"지구에 전송됐어요."

이렇게 간단한 일이었다니. 이 일 때문에 얼마나 많은 사람이 죽었는가. 기뻐야 했지만, 기쁘지 않았다. 헬멧 유리에 내 얼굴이 반사되어 보였다. 입으로는 웃고 있었으나, 눈만 보면 마치 우는 것처럼 보였다. 우리는 순간을 각자 다르게 기억하고 있었다. 이아도 그걸 알고 있었는지 울음에 가까운 웃음소리만 낼 뿐, 말을 하지는 않았다. 이제 우리에게 남은 것이라곤 죽음뿐이었다. 항해부가 반란을 진압하고서 우리를 모조리 처형하든, 낮은 확률로 반란에 성공하든, 우리는 막을 나아가는 그 과정에서 모두 죽을 것이다. 이아가 슬픈 눈을 하고서 물었다.

"아저씨. 아저씨는 지구인들에게 묻고 싶은 게 있어요?"

"나?"

내 반응에 이아가 씩 웃고는 내게 모니터 아래 버튼을 가리키며 말했다.

"배터리에 남은 에너지로는 질문 세 가지가 한계예요. 아저씨께 특권을 드리는 거예요."

모니터에 까만 선 하나가 깜빡거리기 시작했다. 갑자기 주어진 특권에 가슴이 떨려 왔다. 지구인들과 이렇게 소통할 수 있을 줄 몰랐다. 그들은 살아 있을까? 지구는 무궁화호보다 수천만 배는 더 크다는데, 그곳 사람들은 이제 굶주림에서 벗어나 살아가고 있지는 않을까? 잠시 고민 끝에 말을 꺼내려 하자 이아가 규칙 한 가지를 설명했다.

"예, 아니요로 답할 수 있는 질문만 하세요. 그 이상은 에너지가 부족해서 답변을 받을 수 없어요."

나는 고개를 끄덕이며 숨을 고르고는 천천히 말했다.

"그곳은 어떤가요?"

컴퓨터는 대답하지 않았다. 나는 이아가 말해준 기준을 떠올리며 다시 물었다.

"지구인들은 이제 배를 곯지 않나요?"

그러자 깜빡이는 선이 뒤로 밀리더니 어떤 글자가 적혔다. 내가 이아를 보자, 이아가 글자를 읽어주었다.

"예."

예상했던 대답이 아니었다. 지구인들이 더는 굶주리지 않는

다니. 우리는 도대체 무엇 때문에 그곳을 떠나온 것일까? 나는
질문을 토해내듯이 이어갔다.

"우리는 지구로 돌아가야 하나요?"

"아니요."

예, 아니요로만 대답하니 물으면 물을수록 더 갈피를 잡을
수가 없었다. 이미 무궁화호와 관련해서는 마음 정리를 마쳤
다고 여겼는데, 아니었다. 질문을 하면 할수록 머리가 터질 것
만 같았다. 이아가 뒤에서 나지막하게 말했다.

"마지막 하나 남았어요."

나는 머리를 쥐어 짜낸 끝에 마지막 질문을 했다.

"우리는 살아남을 수 있을까요?"

커서는 깜빡거렸지만, 대답이 적히지는 않았다. 오랫동안
기다렸으나, 아무런 변화도 없었다. 나는 다른 질문을 하려고
했을 때, 모니터에 단 하나의 글자가 적혔다. 적힌 글자는 나도
읽을 수 있었다.

'1'

그 순간, 갑자기 모니터가 완전히 꺼져버렸고, 다시 켜지지
않았다. 나는 다급한 마음에 모니터를 잡았으나, 연결 부위가
끊어지면서 컴퓨터는 우주 공간으로 날아가고 말았다. 내가
컴퓨터를 붙잡으려 했으나 이아가 날 말렸다.

"이제 끝났어요. 그냥 두세요."

그리고 무전이 왔다. 저번에 본 것과 같은 문자들이었다. 복

귀하라는 메시지였다. 나는 어둠 속으로 멀어져 가는 컴퓨터를 보고 있었다. 이아는 줄을 다시 당겼고, 우리는 우주선으로 다시 빨려 들어갔다. 이아는 읊조리듯 말했다.

"정말, 이제 다 끝났어요. 전부 다요."

분기점 2

＋

K의 계획은 성공했다.

다만, 조직원 대부분이 그 과정에서 죽었고, 엔진은 복구 불가 상태로 멈추었다. 산소 발생기도 망가져 버렸다. 그래도 불행 중 다행인 점은 항해부에서의 폭발로 대부분이 죽어 선장실에 남은 다섯 명이 살아 있는 생명체 전부라는 것이었다. 생존자는 K와 이육칠 그리고 조직원 셋이었다.

모두를 위해 모두가 죽은 셈이었다.

비극적이었지만, 그들에게는 다행이었다. 만약 그들이 숨을 아껴 쉬고, 물을 나눠 마신다면, 앞으로 3개월은 거뜬하게 버틸 수 있을 것이다. 그러나 조직원을 희생해 가며 얻어낸, 사람을 버튼을 누르는 것만으로 터트리는 그 이상한 무기로 K는 자살했다. 이어서 거대한 막을 마주한 팀원 셋은 막을 향해 가겠다며, 맨몸으로 우주선 밖으로 나가는 바람에 얼어 죽었다. 결국 마지막까지 살아남은 이는 이육칠뿐이었다.

이육칠은 살아남았다.

무궁화호 외부 사람이었던 이아는 이상하게도 그들의 이상한 무기에 아무런 해를 입지 않았다. 조직원들이 의미 없이 몸이 터져 죽어나가는 중에 이아가 선장에게 달려들었다. 이아는 가까스로 이상한 무기를 뺏어 K에게 던지고는 검은 옷을 입은 사람들에게 밟혀 죽었다.

그래도 이육칠은 살아남았다.

다행히 스위치는 온전한 상태로 K에게 전달됐고, 전세는 한순간에 바뀌었다. K와 이육칠을 비롯한 남은 조직원 다섯이 곧장 항해부로 쳐들어갔으나, 선장을 비롯한 항해부 선원들은 패닉룸에 들어가 나오지 않았다. 이미 차단된 A 구역과 B 구역을 살리기 위해서는 선장이 가지고 있는 핵심 키 카드가 필요했다.

그들은 패닉룸을 열기 위해 모든 시도를 했다. 톱도 사용해보고, 지렛대의 원리를 사용해 악력으로 문을 열려고도 했다. 그러나 문은 열리지 않았다. 결국, K와 조직원들은 아주 오랜 고민 끝에 폭약을 제조해 패닉룸을 날려버리기로 했다. 반대하는 이는 없었다. 그때는 이미 A 구역은 산소 공급이 끊겨져 구역 자체가 무너진 지 오래였고, B 구역 인간들은 에길 공급이 끊어지자 금단 현상을 보이며 환각을 보기 시작했다. 폭발에는 두 가지 이점이 있었다. 하나는 저 지랄 맞은 항해부 선원들을 날려버릴 수 있다는 점이었고, 다른 하나는 가뜩이나 속도가 부족한 무궁화호에 폭발로 추진력을 불어넣을 수 있다는 점이었다.

이대로라면 무엇도 하지 못하고 모두 죽을 것이다. 너무나도 많은 희생을 경험한 그들에게 더는 이성적 판단이란 없었다. 무엇을 선택하든 모두의 죽음으로 연결되었다. K와 조직원들은 남은 감자와 비료를 몽땅 이용해 폭탄을 만들었다. 패닉룸을 날려버리기 위해서는 엄청난 양의 폭탄이 필요했다. 그들은 망설임 없이 폭탄을 만들고는 패닉룸 주위에 설치했고, 버튼을 눌렀다.

그렇게 대폭발이 일어났고, 우주선은 망가졌다. 자체 보호 기능이 있는 선장실을 제외하고는 모든 구역의 사람들이 죽어버렸다. K는 그 모습을 보고는 눈이 풀린 상태로 말했다.

'자유는 없었어.'

K는 스위치를 눌러 자기 머리를 터트려 죽었다. 그 모습을 보고서 미쳐버린 조직원 셋은 막으로 가겠다며 선장실 문을 강제로 열려고 했다. 이육칠은 이미 눈이 뒤집힌 그들을 말릴 수 없었다. 압력 차에 의해 선장실에 남아 있던 식량도 함께 우주 공간으로 날아가 버렸다. 가까스로 살아남은 이육칠은 고민했다. 배가 고파서 몸을 웅크렸다가 끝내는 고개를 들어서

막을 보았다.

'저 피부처럼 늘어나는 막이 대체 무엇이길래 이렇게 많은 사람이 죽은 걸까? 막 너머에는 대체 무엇이 있길래? 신이 있다면, 이런 우리를 보고 무엇을 생각할까?'

7일째에 이육칠은 선택해야 했다.

이대로 비극적으로 죽을 것인지, 아니면 또다시 비극적으로 살아남을 것인지.

그리고 우리는

＊

　내가 왜 이렇게까지 살아남으려 하는지 모르겠다.

　저 거대한 막을 눈앞에 두니, 이 의문은 날로 커지고 있다. 선장실 바닥에 숨겨져 있던 에길을 발견하고는 마시고 또 마셨지만, 불과 하루도 지나지 않아 에길은 병에서도, 내게서도 모조리 증발해 버리고 말았다.

　비루하다.

　나의 일상은 간단하다. 알람과 함께 일어나 선장실을 빙글빙글 돌며 소리를 지른다. 돌아오는 답은 없다. 먹을 게 없으면, 우주복을 입고서 밖으로 나갈 준비를 한다. 꼴에 살겠다고 줄을 선장실에 묶어놓는다. 우주에 나가면 막을 제외하고 보이는 건 무궁화호의 잔해뿐이다. 나는 그 파편 사이사이를 이리저리 피해 다니며 먹을 것을 찾는다. 저기 시체 한 구가 보인다. 얼어붙어 죽은 모양새다. 나는 시체를 선장실로 가져가며 최대한 얼굴은 보려 하지 않는다.

선장실에 돌아오면 요리를 한다. 아주 느긋하고 길게. 남은 예비 전력을 이용해서 천천히 데운다. 요리하는 동안 나는 막을 보며 수없이 질문한다.

'왜 하필 접니까?'

눈을 감고 먹는다. 이아의 말이 떠오른다. 손에는 갓 만들어진 비료 덩어리를 들고 있다.

'아저씨가 먹는 거와 다를 게 없어요.'

그래, 내가 이제껏 먹은 것과 이것은 다를 게 없다. 우리는 이제껏 다른 이의 피와 살을 먹고 살아왔다. 나는 그렇게 식사를 시작한다.

。

나를 태운 선장실은 천천히 막을 향해 간다. 아니, 부서진 우주선 전체가 우주 공간을 부유하고 있다. 혹시나 살아 있는 사람이 있을까 싶어 산소가 허락하는 한에서 최대한 파편 사이를 돌아다녀 봤으나, 모든 구역이 파괴되고 없었다. 절대 열리지 않을 것 같던 패닉룸조차도 그 큰 폭발의 진원지여서 그런지 처참하게 파괴되어 있었다.

그리고 우리는

폭파 직전, 문을 사이에 두고서 K와 선장이 대화를 나누었다. K가 물었다.

"왜 우릴 도왔습니까?"

선장이 허탈하게 웃으며 대답했다.

"도운 적 없어. 전부 계획에 있었던 거지. 하나부터 열까지 막에 도착하기 위해서 말이야."

열리지 않는 철문을 사이에 두고서 K는 선장에게 문을 열라며 협박도 하고, 회유도 했다. 울기도 많이 울었다. K가 문을 붙잡고 통곡하던 모습을 잊지 못한다. 늘 여유로워 보였던 K의 모습은 없었다. 그러나 선장은 확고했다. 심지어 K가 폭탄을 문에 설치할 때도 선장은 태연했다.

"괜찮아. 원래 이렇게 될 줄 알고 있었어."

K가 울분에 차서 물었다.

"대체 왜, 그렇게까지 했습니까? 왜 사람을 계급으로 나누고, 고통을 줬습니까?"

선장이 숨을 크게 들이마시고는 말했다.

"정해져 있었어. 질서가 없으면 더 큰 혼란이 찾아와. 최대의 효율이나 계급론 같은 문제가 아니라 막에 도달하기 위한 단 하나의 방법이었어."

"질서가 아니지 않습니까? 막 하나 넘어가자고, 이게 무슨."

"막 하나라니. 저건 우리 모두의 탄생 목적이자, 결과물이야. 함부로 말하지 마."

"그래서 우리가 막 너머로 갈 수는 있는 겁니까?"

"아니, 우리 같은 사람들은 아무리 발버둥 쳐도 막 너머에 갈 수 없어. 물론 너도 포함해서."

"대체 왜요?"

"부자일수록 천국에 가기 어렵거든."

"누가 그럽니까?"

"신이라 불리는 그 존재."

양쪽 모두 침묵했다. 잠시 후 선장이 고양된 목소리로 말했다.

"우리는 알고 있어. 정해져 있지. 모든 것들이. 아무리 도망치려 해도 우린 늘 그 자리야."

"그럼 우리는 왜 여기까지 온 겁니까?"

K의 질문에 선장은 말이 없었다. 이후에 K는 몇 번이고 폭탄을 터트린다며 경고성 메시지를 무전기로 보냈지만, 답이 없었다. 결국 K는 폭파 명령을 내렸고, 사태가 이렇게까지 흘러왔다.

선장의 말은 옳았다. 선장, 부선장 등 상위 직급들을 비롯해 K는 막에 갈 수 없었다. 우주선은 애초에 동력 부족으로 막까지 도달하지 못하고 멈출 예정이었다. 지구에서 무궁화호가 쏘아질 때부터 예정된 결과였다. 그래서 나는 한동안, 그들이 막까지 가지도 못할 거면서 왜 그 큰 우주선을 쏘았는지를 고민했다. 자신들의 멸망을 몇 년이나 앞당기면서 말이다. 도저히 왜? 답은 한 가지뿐이었다.

희망.

역겨운 단어다. 희망이 이런 내 상황에서도 나를 이끌고 있으니. 어쨌든 다시 이야기로 돌아가자면, 결국에는 우주선이 멈추니 막을 넘어가기 위해서는 우주복을 입어야 했다. 우주선 내부에서는 우주복을 만들 능력이 사라진 상태였고, 이미 만들어진 우주복은 모두 내 키, 즉 A 구역 사람들의 키에 맞춰져 있었다. 더불어 긴 머리카락 역시 우주복 헬멧에 걸려 오작동을 일으킬 수 있었기에 머리 또한 짧게 잘라야 했다. 우스웠다. 막으로 넘어가는 '구원'이 가장 하층민들에게만 열려 있었다니.

그러니까 모두 이미 정해져 있었다. 항해부를 비롯한 잘 먹은 사람들은 막을 넘어갈 수 없었다. 나를 비롯해 못 먹은 사람들만이, 그중에서 머리도 짧고, 키도 작은 사람만이 막을 넘어갈 수 있었다. 아니, 또 못 먹은 사람들 전부가 갈 수는 없었다. 못 먹은 사람 중에서도 하나. 다른 사람의 육체를 말 그대로 모두 먹어치우면서 나아갈 '의지'를 가진 사람만이 막을 넘어갈 수 있었다.

그게 바로 나였다.

정말 모든 게 예정되어 있나 싶었다. K는 선장실을 점령하고 나서 내 코드명이 일인 이유를 말해주었다.

'지금까지는 확신하지 못했어. 현실을 받아들이려 하지 않

았으니까. 그런데 이제는 알겠어. 넌 0이 아니라서 1이야.'

아니, 너무한 거 아니냐고. 하필 많은 이유 중에서도 '0이 아니라 1이라는' 괴상한 이유라니. 2도, 3도, 4도 아니라 하필 왜 0이 아니라서 1인지 K는 말해주지 않았다. 나는 어떤 귀중한 의미라도 있을 줄 알았는데, 마지막까지 살아남으라거나, 최후의 1인, 뭐 이런 거? 딱히 지금 이 순간을 생각해서 그런 건 아니었다. 단지, 살아가는 것도 마찬가지일 것 같아서, 우리가 이렇게 악을 쓰면서 살아가고 있는데 어떤 의미라도 없으면 허망할 것 같아서, 그렇게 생각했다.

세상은 너무 넓으면서 좁았고, 이해했다 싶으면 멀리 달아나는 막과 같았다.

○

오기로 버텨야 했다. 막 너머에 신이 있다면, 묻고 싶은 것이 정말이지 많았다. 이렇게 많은 사람의 목숨을 희생해서 자기를 만나러 왔다면, 뭐라 말할까? 죽고 싶었다. 아니, 지금도 죽고 싶다. 식량을 구하러 나갈 때마다 그냥 우주복을 벗어버리고 싶은 충동을 느꼈다. 그러면 모든 게 편해질 텐데. 우주선이 폭파되고 일주일 후, 나는 정말 그럴까 생각했는데, 고개를 돌리기만 하면 보이는 저 거대한 막 앞에서 이상하게도 살아야겠다고 생각했다. 신을 만나면 어떤 욕을 할지 속으로 늘어놓

그리고 우리는

는 것만이 내가 유일하게 할 수 있는 일이었다.

배가 너무 고파서 처음 우주복을 입고 밖으로 나간 날, 처음 만난 시체가 정말, 좆같게도 아내였다. 어찌나 반가우면서도 서늘하던지. 제발, 제발 나에게 이런 시련을 그만 주었으면 했다. 왜 나에게 그런 짓까지 시키는지 화가 끝까지 났다. 주위를 아무리 둘러보아도 먹을 게 없었다. 얼굴을 보지만 않았더라도 괜찮았을 텐데. 후회한다. 아내의 배는 항성 27-800B처럼 부풀어 있었다. 그때를 떠올리면, 아마 신이 날 만나주지 않을지도 모른다. 아마 그때 내가 결단을 내리지 못했더라면, 이렇게 살아 있지 못했을 것이다. 매일같이 이렇게까지 살아야 하나 싶다.

'희망을 위해서예요.'

이아가 말한 희망. 지구인들은 이미 멸망했다. 아마 무궁화호가 잘 가고 있다는 그 사실을 알기 위해 이아를 무궁화호에 보내지 않았더라면, 1개월쯤은 더 살아남았을지도 모른다. 처음에는 대체 왜 그렇게까지 하나 싶었는데, 지금 생각은 많이 달라졌다. 희망이란 좋은 것이다. 막을 넘어갔는데, 신이 머리를 긁적이며 미안하다고, 사람들이 이렇게까지 할 줄은 몰랐다며, 우리 모두를 되살릴지도 몰랐다. 내 기억도 말끔히 지워주고, 그저 하루하루 먹고살며 아이를 낳을 수만 있다면 좋을 텐데. 그러면 진심으로 그를 용서하며 에길이라도 같이 한잔하고 싶다.

내가 너무 많은 욕심을 부리는 걸지도 모르겠다.

만약 신이 이 모든 걸 허구로 만들어 주지 않는다면, 단 하나, 무궁화호가 영원히 막을 향해 가는 것만이라도 들어줬으면 한다. 나는 반란도 일으키지 않고 묵묵히 그 자리에서 머리만 자를 테니, 절대 막에 닿지 않게 계속해서 무궁화호가 유지되었으면 했다.

우주선이 멈추기 직전에 물건 하나를 주웠다.

내가 허무하게 날려 보낸 통신실 컴퓨터였다.

○

이제 우주선 파편들이 움직이지 않는다. 그것들은 영원히 이곳에 남아 썩지 않고 머물러 있을 것이다. 어찌 보면 모든 곳이 무덤이 아니었나 싶다. 생명이 죽으면, 다른 생명에게 먹히니 모든 생명체는 다른 생명체의 무덤인 셈이다. 그래서 나는 나 자신을 전 인간의 무덤으로 여겼다.

이제는 전 우주에서 나만이 살아 있는 인간이니.

대략 무궁화호 한 대 거리만큼 다가온 막은 내가 먹었던 감자 표면 같다. 대체 왜 저런 얇은 막을 우주선들이 뚫지 못했나 싶다. 마지막으로 구해 온 시체들을 데울 수 없어 그대로 먹는다. 이제 더는 남은 시체도 없다. 맛을 보기 싫어서 씹지도 않고 삼킨다. 감자가 먹고 싶다. 목이 막혀서 죽어도 좋으니 탄수

그리고 우리는

화물을 조금이라도 먹고 싶었다. 여기까지 오기 위해 전 인류의 목숨을 희생시킨 것만 같았다.

이제는 가야 했다.

나는 남은 우주복을 모두 해체해, 산소통을 비롯해 전력원을 하나로 연결했다. 막까지 얼마나 오래 걸릴지는 알 수 없었다. 나는 통신실 컴퓨터를 손에 들었다. 신기하게도 그것은 모니터 전원만 나가 있을 뿐, 나머지는 기능하고 있었다. 심지어 소리도 우주복을 통해 들렸다. 사람 목소리였다. 그것도 아주 딱딱한.

안녕하십니까.

오랜만에 들은 사람 목소리에 반가웠으나, 목소리는 기계적으로 같은 말만 반복했다. 막까지 나아가는 시간도 남아돌겠다, 컴퓨터를 손목에 매달았다. 대화 연습을 해야 했다. 신을 만났을 때 따져 물을 게 많았다.

우주복의 부피는 상당했다. 몸을 조금이라도 움직일 때마다 어딘가에 부딪혔다. 헬멧 안, 입이 닿는 있는 곳에 말려놓은 육포를 매달아 놓았다. 그것들은 내가 몸을 움직일 때마다 흔들렸다. 저장해 놓은 물의 양도 상당해서 옷을 입는 것 자체가 힘들었다.

나는 스스로 머리를 잘랐다. 가위가 없어 우주선 파편 중 날카로운 것으로 머리를 뽑아내듯 잘랐다. 너무도 아파 눈물이 찔끔 났다. 하나가 옆에 있었더라면 잘 잘라주었을 텐데. 부질

없는 생각. 우주는 무척이나 넓으니 이 우주 어딘가에 하나가 살아 있을지도 몰랐다고 생각하려다가 말았다.

○

이제 이곳에 산 것은 없다.

모든 준비를 마치고는 숨을 고른다. 막까지 날아갈 추진력이 필요하기에 선장실과 연결된 공기를 빼지 않는다. 긴장을 억누르려 했으나, 너무나도 몸이 떨려 온다.

삐익.

문에 달린 버튼을 누르자, 뒤에서 누가 세게 치는 것처럼 선장실 밖으로 날아간다. 세상이 빙그르르 돈다. 피가 쏠리지는 않는다. 토가 나오려 했으나 힘껏 참는다. 사실 전부 제자리다. 무엇 하나 바뀐 것이 없다. 눈에 보이는 것은 거대한 막뿐이고, 막에는 위아래, 좌우가 없어 멈춰 있는 것처럼 보인다. 애초에 이곳에서 멈춘 상태로 모든 이야기가 벌어진 건 아닐까. 아카데미에서 배웠던 지구의 연극처럼 말이다. 배우들이 무대 위를 왔다 갔다 하는 것처럼, 우주선이란 무대가 주어지고, 아버지는 그곳에 던져진 거지. 거기서 날 낳고 키우고는 스팀기로 들어가 아버지는 무대 밖으로 퇴장하고, 난 계속해서 무대 위에서 살아가는 것이다. 아내는 날 사랑했을까? 자기를 먹었다는 사실을 알고서도? 사랑이란 감정이 있기는 한 걸까? 그럼 이아와 내가 벌인 그 탈출극은? 모두 없던 일이 되어버리는 건가?

우주 방사능에 노출되어 머리가 돌아버린 것만 같다.

여기가 만약 무궁화호 안이라면, 즉결 처분을 받겠지.

아닌가? 난 지금 무궁화호 안에 있는 건가? 만약에 중력 체험실에 날 묶어놓고, 헬멧을 통해 이런 상황을 구현한 것이라면?

씨발. 뭐가 뭔지 모르겠다.

일단 살아보기로 했다.

○

팔과 다리를 펼치고 수십 시간이 흐르자, 어느덧 균형을 찾기 시작한다. 나는 막을 향해 날아가고 있다. 혼미해진 정신을 가까스로 차리고 나서, 나는 어렵게 팔을 뻗어 컴퓨터를 켠다. 성별을 알 수 없는 목소리가 들려온다. K가 떠올랐다.

"폴더 하나가 있습니다."

"뭐야?"

"아브만미르 시뮬레이션 프로그램입니다."

처음 듣는 이름이다. 다른 폴더는 없다. 남은 선택지는 하나뿐이다.

"가동해."

목소리가 말한다.

전력이 불안정하고 낮아 소우주로 한정하겠습니다. 또한, 생명체는 지구로 한정합니다.

"그게 무슨 말이야?"
목소리는 내 말에도 아랑곳하지 않고 말하기 시작한다.

지구 생명체들은 277년 전, 자신들만이 전 우주의 유일한 생명체라는 걸 알게 되었다.
즉, 외계 생명체는 없었다.
'위대한 아브만미르 박사'가 알아낸 사실이었다.

막 너머, 신에게

＋

이윽고, 한 사람이 폭파된 우주선 파편에서 탈출해 세계의 끝으로 나아간다. 들려오는 목소리에는 아무런 감정도 없다. 그는 자신이 미쳐가는 것인지, 아니면 이 세계가 미친 것인지 분간하지 못한다. 이제 막까지 정말 얼마 남지 않았다. 지상이었다면 몇 걸음만 걸으면 도착할 수 있는 거리다.

그는 아주 빠른 속도로 막을 향해 다가가고 있다. 목소리는 쉬지 않고 지금까지의 이야기를 말한다. 1부를 들을 때까지만 해도 무궁화호에 탑승한 1대 비행사 중 한 명의 이야기인 줄 알았다. 그러나 2부부터는 그, 자신의 이야기가 나오는 것을 듣고는 머릿속이 혼란스러워졌다. 그는 이 모든 것이 꿈일지도 모른다고 생각한다. 어쩌면 우주 방사능에 심하게 노출된 나머지, 정신이 나가버린 것일지도 모른다.

꿈에서 깨면 아내가 아이를 안고서 자기를 기다리고 있을 것이다. 현실에서는 먹을 것이 사방에 가득할 것이고, 사람들은 자기 수명에 맞춰 죽을 것이다. 아니, 그것도 바라지 않는다. 사고나 병으로 갑작스레 죽어도 괜찮으니, 정해진 수명 같은 것은 없었으면 한다.

그는 과거에 들었던 농담을 떠올린다.

'전부 농담이야. 모든 게 농담이라고. 지구가 대기근에 빠져서 이 빌어먹을 우주선을 발사한 것도, 그래서 우리가 이렇게 사는 것도 전부 다 씨발 농담이라고.'

눈물이 흘렀다. 분명 농담인데, 웃지 못하는 이유를 알 수가 없다. 컴퓨터 속 목소리도 마찬가지다. 목소리는 그와 마찬가지로 따라서 운다. 그가 외친다.

"저기요?"

그가 막에 닿는다. 막은 그대로 쭈욱 늘어난다. 목소리가 천천히 메시지를 출력한다.

'메시지 전송 : 저기요? (이육칠)'

그러나 그는 메시지를 들을 수가 없다. 막은 포근하게 그를 감싸 안는다. 그는 늘어나기만 하는 막을 향해 손을 뻗는다. 손가락 크기에 맞는 작은 구멍이 난다. 그곳에 헬멧을 가져다 댄다. 드디어, 드디어 모든 인류를 제물로 삼으며 보려 했던 어떤 존재를 만날 수 있다.

끝없이 증식하는 빵이 있는가? 아니다. 그러기엔 그에게는 팔과 다리가 있다.

푸른 눈동자의 근육질 백인인가? 아니다. 얼굴에는 무언가가 덮여 있어 볼 수 없고, 그의 피부는 난쟁이들의 옷감처럼 너무도 거칠다.

그럼 머리에 뿔이 달린 악마인가? 아니다. 비열한 웃음소리는 들리지 않는다. 오히려 절규에 가까운 목소리가 들려온다.

더불어, 가엾기까지 하다.

그는 지나치게 인간적이다.

그는 생각과는 달리 지나치게 어둡지도, 밝지도 않은 막 너머를 보며 소리를 질러댄다. 그는 끝내 손에 들고 있던 컴퓨터 전원을 뽑아버…

작가노트

글을 쓰는 과정은 이래.

일단 나를 끄집어 내야 해. 이미 난 너무 많은 글을 써서, 내가 모르는 내가 필요하거든.

이건 매일, 매 순간 해야 하는 일이야. 나 자신을 고문하지 않고는 이제 글은 나오지 않아.

한계까지 몰아붙여.

사랑을 하고, 상처받고, 만성적인 우울에 친구들이 떠나가고, 세상의 불합리함에 비명을 내질러. 그러고는 내가 무엇도 할 수 없다는 무력감에 빠져서 방황을 하고, 술을 마시지.

도저히 견딜 수가 없으니.

절벽에 몰린 나는 또 다른 나를 발견해. 아주 원초적이고, 야생적인 나 말이야.

김준녕

거기서 끝나지 않아. 그렇게 발견한 나를 정성스럽게 요리해야 해. 가장 고통스러운 순간이면서 가장 중요한 순간이야. 올바른 정신으로, 완전히 깨어 있는 상태로 집도해야 하거든. 감정이 들어가선 안 돼. 마치 외딴곳에서 처음 만난 환자를 대하는 것처럼 냉정해야 하지. 나를 자르고, 엮고, 이어 붙이고, 더는 내가 내가 아니게 되는 순간까지.

이 과정은 계속돼.

당신에게 내어놓는 과정은 또 달라. 많은 용기가 필요해. 내게서 떠나간 것은 내 것이 아니다. 내가 내어놓은 것은 내가 아니라 내가 아닌 모든 것이다. 떠나간 것들에 대해 생각하지 않으려 해. 죽은 사람을 잊으려 몸부림치는 산 자들처럼 말이야.

의사 선생님이 물었어.

'목숨보다 그게 더 소중해요?'

나는 대답하지 않았어. 왜냐하면 대답하면 온몸이 묶인 상태로 어디에 갇힐 것 같았거든. 비트겐슈타인이나 푸코 같은 철학자의 유언은 이제 중요하지 않아. 나는 그래. 이 글을 쓰다가 내가 죽더라도 이 글이 누구 하나를 살릴 수만 있다면, 그렇다면 내가 이 말도 안 되는 짓을 할 이유가 충분하다고 이제 믿기로 했어.

잠깐 우울한 이야기는 여기서 멈추자.

나가야겠어. 의사가 움직이라 했거든.

허튼 생각 하지 못하게 말이야.

작가노트

두 발을 빠르게 굴리려 해.

될 수 있는 한 최대한 빠르게.

뛰는 것도 좋아.

숨이 턱까지 차오르는 느낌은 머리를 비워주거든.

먹는 건 안 돼. 최근에 살이 너무 쪘어.

술은 더더욱. 어떤 주사를 부릴지 몰라.

나, 꽤나 주사가 지독하거든.

걷다 보면 하늘을 볼 수밖에 없어.

서울 하늘에는 별 하나 없이 비행기만 가득해.

근데 그건 나를 질식시키기보다 늘 어디론가 떠날 수 있다는 확신을 줘.

친구가 전화를 했었어.

우리는 녹이 슬어버렸다고.

녹이 슬어 잘 들지 않는 칼처럼 선뜻 서로에게 닿지 못하고 비껴가고
있다고 했어.

나는 그게 순리라 말했지.

우리 아버지도 그랬다고.

아버지의 아버지도 그랬고.

친구는 울 것 같은 목소리로 '잘 지내'라 대답했어.

나는 덤덤하게 전화를 끊고는 펜을 잡았어.

지금 이 순간들을 놓치기 싫었거든.

점점 이렇게 놓치고 싶지 않은 순간들이 많아져,

나이를 먹어갈수록.

그러니 계속해서 쓰자.

사랑을 하고, 사람을 만나고,

아파하고, 울고, 웃고, 행복감을 느끼고,

끝내는 세상 모든 것을 쓰자.

그러자 우리.

작가노트

심사평

모두의 찬란함에 찬사를

지금까지와 응모작의 양상이 크게 변하여, 지난 2년간 한국 SF 시장이 얼마나 급변하고 성장했는지 알 수 있었다. 한 해 쉬었기 때문일 수도 있겠으나, 응모작이 이전의 두 배 이상 늘었고 수준도 그만큼 높아졌다. 개인적인 소견으로는 한시적으로 당선작이 열 편으로 늘어도 좋겠다 싶었다. 어쩔 수 없이 작품을 하나씩 떨어트릴 때마다 심사위원들 사이에서 탄식이 새어 나오기도 했다. 유례없이 좋은 작품이 많은 해였음을 이해해주시고, 탈락한 분들도 실망하지 말고 다른 기회를 잡아 작가로 활동할 수 있기를 기원한다. 또한 당선작은 모두 훌륭했으니 모두의 건필을 기대한다.

만약 작년에 한국과학문학상이 쉬지 않았다면 최소한 다섯 명의 작가가 더 태어났으리라는 생각을 하면 안타깝기만 하다. 이 상이 부디 매년 유지되기를 기원한다.

당연한 이야기일 수도 있으나, 소설로서 기본기는 있으나 과학적 논리가 부족한 작품과, 과학 이론은 열심히 넣었으나 소설로서 부족한 작품이 동시에 눈에 띄었다. 굳이 둘을 비교하자면 전자가 낫겠지만, 어느 한쪽의 결함이 너무 크면 당선되기 어렵다. 우선 이것이 과학 공모전이 아니라 문학 공모전임은 두말할 필요가 없다. 글쓰기의 기본이 무엇보다 우선이니 문장과 소설 구성의 기본에 충실하기를 바란다. 또한 아는 과학을 있는 대로 욱여넣으려는 욕심을 버리고, 담긴 과학 지식이 미미하더라도 정확하고자 애쓰는 편이 좋다. 부정확한 과학을 허술하게 늘어놓으면 안 넣느니만 못하다.

AI에게 취업시장을 빼앗기리라는 공포, 그중에서도 창작 AI가 창작의 영역을 잡아먹으리라는 공포를 다룬 작품이 많이 눈에 띄었다. 응모자들의 나이대에 취업이 가장 큰 이슈고, 소설 지망생의 취업 시장은 창작 분야라 나타난 현상이려니 한다. 하지만 SF 작가라면 어떤 기술이 '실재하고' 어떤 기술은 '상상의 영역'인지를 구분할 필요가 있겠다. 우주정거장이나 우주선이 아무리 SF적인 상상 같아도 실재하는 기술이듯이, AI 창작이 아무리 SF적인 상상 같아도 현실에 어느 정도 실재하는 기술이다. 실재하는 것은 우선 조사하고 연구할 문제지 혼자 상상할 문제가 아님을 생각해 보기 바란다.

지금 활동하는 작가 이름을 곧바로 떠올릴 수 있을 만큼 스타일이 닮은 작품이 많이 눈에 띄는 것도 지금까지와 다른 점이었다. 그만큼 한국 SF 시장이 빠르게 성장했다는 뜻이려니 한다. 하지만 창작은 자신만의 독자성이 필요한 분야다. AI 창작의 한계와 연결해서 생각해 볼 수 있을 것이다. 자신만의 스타일을 만들고자 한다면 지금 유행하는 작품 이외에도 다양하게 읽어볼 필요가 있겠다.

공지된 분량을 훌쩍 넘긴 긴 소설이 많은 것도 이전과 다른 점이었다. 중·단편 분야에 경장편에 가까운 소설이 상상 이상으로 많이 투고되었다. 웹소설 시장의 성장으로 웹소설과 단편을 동시에 준비하는 사람이 늘어났거나, 영화사의 투자가 있다는 소식에 장편 영화 분량을 쓰려는 압박이 있었던 것이 아닌가 추측해 본다. 하지만 단편과 장편의 미덕은 다르다. 중·단편 분야에 장편의 구조를 가진 글을 투고하면 점수가 깎일 뿐이다. 중·단편은 밀도와 압축미가 필요하니, 쓰던 이야기가 길어졌다면 압축할 방법을 고민했으면 한다. 이야기를 압축할 수 있는 작가라는 증명 또한 필요하다.

그 외에는 아직 필력은 부족해도, 아이디어가 빛나는 작품이 많았다. 응모자들이 장르 문법에 익숙해지고 있다는 생각에 반가웠다. 앞으로 시장이 더 커지고 풍부해지리라고 기대할 수 있었다.

전반적인 수준이 높았던 단편 응모작과 달리, 장편 응모작은 소설의 기본기를 갖추지 못한 작품이 대부분이라 장편 쓰기의 어려움을 실감할 수 있었다. 종교적인 신념을 설파하는 작품이 눈에 띄지 않았던 것만으로도 고무적으로 본다.

단지 본심에 오른 작품 중 「멀고도 가까운 빛」은 하나의 주제로 끌고 간 안정적이고 서정적인 작품이라 기억에 남았다. 기본기가 좋았고 짜임새가 있었다. 하지만 이번 공모전에 투고된 여러 작품이 그랬듯이 이미 존재하는 작품을 많이 연상시키는 점이 마음에 걸렸다. 자신만의 독창적인 색채를 만들려면 더 많은 작품을 읽어보았으면 한다.

「막 너머에 신이 있다면」은 생존과 효율만이 유일한 가치로 남은 세대 우주선을 배경으로 펼쳐지는 작품이다. 아무 희망이 없는 밑바닥에서부터 한 걸음 한 걸음 전진하는 주인공을 따라 점점 새로운 구역이 펼쳐지는 전개가 압도적이었다. 독자의 멱살을 붙들고 거침없이 질주하는 소설로, 결말까지 점점 가속도가 붙고 세계가 넓어지는데도 가는 방향이 분명했으며 흔들림이 없었다.

예심에서 접한 작품으로, 계속 다음 이야기가 궁금하여 밤새도록 멈추지 못하고 읽었다. 내내 심사위원임을 잊고 독자로서 몰입했다. 심사위원 대다수의 지지를 받아 큰 이견 없이 선정작이 되었다.

김보영
2004년 제1회 과학기술 창작문예 중편 부문에서 수상하며 작가 활동을 시작했다. 『7인의 집행관』으로 제1회 SF 어워드 장편 부문 대상을, 「얼마나 닮았는가」로 제5회 SF 어워드 중단편 부문 대상을 수상했다.

김성중 심사평

플래시포워드Flashfoward의 소설

2022년을 살아가는 우리에게 SF는 장르소설인가? 나는 아니라고 생각한다. 과학 기술의 발전이 가져오는 변화를 우리는 지구의 자전 속도에 어지럼증을 느끼지 않듯 자연스럽게 받아들이고 있다. 반면 과학에서만 통용되던 개념이 세계의 작동에 대한 메타포로 넘어오고 인문학적으로 해석되기도 한다. 무엇보다 지난 3년간 전 인류를 단일한 조건에 세워놓는 팬데믹을 통과하며 우리 모두 SF의 등장인물처럼 살아왔다. 어렸을 때 상상한 미래 사회가 생각보다 빨리 도래한 지금, 우리에게 사이언스 픽션은 특정 독자군을 겨냥해 만들어지는 진입장벽이 높은 소수의 문학이 아니다.

…이런 생각에서 한국과학문학상 심사 요청이 들어왔을 때 도전해 보겠다는 결심을 했다. 수포자에 문과생, 신춘문예 출신의 이른바 '순문학 작가'로 분류되는 내가 이 심사에 응하려면 모종의 개념 정리가 필요했다는 소리다. 심사를 하는 동안

나는 내 판단이 맞다는 것을 확인했다. 응모작의 폭증으로 심사기간이 두 배로 늘고, 원고를 읽는 동안 해가 바뀌어 이듬해 2월에도 '작년'에 머물러 있을 때는 약간 후회했지만, 그럼에도 이 과정을 즐길 수 있던 것은 '한국과학문학상 응모작'이라는 렌즈를 통해 세상을 보는 것이 신선하고 새로운 공부였기 때문이다.

심사를 하다 보면 주제와 소재가 유독 몰려 있는 구간이 눈에 띄기 마련이다. 해마다 '경향'이라는 게 발생하기 마련이니까. 그런데 예심으로 받은 원고를 읽으면서 의외로 겹치는 소재들이 적고 도전하는 주제도 다채로워서 상상의 풀이 넓다는 느낌을 받았다. 한국 과학 소설에는 '이것이 모범적으로 잘 쓴 SF다, 선호되는 세계다'라는 은연중에 통용되는 전통이 없기에 오히려 홀가분하게 젊고 발랄한 작가들이 모이는 것은 아닌가 하는 가설도 혼자 세워보았다. 원고 하나하나를 작은 퀼트 한 조각이라 치면, 그 모든 조각을 모아 만든 하나의 거대한 작품을 상상한다면, 내가 그 앞에서 받은 작품의 정서적인 특징은 크게 두 가지다. 사랑과 공포심. 의외로 멜로의 비중이 높았는데 아마도 비인간·로봇·인공지능을 다루면서 인간의 대표 감정인 사랑이 중요하게 다뤄진 것 같다. 두려움은 기술 공포증에서 기인한다. 이만한 기술 문명을 만끽한 대가가 있으리라는 무의식이 종말과 절멸의 디스토피아 서사를 만들어 냈다. 그 때문인지 종교적 색채를 지니는 작품도 더러 있어 눈길을 끌었다.

장편 심사는 만장일치에 가까운 지지를 받은 작품이 있었기에 순식간에 끝났다. 장편 응모작들은 단편 응모작들에 비해 작품의 규모와 스펙트럼이 오히려 작아진 느낌을 주었다. 진부하거나 낡은 상상력, SF의 무늬만 약간 두른 그냥 소설, 특정 작가의 영향을 받은 듯한 작품, 무엇보다 대사로만 줄줄이 이어질 뿐 서술과 묘사는 아예 생략된 작품도 없지 않았는데 대사의 양이 많은 것이 문제가 아니라 서술형 문장을 구사하지 못하기 때문인 것 같아 기본기가 다져지지 않은 느낌을 주었다. 우수한 단편에 비해 우수한 장편이 나오는 타율이 적은 것은 SF도 마찬가지구나 하는 생각도 들었다.

「막 너머에 신이 있다면」은 갈증을 해갈해 주는 큰 비와도 같은 작품이었다. 다른 응모작과 확실한 단차가 느껴진다고 할까. 우주선이 등장하고 소년·소녀들이 선발되는 이야기가 도입을 이루지만 이 소설의 세계는 우리가 아는 세계, 계급과 수저의 세계, 소년원과 수용소의 세계다. 생존을 향한 주인공의 질주가 주는 몰입감이 대단하기에 마지막 문장을 통과하는 순간 독자는 이 모험을 함께 치러낸 듯한 확장감을 느낄 수 있다. 이렇듯 하나의 인생을 살아본 느낌, 다양한 인간 군상이 내는 다성적인 목소리, 외부의 변화에 맞물려 주인공의 성격적 특징이 변화해 나가는 과정이야말로 장편이 주는 즐거움인데,

이 소설은 설득력 있게 어려운 과업을 돌파해 나간다. 무엇보다 이만한 길이의 작품을 제대로 알고 장악하여 쓴 악력이 대단하다.

생존투쟁이 주를 이루기에 소설의 정서는 어둡지만 작가는 한편으로 유머를 다룰 줄 아는 사람이다. 이 작가의 다음 작품이 벌써부터 궁금해진다.

내가 읽은 라면박스 2개 분량의 원고들, 이 원고 안에는 모두 '미래'가 심어져 있었다. 공포와 매혹으로 얼룩져 있는 이 플래시포워드Flashfoward의 소설에는 쉽게 희망이라고 단정 지을 수 없는 반짝이는 순간을 품고 있었다. 당선 유무와 상관없이 응모해 주신 모든 분들은 '미래형 시제'의 소설을 썼다. 앞으로의 창작의 순간에 동료 창작자로서 응원과 박수를 보낸다.

김성중
1975년 서울에서 태어났다. 2008년 중앙신인문학상을 받으며 작품 활동을 시작했다. 소설집 『개그맨』, 『국경시장』, 『에디 혹은 애슐리』, 중편소설 『이슬라』가 있다. 2010년·2011년·2012년 젊은작가상, 2018년 현대문학상 등을 수상했다.

우주의 끝에 있는 레스토랑에서 보낸 겨울

더글러스 애덤스의 멋진 소설 『은하수를 여행하는 히치하이커를 위한 안내서』에는 우주의 끝에 있는 레스토랑이 나옵니다. 밀리웨이즈란 이름을 가진 이 식당엔 무한불가능확률추진기가 달린 우주선을 타고 도착할 수 있는데요. 사람들은 시공간의 끝에 있는 식당에 앉아 식사를 하며 온갖 별들이 폭발하는 화려한 불꽃놀이를 구경합니다. 그런데 우주의 끝에 있는 레스토랑에서 볼 수 있는 게 별의 죽음만은 아닙니다. 사실 거기서 우리는, 그 잔해로부터 다시 태어나는 새로운 별들을 만나지요. 그리고 새로 탄생하는 별들은 아름답고 멋지고 싱싱하기 그지없습니다. (실제로 본 적은 없지만, 당연히 그럴 거라고 확신합니다.)

심사평의 첫머리에 뜬금없이 밀리웨이즈 이야기를 하는 이유는, 지난 몇 달간 신인 작가들의 SF를 읽는 느낌이 바로 그러했기 때문입니다. 우주의 끝에 있는 레스토랑에서 별들의 탄생을 지켜보는 느낌. 지금 이 순간도 어디선가 누군가는 열심히 새로운 SF를 쓰고, 그들은 갓 탄생한 별처럼 강렬하게 혹은 아직은 미약하게 빛을 냅니다. 그리고 저는 영광되게도 그 수많은 미래의 별들을 먼저 만나볼 수 있었지요. 그런 의미에서, 이번에 작품을 보내준 모든 작가께 먼저 마음 깊이 감사의 인사를 드리고 싶습니다.

최종심까지 올라온 장편은 「태거」, 「호모 울티무스 울티무스」, 「멀고도 가까운 빛」, 「호모 이미타투스」, 「하늘쟁탈전」, 「우리는 고리 위에 있다」, 「레몬의 사랑」, 「이채의 빛」, 「막 너머에 신이 있다면」이었습니다. 대부분 고른 작품성을 지녔고 읽는 재미와 말하고자 하는 바도 뚜렷했지만, 각각의 아쉬운 점들도 지니고 있었습니다. 특이한 점은, 장편 부문 대상 선정이 매우 빨리 이루어졌다는 것입니다. 심사위원들은 거의 만장일치로 「막 너머에 신이 있다면」의 손을 들어주었습니다. 처음부터 끝까지 쉴 새 없이 몰아치는 압도적인 서사가 워낙 뛰어났기 때문입니다. 미래 디스토피아 지구와 우주를 배경으로 인간이 인간을 먹기까지 하는 이야기를 통해 생명의 본질에 대해 생각하게 하는 수작이었고, 구석구석 디테일이 살아 있는 묘사 덕분에 생생한 느낌을 자아냈습니다. 흔히들 SF란 과학과 세계, 미래에 대해 말하는 것이고, 소설이라는 형식은 그 목적을 위한 수단에 불과하다고 오해하기도 합니다. 그러나 그렇게 쓰인 SF는 결국 작가가 말하는 주제를 위한 소모품으로 전락하고 말지요. 그런 면에서 「막 너머에 신이 있다면」의 장점은, 뭔가를 말하기 위해서 쓴 소설이 아니라는 데 있지 않을까 싶습니다. 이 소설의 서사는 내적 힘을 지닌 채 자연스럽게 흘러가고, 문학적 흥미와 감수성 속에서 저절로 말하고자 하는 바가 목소리를 냅니다. 대상으로 선정하기에 조금도 부족함이 없는 작품이었지요.

이번에 수상하신 작가들께 진심 어린 축하를 보냅니다. 앞으로도 계속해서 (마르지 않는 상상력과 과거 현재 미래를 아우르는 시선으로) 멋진 작품을 쓰길 기원합니다.

끝으로, 소설을 보냈던 모든 분에게 다시 한번 깊은 감사를 드립니다. 여러분 덕분에 지난겨울이 뜻깊고 행복했습니다. 언젠가 어디선가 다시 만날 수 있기를 기대하며 마음을 다해 응원과 격려를 보내드립니다.

김희선
춘천에서 태어났으며 2011년 《작가세계》로 등단했다. 소설집 『라면의 황제』, 『골든 에이지』, 장편소설 『무한의 책』, 『죽음이 너희를 갈라놓을 때까지』가 있다. 원주에서 소설가 일과 약사 일을 병행하고 있다.

우주에서 벌어지는 불꽃놀이

심사를 보는 동안 SF 장르를 향한 새로운 열기를 느꼈다. 예심임에도 쉽게 넘길 수 없을 만큼 높은 밀도를 지닌 작품들이 많았고, 서사에서 짐작되는 작가들의 연령층이 확연히 젊었다. 소재적으로는 안드로이드나 인공지능을 다루는 서사가 다수를 차지하고 있었다. 생명 정치의 틀 아래 뇌를 데이터베이스로 추출하거나 AI가 기억을 주입하는 식의 소재가 등장할 때 고전적인 모티프를 차용한 만큼 새로운 변용을 기대하게 되었다. 하지만 범죄 스릴러 장르를 결합시킨 음모론적 서사들은 기시감이 강했고, 궁극적으로 익숙한 휴머니즘으로 회귀하는 지점들도 아쉬웠다. 시간을 거슬러 올라가 조선 후기나 일제강점기를 배경으로 대안 역사를 그리거나 종교적 통찰을 담는 희귀한 시도들도 있었는데, 아직 서사적으로 완성도가 미흡함에도 불구하고 수정본이나 이후의 작품을 기대하게 되었다. 소설 배경에 기후 위기나 바이러스를 두고 있는 작품들도 새삼 중요하게 다가왔다. SF 안의 종말론적 상상력이란 뿌리 깊은 것이지만, 그 안에서도 토지나 미생물의 활동적인 생명력에 대한 주목은 섬세한 방식으로 시대를 선취하는 것이었다.

엄청난 몰입감을 보여주며 만장일치로 빠르게 장편 대상으로 꼽힌 「막 너머에 신이 있다면」을 비롯해 한국과학문학상의 수상작들을 만날 수 있어 영광이었다. 모든 수상자분들에게 큰 축하와 감사의 인사를 드리고 싶다.

강지희
문학평론가. 《문학동네》 편집위원으로 활동 중. 「문학은 위험하다」 공저.

SF와 SF 사이

처음 예심작들을 받아보고는 어려운 심사가 될 것 같다고 예상했고 심사 내내 실제로 그러했다. 첫째로 작품의 양이 너무 많았기 때문이었고, 둘째로 작품의 수준이 상당히 높았기 때문이었다. 그러나 가장 인상적으로 느껴졌던 하나의 경향이 있다면, 경향을 하나로 묶는 것이 어색할 만큼 다양하다는 점이었다. SF 장르라고 말하기 어려운 작품도 더러 있었다. 하지만 그래서인지 흔히 SF 장르라고 했을 때 쉽게 떠올리곤 하는 흡인력 있는 줄거리나 특별한 소재와 같이 내용적인 차원뿐만 아니라 개성적인 문체나 정교한 구조와 같이 형식적인 차원에 주목해서 논의해 볼 만한 우수한 작품 역시 많았다고 생각한다. 개인적으로 나에게는 지금 한국 SF가 얼마나 양적, 질적으로 뻗어나가고 있는지 집약적으로 체험할 수 있었던 감사한 자리였고, 그래서 최종심이 끝난 후에도 며칠 동안 그 여파가 있었다.

장편 부문 심사에서, 김준녕 씨의 「막 너머에 신이 있다면」은 투고작 중에서 수상작이 되어야 한다는 데 유일하게 큰 이견이 없었다. 이 소설은 기후 위기 시대의 식량 생산량 변화라는 환경적인 문제뿐만이 아니라, 한 공동체에서 권력이 배분되고 행사되는 정치적인 문제를 동시에 다루고 있는 스케일이 큰 소설이다. 섣불리 희망을 제시하지 않으면서도 냉소로 빠지지 않는 침착함, 다양한 인물상을 다루면서도 번잡해지지 않는 장악력이 있었다.

　여기에서 일일이 나열하기는 어렵지만, 응모된 다른 장편소설들의 빛나는 아이디어들에도 박수를 보내고 싶다. 모든 수상자들을 진심으로 축하한다.

인아영
문학평론가. 2018년 경향신문 신춘문예로 비평 활동 시작.

　　　　　　　　　　　　　　　　　　심사평